ARU SHAH E A CANÇÃO DA MORTE

RICK RIORDAN APRESENTA

Aru Shah
A CANÇÃO DA MORTE

SAGA PÂNDAVA – V. 2

ROSHANI CHOKSHI

TRADUÇÃO: ALEXANDRE BOIDE

PLATAFORMA 21

TÍTULO ORIGINAL *Aru Shah and the Song of Death*
© 2019 by Roshani Chokshi
Publicado originalmente por Disney • Hyperion, um selo da Disney Book Group.
Direitos de tradução geridos por Sandra Dijkstra Literary Agency e Sandra Bruna Agência Literária, SL. Todos os direitos reservados.
© 2019 VR Editora S.A.

Plataforma21 é o selo jovem da VR Editora

DIREÇÃO EDITORIAL Marco Garcia
EDIÇÃO Thaíse Costa Macêdo
EDITORA-ASSISTENTE Natália Chagas Máximo
PREPARAÇÃO Flávia Yacubian
REVISÃO Luciane Gomide e Isadora Prospero
DIAGRAMAÇÃO Pamella Destefi e Juliana Pellegrini
DESIGN DE CAPA Mary Claire Cruz
ILUSTRAÇÃO DE CAPA Abigail L. Dela Cruz

Dados Internacionais de Catalogação na Publicação (CIP)
(Câmara Brasileira do Livro, SP, Brasil)

Chokshi, Roshani
 Aru Shah e a canção da morte / Roshani Chokshi; tradução Alexandre Boide. – 1. ed. – São Paulo: Plataforma21, 2019. – (Saga Pândava; v. 2).

 Título original: Aru Shah and the Song of Death.
 ISBN 978-65-5008-013-6

 1. Aventura e aventureiros - Ficção 2. Ficção juvenil 3. Mitologia hindu - Ficção 4. Supernatural - Ficção I. Título. II. Série.

19-28310   CDD-028.5

Índices para catálogo sistemático:
1. Ficção: Literatura juvenil 028.5
Cibele Maria Dias - Bibliotecária - CRB-8/9427

Todos os direitos desta edição reservados à
VR EDITORA S.A.
Rua Cel. Lisboa, 989 | Vila Mariana
CEP 04020-041 | São Paulo | SP
Tel.| Fax: (+55 11) 4612-2866
plataforma21.com.br | plataforma21@vreditoras.com.br

Para os meus avós –
Vijya, Ramesh, Apolonia e Antonio –,
que tanta coisa trouxeram consigo
quando atravessaram os oceanos.
Eu amo vocês.

SUMÁRIO

1. Nova ameaça demoníaca? — 11
2. Casos de família: especial Pândavas — 19
3. Aru Shah: semideusa e dublê de hamster — 27
4. A gente literalmente *acabou* de voltar de uma missão — 39
5. Está tudo bem. Sério mesmo — 49
6. O Galpão de Materiais para Missões, ou "*Não* encoste nisso" — 65
7. Quem não gosta de granola vegana? — 79
8. Cisnes são péssimos — 93
9. Foi só uma vez que me incineraram — 105
10. Até que foi tudo bem… Só que não — 115
11. Terminal C? Beleza, então tá — 127
12. Aru Shah, a menina sushi — 143
13. Tecnicamente, nós somos parentes… — 151
14. Aquiiii, monstrinhooooooo! — 163
15. Não, eu não sei cantar. Vamos parar com essa conversa — 169
16. Mini desenvolve um novo (e assustador) poder — 185
17. O segredo de Uloopi — 197
18. Uma trégua baseada em chocolate — 209
19. *Deeees-paaa-CITO* — 223
20. Eu não confio em ninguém e ninguém confia em mim — 233
21. O perigo da samosa — 243
22. Aiden resolve brilhar — 255
23. Pedras no caminho — 267

24. Erros foram cometidos...	281
25. E lá vêm as vacas ferozes	293
26. As vacas são oficialmente um caso sério	305
27. A maldição do sábio Durvasa	315
28. Vamos colocar uma fome insuportável de brinde!	325
29. Sério que Faísca é o nome que os seus pais deram para você?	339
30. Brynne perde um concurso de comilança	351
31. Aru Shah está em chamas. Mas em chamas mesmo. Tipo pegando *fogo*. Não é só um modo de dizer	359
32. Presentes do tio Agni	371
33. Mas, sério mesmo, *onde* estão os biscoitos?	381
34. Ai, não! Ai, não! Ei, espera aí...	391
35. Olá, nova amiguinha!	399
36. A história da princesa demônia	409
37. Lady M faz um pedido	419
38. Quem é o Sem-Coração agora?	429
39. Shadowfax, a salvadora	439
40. Uau, que constrangedor	449
41. Você não passará!	461
42. Idas e vindas, a história de Aru	471
Glossário	475

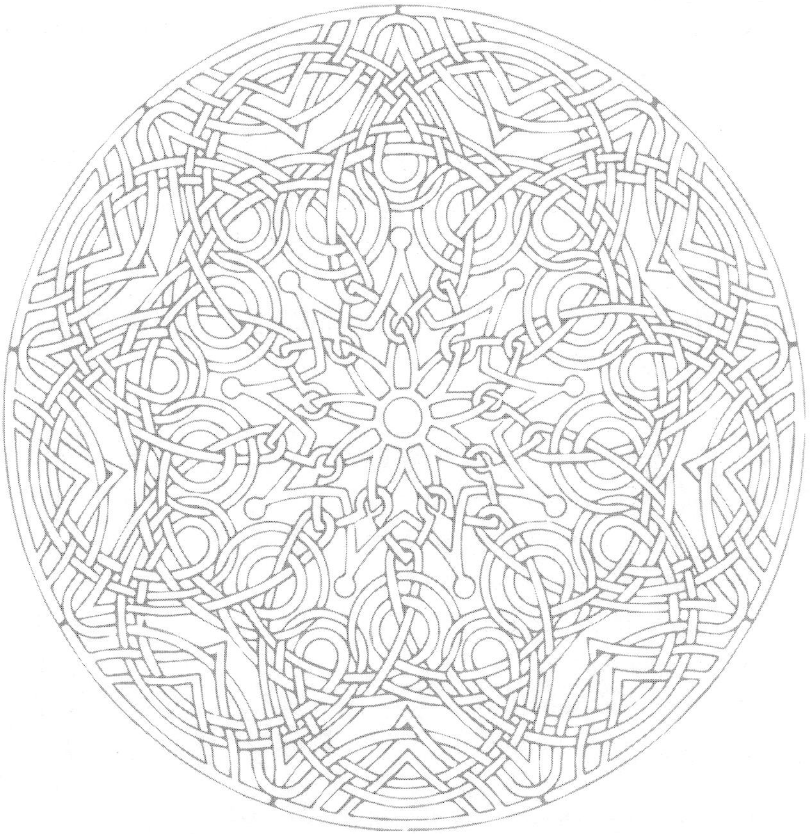

UM

Nova ameaça demoníaca?

Aru Shah tinha um raio gigantesco à disposição, e queria muito usá-lo.

Mas, se usasse naquele momento, correria o risco de atrair as hordas de zumbis espalhadas pelo Bazar Noturno.

— É o pior sábado de *todos os tempos* — resmungou Mini, agarrada à sua arma celestial como se fosse um ursinho de pelúcia.

O pai de alma de Aru, o deus do trovão, deu a ela um raio chamado Vajra. Já o pai de alma de Mini, o deus da morte, concedeu à filha um *danda* encantado que ganhou o apelido de Dadá.

As duas estavam agachadas atrás de uma bancada de sorvete de iogurte e visões oníricas, observando por entre as frestas das tábuas de madeira enquanto os cidadãos do Outromundo corriam aos berros, derrubando os cestos de compras ou, no caso de um *rakshasa* com cabeça de touro, acertando um zumbi bem no crânio com uma sacola ecológica cheia de tomates.

Lá do alto, vinha o anúncio escandaloso:

– ATENÇÃO, ATENÇÃO! LOCALIZAMOS UMA PRESENÇA DEMONÍACA NA ÁREA. FAVOR EVACUAR O BAZAR NOTURNO. ATENÇÃO, ATENÇÃO...

Aru detestava ficar parada. Mas sua função ali não era lutar. Elas estavam numa missão de *localização*... porque em algum lugar no Bazar Noturno uma invasão fizera disparar o alarme do Outromundo, e a pessoa responsável pelo assalto provavelmente também tinha deixado todos aqueles zumbis entrarem.

Para sua infelicidade, a tal pessoa era também sua nova irmã Pândava.

Isso queria dizer que, assim como Aru e Mini, ela era a reencarnação de um dos cinco lendários irmãos semideuses da mitologia hindu. Algumas horas antes, as duas a viram carregando um arco e flecha enorme, e Buu, seu pombo mentor, avisou: "Essa é a irmã de vocês".

– Aru! – murmurou Mini.

– *Shh!* Um zumbi pode encontrar a gente...

– Acho que... Acho que isso já aconteceu – respondeu Mini.

Aru se virou bem a tempo de ver um par de mãos pálidas empurrar a bancada sob a qual as duas estavam escondidas. A luz do sol e o luar se derramaram sobre elas a partir do céu metade-diurno-e-metade-noturno mais acima. Aru piscou algumas vezes, por causa da mudança repentina de luminosidade. Não dava para ver direito as feições do zumbi, que naquele momento quebrou uma das pernas da bancada (e por sua vez gritou: COMO *OUSA*!?) e a brandiu na direção das meninas.

O mais normal provavelmente seria *sentir* medo, mas Aru levava consigo uma arma poderosa e sabia como usá-la.

Ela lançou Vajra como se fosse um dardo. O raio arrancou o pedaço de madeira da mão do zumbi, que recolheu o braço, ferido. A bancada de sorvete de iogurte tombou inteirinha em cima dele.

– Corre! – disse Mimi.

Vajra voltou zunindo para a mão de Aru, que saiu em disparada. Ao redor das duas, o Bazar Noturno estava mergulhado no caos. Mostruários foram derrubados, mas embora a maioria dos vendedores tivesse dado no pé, as bancadas onde eram expostos os produtos continuavam na luta. Uma quitanda encantada transformou sua seção de legumes num arsenal de abóboras explosivas, e uma barraca de artigos de cozinha reuniu um exército de colheres de pau para bater na cabeça de um grupo de zumbis. Quando alguns dos intrusos derrubaram uma tigela de miçangas e contas e começaram a escorregar e cair, um vendedor *yaksha* berrou:

– VOCÊS VÃO PAGAR POR TUDO ISSO! E SEM O DESCONTO ESPECIAL DE SÁBADO!

– Aquele zumbi está perseguindo a gente! – Mini gritou.

Aru olhou por cima do ombro. Com certeza era o mesmo zumbi de antes, se esquivando dos carrinhos de compra ferozes que voavam descontroladamente de um lado para o outro do Bazar Noturno.

– Por que *todos* os zumbis andam cambaleando assim? – questionou Aru. – É tipo uma lei universal dos zumbis?

Ela lançou Vajra como uma rede, pensando que assim poderia detê-lo, mas a armadilha eletrificada escorregou pelo corpo dele, que simplesmente passou por cima do artefato e continuou andando. Talvez sua mira não estivesse tão boa por estar correndo... mas Vajra nunca tinha falhado como rede antes. Vajra voltou para sua mão, transformando-se no bracelete que ela usava em torno do pulso.

Mini deteve o passo na entrada do corredor da seção de pizzas congeladas e encantamentos. Uma horda de carrinhos de compras bloqueava a passagem em formação cerrada.

– Lá está ela! – avisou Mini.

Na outra extremidade do corredor, Aru viu a outra menina Pândava. A *ladra*. Ela havia se transformado num lobo azul e carregava um arco e flecha enorme enquanto corria.

– Ei! *Parada aí!* – Mini gritou.

Mas não havia como persegui-la. Diante delas, os carrinhos de compra se eriçavam e corriam de um lado para o outro como um bando de felinos selvagens. Atrás das duas, o zumbi se aproximava com seus passos cambaleantes.

– Você consegue deixar a gente invisível? – perguntou Aru. – De repente dá pra escapar dele assim.

Moldar um escudo de invisibilidade com Dadá era um dos novos poderes que Mini havia aprendido em seu treinamento de Pândava. Só que ainda não era muito boa. Mini brandiu seu bastão danda num movimento em formato de arco, criando um campo de força ao redor das duas, porém a energia imediatamente arrefeceu e sumiu.

Do outro lado da barricada de carrinhos de compras, a ladra Pândava escapou antes que Aru pudesse capturá-la.

Um grunhido grave ressoou bem atrás dela. Aru se virou devagar, desejando que Vajra se transformasse outra vez num raio. Pela primeira vez, pôde dar uma boa olhada no zumbi. Era bem alto e usava um jaleco branco aberto por cima do peito nu, onde havia uma estranha cicatriz branca logo acima do coração. Não era bem uma ferida, parecia mais o centro de uma teia de aranha, que espalhava fios congelados por toda a superfície da pele. Em seguida, ela notou algo ainda mais bizarro. Os botões do jaleco do zumbi eram abotoaduras em formato de dentes. E, bordadas perto da lapela esquerda, as palavras:

DR. ERNST WARREN, CIRURGIÃO-DENTISTA
ABRA O BOCÃO!

– O zumbi é dentista? – questionou Aru.

– A minha tia é dentista – revelou Mimi. – Ela sempre falava que estava morta por dentro.

– Faz sentido.

Parecendo ofendidíssimo, o zumbi soltou um grito gutural e avançou na direção delas.

As semanas de treinamento vieram à tona imediatamente. Em uma fração de segundo, as duas meninas se posicionaram de costas uma para a outra, brandindo as armas diante de si. O zumbi rugiu e ergueu as mãos. Mini bateu com Dadá nos tornozelos dele, jogando-o no chão. Aru rodou Vajra na mão até que virasse uma corda. Em seguida, a atirou no zumbi, prendendo-o pelos pulsos e pelas pernas.

Mini sorriu para Aru, mas isso só durou um breve instante.

– Não precisa entrar em pânico – disse Aru. – Em duas contra um a gente consegue!

– Mas e em duas contra duas *dezenas*?

Aru seguiu o olhar de Mini. O pânico tomou conta de seu coração quando viu vinte zumbis saírem dos destroços de mostruários destruídos. Todos tinham a mesma expressão boquiaberta e as roupas rasgadas revelando as feridas parecidas com congelamento logo acima do coração. O Zumbi Sorvete de Iogurte se livrou da corda de raio logo em seguida, e Vajra voltou para a mão de Aru. Ao seu lado, Mini conjurou outro campo de força, que logo em seguida piscou e desapareceu.

– Nossas armas não estão funcionando... – constatou Mini.

Aru não queria admitir, mas Mini estava certa. Deveria ser impossível. Armas celestiais em geral funcionavam contra tudo. Bem, a não ser *outras* armas celestiais.

Nesse momento, uma sombra passou por elas. Ambas olharam para cima a tempo de ver Buu chegando. Ele carregava um pequeno frasco nas garras.

– Essas Pândavas são minhas! – ele grasnou para os zumbis.

Em seguida, mergulhou na frente das duas, quebrando o frasco no chão. A fumaça subiu no mesmo instante, obscurecendo a visão dos zumbis. Batendo as asas velozmente, Buu se virou e falou:

– Vocês não têm tempo a perder, meninas. Precisam ir atrás da sua irmã!

Que bela irmã, pensou Aru. A outra Pândava, quem quer que fosse, era a culpada por toda aquela confusão.

– Mas e você? – perguntou Mini, preocupada.

– *Eu* sou um pombo capaz de me virar muito bem sozinho. – Buu estufou o peito. – Não esquentem comigo. Vão procurá-la!

Aru e Mini se voltaram para os carrinhos de compra, furiosos. O mais próximo dela sacudiu a estrutura metálica e empinou nas rodas traseiras. Aru girou a corda Vajra acima da cabeça e laçou o carrinho, que resistiu ferozmente, mas o raio o prendeu com firmeza. Aru saltou sobre ele e puxou Mini consigo.

– Segura, peão! – berrou Aru, usando Vajra como rédeas.

O carrinho de compras bufou, empinou e então partiu para cima do resto do bando e atravessou o corredor de comida congelada. Mini se inclinou para fora, derrubando dezenas de caixas no chão para deter o avanço dos zumbis em seu encalço.

– Vou gastar anos da minha mesada pra pagar tudo isso – ela gritou.

Aru puxou as rédeas com força, conduzindo o carrinho para o último lugar onde tinham visto a Pândava. No fim do corredor, um caminho de terra levava a uma arena onde sabia que alguns estudantes treinavam. Aru e Mini nunca tinham conhecido outra criança que, por causa da linhagem, tinha direito de estudar no Outromundo. Aru gostava da ideia de que ela e Mini eram mantidas à parte porque, por serem *Pândavas*, precisavam receber ensinamentos *exclusivos*. Mas Mini desconfiava de que, na verdade, fosse porque as duas estavam nas aulas de reforço para os retardatários...

Quando chegaram à arena, Aru viu duas meninas lutando pelo controle de um arco e flecha dourado. Uma era a irmã Pândava, a que era capaz de assumir a forma de animal. Tinha a pele morena e cabelos castanhos com mechas douradas. Era absurdamente alta e, apesar de ter pernas e braços compridos, não era magricela como Aru. Tinha membros grossos e robustos, recobertos com pulseiras de metal.

E a outra menina? Aru sentiu o ar ser expulso de seus pulmões.

– Como é possível? – sussurrou Mini.

Porque a pessoa que a Pândava enfrentava era...

Aru.

DOIS

Casos de família: especial Pândavas

—Aquela não é... você? – perguntou Mini, com um tantinho de incredulidade no tom de voz.

A Verdadeira Aru apontou para a Falsa Aru, que desferia um soco poderoso de baixo para cima na outra Pândava. O arco e flecha estava caído no chão atrás das duas.

– Por acaso você já me viu de calça jeans e camisa jeans?! – rebateu Aru.

– Verdade – admitiu Mini, dando uma ajeitada nos óculos sobre o nariz.

A outra Pândava era boa de briga, Aru admitiu de má vontade. Movia-se absurdamente rápido, se esquivando dos ataques e levantando poeira. Em determinado momento, se transformou numa onça azul enorme (o que era *muito* injusto) e atacou a Falsa Aru, que por sua vez conseguiu se manter firme. Com um último e poderoso golpe, a Falsa Aru lançou a menina-onça pelos ares e a fez bater as costas numa parede e cair ao chão, inconsciente. Em um piscar de luz azul, a felina voltou a ser uma garota.

A Falsa Aru estendeu o braço, ofegante, e apanhou o arco e flecha. Logo depois, estalou os dedos. Os zumbis que continuavam a gerar o caos no Bazar Noturno ficaram imediatamente imóveis.

Aru arregalou os olhos. Era a Falsa Aru que estava controlando os zumbis. Mas como?

– Ela só pode ser uma rakshasi – murmurou Mini.

Aru se lembrou de uma aula do treinamento Pândava na qual aprendeu que algumas rakshasas, criaturas com cabeças de animais, podiam assumir a aparência de deuses, demônios e humanos. Inclusive, pelo jeito, a de Aru. Mas por que uma rakshasi iria querer se parecer com ela?

– Ela deve ser do mal – Aru comentou, brandindo Vajra. – Essa roupa aí diz tudo.

O relâmpago ganhou brilho e vida. Dadá virou uma lança arroxeada. Mas, no momento em que avançaram na direção da Falsa Aru, uma luz branca as jogou para trás. A Falsa Aru se virou para a Verdadeira Aru e para Mini.

A rakshasi fez um aceno com os dedos para cumprimentá-las que, além de bem *grosseiro*, colocou os zumbis em modo de ataque novamente. Em um piscar de olhos, a Falsa Aru desapareceu com o arco e flecha... mas não sem antes deixar algo para trás.

Um incêndio enorme.

Chamas imensas irromperam num círculo ao redor de Mini e Aru. A fumaça preta encobriu a visão dos zumbis.

– Buu! – gritou Mini. – Socorro!

Aru olhou para cima. O céu estava vazio. Seu pombo mentor não estava por perto. A outra menina Pândava continuava caída.

Bem acima de sua cabeça, Aru ouviu o vento agitando o ar e sentiu a vibração de asas enormes. Protegendo os olhos com as mãos, conseguiu ver vários Guardiões, os seres celestiais que protegiam cada geração de Pândavas, começarem a descer do céu. Um grande alívio e uma certa irritação tomaram conta dela. Por que não apareceram trinta segundos antes?

Lá estava Hanuman, o semideus macaco, que apareceu numa versão gigante de si mesmo, com as bochechas estranhamente cheias. Logo depois, Urvashi, a deslumbrante *apsara*, usando um top preto com a inscrição A DANÇA É MEU SUPERPODER. Atrás dos dois, Aru viu mais duas figuras do Conselho de Guardiões: um urso gigantesco usando uma coroa, e uma mulher mais velha, de cara fechada, com corpo de cobra.

Havia nela algo ainda mais assustador do que os próprios zumbis.

– PROTEJAM UMA À OUTRA! – gritou Buu, revoando ao redor.

Aru lançou uma enorme rede em torno de si, de Mini e, apesar de achar que ela provavelmente não merecia, da outra menina Pândava. Em seguida, Mini gerou um campo de força de luz violeta ao redor, dessa vez com sucesso. Os escudos mágicos mal haviam se materializado quando jatos d'água atingiram as chamas, como se viessem de várias mangueiras de bombeiros ao mesmo tempo. Aru olhou para cima e viu Hanuman espirrando água pela boca. Devia ter sugado um lago inteiro. O fogo se apagou, e um vapor sibilante se ergueu no ar.

Quando a fumaça se dissipou, Aru esperava ver um exército de zumbis encharcados. Mas, em vez disso, só o que havia ao redor eram os destroços do Bazar Noturno. Barracas e bancadas tombadas e espalhadas. Faixas do céu noturno visíveis no ar. Uns vendedores gritando alguma coisa sobre insurreição. Aru ignorou tudo isso.

Os zumbis tinham desaparecido completamente. Não havia sequer vestígios.

Mini tossiu.

– Isso é terrível!

– Pois é – concordou Aru. – Todos aqueles zumbis...

– E a fumaça! – Mini abriu a mochila e pegou o inalador. – Quase me deu um ataque de asma.

– Como assim? – questionou Aru.

– Bem, existem umas passagens de ar pequenininhas nos pulmões chamadas bronquíolos, e se a pessoa tem asma essas passagens ficam inflamadas e...

– Não! Não a asma! Os zumbis! Para onde foram? Tinha, tipo, centenas deles! Os zumbis conseguem desaparecer?

A respiração de Mini continuava alterada.

– Pode ser, se forem controlados por outra coisa. Como um arco e flecha.

Ela apontou com o queixo para a menina Pândava que havia perdido a arma. Mini foi até ela, ainda com o inalador na mão, e Aru a acompanhou.

Atrás delas, os Guardiões pousavam no chão.

Aru se agachou ao lado da garota.

— Ei — ela disse com um tom bem seco, sacudindo a outra pelo ombro.

Mini segurou o pulso da menina e olhou o próprio relógio.

— Os batimentos estão estáveis em setenta por minuto. Isso é bom.

Com movimentos lentos e pesados, a Pândava piscou algumas vezes. Em seguida, seus olhos amendoados se arregalaram.

— Senta bem devagar — Mini disse tranquilamente, no seu melhor estilo *um-dia-vou-ser-médica*. — Foi uma pancada bem forte. Como está sua visão?

Só mesmo Mini para ser tão legal com a pessoa que havia arruinado o sábado. Aru cruzou os braços e fechou a cara.

Ainda piscando várias vezes, a menina olhou ao redor. Então o olhar dela se fixou em Aru. A nova Pândava se levantou, empurrando Mini para o lado.

— Minha visão está ótima — grunhiu a garota. — Estou vendo a ladra bem aqui na minha frente. Pode ir me devolvendo.

— *Eu* não sou a ladra, *você* é! — retrucou Aru, erguendo as mãos. — Mas aquela rakshasi igualzinha a mim levou o arco e flecha. Então, só para deixar claro: sou a *verdadeira* Aru. — Ela apontou para as próprias roupas. — E não estou vestida toda de jeans.

A menina deu um tapa em suas mãos, para que as abaixasse. No momento em que as duas se tocaram, Aru sentiu uma onda de choque, como se um fio desencapado tivesse se materializado entre elas.

O vento agitou a poeira. Em seguida, se ergueu num ciclone em torno da outra garota, levantando-a do chão.

Sinceramente, se isso acontecesse com Aru, ela armaria um berreiro. Mas aquela menina se limitou a *sorrir* e levantar os braços. Aru desejou que ela dissesse algo como *Todos deverão me amar e se desesperar!* Mas não foi isso que aconteceu. Talvez ela não tivesse visto os filmes da série *O Senhor dos Anéis*.

Uma luz azul-clara surgiu ao redor da Pândava. Uma bandeira – símbolo de Vayu, o deus do vento – girava sobre a cabeça dela. Foi um momento *épico*, Aru era obrigada a admitir. E a menina nem pareceu surpresa por ter sido reivindicada assim! Nem ao menos piscou quando voltou ao chão e uma arma azul brilhante que parecia o tacape de um homem das cavernas caiu aos pés dela. Simplesmente o recolheu, colocou sobre o ombro e foi andando na direção de Aru.

Uau, pensou Aru. *Por que* ela *ganhou uma arma celestial assim automaticamente?* Aru e Mini tiveram que atravessar o Reino da Morte antes de suas armas revelarem ser mais do que uma simples bola de pingue-pongue e um espelhinho de maquiagem.

Aquilo era... totalmente injusto.

Só então Aru reparou que havia uma plateia ao redor. De todas as partes do Bazar Noturno, vendedores e lojistas se aproximavam cada vez mais, ansiosos para acompanhar o drama.

Mini passou correndo na frente de Aru e levantou as mãos.

– Escuta só, às vezes as pessoas cometem erros, o que foi claramente o seu caso agora há pouco... Mas salvamos a sua vida! Você não pode estar brava com a gente!

– Eu estou brava, *sim* – disse a garota, sem diminuir o passo. – Você roubou o arco e flecha. Onde está? – O estômago dela roncou alto. Ela fez uma pausa e acrescentou: – Além disso, tô com fome.

– Talvez seja hipoglicemia... é bem comum, e provavelmente o motivo da irritação – disse Mini, com a fala acelerada. – Quer um Snickers? – Ela sacou o chocolate da mochila e ofereceu para a Pândava.

Aru ficou bem feliz com o fato de o Senhor Vayu ter colocado a filha de alma dele de volta no chão a uma boa distância das duas. Mas, quando a garota brandiu o tacape como se fosse um taco de beisebol, uma ventania explodiu ao redor de Mini e Aru. Elas tiveram que cravar os pés no chão, mas mesmo assim Mini foi puxada. O chocolate caiu enquanto ela era arrastada, gritando:

– Mas eu te ofereci um doceeee!

Aru esperou até que Mini voltasse ao solo a salvo, ainda que sem a menor elegância, a alguns passos de distância.

– Ela poderia ter se machucado! – esbravejou Aru.

– E daí? O que *você* vai fazer a respeito? – retrucou a filha de Vayu.

Vajra se transformou num raio em formato de espada. A eletricidade estalava ao longo da lâmina.

– Ah, então é assim que você quer que seja, *ladra*?

– Ladra é *você*!

Hanuman e Urvashi foram correndo na direção delas, gritando:

— Ei, meninas! Não precisam brigar!
Alguém que acompanhava a distância gritou:
— Porrada! Porrada!
E outro berrou:
— Pega a outra pelos chifres!
E um terceiro retrucou:
— Mas ela nem tem chifres!
— PARE COM ISSO, BRYNNE! — berrou Hanuman. — Nosso pai não vai gostar nada disso.
— ARU, BAIXE ESSA ESPADA! — gritou Buu.
Em seguida, mais um pé de vento soprou, jogando Aru para o alto. Seus braços começaram a girar freneticamente. Ela olhou para baixo, o que foi um grande erro. De lá de cima, todo mundo parecia um monte de formiguinhas.
Enquanto caía, a última coisa que viu antes de apagar foi um par de mãos gigantes se estendendo para apanhá-la no céu.

TRÊS

Aru Shah: semideusa e dublê de hamster

Aru acordou flutuando nas nuvens dentro de uma enorme bolha de vidro. Um buraco se abriu debaixo dela e seu estômago se revirou. Centenas de metros abaixo, ela viu as barracas coloridas (ainda que em pandarecos) do Bazar Noturno e as últimas emanações de fumaça do incêndio épico. Ela se encolheu para trás dentro de sua bolha antes de olhar para cima. Não havia nada além do céu azul. Hanuman a havia colocado lá como se ela fosse um hamster bagunceiro causando problemas dentro de casa.

Tudo bem, pensou Aru, *então vou ser um hamster.*

Ela começou a correr, tentando fazer a esfera se mover. A distância, uma tempestade que se formava fez uma trovoada ressoar. Impossível não imaginar que se tratasse de uma sutil bronca de seu pai divino.

— Foi ela que começou — protestou Aru.

O trovão retumbou novamente. Parecia estar dizendo: *Ah, foi mesmo?*

Uma rajada de vento dispersou a nuvem, permitindo que Aru visse outras bolhas gigantes flutuando a alguns metros da sua. Uma delas levava Mini, sentada de pernas cruzadas e lendo um livro. Quando percebeu que Aru a olhava, ela deu um aceno discreto e tristonho. Na bolha ao lado, Brynne.

– Me tirem daqui! – gritava Brynne, mas o som saía abafado.

Ela esmurrou o vidro, e rachaduras em formato de teia de aranha se formaram na superfície.

Bom, se ela pode fazer isso, então com certeza também posso, pensou Aru. Ela deu um soco na bolha. Uma dor aguda subiu pelo braço.

– AI, AI, AI, AI! – ela gritou, segurando a mão.

Na bolha ao lado, Mini levantou as sobrancelhas.

Aru acionou a ligação telepática Pândava das duas. Em geral, ela só conseguia se sintonizar com a mente de Mini. Dessa vez, porém, sentiu a presença de um segundo caminho. Mas, se por um lado a ligação com Mini era suave como veludo, a outra parecia toda rasgada e esburacada. Só podia ser da outra garota, e *sem chance* que Aru tentaria aquela conexão.

Você viu isso?

Se eu vi você quase quebrar sua mão? Vi, sim.

COMO FOI QUE ELA FEZ ISSO?

Será que ela é a reencarnação de Bhima, o Forte? Se for, provavelmente consegue mastigar até pregos. Mas não deveria tentar. Pode ser perigoso sem tomar uma antitetânica...

A mente de Aru começou a vagar. Bhima, o Forte, era o segundo Pândava mais velho, filho do Senhor Vayu. Isso significava que a garota era meia-irmã de Hanuman. E explicava por que ele dissera: *Nosso pai não vai gostar nada disso.*

Aru lembrou que Brynne não ficara nem um pouco surpresa quando foi erguida aos ares pelo pai de alma. Ela parecia tão... graciosa. Como uma Pândava de verdade. E Aru não conseguia se esquecer da maneira como ela lutava: como uma heroína muito bem treinada.

Uma pontada de inveja se espalhou pelo seu corpo, seguida por uma estranha reminiscência. Pouco antes de perder os sentidos, Aru sentiu uma mão fria e macia em sua testa, e a estranha sensação de ter alguém vasculhando suas memórias como se fosse uma gaveta de arquivos.

Quem tinha feito aquilo?

Ela caiu sentada no meio da bola de hamster. Não poderia ter sido Mini. Embora as duas compartilhassem de uma conexão Pândava, Aru era capaz de bloquear a entrada da amiga se quisesse. Aquela outra pessoa tinha invadido sua mente sem a menor delicadeza e agido como se estivesse em casa, fazendo Aru se sentir impotente. *Talvez tenha sido Brynne*, pensou, sentindo uma onda de raiva surgir dentro de si.

Aru olhou para Mini e percebeu que a amiga estava apontando freneticamente e mexendo a boca para dizer: *Olha para baixo!*

Cerca de quinze metros abaixo, o Conselho de Guardiões estava reunido na elaboradíssima Corte dos Céus – uma planície de nuvens marmorizadas onde um semicírculo de tronos dourados e uma mesa redonda flutuavam num esplendor espectral. Aru correu como um hamster em sua bolha para se aproximar o suficiente e tentar compreender o que estavam dizendo.

Como sempre, nem todos os Guardiões estavam presentes. Mas lá estava a linda Urvashi. Ela deu um gole furioso de uma garrafinha, e Aru viu que o recipiente plástico semitransparente não continha água, e, sim, luz do sol. Ao lado de Urvashi, Buu estava empoleirado no espaldar de seu trono, grasnando alto. Hanuman também estava lá, vestindo um smoking branco. O quarto trono era ocupado pelo rei Jambavan, o urso gigante, cuja coroa, que daquela distância Aru conseguia ver melhor, parecia ser formada por pequenas constelações tricotadas ao redor da testa.

Todos estavam discutindo com quem ocupava o quinto trono. Aru não conseguia ver, porque havia uma nuvem bloqueando o caminho. Ela empurrou uma das extremidades da bolha de vidro, tentando manobrá-la da melhor maneira possível, até que a figura se revelasse: a mulher *naga* mais velha.

A maioria dos seres do Outromundo parecia eternamente jovem, ou pelo menos envelhecia *muito*, muito devagar. Mas a pele cor de bronze da nagini era toda enrugada. A boca era marcada por linhas duras, como se ela tivesse esquecido como sorrir. A parte inferior do corpo estava escondida pela mesa, mas Aru sabia que em algum lugar a partir da metade do tronco o corpo da mulher se fundia com o de uma serpente. Na cabeça, a mulher naga usava uma tiara de pedras da lua e águas-marinhas. Tantas joias faziam sentido. Afinal de contas, nagas eram guardiãs de tesouros. Mas era estranho que ela não tivesse a pedra preciosa de costume no meio da testa.

— ...uma transgressão muito *ssséria!* — dizia a nagini. — Elas roubaram o arco e flecha da tesouraria naga! Ninguém pode fazer isso, a não ser que tenha um poder extraordinário. Como um *Pândava*. Mais ninguém seria capaz de passar por Takshaka. Podem acreditar. Ele não precisa da visão para sentir tudo o que acontece ao redor.

A mulher naga apontou para o homem naga parado ao seu lado. Ele parecia jovem como um imortal, mas com uma aura que transmitia a sensação de antiguidade e poder. Ostentava várias marcas de queimadura no peito e no rosto de pele bem escura. Os olhos eram brancos e leitosos por causa da cegueira. Uma joia azul reluzente brilhava no centro da testa. Ao que parecia, as pedras preciosas de cada naga eram vinculadas ao coração ou coisa do tipo. Na opinião de Aru, isso tornava ainda mais esquisito o fato de aquela nagini não ter uma joia na testa. Só o que Aru conseguia ver era uma concavidade vazia, marcada por uma cicatriz branca.

— A menina estava com o arco e flecha de Kamadeva — continuou a mulher naga. — Ela deve ser responsabilizada.

Kamadeva. Aru sabia que a palavra *deva* significava deus. Portanto aquele arco e flecha era uma arma celestial. Não foi à toa que Vajra e Dadá não funcionaram. Armas celestiais não podiam ser usadas umas contra as outras. Aru teve que se segurar para não apontar para Brynne e dizer: *Você está encrencada. HÁ!*

— Aru não teve nada a ver com isso! — exclamou Buu.

Ei, espera aí! EU?

Aru arriscou uma olhada para a bolha de Brynne. A menina estava comendo um chocolate como uma selvagem. Ela abriu um sorriso maligno para Aru, mas que desapareceu logo em seguida, diante das novas palavras emitidas pelo Conselho:

– Aru é culpada, *sim*, e Brynne também – continuou a mulher naga. – Ambas foram vistas no Outromundo com o arco e flecha.

– Foram vistas *mesmo*? – questionou Buu. – Havia uma névoa mágica escondendo toda a extensão do Bazar Noturno. Aposto que tem o dedo de alguma rakshasi por trás disso. Afinal, a ladra era capaz de mudar de forma. Você com certeza percebeu isso, não, rainha *Uloopi?*

Uloopi? Aru conhecia aquele nome dos mitos. No *Mahabharata*, o poema épico em sânscrito sobre a guerra entre os Pândavas e seus primos, Uloopi era não só uma famosa rainha naga, mas também uma das esposas de Arjuna. Segundo a história, ela trouxe o marido Pândava de volta à vida depois de ele ser morto numa batalha. Mas Aru não sabia o que tinha acontecido com ela depois.

Você era a rainha favorita dele! Pode acreditar, eu sei. A alma dele está em mim! Era isso o que Aru tinha vontade de dizer. *Por favor, não me mata!*

Mas obviamente a devoção de Uloopi a Arjuna não se estendia às reencarnações dele.

– Ah, eu sei muito bem o que vi – disse Uloopi, bastante séria. – E não confio em ninguém, muito menos em você, Subala. Seu apelido costumava ser o Grande Enganador, não? Agora que Sono está desperto e construindo um exército, talvez seja o momento de questionar sua lealdade aos devas...

Buu grasnou e sacudiu as penas, indignado. Aru e Mini se levantaram ao mesmo tempo em suas respectivas bolhas, com expressões furiosas. A acusação de Uloopi não era justa. Buu mudara desde os tempos em que era o traiçoeiro Shakhuni, rei de Subala. Já tinha provado que era um amigo fiel de Aru e Mini.

Hanuman se inclinou para a frente no trono. A cauda dele se agitou atrás do corpo.

– Esse comentário foi bem desnecessário, rainha Uloopi. Além disso, quando o alarme do Outromundo disparou, *eu* estava treinando as jovens Pândavas. Elas não podem ter roubado o arco e flecha.

– O alarme foi disparado quando descobrimos a violação de segurança – argumentou o homem naga ao lado da rainha. – Não no momento do roubo. Inclusive, a sua sessão de treinamento pode ter sido marcada para fornecer um álibi.

Hanuman estrilou e fez menção de começar a falar de novo, mas Uloopi o interrompeu:

– Takshaka levantou um questionamento válido. As coisas estão mudando. Nenhum de nós conseguiu localizar Sono, apesar de ele certamente ser o culpado pelo recente pico de atividade demoníaca. Talvez quem roubou o arco e flecha de Kamadeva seja cúmplice *dele*. Não temos nenhuma garantia de que essas Pândavas são mesmo nossas aliadas! De acordo com as profecias, nada vai ser o que parece quando a inevitável guerra começar.

– Sempre foi muito claro para nós que os Pândavas despertam apenas quando o perigo está presente – disse Hanuman com aquela voz grave e retumbante. – Mas sempre do nosso lado.

– É mesmo? – retrucou Takshaka.

Ele voltou os olhos cegos para Aru, que se sentiu dominada pela culpa. Por um instante, ela achou que ele ia dizer que era sua responsabilidade que Sono vinha causando todo aquele transtorno. E ainda por cima... seria verdade. Foi ela quem permitira que ele se libertasse da lâmpada no museu. E também falhara no último confronto com ele, permitindo que escapasse. O demônio estava à solta ninguém sabia onde, empenhado com determinação infernal em derrotar os deuses.

Ela havia fracassado em todos os sentidos.

Mesmo assim, como o Conselho poderia achar que Mini e Aru eram inimigas? Seus objetivos naquele sábado eram bem simples: pregar o bumbum no sofá e ficar à toa. Em vez disso, acabaram enfrentando dentistas zumbis! E esse era o agradecimento que recebiam? Que grosseria.

Urvashi levantou a mão e contorceu o pulso. Aru foi lançada para a frente junto com sua bolha de vidro, que agora flutuava diante da dançarina.

– Você já falou demais, Uloopi – ralhou Urvashi. – E ouviu os testemunhos de todos os lados. Teve acesso às lembranças das meninas...

– Eu *tentei* – interrompeu Uloopi. – Mas, como são Pândavas, a mente delas é difícil de penetrar. E existem algumas lacunas! Isso é suficiente para eu duvidar da inocência delas.

Um calafrio percorreu a espinha de Aru. Então foi Uloopi

que sentiu remexendo em sua mente. Seu rosto ficou em chamas. Isso significava que Uloopi havia visto Aru cantando "Thriller" e fazendo aquela dancinha com os ombros no espelho do banheiro?

— Acho que já ouvi mais do que o suficiente de todo mundo — declarou Uloopi.

Urvashi pareceu indignada, mas até mesmo ela demonstrava reverência à grande rainha naga.

— Inclusive as outras testemunhas... — acrescentou Uloopi.

Ao ouvir essas palavras, Takshaka, o naga, se remexeu. O rosto dele assumiu uma expressão sisuda, e que desapareceu tão depressa que Aru se perguntou se não havia sido obra de sua imaginação. Quando sua bola de hamster começou a descer, Aru olhou ao redor da corte (em parte temendo que poderia haver uma tela mágica exibindo sua cantoria diante do espelho do banheiro), mas não viu nenhuma outra testemunha.

Sua bolha de vidro quicou no tapete de névoa antes de se dissolver ao redor. Um par de chinelos surgiu magicamente sob seus pés para que ela não caísse das nuvens brancas e ralas. Lá em cima, onde pairava a Corte dos Céus, o ar era rarefeito e frio, queimando os pulmões de Aru. As outras duas bolhas de vidro pousaram cada uma de um lado e se dissolveram também, deixando Mini à sua direita, e Brynne, à esquerda.

Brynne não tinha mais a mesma expressão presunçosa. Em vez disso, estava olhando para Aru como se ela fosse um monstro de duas cabeças que havia acabado de se apresentar dizendo *Meu nome é Kathy com K*.

— *Vocês* são as outras Pândavas?

Aru abriu os braços.

— Tchã-rááááá!

Brynne franziu a testa ao olhar para ela, e depois para Mini.

— Mas eu vi *você* roubando...

— E eu vi você correndo por aí com um arco e flecha que com certeza não era seu.

— Está me chamando de ladra? — desafiou Brynne.

— Bem, eu tenho certeza de que não fui *eu* quem roubou.

Brynne a olhou de cima a baixo e soltou um risinho de deboche.

— Na verdade, até acredito. A ladra que *eu* enfrentei parecia uma Pândava de verdade. Você, por outro lado, parece nunca ter feito um treinamento na vida.

Ah, ela não disse isso.

— Nós somos treinadas, *sim*! — exclamou Mini.

— Somos absolutamente letais — acrescentou Aru.

— É! — exclamou Mini, dando um passo na direção de Brynne.

Bem nesse momento, ela tropeçou. Mini teria caído de cara numa nuvem se não estivesse usando chinelos mágicos. Em vez disso, ficou só ondulando sem sair do lugar, como a corda de um violão depois de ser tocada.

Brynne revirou os olhos e falou num tom monótono:

— Tô morrendo de medo.

— Quer saber de uma coisa?

— *Meninas*! — repreendeu Buu.

As três se voltaram para o local de onde vinha a voz. A mesa redonda tinha desaparecido, e os tronos do Conselho de Guardiões flutuavam ao redor delas. Por um lado, Aru ficou contente por não estar de pijama dessa vez. Por outro, seria muito melhor se sua mochila não fosse de um roxo tão escandaloso e não tivesse a inscrição HAKUNA MATATA! estampada em letras garrafais.

— Vocês já foram julgadas — anunciou Uloopi.

— Ei, espera aí — começou Aru.

A cauda de Takshaka se lançou para a frente, levantando uma névoa das nuvens quando ele sibilou:

— Fiquem em *sssilêncio* enquanto os mais velhos falam!

Até mesmo Buu lançou um olhar de desaprovação para ela. Aru sentiu o corpo ficar quente dos pés à cabeça, como se tivesse ácido correndo nas veias. Com o rosto todo vermelho, ela deixou seus ombros desabarem e olhou para a rainha naga. De perto, era ainda mais intimidadora. Uloopi estava sentada com elegância no trono, com a cauda cor de esmeralda de serpente enrolada sob o corpo como se fosse uma almofada.

— O roubo e o *mau uso* do arco e flecha de Kamadeva terá sérias consequências no mundo dos mortais — anunciou a rainha.

Dá, pensou Aru, irritada. As pessoas sairiam gritando *Apocalipse zumbi!* e pirariam por completo. Então, a internet cairia, e aí *sim* viraria um apocalipse *de verdade*.

— Quem cometeu esse roubo está sequestrando humanos do gênero masculino num ritmo alarmante, e os transformando naquelas criaturas boquiabertas que viram no Outromundo.

Não era *isso* que Aru queria ouvir. Então aqueles zumbis todos na verdade não eram zumbis… eram vítimas de sequestro. Seu estômago se revirou.

– Se o arco e flecha não for recuperado logo, os efeitos causados naqueles homens serão permanentes. Eles vão continuar vivendo como Sem-Coração por toda a eternidade.

Sem-Coração? Aru engoliu em seco, se lembrando das cicatrizes esquisitas no peito dos zumbis. *Será que alguém de fato…?*

Uloopi interrompeu esses pensamentos com uma declaração:

– As Pândavas precisam provar sua inocência. – A rainha se inclinou para a frente, e a coroa na cabeça dela brilhou com tanta força que Aru não conseguiu continuar olhando. – Portanto, vocês têm diante de si o desafio de recuperar o arco e flecha em dez dias, na contagem dos mortais. Se fracassarem, pagarão um preço. Suas memórias do Outromundo serão apagadas. Vocês não se lembrarão de que foram Pândavas, e suas almas de Pândava assumirão o estado dormente. Além disso, serão banidas do Outromundo. Para sempre.

QUATRO

A gente literalmente *acabou* de voltar de uma missão

Aru não conseguia respirar.
Memórias apagadas...
Deixar de ser Pândava...
Banida para sempre...

Caso fracassassem, aqueles homens transformados em Sem-Coração continuariam a ser zumbis! Parecia um destino pior que a morte. Além disso, se a atual geração de Pândavas fosse exilada, quem seria capaz de deter Sono?

Ela olhou para Mini, que parecia estar se sentindo como Aru: *chocada*. Então se deu conta de que, caso falhassem, nem sequer se lembraria de Mini. Toda aquela parte de sua vida seria apagada. Aquele pequeno contato com a magia, a sensação de que, pela primeira vez, poderia respirar tranquila por ter encontrado o lugar ao qual pertencia... Isso tudo seria perdido. E simplesmente porque a rainha Uloopi se recusava a acreditar na verdade.

Aru não poderia deixar que isso acontecesse.

Vajra, que assumira a forma de um humilde bracelete, estalou em seu pulso. Dava para sentir a raiva crescendo em seu peito, uma pressão nos pulmões que tornava a respiração difícil.

Empoleirado no trono, que se transformara num galho dourado de árvore suspenso no ar, Buu fazia gestos frenéticos pedindo que ela não fizesse nada. Aru ignorou e abriu a boca para falar...

Mas alguém se manifestou antes.

– Tá falando sério? – questionou Brynne.

Aru olhou para ela. Os olhos da garota estavam cheios de lágrimas e o rosto pálido.

– Considerando que é minha obrigação manter a lei e a ordem no Outromundo, não vejo razão para brincadeiras com esse tipo de assunto – respondeu Uloopi com toda a frieza.

O restante do Conselho assumiu uma postura séria e solene. Apesar de toda a fúria demonstrada pela rainha, Aru sentia que nem mesmo Uloopi estava contente com a situação. Takshaka, porém, parado ao lado dela, não parecia nem um pouco incomodado. Dava para ver que estava até tentando segurar um sorriso.

– Então as Pândavas consideram a rainha Uloopi cruel? – ele questionou com uma expressão maliciosa. – Pois foi dela o voto que decidiu pela necessidade de provarem sua inocência. A fotografia da testemunha não me convenceu. – Ele estalou a língua na direção de Brynne. – Sssei por experiência própria como os membros da linhagem *asura* podem ser manipuladores, embora ela ssseja uma Pândava.

O lábio inferior de Brynne tremeu por um instante, mas ela logo cerrou os dentes e encarou o rei serpente.

Então Brynne tinha ascendência asura. Isso explicava por que era capaz de mudar de forma. Apenas asuras e rakshasas tinham essa habilidade. Embora ser asura ou rakshasa não significasse necessariamente que alguém era demoníaco, também não era sinal de que se tratava de alguém cem por cento confiável. Aru já tinha visto o pessoal do Outromundo agir de forma bem desconfiada, até cruel, com esse tipo de seres.

Mas, se Brynne fosse *mesmo* a ladra, não ficaria tão chateada. E Aru era obrigada a admitir que a Falsa Aru tinha uma aparência bem convincente. Então era... possível... que Brynne estivesse realmente tentando capturar a verdadeira culpada.

Aru compartilhou seus pensamentos rapidinho com Mini, cuja resposta foi curta e categórica: *Não acho que ela seja a ladra.*

– Não se preocupem, Pândavas. Se fracassarem, um novo grupo de guerreiros surgirá – disse Takshaka. – Não faz a menor diferença.

Não faz a menor diferença. Aru sentiu o baque daquelas palavras. Ela fazia diferença, sim.

– É aí que você se engana – ela disse baixinho.

Mini fungou e balançou a cabeça num gesto firme.

– E nós vamos provar isso.

Uloopi olhou para Aru, Brynne e Mini como se as estivesse vendo pela primeira vez.

– Que veículo mais estranho para uma alma como essa – ela comentou por fim, encarando Aru. Em seguida, suspirou, como se estivesse com o sono cinco mil anos atrasado. – Tenho um bisneto da sua idade.

Aru levantou as sobrancelhas até o meio da testa. *Quê?* Não era *isso* que ela esperava ouvir de Uloopi.

Mas talvez a reação tenha sido um equívoco, porque Uloopi imediatamente fechou a cara.

– Que foi? – ela retrucou, irritada. – Você pensa que só porque meu filho com Arjuna morreu em batalha eu deveria passar o resto dos meus dias de luto? Não! Eu tinha um reino para governar! Pessoas que dependiam de mim! Não era só a *esposa* de alguém.

Aru olhou para Brynne e Mini, que sacudiu a cabeça como quem diz: *Não faço ideia do que está acontecendo aqui.*

– Há, eu não falei que a senhora...

– Eu já tive *consorte*s em números que se igualam aos dias do ano. – Aru demorou um tempinho para lembrar que consorte era só um jeito rebuscado de dizer marido. – E já tive filhos em números que se igualam à quantidade de flores no mundo!

– Isso é... bastante? – sugeriu Aru.

– Você bota ovos? – perguntou Mini. – Pensando a respeito agora, acho que estatisticamente faria sentido. Existem insetos, como as cochonilhas, capazes de botar dez mil ovos por vez! *Ai!* Aru, por que essas cotoveladas?

Alguma coisa no rosto de Uloopi dizia para Aru que a rainha naga não gostou de ser questionada a respeito de botar ovos.

Buu voou na frente delas, batendo as asas freneticamente.

– Majestade, as meninas não falaram por mal. Elas são muito, muito, *muito* novinhas. Éons mais jovens que a senhora, e...

Uloopi ergueu as sobrancelhas.

– *Éons?*

As penas de Buu se estufaram de vergonha.

– Não estou dizendo que a senhora seja anciã, apesar de ser, mas de um jeito que...

– Estou cansada desta conversa – declarou Uloopi, se erguendo sobre a cauda enrolada. – Já proclamei minha decisão. Vocês têm dez dias, Pândavas. Devolvam o que foi roubado e restaurem os Sem-Coração à antiga forma humana. Ou serão banidas.

Atrás dela, Takshaka fez uma abertura no chão de nuvem, criando uma passagem que provavelmente era um portal para o reino naga. Sem dizer mais nada e sem olhar para trás, Uloopi foi embora e desapareceu. Takshaka, por sua vez, não parecia ter tanta pressa. Inclusive acenou com a cabeça na direção delas. E, apesar de saber que o naga não conseguia vê-la, Aru era capaz de sentir o *peso* da atenção dele. Isso a fez estremecer, e instintivamente ela trouxe Vajra para a mão na forma de um raio.

– Boa sorte – ele falou.

Não pareceu um desejo sincero.

E então os dois se foram, deixando Aru e Mini com uma nova missão... e uma nova irmã.

Os outros membros do Conselho baixaram a cabeça e começaram a cochichar.

Brynne posicionou sua maça de ventania sobre o ombro.

– Certo – ela falou, toda séria e decidida. – Eu vou ter a *honra* de limpar nosso nome. Vocês fiquem aqui e...

– Sem chance – interrompeu Aru. – Eu e Mini já fizemos isso

antes. – Ela apertou Vajra na mão. – Nós somos profissionais. Fica aqui *você*.

– Eu não diria "profissionais" – murmurou Mini.

Sentada em seu trono, Urvashi estalou os dedos e apontou para Brynne.

– Você não vai sozinha.

– Por quê? Só porque nunca participei de nenhuma missão em que essas duas deram sorte? – questionou Brynne. – Sozinha posso fazer *tudo* mais depressa. *Eu* já estou treinando no Outromundo há anos. E vocês?

Aru preferiu não mencionar o fato de ela e Mini estarem fazendo aulas de reforço.

– E daí que tem treinamento? – Aru retrucou. – Pelo que eu me lembro, *você* não estava com a gente na última missão.

Brynne ficou vermelha.

– Eu estaria se... – Ela se interrompeu, cerrando os punhos junto ao corpo. – Esquece.

– Vamos começar do zero? – sugeriu Mini, se colocando entre Aru e Brynne. – Três cabeças são melhores que duas! A não ser que seja um caso de *craniopagus parasiticus*, porque aí não seria nada bom, mas isso só acontece quatro vezes em cada dez milhões de...

Buu a interrompeu pousando no ombro de Aru. Ela estendeu o braço para acariciar a cabeça do pombo, que bicou sua mão.

– Não vão ser só vocês três – ele informou.

Aru bateu com a mão na testa.

– Ah, dã! Claro, você também. O que seria de nós sem o Buu?

— Infelizmente minha presença não será permitida — ele falou num tom grave, olhando para os demais membros do Conselho de Guardiões. Urvashi tinha lágrimas nos olhos. Hanuman parecia petrificado. — Ao que parece, vou ser mantido em custódia até que esteja provado que não sou aliado de Sono.

Aru sentiu suas orelhas queimarem. Uma sensação de fúria invadiu suas veias.

— Eles não podem fazer isso — ela falou, elevando o tom de voz. — Você não fez nada de errado!

Buu sacudiu as penas com tristeza.

— Não se preocupem. Tenho permissão para mandar alguém no meu lugar. Escolhi uma testemunha do Conselho, que já provou seu comprometimento com a verdade. Foi graças a ele que alguns dos membros não acreditaram que você roubou o arco e flecha.

— Legal, então o cara fez um bom trabalho como testemunha, mas a gente não quer ir com ele — respondeu Aru. — Queremos ir com você.

— A gente nem sabe quem ele é — argumentou Mini.

Buu estendeu uma das asas.

— Eu já chego lá. Ele é um aluno brilhante: excepcional no manejo da espada, familiarizado com o Outromundo, graças à linhagem semidivina, e muito bem informado. Como nosso pupilo, é dever dele lutar a favor dos devas ao lado da atual geração de Pândavas. Portanto, foi nomeado temporariamente como segurança das Pândavas.

Quando Buu acabou de falar, uma porta se abriu no céu e as nuvens se afastaram. Raios de sol iluminaram a corte.

Aru sempre se considerou uma "cinéfila" (apesar de só ter descoberto recentemente que esse termo não se referia a uma doença). Conhecia muitíssimo bem os filmes de Bollywood, em especial. Havia uma fórmula: alguém sempre levava um tapa na cara. E alguém sempre chorava. As histórias sempre terminavam em casamento. E, claro, todo mundo sempre sabia quando o mocinho aparecia, porque o vento soprava de uma forma quase mágica os cabelos dele.

Naquele exato momento, o vento começou a soprar. Mas só porque Brynne deixou cair a maça. Aru literalmente engasgou com o golpe de ar repentino. Mini entrou em pânico e começou a bater em suas costas, o que não ajudou em nada. Enquanto tossia, Aru acabou perdendo o controle sobre Vajra.

– Ô-ou – disse Brynne.

Aru ergueu os olhos a tempo de ver Vajra bater em sua cabeça, derrubando-a no chão.

– *Arghhhh* – ela resmungou, esfregando a cabeça. – Hoje não é mesmo o meu dia.

No meio de todo aquele caos, um garoto apareceu. Era alto e tinha a pele morena clara. Os cabelos pretos caíam sobre a testa, e ele usava uma blusa verde-escura com capuz, calça jeans desbotada e um tênis vermelho bem escandaloso. Pendurada no ombro por uma alça que ia até a cintura, levava uma câmera que parecia ser profissional.

– Meninas, me permitam apresentar seu companheiro de jornada, Aiden Acharya – anunciou Buu.

Aiden? O menino de cabelos encaracolados e covinhas no

rosto que era aluno novo em sua escola? Aquele com quem ela se enrolou toda e acabou confessando que sabia onde ele morava? O garoto fez contato visual com Aru por uma fração de segundo, e então desviou o olhar.

Aru beliscou Vajra e o raio provocou um choque elétrico em sua pele. Bem, com certeza ela estava acordada. E precisava modificar a afirmação anterior de que aquele não era seu dia.

Não, pensou Aru. *O dia de hoje é um caso sério.*

CINCO

Está tudo bem. Sério mesmo

Aru não tinha nenhum interesse romântico. Isso era certeza. Só não queria parecer alguém que penteava o cabelo com um garfo e achava que ovos nasciam em árvores ou alguma coisa ridícula do tipo. Só isso. E principalmente não queria passar essa impressão para um certo alguém cheiroso, com olhos bem escuros e que poucos segundos depois de entrar em sua escola já se tornara mais popular do que Aru poderia sonhar, apesar de ela ter levado um elefante de verdade para mostrar à classe e um estoque de cookies caseiros para a sala de recreação que duraria o ano todo.

– Eu sabia! – gritou Brynne, toda feliz, dando um soquinho no braço de Aiden. – Sabia que você ia aparecer.

Ele fez uma careta e então retribuiu o sorriso.

– Sempre. – Ele mostrou uma imagem no celular. – Consegui tirar uma foto sua e da ladra que assumiu a forma de Aru, e com a Aru de verdade no fundo.

Na fotografia, Brynne e a Falsa Aru pareciam estar no meio

de uma batalha épica. Ao fundo, a verdadeira Aru parecia estar no meio de um espirro épico. Que maravilha.

— Pensei que isso seria suficiente como prova, mas o Conselho não acreditou em mim — ele contou, chateado. — Ainda vou ganhar lasanha como recompensa?

Brynne deu risada.

— Só se o Seboso tiver deixado sobrar alguma coisa.

Aru e Mini trocaram olhares e encolheram os ombros. Ao que parecia, Brynne e Aiden eram amigos. Bons amigos, pelo jeito, a ponto de dividir uma lasanha com alguém chamado Seboso. *Como assim?*

Brynne se interrompeu, virando para Aru e Aiden:

— Ei... como é que você sabe o nome dela?

Aiden olhou para Aru. O rosto dele assumiu uma expressão meio estranha.

— Há, ela estuda na mesma escola que eu, e mora na frente da minha casa.

— *Espera aí!* — disse Brynne. Um sorriso se espalhou lentamente pelo rosto dela enquanto remexia nas dezenas de pulseiras no antebraço. — Sua vizinha da *frente*? — Ela se virou para Aru, com os olhos brilhando. — Foi *você* que falou "Eu sei onde você mora"? É a esquisitona que fica espionando os outros? — Brynne caiu na risada.

Aru desejou com vontade que os chinelos de Brynne falhassem e que ela despencasse pelos céus. Duas manchas de um vermelho vivo surgiram nas bochechas de Aiden, mas ele não negou que havia conversado sobre Aru com Brynne. Naquele exato instante, qualquer vestígio de *alguma coisa* que pudesse quase ter sentido por ele desapareceu.

Aiden Acharya era oficialmente um problema. Assim como aquele dia como um todo.

– Eu estava cansada – respondeu Aru. – Disse uma coisa que soou meio esquisita. Esquece, vai.

– Pois é! – acrescentou Mini. – Isso não é nada! Aru *vive* dizendo coisas esquisitas. Logo vocês se acostumam.

– Ah, que ótimo. Obrigada, Mini.

Mini abriu um sorriso.

Buu olhou bem para Aru, Aiden, Brynne e Mini e murmurou alguma coisa do tipo: *Por que eu tenho que ser o encarregado desse pessoal?*

– Está na hora – avisou Urvashi, aparecendo ao lado de Buu.

Hanuman se aproximou também.

– Façam suas despedidas.

– Então, como conseguimos sobreviver à etapa das apresentações, eu preciso ir – avisou Buu.

O coração de Aru ficou apertado. Ela *precisava* recuperar aquele arco e flecha. Não podia permitir que sua vida de Pândava se perdesse, nem que Buu pagasse por um crime que não cometera. Buu até poderia ter feito coisas bem ruins no passado, mas isso ficara para trás... Para Aru, ele era como um membro da família. Quando estava de bom humor, às vezes até contava histórias para ela dormir – mas se referia ao ato como *palestras noturnas*, e se recusava terminantemente a começar com *era uma vez*.

Urvashi sacudiu a mão e uma barra de ouro lindíssima se materializou no ar.

– O que é isso? – perguntou Mini, desconfiada.

Urvashi retirou Buu com delicadeza do ombro de Aru. A barra de ouro flutuou até o pombo e parou atrás do pescoço dele. Buu baixou a cabeça. As extremidades da barra se dobraram e o prenderam pelas asas.

– Vocês não podem fazer isso com ele! – Aru e Mini protestaram ao mesmo tempo.

Urvashi desviou o olhar.

– Não temos escolha. De acordo com a lei, todos os possíveis cúmplices devem ser mantidos em custódia até que provem sua inocência.

– O que aconteceu com o conceito de que todo mundo é inocente até que se prove o contrário? – questionou Aru. – Você nem avisou que ele tem o direito de permanecer calado até a chegada de um advogado!

– Que história é essa de permanecer calado? – Buu sussurrou para Mini.

Aru se sentiu orgulhosa por finalmente poder usar o que aprendera em suas maratonas de *Lei e Ordem*, mas Hanuman e Urvashi não pareceram nem um pouco impressionados com a demonstração.

– Vocês têm a chance de mudar o destino dele – disse Hanuman, colocando a mãozona no ombro de Aru. – Encontrem o arco e flecha para reverter a situação dos Sem-Coração. Como vocês três são suspeitas, não podemos fazer muita coisa para ajudar. Lei é lei.

Aru se sentiu como se tivesse levado um soco no estômago.

– Espera... – disse Mini, remexendo na bolsa. – Uma coisinha para a sua jornada – ela completou, erguendo um biscoito.

– Um Oreo! – exclamou Buu, alegrando-se. – Que menina mais boazinha. Obrigado.

Mini colocou o doce no bico dele.

Urvashi sussurrou algumas palavras, e Buu se dissolveu no éter.

– Para onde ele foi? – Aru quis saber.

– Não se preocupe. Ele terá todo o conforto – garantiu Hanuman.

Aru não disse nada. Mini agarrou a mochila junto ao peito. Ao lado delas, Aiden mexia na alça da câmera. Aru quase nunca o via sem aquela câmera na escola. Embora Aiden estivesse apenas um ano à frente, no oitavo, ao que parecia as fotografias que tirava eram tão boas que o jornal dos alunos do Ensino Médio, o *Lâmina Vorpal*, publicava imagens feitas por ele. Aru fechou a cara. Se ele era uma testemunha tão importante, poderia ter tirado fotos melhores da luta entre Brynne e a Falsa Aru. Assim, Buu não seria preso, e ela e Mini não correriam o risco de ser banidas do Outromundo.

Hanuman soltou um longo suspiro e se voltou para Brynne. Assim que sentiu os olhos dele pousarem sobre si, Brynne deixou de lado a expressão presunçosa e ficou toda séria. Baixou a maça do ombro e a pousou respeitosamente no chão.

– Brynne.

– *Bhai* – ela respondeu baixinho.

Bhai era uma forma de se referir a um irmão.

— Você tem uma tarefa muito séria a cumprir — comentou Hanuman.

Brynne segurou a maça com mais força.

— Eu sei.

Mini assentiu com a cabeça.

— *Todos* nós sabemos.

— Lembrem-se de que ninguém ganha com as rixas em família — Hanuman recomendou, num tom que Aru entendeu como um alerta do tipo *vai-por-mim-que-eu-tenho-sabedoria-de-sobra*.

Aru franziu a testa.

— Por acaso você acabou de citar o Jay-Z?

Aiden deu uma risadinha, mas parou quando Brynne olhou feio para ele.

Hanuman abanou a cauda e fechou a cara.

— Quê? *Não*. Quer dizer, talvez. Eu não sei exatamente onde ouvi cada coisa. Já vivi muito tempo, menina. Enfim, meu conselho para vocês é irem para casa e juntarem tudo de que vão precisar. Depois disso, se apresentem o quanto antes a Urvashi no Galpão de Materiais para Missões.

Galpão? Aru nunca tinha ouvido falar naquele lugar...

Urvashi agitou a mão e um portal apareceu no céu.

— Aiden, eu já falei com a sua mãe. Ela mandou algumas coisas suas para o apartamento de Brynne. Vai ser mais fácil viajar a partir de lá.

— Tecnicamente, é uma cobertura — corrigiu Brynne.

Aru revirou os olhos.

— Obrigado, *masi* — Aiden disse para Urvashi.

Depois do que ouviu, Aru tinha *um monte* de questionamentos em sua mente. Para começar, Aiden não pareceu estranhar a ideia de ir à cobertura de Brynne (nossa, quanta pretensão), então devia estar acostumado a ir à casa dela. Além disso, Urvashi era *tia* dele? Aiden a chamara de *masi*, uma maneira de se referir à irmã da mãe de uma pessoa, mas era impossível que fosse sobrinho dela. Urvashi e as três irmãs eram a elite da elite das apsaras, e não tinham permissão para se casar com mortais. E Buu dissera que Aiden era apenas semidivino.

– Vamos lá – disse Brynne, empolgada. – Se a gente pegar tudo rapidinho, pode dar tempo de comer a lasanha dos meus tios. Estou morrendo de fome.

Sem dirigir uma única palavra a Aru ou Mini, ela desapareceu pelo portal.

Aiden hesitou. Então falou com Urvashi:

– Minha mãe falou mais alguma coisa? Não ligo de passar em casa antes se ela estiver precisando de mim...

A expressão de Urvashi se suavizou.

– Eu não faria isso, criança. Você sabe como as coisas estão difíceis no momento. Mas saiba que ela mandou dizer que te ama.

– Certo – disse Aiden, mas ainda com o maxilar cerrado. Ele mal olhou para Aru e Mini. – Até daqui a pouco.

Aru desceu da boca do elefante de pedra e entrou no Museu Arqueológico de Arte e Cultura Indiana. Eram sete da noite, então não havia mais visitantes. Ela teve tempo para fechar os olhos e respirar fundo, sentindo o cheiro do bronze polido das estátuas, da tinta que a chefe de segurança do museu, Sherrilyn, usava para carimbar a mão de quem entrava e até das sementes de funcho açucaradas que sua mãe deixava em tigelas de metal para os frequentadores se servirem à vontade. Era o cheiro de sua casa.

Mas ultimamente sua casa não se parecia tanto com um lar.

Quando Aru abriu os olhos e espiou o saguão, deparou com a lembrança de sua batalha contra Sono, o seu... *pai*. Ainda era uma ideia estranha demais para assimilar. Às vezes, quando ia dormir, revivia aquela batalha épica em sua mente. E a pior parte do pesadelo não foi ele ter se revelado tão terrível naquela ocasião... e, sim, saber o quanto tinha sido legal tempos antes. No Reino da Morte, Aru teve uma visão dele no hospital quando ela nasceu, usando uma camiseta com os dizeres SOU PAI! Ele devia ter inclusive a pegado no colo quando bebê. Em algum momento, nem que por um mísero instante, ele a amava.

– Está tudo bem?

Aru despertou de seus pensamentos. Ela quase se esqueceu de que Mini pedira para acompanhá-la.

– Está, sim! – respondeu com um ânimo fingido.

– Precisa de ajuda para arrumar suas coisas?

– Há, na verdade não.

– Certo, então, e se eu fizesse um kit de primeiros socorros? Ou posso ajudar sua mãe com alguma tarefa de casa. Ou...

Aru cruzou os braços.

– Por que você está evitando sua casa?

– Não estou, não!

– Está, sim!

– Que insistência... – Mini interrompeu, resmungando. – Detesto quando faz isso.

– Então me conta – pediu Aru.

Mini suspirou.

– Eu amo os meus pais, e sei que eles me amam, mas...

– Estão colocando uma pressão enorme em cima de você, certo? – perguntou Aru.

– É, um pouco.

Ela já tinha ido à casa de Mini uma porção de vezes, e sabia que "um pouco" não era uma descrição muito precisa da situação. Os pais de Mini criaram todo um programa de treinamento de Pândava para ela – *Correr três quilômetros por dia! Tomar todas as vitaminas! Nada de entrar na internet depois das oito da noite!* –, além de um cronograma de estudos de cinco anos para conseguir vaga numa universidade de prestígio com um curso de medicina de primeira linha.

– Eles vão pirar se souberem que a gente pode ser banida – comentou Mini.

– Não por culpa sua.

– Mas é como se fosse – Mini respondeu. – Sei muito bem o que eles vão pensar... Se o Pândava fosse meu *irmão*, isso não teria acontecido.

Aru sacudiu a cabeça.

– Se ficarem bravos, é só dizer que você não perdeu seu reino inteiro numa aposta e fez todo mundo ser exilado por um zilhão de anos.

Mini franziu a testa.

– Do que você está falando?

– Foi isso que aconteceu com Yudhistira, ou seja, *você* há um zilhão de anos. Ele fez uma burrada que deu um novo sentido à definição de erro, então não precisa esquentar a cabeça.

A mãe de Aru havia contado aquela história muito tempo antes. O irmão mais velho dos Pândavas, que tinha uma reputação de ótima conduta moral, perdeu tudo num jogo de dados, e por isso a família dele foi expulsa do palácio e teve que ir morar na floresta. Isso, sim, causaria um problemão numa reunião de família. *Então... tenho boas e más notícias. Primeiro a boa: quem aqui gosta de acampar?*

Se os pais de Mini achavam mesmo que um garoto seria um Pândava melhor, aquela era uma história que poderia levantar algumas dúvidas. Mas, em vez de rir, Mini ficou pálida e foi voltando para a estátua do elefante.

– Ei! – chamou Aru. – Aonde você vai?

– Para casa – bufou Mini. – Já entendi o recado, Aru. Se *ele* cometeu um erro desses, imagina as burradas que *eu* posso fazer. Preciso me preparar.

Aru começou a se sentir extremamente culpada.

– Mini, não foi isso que eu quis dizer...

– A gente se vê no galpão.

Logo em seguida, Mini desapareceu pelo portal. Aru estava quase indo atrás dela quando ouviu sua mãe chamá-la do alto da escada.

– Dê um tempo pra Mini esfriar a cabeça, Aru. Ela vai superar.

Aru olhou lá para cima. Como sempre, a dra. K. P. Shah estava linda, mas também exausta por passar a noite toda imersa em pesquisas. Desde que Sono reaparecera, a mãe de Aru vinha trabalhando de forma incansável em busca de um artefato mágico para detê-lo. Seu cronograma de viagens continuava brutal, mas ela estava fazendo um esforço para se mostrar "mais presente" em casa. Recentemente, as duas tiveram muitas conversas interessantíssimas. Só que nenhuma sobre o pai de Aru.

Sua mãe precisa de mais tempo antes de conseguir falar sobre ele, Buu tinha tentado explicar. *É difícil para ela.*

Isso só aumentava a frustração de Aru. Afinal, não era difícil para *ela* também? De quanto tempo mais sua mãe precisava? E se o tempo estivesse se *esgotando* e houvesse algo importantíssimo a ser contado?

Enquanto sua mãe descia a escada, Aru viu que ela estava com o jornal do dia e com a mochila para "missões emergenciais", cheia de roupas e coisas para comer, para que não fosse preciso vagar pelo Outromundo vestindo um pijama do Homem-Aranha... de novo.

– Eu sei que você já precisa ir – a mãe avisou. – Urvashi me mandou uma mensagem. E tem também essa notícia que vi hoje de manhã.

Ela estendeu o jornal, no qual uma manchete gritava em letras garrafais:

SEQUESTROS EM MASSA POR TODO O MUNDO!
AS BUSCAS CONTINUAM...

Aru estremeceu ao pensar nas multidões de Sem-Coração que vira no Outromundo. E os quatro só tinham dez dias para impedir que todas aquelas pessoas continuassem desse jeito *para sempre*.

– Urvashi me contou várias outras novidades também – revelou a mãe.

Ah, não.

– Quer conversar sobre alguma coisa? – a mãe perguntou.

– Não.

– Nem sobre filho dos Acharya, o que mora aí na frente...?

– *Não.*

– Você sabe que pode me contar qualquer coisa.

– Prefiro me jogar na frente de um ônibus – resmungou Aru.

– Como é?

– É melhor eu ir, em vez de... arrumar sarna pra me coçar.

Aru gostava de conversar com a mãe sobre muitas coisas, por exemplo, sobre as novas aquisições dos museus. Ou sobre as coisas que adorava ou detestava. Ou fofocas do colégio, tipo o fato de Russel Sheehan de alguma forma ter conseguido roubar um rebanho de lhamas e o soltado no campo de futebol da Escola Augustus Day. O que não tinha interesse em discutir, infelizmente, tinha virado o novo assunto preferido de sua mãe...

Sentimentos.

Às vezes, depois do jantar, sua mãe preparava um chocolate quente e as duas se aninhavam no sofá para ver filmes (o que era bom), mas às vezes a conversa tomava um rumo estranho sobre a "psique tempestuosa dos adolescentes" (o que não era muito legal) e surgiam comentários como *Agora você é uma mocinha*. Aquilo não fazia o menor sentido. O que Aru era antes, então? Uma cabritinha?

– E a sua nova irmã Pândava? – insistiu a mãe de Aru. – Ouvi dizer que é admirável. Estuda em uma das melhores escolas particulares do país.

– Argh – retrucou Aru. – Você também? Eu já entendi. Brynne é o máximo. – Ela agitou uma bandeirinha imaginária com a mão.

Sua mãe lançou um olhar do tipo *chegou-a-hora-de-aplicar--um-pouco-de-sabedoria-materna*.

– Eu já contei para você a história do polegar de Ekalavya?

– *Quem?* É sobre aquele filho de um amigo da família que grampeou a própria mão para ganhar uma aposta?

A mãe soltou um suspiro.

– Não, Aru. É um episódio do *Mahabharata*.

– Ah.

– Arjuna era um grande guerreiro...

– Grande novidade – resmungou Aru.

– ...mas tinha seus defeitos também. Às vezes, se mostrava orgulhoso e inseguro.

Aquela era uma informação inesperada. Quando Buu contava histórias sobre os Pândavas lendários, em geral se limitava às versões no estilo *olha-só-como-eles-eram-maravilhosos*.

– Quando Arjuna estava em treinamento, testemunhou

um grande feito realizado com um arco – a mãe começou a contar. – Isso o deixou com muita inveja, e ele ficou com medo de não ser mais o melhor entre os arqueiros. Drona, seu célebre instrutor, descobriu que a tal flechada impossível tinha sido lançada por Ekalavya, filho de um chefe tribal. Ekalavya pediu para ser treinado por Drona, mas o instrutor se recusou, por causa do status inferior dele. Ekalavya continuou seguindo seu exemplo da mesma forma, chegando inclusive a moldar uma estátua de barro com a imagem dele. Isso levou Drona a exigir um tipo de homenagem chamada *guru daksina*, que se presta a um professor. Pediu o polegar direito de Ekalavya, para que ninguém fosse melhor que Arjuna. E Ekalavya aceitou.

Aru ficou embasbacada.

– Para começar, isso é nojento. Além disso, é um horror. Por que Ekalavya não disse simplesmente "não, obrigado"?

– Ele era um guerreiro honrado, e concordou com o pedido do guru.

– Mãe, qual é a moral dessa história? – questionou Aru, encolhendo os ombros. – Que a pessoa não deve ser insegura ou que alguém pode vir querer arrancar nosso dedão?

A mãe suspirou e colocou a mochila nos ombros de Aru.

– Só estou dizendo que ninguém vai roubar seu lugar se você sempre abrir espaço para todo mundo. Sinta mais confiança em si mesma do que desconfiança pelos outros. Faz sentido?

– Ainda estou pensando no cara que *abriu mão do polegar*.

A mãe sacudiu a cabeça e a abraçou, e Aru sentiu o habitual perfume de jasmim.

– Você tem muito potencial – a mãe falou.

Aru fez uma careta. Potencial era uma coisa que poderia dar certo ou errado. Aru ainda não tinha se esquecido do que Sono dissera. *Você nunca teve vocação para heroína...* E se ela fosse mais parecida com ele do que com a mãe?

– E se não for o tipo certo de potencial? – ela perguntou baixinho. – Ele falou...

Sua mãe se afastou de imediato.

– Eu não quero ouvir falar *dele* – ela disse, bem seca. – Esqueça o que ele falou.

Aru cerrou os dentes. *Toda vez a mesma coisa.* Sempre que ela tocava naquele assunto, a mãe ficava na defensiva.

– Eu amo você – disse ela, afastando o cabelo da testa de Aru. – Pense no que eu falei, certo? E saiba que acredito em *você*, minha menina um pouquinho peculiar e devoradora de peixinhos de goma.

– Eu também amo você – respondeu Aru, mas sem levantar os olhos do chão.

Ela ajeitou melhor a mochila, entrou no portal aberto na boca do elefante e se despediu da mãe com um aceno. A magia do Outromundo percorreu sua pele, à espera do comando sobre o lugar para o qual ela queria ser levada. Aru respirou fundo e falou:

– Me leve para o Galpão de Materiais para Missões.

SEIS

O Galpão de Materiais para Missões, ou "*Não* encoste nisso"

Aru espiou para fora do túnel do portal e viu o vasto céu noturno salpicado de estrelas.

O portal tinha se aberto meio metro acima de uma nuvem rala sobre a qual havia um montinho de mármore com uma portinhola e uma plaqueta informando GALPÃO DE MATERIAIS PARA MISSÕES. A estrutura era tão pequena que Aru duvidou que até mesmo ela – com sua magnificamente intimidadora estatura de um metro e meio – pudesse ficar de pé com conforto lá dentro.

– O que é isso? – debochou ela. – Um galpão para formigas?

Por força do hábito, Aru olhou para a direita, onde normalmente estaria Mini, segurando o riso. Mas ela não estava lá, e Aru lembrou com uma pontada de arrependimento que sua amiga tinha ficado chateada.

Ela suspirou e se preparou para atravessar a porta. Antes disso, porém, um par de chinelos se destacou da nuvem e recobriu seus pés.

De trás do montinho veio uma voz fininha e abafada:

– Aru?

Mini pôs a cabeça para fora.

As duas falaram ao mesmo tempo:

– Desculpa.

– Eu reagi mal... – Mini começou.

– Não foi aquilo que eu quis dizer – afirmou Aru.

Elas ficaram sem reação por um tempo antes de caírem na risada. Não era a primeira briga das duas, e não seria a última. Mas as brigas entre boas amigas são meio que como um raio: a raiva se acende por um instante, mas logo depois desaparece.

– É melhor a gente entrar – disse Aru.

– Eu sei, mas eu estava esperando por você – explicou Mini, saindo de trás do montinho.

Aru arregalou os olhos. Mini estava vestida de preto da cabeça aos pés, calçados com coturnos militares. A camiseta tinha uma caveira estampada, e havia traços feitos com delineador sob os olhos dela.

Mini franziu a testa.

– Que foi?

– Nada.

– Fala – Mini insistiu.

– Nada. Você mergulhou de cabeça no papel de filha-do--deus-da-morte. Eu entendo.

– Exagerei? – perguntou Mini, olhando para as próprias roupas como se tivesse acabado de vê-las pela primeira vez. – Só estou de preto porque esconde a sujeira mais fácil.

– E a camiseta gótica?
– Ah, isto aqui? – Mini alisou a parte da frente da peça. – Eu gosto de ser lembrada da minha própria mortalidade, sabe como é. Isso dá mais significado às coisas.
– Você não tinha como ser mais você, Mini.

O galpão era muito maior por dentro do que parecia de fora. Quando as portas se abriram, Aru viu fileiras e fileiras de prateleiras que desapareciam a distância. Assim que colocou os pés no piso de mármore polido, os chinelos de nuvem desapareceram.
Aiden, Brynne e Urvashi estavam à espera das duas.
– Parabéns pela pontualidade – murmurou Brynne.
Aru a ignorou, preferindo passar os olhos pelas pequenas etiquetas afixadas em cada uma das prateleiras. Havia nomes estranhos ali, como SEQUÊNCIA AGOURENTA DE SONHOS e BELO CHUTE NO TRASEIRO.
– Este é o nosso Galpão de Materiais para Missões – anunciou Urvashi. – Cada um de vocês tem permissão para escolher um item. O que levarem vai desaparecer no décimo dia, então escolham com sabedoria.
– Mas como vamos saber o que escolher? – perguntou Mini, parecendo perdida.
– Escolha aquilo que disser alguma coisa a você – aconselhou a apsara. – Não posso dizer muito mais do que isso. Não se esqueçam de que são consideradas suspeitas até o arco e flecha de Kamadeva ser encontrado.

— Mas você sabe que não foi a gente que roubou! – argumentou Aru. – Isso não é *justo*.

Urvashi abriu um sorriso tristonho.

— O que é justo e o que manda a *lei* nem sempre coincidem. Apesar de acreditar em vocês, não tenho como oferecer muita ajuda além do seguinte conselho: como no caso de qualquer item perdido, a melhor maneira de encontrar o que se está procurando é conversando com o dono primeiro.

— Kamadeva, então, nesse caso? – perguntou Aiden.

— Isso é *tudo* o que você tem a dizer? – questionou Mini.

Urvashi soltou um suspiro.

— Apesar de não ajudar em nada, saibam que não concordo com a decisão da rainha naga.

— Qual é o problema com Uloopi, afinal? – Brynne quis saber.

Os olhos de Urvashi se fixaram em um ponto distante e, apesar de ser eternamente jovem, ela pareceu *velha* naquele momento.

— Ela é muito poderosa, e sofreu uma grande tragédia. Acho que isso a deixou mais severa. Além disso, Uloopi carrega um fardo terrível. – A apsara ergueu a mão, concedendo sua bênção. – Fiquem bem, crianças. Aguardo ansiosamente seu retorno.

Em seguida, ela se dissolveu na luz do luar.

Aru olhou para os companheiros de jornada: Mini, tentando fingir que não estava dominada pela ansiedade. Aiden, que parecia mais preocupado com a câmera do que com qualquer outra coisa. Brynne, que não fazia a menor questão de mostrar que preferiria ir só com Aiden. Não era exatamente a fórmula de uma equipe de sucesso.

– Bem – disse Aru. – Acho que está na hora de irmos às compras.

Brynne imediatamente foi atraída para uma prateleira com o rótulo COISAS PONTUDAS. Mini começou a passar o dedo pela de AJUDANTES VARIADOS, que continha frascos com inscrições como CAVALO DEMÔNIO FALANTE, FANTASMA GENIOSO e DRAGÃO COMUM.

Aru viu maçãs com cascas douradas e os bolos prateados de pistache tão habituais nos casamentos indianos, cuja aparência era melhor que o gosto. Aiden transitava por uma prateleira de KITS DE NECESSIDADES BÁSICAS, que continha pequenas bolsas de pano com diferentes materiais, como LUZ DO SOL NA PELE, UMA LUFADA DE AR, UMA PAUSA DE CINCO SEGUNDOS, DOIS COCHILOS CONDENSADOS EM DOIS SEGUNDOS e UMA BARRINHA ENERGÉTICA.

Aru não conseguia decidir o que levar. Havia opções demais, e ela não fazia ideia do que iriam enfrentar ao sair dali. Acabou se aproximando de uma prateleira com o rótulo IDEIAS BRILHANTES. Estava repleta de frascos estreitos de vidro, todos preenchidos por um líquido opaco e incolor. Alguma coisa naquilo atraiu a atenção dela. Quando ergueu a mão para pegar um, sentiu uma cutucada no ombro.

– Não, Mini, não acho que seja veneno – Aru disse, impaciente. – E, sim, se fosse, provavelmente me mataria.

– Há, não é a Mini.

Aru se virou e deu de cara com Aiden, que estava com as mãos no bolso da blusa verde-escura com capuz.

– O que é que você quer? – questionou Aru, em um tom não muito gentil.

Ela não estava muito no clima para ser simpática depois de ser ridicularizada por Brynne na frente dele.

Aiden ficou vermelho.

– Escuta só, sei que a gente começou com o pé esquerdo. Pensei em passar uma borracha em tudo e voltar à estaca zero. Que tal?

Aru olhou feio para ele. O que aquele garoto queria? Uma pulseirinha de amizade? Ela cruzou os braços, mas logo em seguida os baixou de novo. Tendo citado Jay-Z ou não, Hanuman estava certo. Brigar entre si não levaria a lugar nenhum. Não valia a pena guardar rancor se isso significasse que Buu continuaria preso e ela seria exilada. Aru respirou fundo. Dali em diante, seria a melhor versão heroica de si mesma que conseguisse. Afinal, era ARU SHAH. Devoradora de esticadinhos e peixinhos de goma. Portadora de um Raio Absurdamente Poderoso. Filha do Deus do Trovão e do Relâmpago. Comunicadora de Citações Cinematográficas.

Ela não ia se sentir diminuída por ninguém. Principalmente por Brynne e Aiden.

Aru sorriu para ele, depois olhou para Mini, de quem esperava ouvir alguma coisa como *belo gesto de diplomacia Pândava*.

Em vez disso, Mini mandou uma mensagem telepática: *Tem uma sujeira no seu dente.*

Aru parou de sorrir.

– Certo – ela falou, estendendo a mão.
– Sério? – perguntou Aiden, com um sorrisinho.
Aru não disse nada, principalmente porque ainda estava tentando se livrar do que quer que estivesse preso no seu dente.
Aiden suspirou e apertou sua mão.
– Ainda não consigo acreditar que você é uma Pândava.
Aru o encarou, e faíscas de eletricidade saltaram de seu bracelete. Aiden imediatamente deu um passo para trás.
– Eu não falei por mal! É que foi bem esquisito olhar para o outro lado da rua e perceber que...
– Espera aí – disse Aru, erguendo uma das mãos. – Então você sabia que eu era Pândava antes de falar com os deuses?
Aiden arregalou os olhos.
– Como? – Aru quis saber.
Aiden pareceu ficar um pouco constrangido.
– Há, é que hoje mais cedo vi uma coisa meio esquisita da minha janela. Você estava com um relâmpago na mão.
– Como sabia que era um relâmpago?
Aiden baixou a cabeça e murmurou alguma coisa. Aru só conseguiu ouvir a última palavra: *zoom*. Ela olhou para a câmera de Aiden.
– *Lentes com zoom?* Você tirou uma foto do meu raio?!
– Não era essa minha intenção! É que você estava debruçada na janela!
– E *eu* que sou a esquisitona espionando os outros?
– Tá bom, desculpa!
– Então diz que o esquisito é você.

– Eu não posso simplesmente...?
– Fala logo.
– Tá, o esquisito sou eu. Me desculpa. Mas era um relâmpago... e estava na sua mão... isso chamou minha atenção.

Vajra brilhou em seu pulso, claramente satisfeito. Aru ignorou.

– E trata de nunca mais me espionar, se não quiser que eu relampeie você – avisou Aru, sem saber ao certo se era possível *relampear* alguém, mas isso não fazia diferença.

Aiden ajeitou a postura dos ombros.
– Certo, então você trata de não me espionar também.
– Mas eu não...
– Eu vi você, Shah.
– Certo, tá bom. Desculpa.
– Beleza, estamos quites – disse Aiden. Ele remexeu um pouco os pés, inquieto, antes de complementar: – E eu sei que Brynne às vezes é... meio difícil, né? Mas no fundo ela é gente boa. É que...

Nesse exato momento, Brynne se aproximou usando tênis reluzentes de metal que devia ter pegado da prateleira de COISAS AFIADAS.

– Dá uma olhada. – Ela sorriu para mostrar os calçados. Em seguida, ergueu o queixo na direção de Aiden. – Estes tênis melhoram as habilidades de luta do usuário. Mas só podem ser usados em batalha, então é coisa séria. O que você pegou?

Aiden mostrou um kit de NECESSIDADES NÃO IDENTIFICADAS.

– Uma coisa típica de Aiden – comentou Brynne. – Você é uma *ammamma* mesmo.

Aiden enfiou o kit no estojo da câmera.

– Eu não sou vovó coisa nenhuma.

– Você tem ou não tem um lanchinho nessa sua bolsa-barra-estojo-da-câmera?

– Me deixa em paz, Bê – ele falou, mas com um sorriso.

Bê? Ammamma? Aru percebeu com uma estranha pontada de incômodo que os dois eram próximos o suficiente para inventarem apelidos um para o outro. Ela se virou para Mini, que tinha acabado de aparecer com uma pequena barra com o rótulo COCHILO REPARADOR.

– O que você pegou, dra. Google?

Todo mundo ficou olhando para Aru, sem entender nada. Mini apontou para si mesma.

– Está falando comigo?

Aru deu risada, se arrependendo amargamente da sua escolha de apelido.

– Ai, Mini, você me mata de rir. Dá, claro que estou. Você é a dra. Google.

Mini franziu a testa.

– Desde quando…?

Mas Brynne a interrompeu. Ela olhou para o frasco na mão de Aru.

– Está precisando de uma ideia brilhante, então, Shah?

– Nunca se sabe – respondeu Aru, na defensiva.

– Eu sei, por exemplo, que uma coisa afiada funciona melhor que um vidrinho sem nada dentro – retrucou Brynne.

A maça dela havia assumido a forma de uma gargantilha azul em torno do pescoço, que emitia um leve brilho.

– Um vidrinho sem nada dentro funciona melhor que uma cabeça sem nada dentro – Aru rebateu. Apesar de ter se comprometido a não guardar ressentimentos, ela continuou: – Não acredito que você meteu a gente nessa confusão! Se não roubou o arco e flecha, como aquilo foi parar na sua mão, afinal?

Brynne bufou.

– Você não acreditaria em mim.

– Tenta a sorte – insistiu Aru.

– Eu encontrei na calçada de casa – ela falou.

– Ah, claro. Uma arma celestial simplesmente estava jogada...

– Está vendo? Sabia que você não ia acreditar! Acha que só porque tenho sangue de asura, sou uma mentirosa...

– Pode acreditar que não tem nada a ver com o seu sangue – garantiu Aru.

Isso pareceu ter deixado Brynne confusa, mas, antes que ela pudesse dizer mais alguma coisa, Mini se colocou entre as duas e estendeu os braços para afastá-las.

– *Eu* acredito em você – ela disse para Brynne, olhando feio para Aru em seguida.

– Talvez o arco e flecha tenha sido plantado lá – sugeriu Aiden. – Quer dizer, seria um lugar bem óbvio para alguém com segundas intenções...

– Pois é – concordou Mini. – Será que armaram uma cilada para você?

– Exatamente! – disse Brynne. – E foi alguém que sabia que eu levaria a arma para o Outromundo para procurar o dono e...

— E de alguma forma mobilizou um exército de zumbis Sem-Coração... — Aru acrescentou, não sem alguma relutância. A cabeça dela girava a mil. Quem seria a Falsa Aru? E o que queria com aquele arco e flecha?

Aiden bateu com os dedos na câmera.

— Parece ser uma conspiração das boas — ele falou, empolgado. — Imaginem divulgar essa história para a imprensa. Seria épico.

— Vejam só! — comentou Mini, toda alegre. — Estamos todos do mesmo lado!

Aru e Brynne simplesmente se encararam.

— Então, como vamos trabalhar juntos, acho que devemos deixar as coisas pessoais de lado — sugeriu Aiden. — Pelo bem da missão, certo?

Aru começou a entender por que Brynne o chamava de Ammamma.

— Por mim estou disposta a seguir em frente — respondeu Aru. — Mas seria bom se *certas pessoas* pelo menos *fingissem* alguma gratidão por estarmos indo limpar o nome delas.

— Gratidão? — ironizou Brynne. — Então você quer mais aplausos só porque participou de uma missão Pândava importante?

— Que aplausos? — questionou Aru. Ela apontou para o espaço ao redor dos quatro. — Só tem a gente aqui, além de um monte de armas. Qual é o problema, garota? Caso não tenha percebido, *você é uma Pândava também.*

Ao ouvir isso, Brynne virou a cabeça para o outro lado.

— Na verdade, não.

Aru levantou dois dedos.

– Você foi reivindicada pelo seu pai de alma. E pôde pegar uma arma bacana. Aí está! É uma Pândava.

– Então para você ser Pândava significa só isso? – Brynne perguntou, voltando a encarar Aru, dessa vez com os olhos cheios de lágrimas.

Aru baixou a cabeça. Claro que não significava só aquilo. Pela primeira vez, experimentou uma sensação de pertencimento, da qual não desistiria por nada no mundo. Só de pensar em nunca mais voltar ao Bazar Noturno, em nunca mais lidar com objetos mágicos, seu estômago se revirava. Mas ela não diria tudo isso para aquela garota.

Mini pigarreou.

– Nós temos tanto a perder quanto você – ela disse baixinho para Brynne.

Brynne ficou em silêncio, com os dentes cerrados.

– Que tal uma batida de cotovelos em grupo? – sugeriu Mini. – Apertos de mão são muito anti-higiênicos.

– Não – disseram Brynne e Aru ao mesmo tempo.

Um flash foi disparado.

– Argh! – disse Aru, erguendo a mão para esconder o rosto. – Nada de paparazzi!

Aiden baixou a câmera, fechando a cara.

– Paparazzi *não*.

– Ele detesta essa palavra – avisou Brynne, mas com um tom provocador. – Prefere ser chamado de "fotojornalista". E vive tirando fotos de tudo.

— Inclusive dos resultados dos experimentos da Brynne na cozinha — complementou Aiden.

Já deu para entender. Vocês são superamiguinhos, pensou Aru, irritada. Mas pelo menos tinham quebrado o gelo.

Brynne apontou para os tênis que estava usando.

— Certo, a gente tem a tal missão. Daqui vamos para onde?

— Urvashi falou para a gente conversar com o dono... Kamadeva — lembrou Aiden. — Mas onde será que ele está?

— Há, uma perguntinha rápida — interrompeu Aru. — *Quem é Kamadeva?*

— "*Quem é Kamadeva?*" — repetiu Brynne. — Por acaso você não sabe de *nada*?

Vajra começou a soltar faíscas, porém mais uma vez Mini impediu Aru de começar uma briga.

— Kamadeva é o deus do amor — informou Mini. — Ele usa o arco e flecha para fazer os deuses e os mortais se apaixonarem. Apesar de que aquela arma não era como eu imaginei, não... Segundo a lenda, o arco é feito de cana-de-açúcar, e o cordão é de abelhas. — Ela estremeceu. — Não que eu esteja decepcionada. Sou alérgica a abelhas.

— Há, essas informações são muito úteis, Mini — disse Aiden. — Mas onde ele mora?

— Em algum lugar no Meio Oeste, será que é isso? Foi o que Buu disse na aula.

— Certo, então vamos pegar um portal para ir até Kamadeva — propôs Aru.

— Eu tenho uma ideia melhor... e mais rápida — falou Brynne.

Ela levou dois dedos à boca e assobiou.

O teto abobadado do galpão se abriu, deixando entrar uma ventania. O som de balidos tomou conta do ambiente. Aru precisou se esforçar para fechar a boca quando quatro gazelas do tamanho de elefantes emergiram das nuvens.

Sempre que via uma gazela, imaginava um documentário em que o narrador anunciava com uma voz calma e pacífica: *E agora a gazela está nas presas da morte, arrastada na boca da leoa pelo Saara. A natureza é cruel, mas também magnífica.*

Aquelas gazelas, por outro lado, pareciam ser do tipo que caçavam leões por diversão.

SETE

Quem não gosta de granola vegana?

—Obrigada, Vayu! – gritou Brynne. Ela jogou um beijo para cima, e em seguida lançou um olhar gelado para Mini e Aru. – Presentes do meu pai. Como podem ver, ele mandou lembranças.

– Ele... conversa com você? – questionou Mini.

Brynne simplesmente levantou um dos ombros e abriu um sorriso pretensioso.

Aru não conseguiu se segurar. Estava com inveja de novo. Bem lá no alto, era possível ver o brilho da cidade celestial de Amaravati, governada por ninguém menos que seu pai, o Senhor Indra. Amaravati era onde as apsaras dançavam. Pelo que diziam, era um lugar repleto de bosques sagrados e mágicos, contendo inclusive uma árvore que concedia desejos.

Aru levantou a mão para saudar Indra, mas então pensou melhor. Ele não estava exatamente a observando com alguma atenção. E, da mesma forma, não saiu em sua defesa quando ela foi falsamente acusada de roubar a arma de Kamadeva. Aru tentou não se sentir decepcionada, mas era como se ele estivesse simplesmente dizendo *beleza, então tchau!* ao descobrir que ela podia não fazer mais parte do Outromundo. Aru por acaso era uma Pândava tão ruim a ponto de seu próprio pai de alma não querer ficar ao seu lado?

– Acho que qualquer deus falaria com os filhos, desde que se mostrassem dignos dele – respondeu Brynne.

Mini curvou os lábios para baixo e segurou Dadá um pouco mais próximo do peito. Vajra, por outro lado, parecia pronto para se desdobrar e voar no pescoço de Brynne.

Diante deles, as gazelas se reduziram a um tamanho mais razoável, assumindo a proporção de cavalos. Pareciam ligeiramente familiares a Aru... Foi quando lembrou: elas estavam lá na batalha do museu, para ajudar a combater Sono. Mas duvidava que se lembrassem dela.

Brynne se colocou diante das gazelas e fez um aceno, como uma apresentadora de tevê.

– Esses são os quatro ventos que o meu pai controla. Ele os emprestou para mim – falou, toda pomposa. – Norte.

Nesse momento uma gazela azul como um mar bem frio acenou com a cabeça. Ela tinha estalactites de gelo penduradas nos chifres.

– Sul.

Uma gazela da cor de um fogo bem vivo se agachou sobre as patas da frente. Chamas dançavam acima de seus chifres.

– Leste.

Uma gazela de um cor-de-rosa bem clarinho ergueu o queixo. Tinha flores em torno dos chifres.

— E Oeste.

Uma gazela da cor de um gramado verdejante, com chifres que pareciam cipós emaranhados, fez uma mesura com a cabeça.

— Como filha do deus do vento, *eu* escolho primeiro — avisou Brynne.

No entanto, quando se aproximou das gazelas, os animais se esquivaram dela e foram na direção de Aru e Mini.

— Nós nos lembramos de você, filha de Indra — disse a Gazela do Oeste, fazendo outra mesura.

Em seguida, se virou para Mini.

— E de você também, filha de Dharma Raja. Foi uma honra lutar ao seu lado, assim como será uma honra transportá-las agora.

Aru abriu um sorrisão, mas não por causa da expressão de choque e fúria no rosto de Brynne. (Tudo bem, talvez sim, só um pouquinho.) Ela se aproximou da Gazela do Oeste e subiu nas costas do animal. Mini escolheu a Gazela do Norte. Aiden ficou com a Gazela do Leste, e Brynne saltou como uma selvagem no lombo da Gazela do Sul. Quando segurou os chifres do bicho, as chamas passaram a dançar ao redor dos punhos dela.

— Para o lar de Kamadeva! — Brynne gritou.

As gazelas partiram, galopando por entre as prateleiras do Galpão de Materiais para Missões antes de saltarem para os céus. As nuvens se abriram acima da cabeça de Aru, e o ar gelado queimou seus pulmões enquanto voltavam para o reino dos mortais.

Um voo noturno como aquele era bem diferente do que Aru poderia ter imaginado. Era uma beleza. Centenas de metros abaixo delas, as cidades reluziam como estrelas caídas. Nuvens prateadas se espalhavam por um céu preto como veludo. Dava para ouvir Aiden tirando fotos.

– Que foi? Isso é bacana demais! – ele falou quando percebeu que Aru estava olhando.

– Você está tirando fotos no escuro? Não vai aparecer nada.

Aiden ergueu a câmera.

– Comprei alguns encantamentos para ela, tipo visão noturna e transformações emergenciais de acessórios.

Do outro lado de Aru, Mini se agarrava com força aos chifres da gazela.

– Sabia que dá pra sofrer hipotermia respirando um ar tão frio? A gente pode...

– Morrer? – perguntou Aru, preocupada.

– Ou então nossas extremidades podem congelar, gangrenar e ter que ser amputadas – disse Aiden, todo empolgado.

– É! – concordou Mini, com um tom de animação na voz. – Como você sabe?

– Eu tenho um livro que explica um montão de doenças – ele contou. – Foi minha mãe que me deu. Ela é microbióloga.

Aru esperou que um dos dois dissesse: *Desde quando nós viramos melhores amigos?* Mas nenhum deles fez isso. Durante os vinte minutos seguintes, Aiden e Mini conversaram por cima da cabeça de Aru sobre doenças bizarras, enquanto ela tentava tapar os ouvidos. A informação dada por Aiden, porém, despertou sua curiosidade. Como a mãe dele poderia trabalhar como bióloga sendo irmã de Urvashi? Isso faria dela uma apsara. Então era o pai dele que tinha ligações de parentesco com Urvashi?

– E o seu pai? – ela perguntou. – O que ele faz?

– É advogado. – O tom de voz de Aiden perdeu o entusiasmo imediatamente. – Vai exercer a profissão em Nova York depois que casar com Annette.

Annette? De repente, ficou claro por que Aru nunca tinha visto os pais dele juntos, apesar de morarem todos na mesma casa. Os dois estavam se divorciando.

– Ah – Mini falou baixinho.

Aiden encolheu os ombros, murmurou alguma coisa sobre ver como estava Brynne e conduziu sua gazela para longe. Mini se aproximou de Aru.

– Será que a gente precisa pedir desculpa?

Aru fez que não com a cabeça.

– Acho que, se a gente chamar ainda mais atenção pra isso, vai ser pior.

Mini assentiu.

– Você sabia que os pais dele estavam se separando?

– Só me toquei agora – respondeu Aru.

Mas ela já tinha percebido que havia alguma coisa estranha na casa dos Acharya. Toda vez que o carro do pai embicava na garagem, Aiden saía de casa, com a câmera pendurada no ombro. Malini, a mãe, quase nunca sorria.

Uau, Shah, você andava espionando o garoto mesmo, pensou consigo mesma.

Eu sou observadora, Aru refletiu em seguida. *É bem diferente. E além disso conversa sozinha.*

Aru rosnou de raiva.

— Deve ser terrível ver sua família se desfazer — comentou Mini, com tristeza.

Aru ficou sem saber o que responder. Em parte, concordava com Mini. O divórcio devia ser difícil para Aiden. Mas não concordava com a ideia de que a família dele estava se desfazendo. Vários alunos de sua escola tinham pais divorciados, e nem toda família precisava de um pai e de uma mãe. Algumas tinham dois pais, ou duas mães, ou só um pai ou uma mãe, ou nem uma coisa, nem outra. Não que sua família, com apenas Aru e a mãe morando sozinhas em um museu com um monte de estátuas, fosse exatamente a "norma". Por outro lado, famílias não eram uma coisa inflexível, como aquelas provas padronizadas que só podiam ser feitas pintando os quadradinhos de respostas com lápis número dois. As famílias eram como caixas de canetinhas multicoloridas: diferentes entre si, meio bagunçadas (mas não no mau sentido) e, querendo ou não, capazes de deixar marcas permanentes.

Eles atravessaram a fronteira entre o Outromundo e o mundo humano, envolvido em uma neblina espessa e em constante movimento. O tempo havia avançado no reino dos mortais. O sol fraco da manhã despontava no céu. Eles ainda estavam cercados por uma barreira mágica, mas para Aru parecia uma coisa frágil como o orvalho congelado que se acumula no vidro de uma janela no inverno, e tão transparente quanto. Enquanto as gazelas sobrevoavam autoestradas e saltavam outdoors, os cascos delicados dos animais às vezes roçavam a barreira, produzindo um som agudo como o ressoar de uma sineta.

Quando estavam a pouco mais de dez passos de uma perua com uma criança entediada dentro, Aru perguntou:

– O pessoal daqui consegue ver a gente?

– Não – disse Aiden. – Olha só.

A criança estava olhando mais ou menos na direção deles. Aiden acenou freneticamente e fez algumas caretas. Não provocou nenhuma reação.

Aru deu risada, e em seguida fez o mesmo... Talvez a luz tenha brilhado sobre ela de um jeito diferente, porque a criança começou a apontar e chorar.

– Ô-ou – comentou Aru. Ela puxou as rédeas, fazendo a gazela voar mais alto. Enfim. Talvez ela tenha só deixado a viagem de alguém mais animada, no fim das contas.

Em pouco tempo, chegaram a um pequeno parque. Mais abaixo, as árvores estavam sem folhas, com gelo preso aos galhos. As gazelas aterrissaram suavemente, e Aru e seus três companheiros se viram numa clareira diante de um chamativo letreiro verde com a inscrição LOVES PARK, ILLINOIS.

– A gente está *bem longe* de Atlanta – comentou Aiden.

Ele arregaçou as mangas, e pela primeira vez Aru reparou nos dois braceletes idênticos de couro que usava nos pulsos.

Antes que pudesse perguntar alguma coisa, porém, as árvores começaram a mudar bem diante dos olhos de todos. Brotos passaram a surgir nos galhos. O céu meio cinzento assumiu um tom vívido de azul. Nuvens brancas surgiram mais acima, e os raios de sol inundaram o mundo. Aquela, *sim*, parecia a morada do deus do amor.

Os três desceram das gazelas, boquiabertos e quase perdendo o fôlego. Era como se tivessem saído do inverno e entrado na primavera num piscar de olhos. Depois de fazerem suas mesuras, as gazelas abriram a boca ao mesmo tempo e informaram:

– A temperatura está em 63 graus Fahrenheit, ou 17 graus Celsius. O vento sudoeste está soprando a 9,5 quilômetros por hora e a umidade relativa do ar está em 43 por cento. Em resumo, as condições em Loves Park estão favoráveis. Que bons ventos os conduzam, Pândavas!

– Eu não sou Pândava! Só ganhei uma autorização especial ou coisa do tipo! – Aiden respondeu, mas as gazelas já tinham desaparecido.

– Por que já é primavera aqui? – questionou Aru, olhando ao redor.

Aiden tirou uma fotografia da paisagem.

– Provavelmente porque estamos perto de Kamadeva. Ele é o deus do amor, um sentimento que dizem ser como uma eterna primavera.

Aru e Mini trocaram olhares. Mini segurou o riso, e Brynne fechou a cara.

– Aiden, todas as suas legendas no Instagram são tiradas de letras do Ed Sheeran? – perguntou Aru.

Aiden revirou os olhos.

– Foi a minha mãe que me falou.

– Aiden é *ar-tis-ta* – retrucou Brynne. – É assim que as coisas são na cabeça dele.

Aru pensou a respeito desse tipo de pensamento *ar-tís-ti--co* por uns bons cinco segundos. O amor é como uma eterna primavera? Melhor deixar para lá. Sua época favorita do ano era o outono, mas não queria que o amor fosse assim, cheio de folhas secas e paisagens alaranjadas. Ou pior... com gosto de abóbora.

Mini coçou os olhos.

– Argh, primavera. Minhas alergias já estão começando a atacar. Meus olhos estão lacrimejando, e não tenho nada pra limpar...

Aiden remexeu no estojo da câmera, de onde tirou um pacotinho de lenços de papel. Mini soltou um gritinho de alegria.

Nesse mesmo momento, o estômago de Brynne roncou bem alto. Ela levou a mão à barriga, reclamando:

– Nossa, estou morrendo de fome... não comi nada hoje além de dois *waffles*, quatro ovos cozidos, granola, iogurte caseiro, seis pêssegos e uma fatia de torrada.

Aru ficou só olhando para ela.

– Pois é... quem *não* sentiria fome só com isso?

Sem dizer nada, Aiden entregou um chocolate para Brynne.

– Você é o máximo, Ammamma – ela falou, toda feliz.

Mini estremeceu.

– Minha mãe me *mataria* se a primeira coisa que eu comesse no dia fosse um chocolate. A sua não?

Ao ouvir a palavra *mãe*, Brynne fechou a cara. Com um gesto de irritação, enfiou o chocolate no bolso da calça.

– Vamos logo – disse num tom áspero, seguindo por uma trilha pelo bosque primaveril.

Acho que você encontrou um ponto fraco, Aru comentou em pensamento com Mini.

Os demais foram atrás. No final da trilha, a mata se abria numa nova clareira com uma lagoa enorme. Um pouco mais além, pairando no ar sobre o mato crescido na beira d'água, havia uma porta azul, com duas placas penduradas numa árvore próxima. Uma avisava:

OS MEMBROS DO ESTAFE DEVEM SE
IDENTIFICAR ANTES DE ENTRAR

Na segunda, lia-se:

VISITANTES SÓ SÃO ACEITOS MEDIANTE AUTORIZAÇÃO

– Estafe? – questionou Mini. – Pensei que a gente tinha vindo falar com o deus do amor, não com o executivo-chefe de uma empresa!

Brynne usou a maça para abrir uma fresta no mato à beira do lago.

— Não estou vendo autorização nenhuma por aqui. — Ela olhou para a porta. — Sempre existe a opção de arrombar a porta e...

— Espera aí — disse Aru. — Acho que vi alguma coisa.

Um brilho dourado apareceu na beira da lagoa. Aru se enfiou no mato e deteve o passo quando viu um aglomerado enorme de gravetos e terra.

— Um ninho! — comentou Brynne, passando por ela.

No meio do ninho, uma chave dourada. Ao lado dela, dormia um cisne branco em miniatura, não muito maior que a palma da mão de uma pessoa. Parecia inclusive caber dentro de uma xícara de chá.

— Ah! Que gracinha! — exclamou Mini.

— A chave deve ser a autorização — falou Aiden. Ele ergueu a câmera, bateu uma foto e examinou o arquivo digital. — Humm... A iluminação não está muito boa...

— Esquece isso, Aiden! — disse Brynne. — Vamos pegar essa coisa logo e ir.

Ela fez menção de pegar a chave.

— Será que a gente pode fazer um carinho no cisne? — perguntou Mini. — Ou é melhor não? Os cisnes transmitem gripe aviária?

— Espera aí, Brynne — recomendou Aru.

— Qual é o problema, Shah? Está com medo de um passarinho de nada? — Brynne olhou para a ave. — Sabia que antigamente os cisnes eram considerados uma iguaria?

— Que nojo! Eu é que não quero comer isso! Quero é passar

bem *longe*. Você já viu um cisne atacando? – questionou Aru. – São muito bravos.

– Shah, esse cisne aqui é do tamanho de um brinquedinho – respondeu Brynne. – A gente vai sobreviver.

Brynne tirou a chave do ninho. Os quatro ficaram de olho no cisne. Nada aconteceu.

– Tá vendo? Eu falei! – Brynne saiu andando na direção da porta flutuante.

Aru hesitou por um momento antes de ir atrás. Estava se sentindo uma tonta. Talvez tivesse exagerado um pouco...

Eles estavam a meio caminho da porta quando o ar fresco da primavera ficou gelado. Aru não conseguia mais ver sua sombra no chão.

– O tempo ficou nublado rapidinho – comentou Mini, esfregando os braços com as mãos.

Aiden olhou para cima. E arregalou os olhos.

– Isso não é uma nuvem.

Aru levantou a cabeça lentamente. Aquele cisnezinho minúsculo, aquela coisinha-tão-fofa-que-dava-vontade-de-apertar, de repente já não era tão pequeno assim. Na verdade, estava do tamanho de uma casa de três andares, com as enormes asas brancas abertas, encobrindo a luz do sol. Provocando um deslocamento de ar poderoso, a ave gigante pousou bem diante deles, bloqueando a porta da morada de Kamadeva. O animal inclinou a cabeça para o lado, com as penas do pescoço comprido se eriçando.

– Nada de movimentos bruscos – disse Brynne, erguendo a maça.

Mini ignorou o conselho. Ela remexeu na mochila e pegou uma barrinha de granola comida pela metade, que partiu no meio e jogou para o cisne. A ave olhou para a barrinha, para Mini, e de novo para a granola.

– É vegana – explicou Mini.

O cisne levantou uma pata preta com membranas entre os dedos e afundou a granola na terra.

– Mas é uma ótima fonte de fibras!

Pelo jeito, o cisne gigante não estava nem aí. Com um grasnado bem alto e áspero, ele atacou.

OITO

Cisnes são péssimos

Aru deu uma boa olhada no cisne monstruoso que vinha na direção deles. E deu uma boa analisada em si mesma também. Sabia que era pequena. E que não era forte.

Mas precisava ser.

Aquela batalha era como um jogo em sua mente. Só era preciso se esquivar e dar golpes curtos e precisos, usando a força do oponente contra ele, deixando que *o outro* fizesse todo o trabalho.

– Mini! – gritou Aru.

A irmã imediatamente soube o que fazer. Dadá brilhou e cresceu de tamanho, saindo para fora da manga da blusa de Mini. Uma luz arroxeada explodiu. O cisne grasnou e deu um passo para trás, a pata com membrana esmagando o matagal que cercava a lagoa.

Ao lado delas, Aiden transformou os braceletes de couro em duas cimitarras reluzentes com correias mágicas envolvendo os braços. Ele apertou um botão dourado na parte superior da câmera, que se transformou em um relógio de pulso, com estojo e tudo.

Aru arregalou os olhos. Então as tais *transformações emergenciais de acessórios* eram aquilo. *Uau.*

Um instante depois, o cisne recuperou o equilíbrio e voltou a atacar. Aru repassou mentalmente algumas estratégias possíveis, mas, antes que pudesse abrir a boca, Brynne deu um pulo e gritou:

– Aiden, vou distrair o bicho! Pega a chave, mas não entrem sem mim.

– Espera aí! – disse Aru. – A gente não...

– Fica fora do caminho, Shah! – berrou Brynne. – Deixa comigo.

Ela jogou a chave para Aiden, que a apanhou no ar.

Então Brynne se transformou. Uma luz azul brilhou ao redor dela. No local onde antes estava a garota, apareceu um elefante azul quase do tamanho do cisne. A Brynne-Elefante sacudiu a cabeça. Com as presas à mostra e a tromba em riste, avançou para cima da ave. Aru mal teve tempo de rolar para o lado antes de ser pisoteada.

O barulho do elefante trombeteando e o cisne berrando era mais ou menos como Aru imaginava que seria o de uma briga entre dinossauros. A Brynne-Elefante tentou cravar as presas de marfim no cisne, que grasnou alto enquanto se debatia. Uma explosão de penas preencheu o ar. O cisne abriu as asas, cuja envergadura era da largura de um avião. Em seguida, as sacudiu com vigor, e o efeito foi parecido com o da turbina de um jato. Até mesmo as nuvens brancas no céu foram afetadas pela ventania. As copas das árvores oscilaram. Aru se segurou num galho para não ser jogada longe, enquanto a Brynne-Elefante saiu dando cambalhotas e atingiu um tronco de árvore.

O vento diminuiu. Com um grasnado alto de quem dizia *TOMA-ESSA-ELEFANTE-AZUL-BIZARRO!*, o cisne avançou. O alvo era bem claro.

Aiden.

Ele tinha acabado de recuperar o equilíbrio. Cambaleando para a frente, Aiden brandiu as cimitarras. O cisne começou a tentar bicá-lo como se fosse um farelo de pão delicioso. Aiden se esquivou, detendo os golpes do bico como se fossem estocadas de espada. Porém a ave era mais rápida.

A Brynne-Elefante apareceu de novo em cena.

– FAZ ALGUMA COISA, SHAH! – berrou, o que a princípio foi uma visão e tanto, porque era um animal falante, mas não ajudou em *nada*, porque Aru *já* estava fazendo alguma coisa. Primeiro, tentara atirar o raio, mas Vajra errou o alvo. E, bem perto de Aiden, o campo de força de Mini piscava, enfraquecido pelo medo.

Aru precisava pensar…

Se Hanuman havia lhe ensinado alguma coisa, era como avaliar uma luta não só do seu ponto de vista, mas também aos olhos do oponente. O que o cisne queria?

A Brynne-Elefante trombeteou de novo, mas o cisne não se virou para encará-la. Estava com toda a atenção voltada para Aiden, que segurava a chave. Aquela chave estava no ninho do cisne… como um ovo. O que significava que o cisne considerava a chave um filhote!

– Tive uma ideia! – gritou Aru.

O urro de Brynne encobriu sua voz. Isso só deixava a Aru uma única opção: a conexão mental Pândava. O último lugar que queria visitar era a cabeça de Brynne, mas não havia alternativa.

Ela fechou os olhos, procurando a mente de Brynne da mesma forma que fazia com Mini...

Brynne?

A Brynne-Elefante teve um sobressalto e deu um grito de susto. *QUEM É QUE...?*

Preciso que você se transforme numa ave.

Como é?! Por quê? SAI DA MINHA CABEÇA! E não, eu sei o que estou fazendo...

Cara, você acabou de ser arremessada numa árvore.

Aiden estava ficando cansado, e bem depressa. Seus golpes com a cimitarra se tornavam mais lentos, apesar de ele continuar conseguindo se esquivar e circular por entre as pernas do cisne. Finalmente, Mini conseguiu formar um escudo a tempo de bloquear uma estocada do bico ameaçador. Aiden saltou para o meio de um arbusto primaveril.

Brynne surgiu nos pensamentos de Aru:

Que tipo de ave?

Aru deu a resposta com um sorriso. Em seguida, enviou uma mensagem para Brynne e também Mini:

Novo plano. Precisamos trabalhar juntas. Mini, você se lembra exatamente do formato da chave? Precisamos de uma réplica.

Pode deixar!, foi a resposta de Mini.

O cisne bicou o campo de força violeta de Mini. A ave

provocou uma rachadura, depois outra, e por fim o escudo se despedaçou. O cisne estava passando por Mini na direção do esconderijo de Aiden quando Aru entrou na frente e gritou:

– Sabia que tem gente que *come* cisnes como iguarias?

O cisne ergueu a pata. Aru deu um passo para trás. A ave se aproximou enquanto ela recuava, acompanhando-a passo a passo. Durante todo o tempo, a cabeça estreita do bicho balançava para trás e para a frente. *Oponente ou comida?*, parecia estar se perguntando.

– Você prefere ser hambúrguer ou presunto de cisne?

A ave sibilou.

– Ah, desculpa. Molho de macarrão, talvez? – provocou Aru. Em seguida perguntou a Mini por telepatia: *Como está a nossa isca?*

Quase pronta.

Quando o cisne soltou um grasnado indignado, Mini gritou:

– Olha só o que tenho aqui!

Ela sacudiu no ar uma réplica perfeita da chave.

O cisne ficou parado. Deu uma olhada nos arbustos, depois se virou para Mini. Depois grasnou de um jeito que soou como *QUE TIPO DE PALHAÇADA É ESSA?*

Agora, Brynne!, avisou Aru.

Com um clarão azul, Brynne se transformou de elefante em cisne de tamanho normal. Ela se agachou e pegou a chave falsa da mão estendida de Mini. Então, com duas sacudidas poderosas de asas, disparou rumo ao céu.

O cisne soltou um grito estrangulado – provavelmente querendo dizer *MEU BEBÊ!* – e decolou atrás.

Quando Aru se certificou de que o cisne estava longe, ela e Mini correram para o mato na beira da lagoa. Aiden saiu de seu esconderijo, todo pálido.

– Isso foi um plano totalmente Sonserina – comentou com Aru, sacudindo a poeira das roupas. Faíscas de eletricidade se desprenderam de Vajra, e Aiden tratou de acrescentar: – Não que isso seja algo ruim.

– Essa é a sua Casa? – Mini perguntou para Aru.

Sim.

Aru encolheu os ombros.

– Talvez. Sei lá. Mas eu fingiria que sou Lufa-lufa só para ficar mais perto da cozinha, com certeza.

Aiden a encarou.

– Você é esquisita, Shah.

Não pareceu ofensa. Por uma fração de segundo, Aru sentiu uma pontada de... alguma coisa.

Aiden levou a mão ao relógio no pulso. O estojo da câmera voltou para a cintura. Ele ergueu a câmera aos olhos e acionou um comando.

– Estou vendo Brynne – avisou.

Aru estreitou os olhos na direção do céu, mas só viu duas silhuetas distantes de aves.

– Onde dá para conseguir uma câmera encantada? – Mini quis saber, boquiaberta. – Isso não é ilegal? Porque de acordo com as Regras de Segurança do Transporte do Outromundo...

– Ai, isso de novo não – resmungou Aru.

– ...você não tem direito de trazer um objeto encantado que adquiriu no mundo mortal a não ser que seja maior de dezoito anos.

– Como é que sabe disso? – questionou Aiden.

– Eu gosto de regras – explicou Mini, toda certinha.

Aiden baixou a câmera, esfregando os polegares na lateral do mecanismo. Não era exatamente muito moderna, mas isso não era um problema, na opinião de Aru. Dava para perceber que, para Aiden, a câmera era um cobertorzinho ou um urso de pelúcia (ou, no caso de Aru, um travesseiro oval chamado Ovinho). Um objeto já meio desgastado, mas com muito valor afetivo.

– É uma Hasselblad. Era do meu pai – explicou Aiden. – É de 1998, da época em que ele foi fotógrafo. Um mecânico do Bazar Noturno converteu o SLR analógico original num SLR digital e ainda acrescentou um chip *bluetooth*. Assim as fotos não precisam ser reveladas, são automaticamente mandadas para o meu telefone e depois eu edito no laptop.

As duas piscaram várias vezes, confusas. Aru não fazia *ideia* do que Aiden tinha acabado de falar.

– E isso é... bom? – arriscou Mini. – Principalmente o fato de ele ter dado a câmera para você?

– Ah, sim – respondeu Aiden, mas com os cantos da boca já virados para baixo. – Ele disse que foi um presente, mas acho que só me deu porque não queria mais. Tem um monte de coisas que ele não quer mais.

Um grasnado alto fez os três olharem para cima.

Aiden espiou através da câmera.

– Ô-ou.

De repente, e ressoando tão alto dentro da mente delas que Aru e Mini taparam os ouvidos com a mão (como se isso fizesse muita diferença), surgiu a voz de Brynne: *VÃO PARA A PORTA!*

Brynne não era mais uma silhueta distante no céu. Estava voando de volta na direção deles, e vinha acompanhada. O cisne monstruoso estava no encalço, grasnando alto.

– *CORRAM!* – gritou Aiden.

Eles dispararam na direção da porta suspensa.

– Vajra! – berrou Aru.

O raio estava caído no chão, à espera do comando. Imediatamente se transformou em uma prancha flutuante, de um tamanho capaz de suportar os três.

– U-hu! – exclamou Aru.

Fazer Vajra se transformar não era nada fácil, mas pelo menos Aru estava pegando o jeito. Só o que precisava fazer era manter o foco. Eles se posicionaram, e Vajra decolou para a porta azul cintilante. Aiden estendeu a chave.

Logo atrás, ouviram o grasnado alto de outra ave. Aru arriscou uma olhadela por cima do ombro e viu a Brynne-Cisne voando a toda velocidade para a porta.

– Mais rápido, Aiden! – Mini gritou, enquanto ele tentava enfiar a chave na porta.

– Estou tentando!

Por fim, a chave virou. A porta se abriu. Os três tombaram

no chão ao entrar. Vajra acabou lançado para trás, e a *força* do raio fechou a porta.

– Ai, não! Brynne ainda está lá fora! – disse Mini.

Ofegante, Aru ficou de pé e abriu a porta às pressas.

– Com certeza, ela...

A Brynne-Cisne apareceu voando e se chocou diretamente com Aru. As duas caíram. Aru bateu a cabeça com força no chão. Doeu demais. Com outro flash de luz azul, Brynne se transformou de volta em menina. Estava com a respiração aceleradíssima. Os olhos estavam vermelhos e... cheios de lágrimas?

O *valeu, hein?* em tom sarcástico que Aru pensou em dizer ficou preso em sua garganta.

– Brynne?

– Vocês queriam me deixar para trás? – ela perguntou.

Brynne segurava a maça com tanta força que Aru sentiu até pena da arma.

Mini foi a primeira a se recompor.

– Há, não! Foi por isso que Aru abriu a porta e...

Brynne baixou a maça e respirou fundo.

– Eu sabia. – Em seguida, levantou o queixo e cruzou os braços. – Enfim, vão em frente. Podem dizer.

– A ideia foi *minha* também. Não vou agradecer...

Brynne pareceu perplexa.

– *Agradecer?* Foi isso que você achou que eu quis dizer?

Foi a vez de Aru ficar perplexa.

– O que você pensou que eu fosse dizer?

– Sem brincadeirinhas por ter me transformado numa ave, então?

– Aves não são brincadeira, não – comentou Mini, estremecendo.

Brynne pareceu sem jeito, e em vez de continuar a conversa olhou ao redor para o local onde estavam.

A construção fez Aru se lembrar das fotos que tinha visto da Bolsa de Valores de Nova York. O piso era de mármore polido, e parecia que os quatro estavam numa espécie de saguão. Janelas enormes revelavam paisagens diferentes: bairros residenciais pacatos, cidades com luzes ofuscantes, vilarejos praianos e planícies ensolaradas. Um véu tremeluzente de magia à prova de som – do mesmo tipo que Urvashi usava em seu estúdio de dança – os separava dos aglomerados de terminais circulares gigantes que ocupavam todo o andar, onde centenas de pessoas do Outromundo vestindo roupas sociais superelegantes gritavam em seus fones de ouvido com microfones. Aru estava acostumada com tetos transparentes, e o deus do amor havia escolhido o céu noturno para adornar o dele. Lindo. O cosmo parecia mais próximo que o habitual. Era como se Aru pudesse estender a mão, pegar um planeta e enfiar no bolso. Em uma parede, telas encantadas que pareciam painéis de luar exibiam números sem parar. Eram semelhantes aos quadros do mercado de ações que a professora mostrara na aula de educação cívica e econômica. Aru não se lembrava de muita coisa dessa matéria, mas aprendera que a setinha verde era um bom sinal, e a setinha vermelha, sinônimo de problema. E, no momento, estava vendo uma porção de setinhas vermelhas.

ESCALA UNIVERSAL DE CORAÇÕES DISPARADOS ▼1000,23
OLHARES SEDUTORES INTENCIONAIS ▼800,21
INTERESSE FINGIDO EM VÍDEOS DE GATINHOS FOFOS ▼900,41
PESSOAS COMPILANDO PLAYLISTS DO ED SHEERAN ▼3000,18

Nesse momento, um jovem de beleza impressionante se aproximou dos quatro. O cabelo dele tinha cachos pretos de perfeição espantosa. Estava usando uma jaqueta *nehru*, e levava um papagaio azul empoleirado no ombro. Pareceria um executivo de uma grande multinacional ou um astro de Bollywood se não fosse um detalhe peculiar: a pele de um verde bem vivo. Aquele homem só podia ser uma pessoa. Ou deus, no caso.

Era Kamadeva, o deus do amor e do desejo... e proprietário do arco e flecha roubado.

Os quatro fizeram uma mesura respeitosa e se prostraram no chão diante do deus, mas Kamadeva não parecia nem um pouco comovido com o gesto.

– Senhor Kamadeva... – começou Aru, tentando dar um passo à frente, mas então se dando conta de que não conseguia. Seus pés estavam como que pregados ao chão.

– Os adolescentes costumam ser meus clientes favoritos – comentou Kamadeva. – Mas ladrões? Esses não são do meu feitio.

Quatro espadas reluzentes se materializaram no ar. As lâminas flutuaram a esmo por um momento antes de se voltarem para o pescoço dos quatro.

NOVE

Foi só uma vez que me incineraram

—Nós não somos ladrões! – rebateu Brynne.
– Quem vai julgar isso sou *eu*. – Kamadeva sorriu. Aru nunca tinha visto um sorriso mais lindo, ou mais cruel, em toda a vida. – Ah, uma de vocês me considera fraco... – ele falou, voltando o olhar para Brynne. – É porque não estou brandindo uma maça? Ou espada?

– Eu... – começou Brynne, mas não podia avançar sobre ele, não com uma lâmina apontada para a garganta.

– Você pensa que o desejo não vale nada, não é mesmo? Pois existem evidências empíricas que apontam o contrário. Sou capaz de começar uma guerra, sabia?

Kamadeva fez um aceno com a mão, e os quatro viram uma cena começar a se desenrolar no piso de mármore:

Nas profundezas do bosque, Surpanakha – uma demônia horrorosa com presas de marfim, olhos vermelhos e pele cinzenta e molenga – confrontava dois belos homens e uma linda mulher. Quando viu o galante Rama – uma encarnação do deus Vishnu – e seu irmão mais novo Laxmana, Surpanakha se transformou numa linda mulher e tentou convencer um dos dois a se casar com ela. Mas Rama apontou para Sita, sua esposa, uma encarnação da deusa da boa fortuna. E Laxmana refutou Surpanakha com um veemente *De jeito nenhum!* (Ou pelo menos foi o que Aru imaginou que ele falou.) Furiosa, Surpanakha avançou sobre Sita, e Laxmana cortou o nariz da demônia, revelando a verdadeira natureza dela.

Humilhada, Surpanakha correu na direção de seu irmão, o grande rei demônio Ravana. Ela contou sobre a desonra sofrida e pôs a culpa de tudo na linda Sita.

As dez cabeças de Ravana se voltaram para Surpanakha.
– Como é essa Sita?

Aru sabia o que acontecia a seguir, porque era uma história contada no poema épico *Ramayana*. Ravana sequestrou Sita, e Rama declarou guerra para resgatá-la.

Kamadeva fez um aceno com a mão, e a imagem mudou.
– Ou então posso encerrar uma guerra.

O lugar inteiro havia sido destruído por um terrível demônio. Um conselho de deuses declarou que apenas o filho do Senhor Shiva, o deus da destruição, com Parvati, a Mãe Deusa, poderia dar conta de punir o culpado. Mas havia um único problema: Parvati tinha reencarnado na Terra e jamais conhecera Shiva. Portanto, não havia filho nenhum.

– Permitam que eu ofereça minha ajuda – Kamadeva declarou ao preocupado conselho de deuses.

Ele encontrou o Senhor Shiva meditando numa clareira no meio de uma floresta verdejante. A linda Parvati se aproximava. Kamadeva percorreu o bosque rearranjando folhas e flores.

– Tratem de ganhar vida! – gritou. – Chegou a hora! A primeira impressão é *tudo*!

Quando Parvati estava prestes a aparecer, Kamadeva pegou o arco e flecha.

– Um... dois... três... – disse Kamadeva. – Brisa primaveril.

Um vento leve percorreu a clareira.

– Perfume!

Os botões de flores se abriram.

– Música!

Um leve ressoar de tambores e uma melodia de flauta ecoaram na clareira.

– Luzes!

Os raios de sol da tarde se atenuaram até emitirem um leve brilho dourado.

– E agora... um toque especial.

Kamadeva soprou uma poeira cintilante com purpurina da palma da mão, deixando o ar como se estivesse repleto de estrelas.

– Perfeito! – ele exclamou, fazendo pontaria com o arco...

– Espera aí... – disse Aiden. Ao som da voz dele, a imagem no chão ficou congelada como a tela de um computador travado. – Não é nessa parte que você acaba sendo incinerado?

Kamadeva espanou a poeira do traje.

– Ah, então você já ouviu essa história antes.

Brynne franziu a testa.

– Você foi incinerado?

– Um pouco.

Aiden sacudiu negativamente a cabeça, o que não era fácil com uma espada no pescoço.

– Não foi isso o que *eu* ouvi dizer.

Kamadeva fechou a cara.

– Vamos dizer que foi um teste beta que deu errado, certo? O problema é que os seres imortais não gostam de ter o coração manipulado. Não dá para *apressar* o amor. E eu *não* estava fazendo isso! Mexo somente um aspecto da atração. Como uma nova percepção, sabem como é. Ou seja, só estou aqui para abrir seus olhos e seu coração, entenderam?

Os quatro fizeram a mesma cara de interrogação.

– E o arco e flecha? – perguntou Brynne. – Que aliás a gente não roubou – enfatizou.

Kamadeva assumiu uma expressão maliciosa.

– Ah, eu acredito em vocês – ele afirmou. – Enquanto estavam vendo as minhas histórias, espiei o coração de cada um. Encontrei coisas bem interessantes. Muitos lamentos. Muitos desejos de

que as coisas fossem diferentes. Tudo muito, muito arraigado.
– Kamadeva se voltou para Aiden. – Principalmente você. Olha só esse rostinho bonito! Tem todas as características de um herói sofrido e melancólico. Posso fazer de você um grande astro!

Aiden pareceu horrorizado.

– Há, por favor, não?

Aru estava cansada de ter seus pensamentos vasculhados sem permissão, mas deixou essa passar. Por ora.

– Se viu o coração de cada um, então pode dizer para Uloopi que somos inocentes? – perguntou.

Com certeza, o deus do amor conseguiria convencer a rainha naga, pensou Aru. Assim eles não seriam banidos do Outromundo. E Buu, o coitadinho do Buu, seria libertado.

– Acho que ela jamais me ouviria. Ainda me culpa por ter se apaixonado por Arjuna, o que a levou à sua condição atual... – respondeu Kamadeva. Ele assumiu uma expressão solene. – Mas essa história não é minha, portanto não sou eu quem deve contar. Só posso dizer que o único jeito de convencer Uloopi da inocência de vocês é entregando para ela meu arco e flecha.

– Mas... a arma é *sua* – disse Mini, levantando a mão timidamente.

– Verdade, mas tive que aposentá-la. Depois que fui reduzido a cinzas, Rati, minha amada esposa, guardou o arco e flecha para mim enquanto eu aguardava pela reencarnação. Mas ela sentiu minha perda de forma tão profunda que a canção em sua alma...

– Que canção? – interrompeu Brynne.

Aru deu um tapa na própria clavícula (seria lá que a alma

se esconde?), perguntando a si mesma se algum dia poderia ouvir alguma canção ali. E se a sua fosse ridícula? E se, quando estivesse prestes a morrer, todas as células de seu corpo começassem a cantar a música de abertura de *A noviça rebelde?*

– Não é uma canção perceptível – explicou Kamadeva, dando uma encarada em Aru, que baixou o braço de novo. – É um cantarolar de harmonia, a dança sutil das pulsações, o ritmo de dois corações felizes batendo juntos.

Aiden parecia prestes a revirar os olhos de tédio.

– A canção da minha Rati escapou do corpo dela... e isso concedeu ao meu arco e flecha um poder sinistro. Qualquer um corroído pela mágoa e conhecedor de encantamentos poderia arrancar de si sua canção da alma. O desespero que se seguia a esse ato daria a quem fizesse isso o poder de empunhar o arco e flecha para um propósito terrível, não para unir dois corações, mas para *arrancá-los* do peito. Foi por isso que, depois que a canção da alma de Rati voltou e nos reunimos outra vez, entreguei a arma para Uloopi. A rainha manteve a arma guardada em segurança nos cofres do reino naga por milhares de anos... até agora.

– Isso quer dizer que você não usa mais flechas para fazer as pessoas se apaixonarem? – questionou Aru.

– Exatamente – respondeu Kamadeva. – Mas, acredite em mim, não sinto a menor falta. Hoje em dia para dar flechadas eu teria que frequentar cafés, ou ir a restaurantes para almoços com uma cambada de jovenzinhos, ou encarar aulas de filosofia às oito e meia da manhã, ou entrar em fóruns de discussão sobre *Fortnite* na internet. Não mesmo.

– Você falou que o arco e flecha consegue arrancar o coração das pessoas... – disse Mini. – Foi isso o que aconteceu com os Sem-Coração?

Kamadeva fez que sim. Aru estremeceu ao se lembrar das estranhas cicatrizes de onde se originavam as linhas congeladas espalhadas na pele deles como teias de aranha.

– Por que alguém iria querer um exército daqueles Sem-Coração? – questionou Aiden.

Era a mesma pergunta que Aru ia fazer, por isso olhou feio para ele.

– Como vocês viram, são quase invencíveis – respondeu Kamadeva.

– Quase? – questionou Brynne.

– A força deles está vinculada a quem os transformou em Sem-Coração. Se a canção da alma dessa pessoa voltar, os efeitos negativos do arco e flecha seriam revertidos, e eles retomariam a forma humana.

– Você sabe quem é o ladrão? Pode ajudar a gente? – perguntou Mini, empolgada.

– Ou... sabe como é... de repente ir atrás do *seu* arco e flecha? – sugeriu Aru.

Por um instante, ela pensou que o deus do amor fosse amaldiçoá-la e transformá-la numa rã sem sentimentos ou coisa do tipo, mas em vez disso ele se limitou a sacudir a cabeça negativamente, com uma expressão de tristeza.

– Essa tarefa foi dada a *vocês*, Pândavas – disse Kamadeva. – Não tenho permissão para interferir. Além disso, a Bolsa de

Almas está de mal a pior... Vejam só essas ações! O mundo mortal está um caos no momento, e os investidores estão revoltados. Mas uma coisa posso dizer. Quem corrompeu meu arco e flecha teve que deixar a canção da alma no lugar de onde a arma foi roubada.

– O reino naga – falou Brynne.

– Mais especificamente, a tesouraria – complementou Mini.

Aru se recordou do rei naga cego que guardava a tesouraria: Takshaka. Ele não parecia ter gostado nem um pouco delas, apesar de o motivo não ter ficado claro.

– Como é uma canção da alma? – perguntou Aru. – Uma partitura ou coisa do tipo?

Ela estava torcendo para que não fosse. Não se lembrava dos nomes das notas do piano de jeito nenhum... Existia uma musiquinha para ajudar as pessoas a recordar, mas até isso Aru tinha esquecido.

– A canção pode assumir toda uma variedade de formas – explicou Kamadeva. – É uma representação da alma de quem cometeu o roubo, mas com certeza não vai parecer um objeto qualquer.

Bem, isso já era uma ajuda. Só que *não*.

– Quando encontrarem a canção, vão precisar falar o nome de quem roubou o arco e flecha – continuou Kamadeva. – É assim que a canção vai revelar a localização da arma. Quando a recuperarem, vão ter que cravar a flecha no coração de quem a levou sem permissão. Só dessa maneira os Sem-Coração vão voltar à forma humana, e o arco e flecha vai se purificar desse poder sinistro.

Cravar a flecha no coração? Aru achou meio violento. Por outro lado, arrancar o coração de alguém e praticamente transformar a pessoa em um robô também não era nada legal.

– Como vamos fazer para chegar ao reino naga? – questionou Aiden. – Uloopi e Takshaka não são exatamente nossos fãs. Vamos encontrar guardas esperando por nós em todos os portais.

– Existe um jeito de contornar isso – falou Kamadeva. – Mas vão ter que tomar cuidado.

– Com o quê?

– Tubarões, claro.

DEZ

Até que foi tudo bem... Só que não

De acordo com Kamadeva, a melhor forma de entrar no reino naga era pelo aeroporto aquático.
— Assim vocês podem se misturar com os outros turistas — ele falou.
— Por que um sistema de transporte submarino tem um lugar chamado aeroporto? — questionou Mini. — Isso não é um oximoro?

O deus do amor fez um aceno de desprezo com a mão.
— As autoridades do Outromundo escolhem os nomes das coisas porque gostam, tipo Spa Abattoir. É uma coisa bem francesa, mas significa abatedouro. Enfim, venham comigo até meu escritório.

Os quatro o seguiram do saguão até o vasto centro de operações da Bolsa de Almas. Havia por toda parte monitores gigantes com enormes listas de nomes e signos do zodíaco. Acima de suas cabeças, cisnes voavam pelo céu noturno, grasnando e fazendo barulho. Depois do encontro com o cisne que guardava a entrada do local, Aru teve que se segurar para não gritar: Xô, bicho! Passa!

– O noticiário das seis horas chegou! – gritou um dos cisnes. – As Pândavas estão à beira do exílio?

Aru grunhiu e escondeu a cabeça com o capuz. Elas haviam passado de lendárias a fracassadas em questão de dias.

– A rainha naga exige justiça pelo tesouro roubado...

– O reino dos mortais está em pânico com o número de desaparecidos triplicando de hora em hora!

O estômago de Aru se revirou. Mais desaparecidos significavam mais pessoas correndo o risco de jamais voltar à forma humana... e tudo isso dependia de encontrarem quem cometeu o roubo antes que o tempo se esgotasse.

E, por fim, a última manchete:

– Qual Chris de Hollywood é você? Chris Pratt, Chris Evans ou Chris Pine? Responda ao quiz para descobrir!

A maça de Brynne brilhou em sua mão quando ela resmungou:

– Alguém deveria fazer alguma coisa para acabar com essas fofocas sobre nós. Isso não está ajudando em nada.

– Melhor ignorar – disse Mini, tranquila. – As pessoas gostam de ver os outros por baixo. Assim ficam se sentindo melhor consigo mesmas. Não alimente os trolls.

Aru era obrigada a admitir que Mini tinha razão. Ela podia até ser esquisitíssima, mas por trás da esquisitice existia também sabedoria. Brynne baixou a maça, que se transformou de novo na gargantilha. Aiden, por outro lado, parecia não ter se abalado nem um pouco com os boatos. Continuou tentando tirar fotos da Bolsa de Almas, mas, cada vez que fazia isso, Kamadeva levantava a mão e lançava um raio de luz na lente da câmera.

— A concorrência não pode descobrir meus segredos! — alertou Kamadeva.

Aiden ficou com as orelhas vermelhas, mas Aru percebeu que tentava capturar imagens às escondidas mesmo assim.

Quando se aproximaram da extremidade do centro de operações, a atmosfera na Bolsa de Almas mudou. Ficou mais sinistra, em certo sentido. Em uma demonstração de ansiedade, Brynne começou a girar as várias pulseiras que usava no braço.

Aru estava perto o bastante para notar que todas tinham palavras entalhadas... BRYNNE RAO, PRIMEIRO LUGAR! BRYNNE RAO, CAMPEÃ!

Brynne percebeu que ela estava olhando e encolheu os ombros.

— Mandei derreter meus troféus para virarem pulseiras — ela explicou, levantando a mão, cheia de orgulho.

Aru ficou de queixo caído.

— Quem faria uma coisa dessas?

— Os vencedores — retrucou Brynne, toda presunçosa.

Aru lançou um olhar para Mini como quem diz "Dá para acreditar?", mas sua amiga estava distraída demais, e concentradíssima em seguir as instruções de Kamadeva.

Na extremidade mais distante da Bolsa de Almas, as mesas eram todas pretas, e o espaço era dividido em dois cubículos, um com a placa sinalizando DESPEITO, e o outro, INDIFERENÇA.

Naquele ponto, uma névoa escondia a visão do céu. Em um lugar ou outro, a luz do luar conseguia passar, revelando escadas prateadas em caracol que levavam para esses espaços vazios. Um mesmo par de palavras ornamentava cada degrau: ESCUTAR e RIR, ESCUTAR e RIR, ESCUTAR e RIR.

Uma escadaria grandiosa de prata polida, adornada com ramos de jasmim, de repente apareceu em meio ao cenário de desolação dos dois cubículos.

– Ascensão! – exclamou Kamadeva. – Finalmente.

Subiram a escadaria grandiosa e entraram num escritório gigantesco. Uma luz rosada iluminava o ambiente. O teto era formado por um jardim suspenso, e trepadeiras floridas desciam pelas paredes. Uma porta dupla de vidro esfumaçado ocupava a parede à direita, com vultos espreitando ameaçadoramente do outro lado.

– Todos os aquários dos Estados Unidos têm pontos de acesso para os reinos subaquáticos do Outromundo – explicou Kamadeva. – Os aquários maiores levam aos destinos mais importantes.

– Que nem a diferença entre aeroportos locais e internacionais? – perguntou Mini.

– Exatamente – confirmou Kamadeva. – O que vão usar tem portais que levam a vários reinos subaquáticos diferentes. Só se lembrem de ir pela porta do lado esquerdo. Entenderam bem?

– A porta do lado esquerdo – repetiu Aru.

– Pode deixar que a gente entendeu tudo direito – garantiu Brynne.

Aiden soltou um grunhido.

– Não, esquerdo!

– Sim, a gente entendeu o que ele falou direito! – disse Aru.

– Mas a gente tem que ir para o lado esquerdo, não direito! – retrucou Aiden.

– Tratem de manter o foco. Os Sem-Coração podem estar atrás de vocês agora mesmo – alertou Kamadeva. – Se precisarem muito de ajuda, tem alguém que vocês podem procurar. Mas já vou avisando… vão ter que ser muito educados com ele.

Kamadeva entregou a Aru um cartão de visita com os dizeres:

S. DURVASA

NÃO ME INCOMODE COM PREOCUPAÇÕES INFANTIS

QUEM SÓ ME FIZER PERDER TEMPO SERÁ AMALDIÇOADO

Esse cara parece o meu orientador pedagógico, pensou Aru. Ela queria perguntar quem era exatamente S. Durvasa, mas Kamadeva foi logo os conduzindo para a porta de vidro.

– É melhor se apressarem – recomendou ele. – Vocês só têm nove dias no tempo dos mortais. Encontrem meu arco e flecha e concederei uma bênção às três. Uma coisa capaz de suprir todas as suas necessidades.

Depois de dizer isso, ele olhou bem para Brynne, Mini e, por fim, de novo para Aru. Ela ouviu a voz de Kamadeva em seus pensamentos: *Eu contemplei seus horrores, Aru Shah. Vi sua culpa, sua batalha contra a própria alma… e posso ajudar.*

Aru pensou nos pesadelos infinitos representados por Sono e na vergonha que trazia dentro de si.

Em seguida, Kamadeva se virou para Aiden e disse:

– Quanto a você, Aiden Acharya, vou lhe dar o que mais deseja. Apesar de não poder mais usar minha flecha, tenho vários objetos parecidos em estoque, e posso lhe conceder um para usar como quiser.

Brynne estendeu o braço e deu um apertão no ombro de Aiden. Aru não entendeu ao certo o que aquilo significava. Aiden queria uma flecha do amor? Não parecia ser do tipo que precisava de ajuda... Na escola, tinha uma porção de meninas gamadas nele. Aru revirou os olhos, mesmo sabendo que, da primeira vez que Aiden sorriu para ela, foi como se tivesse sido atropelada por um caminhão.

Kamadeva abriu a porta dupla da parede direita. Uma lufada de vento frio invernal atravessou a blusa de Aru, que estremeceu. Adeus, bela primavera. Olá, inverno sofrido, gelado e desesperador. Ela atravessou a porta na direção da luz ofuscante. Kamadeva não dissera qual aquário-aeroporto escolheu, mas aquele com certeza não parecia o Centro Oceânico de Maui. Droga.

Kamadeva acenou.

– Adeus, Pândavas!

– Eu não sou um Pândava! – gritou Aiden ao entrar.

Mas Kamadeva se limitou a sorrir.

– Eu sei o que estou falando.

Quando atravessaram a porta, estavam numa calçada, diante de uma rua vazia. Aru piscou algumas vezes para se adaptar ao sol gelado e fechou a blusa até em cima. Diante deles, havia um aquário com um logotipo de peixe preso a um G azul enorme e brilhante. O Aquário da Geórgia na Baker Street! Ela havia ido lá no mês anterior, numa excursão da escola. Durante meia hora tentou conversar em baleiês com a beluga que morava lá, e era capaz de jurar que ouviu uma voz dizer: *Meu Deus, que sotaque horroroso!* Mas devia ter sido só sua imaginação.

O aquário estava completamente vazio, o que era bizarro. Quase sempre o lugar estava apinhado de turistas. Um vento frio arrastava uma porção de folhas de papel pelo chão.

Mini pegou um dos folhetos e leu. Ela ficou pálida na hora.

– Tem mais gente desaparecendo...

– Mais pessoas virando Sem-Coração, na verdade – disse Brynne. – Essa era a manchete do noticiário da Bolsa de Almas também.

Aru apanhou um folheto. Estava escrito em letras pretas garrafais:

VOCÊ VIU ESSA PESSOA?

Havia ofertas de recompensas, e alguns detalhes pessoais peculiares que Aru na verdade preferia não saber. Uma das descrições dizia: *Charles é facilmente reconhecível, porque só usa cuecas com estampa de patinhos de borracha.* Outra explicava: *Thomas meio que parece um ovo caipira. Careca. Marrom. Cheio de pintas.*

– Coitado do Thomas – comentou Aru.

Aiden sacou o celular.

– Deem só uma olhada nisso – ele falou, mostrando a tela. – Fazia um tempão que eu estava sem sinal.

As meninas se aproximaram e leram o aviso na mensagem de texto:

ACONSELHA-SE A TODOS OS CIDADÃOS NÃO SAIR DE CASA. QUALQUER ATIVIDADE SUSPEITA PODE SER COMUNICADA AO SEGUINTE NÚMERO...

– É melhor a gente entrar o quanto antes – falou Aiden.
Aru percebeu que Mini e até Brynne pareciam assustadíssimas.
– Está tudo bem – disse Aru, apesar de não ser essa sua opinião de forma nenhuma. – Não tem ninguém aqui.
Ela sentiu Vajra se esquentando em seu pulso.
– Acho que você cantou vitória cedo demais, Shah – respondeu Brynne.
Quando Aru levantou os olhos do folheto, ficou praticamente sem ar. A rua vazia até poucos momentos antes estava ocupada por uma horda de zumbis Sem-Coração. Havia pelo menos quinze vindo em sua direção, todos com a mesma expressão vazia e boquiaberta.
Aru escutou o clique da câmera de Aiden tirando uma foto.
– Agora não é mesmo hora pra isso! – ela comentou.
Aiden a ignorou. Parecia concentrado em alguma coisa que Aru não estava conseguindo ver.
– Nosso caminho tá bloqueado! – avisou Mini, apontando para a entrada do aquário.
A instrução de Kamadeva tinha sido bem clara: pegar a

porta do lado esquerdo. Mas não dava para ir até lá. Havia uma fila de Sem-Coração bem na frente, como se soubessem para onde as Pândavas e Aiden estavam indo.

Um Sem-Coração chegou mais perto. Estava usando uma camiseta da loja da Apple com os dizeres: OI! EU SOU UM GÊNIO. COMO POSSO AJUDAR? Com um movimento fluido, Aiden jogou a cimitarra no meio da rua. O Sem-Coração rosnou e deu um passo para trás.

– O que aconteceu com a sua mira? – Brynne questionou.

– Foi de propósito – respondeu Aiden. – Se eu acertar um com a espada e ele não acusar o golpe, todos vão querer atacar.

– Ah, é mesmo. Não dá pra usar nossas armas contra eles – lembrou Brynne, desolada. Ela ergueu os punhos numa postura de boxeadora. – Então tudo bem.

– Espera aí, Rocky Balboa – interveio Aru. – Precisamos chegar à porta do lado esquerdo. Mas eles não podem saber para onde vamos...

Mini brandiu Dadá, e um escudo apareceu ao redor deles, mas os Sem-Coração não paravam de avançar. Os grunhidos estavam cada vez mais próximos.

– Não dá para lutar contra eles – argumentou Aru. – A gente precisa pensar numa solução diferente.

– Tipo se esconder? – sugeriu Mini.

– Para de ser infantil – repreendeu Brynne.

Ao ouvir isso, Mini se empertigou toda. Com sua roupa de filha do deus da morte, pareceu bem assustadora naquele momento.

– Eu sou a Pândava mais velha, esqueceram? E estava falando sério – afirmou Mini. – A gente ainda pode usar nossas armas... para se esconder! E se eu transformasse meu escudo num espelho?

Aru estalou os dedos.

– ISSO! Assim eles vão ficar todos confusos!

– Boa ideia – disse Aiden.

Uma expressão de culpa surgiu no rosto de Brynne. Aiden a cutucou de leve.

Brynne olhou para o chão, remexendo em uma de suas pulseiras-troféus.

– Há, posso ajudar?

Mini assentiu com a cabeça.

– Legal.

O escudo roxo de Mini se inflou diante deles. Era a melhor demonstração de habilidade que ela dera até então. Brynne transformou a gargantilha de novo em maça e a brandiu acima da cabeça. Um vento gelado começou a soprar. As folhas de papel espalhadas pelo chão ficaram suspensas no ar, todas ao mesmo tempo. Brynne girou a maça como se fosse laçar os papéis, que entraram num movimento espiralado como o de um ciclone na direção de zumbis. Ao mesmo tempo, Mini fez uma substância metalizada se despejar sobre o escudo. Isso o transformou num espelho de um lado só, através do qual ainda conseguiam enxergar os zumbis sem serem vistos.

Os Sem-Coração detiveram o passo.

– HNGNNHHH?! – berrou o Sem-Coração-Gênio-da--Apple, sem entender nada.

Seu grunhido soou como um *Epa! Para onde eles foram?!* Aiden tirou outra foto.

– Sério mesmo? – questionou Aru.

– A iluminação está perfeita.

Com movimentos lentos, os três foram se afastando pela rua sob o escudo, ocultados completamente pela ilusão do espelho até chegarem à porta do lado esquerdo do Aquário da Geórgia. Aquela parecia bem mais velha que a entrada de vidro temperado à direita. Era feita de madeira de naufrágio e exalava um cheiro de mar. Uma luz vazava pela beirada da porta, uma luminosidade que Aru tinha certeza de que nenhum humano seria capaz de reconhecer.

Brynne abriu a porta, e Mini enfim baixou o escudo.

– Você salvou nossa pele lá atrás – Aiden falou para Mini com um sorriso.

Aru deu um cutucão nela com um cotovelo, e Brynne, toda vermelha, resmungou alguma coisa.

Não deu para ouvir direito, mas para Aru pareceu um pedido de desculpas.

ONZE

Terminal C? Beleza, então tá

Os quatro caminharam com passos apressados por um longo túnel. Bem, com exceção de Aru.

– Por que está andando *tão* devagar? – Brynne quis saber. – Para de enrolar.

– Não tem outro jeito! – comentou Aru, boquiaberta. – A gente está debaixo d'água.

Ela apontou para os arredores. Eles estavam atravessando um tubo invisível que os mantinha completamente secos. Do lado de fora, águas-vivas oscilavam com toda a tranquilidade pelo mar. Um tubarão nadava mais à frente. Mini, porém, não parecia muito convicta do poder da magia. Estava escondida debaixo de um guarda-chuva de estampa de bolinhas que fazia com que parecesse um cogumelo ambulante.

– A gente tem um prazo – insistiu Brynne. – Vocês ouviram Kamadeva. Nove dias do reino dos mortais restantes...

– E o tempo anda mais depressa no Outromundo – acrescentou Aiden, com um tom de preocupação. – Obviamente não estamos mais em Atlanta.

– Não consigo andar mais depressa que isso, sério mesmo – disse Aru. – Então, a não ser que me carregue... Espera aí, Brynne. Por que tá me olhando desse jeito? Ei!

Brynne ergueu Aru e a jogou sobre o ombro como um saco de batatas.

– A gente não deveria pelo menos fazer uma votação? – questionou Aru.

– Todos a favor? – perguntou Brynne.

– Sim – respondeu Aiden.

– Sim – assentiu Mini, envergonhada.

– Traidora! – exclamou Aru.

Mas, na verdade, estava bem confortável. A caminhada até o aeroporto aquático era bem longa, e suas pernas já estavam cansadas depois de atravessar a gigantesca Bolsa de Almas de Kamadeva e de fugir dos Sem-Coração. Não era *tão* ruim ser carregada. Na verdade, até que era legal...

Alguns minutos depois, ela foi jogada no chão sem nenhuma cerimônia.

– Ei!

Brynne colocou as mãos na cintura.

– Você dormiu.

– Dormi nada.

– Eu ouvi seu ronco.

– Ah...

– Não quero ninguém babando nas minhas costas – disse Brynne.

– Vejam só! – falou Mini, levantando o guarda-chuva e

apontando para cima. – Estamos quase na entrada do aeroporto aquático!

Alguma coisa passou zunindo à direita: uma enguia gigante com uma bolha transparente nas costas cheia de habitantes do Outromundo. Mais adiante, a distância, Aru viu o que parecia ser uma espécie de passarela. Peixes enormes e fosforescentes nadavam em linha reta, guiando orcas e tartarugas imensas que carregavam cápsulas de passageiros. Na chegada, um polvo gigante desatarraxava as cápsulas dos veículos aquáticos, segurando vários de uma vez, e os encaixava nos locais de entrada do "aeroporto". Aru ficou se perguntando se o polvo às vezes não se confundia com o que ia aonde.

Através da água, era possível ouvir o som distante de alguém anunciando:

– Leviatã, Passarela Um liberada, destino Avalon.

Aru olhou ao redor, tentando escolher com qual criatura marinha queria viajar para o reino naga.

– Ainda bem que o embarque ainda não começou – disse Brynne, dando uns tapinhas na barriga. – Me deu fome de novo. Aiden, você tem alguma coisa aí?

– Você comeu tudo – respondeu ele, distraído. Estava olhando para o celular. Apesar de não haver sinal digital nem Wi-Fi no Outromundo, a câmera encantada de Aiden de alguma forma ainda conseguia transmitir as imagens digitais para o telefone.

O estômago de Brynne roncou mais alto.

Franzindo a testa, Aiden levantou o celular para mostrar a foto de um zumbi.

— Sabe o que é mais estranho?

— O fato de você não ter nada pra comer? — perguntou Brynne, irritada.

— Não... Todos os Sem-Coração que a gente viu até agora eram homens — comentou Aiden. — Por que quem roubou o arco e flecha só escolhe os caras?

— Por que quer derrubar o patriarcado? — sugeriu Aru.

Brynne ergueu o punho fechado num gesto de solidariedade, e Mini soltou uma risadinha.

— É sério! — insistiu Aiden. — Isso é esquisito.

Era esquisito *mesmo*, mas não houve tempo para refletir sobre a descoberta porque logo os quatro passaram pelas portas de coral em cores vívidas do aeroporto aquático. Entrar ali era como estar no meio de uma água-viva de vidro enorme que os protegia da água do lado de fora. Os tentáculos estreitos e translúcidos conduziam a diferentes portões com nomes de lugares que Aru sempre achou que só existiam nos mitos: LEMÚRIA, AVALON, ATLANTIS... REINO NAGA.

Havia mulheres de terninhos digitando em laptops reluzentes, homens empurrando carrinhos pelo piso de areia compactada, crianças naga arrastando malas em formato de droides BB-8. As águas-vivas flutuavam acima, carregando painéis digitais que anunciavam partidas e chegadas de vários veículos de transporte. Uma tartaruga nadou preguiçosamente à frente de uma água-viva, puxando um cartaz com os dizeres: JÁ CANSOU DE PEGAR FILAS? ASSINE O SERVIÇO DE CHECK-IN EXPRESSO! CUSTO: SÓ UM ANO DA SUA VIDA!

– "Reino Naga, Terminal C" – Mini leu em voz alta a informação de uma tela posicionada dentro de uma concha gigante. Ela fechou o guarda-chuva, enfiou na mochila e passou os olhos por mais algumas linhas antes de soltar um grunhido. – Ah, que ótimo, não tem mais nenhum embarque para o reino naga *depois do crepúsculo*.

– Como assim, depois do crepúsculo? Isso é vago demais! – protestou Brynne. – O horário da alvorada e do crepúsculo não é sempre o *mesmo*. Como é que a gente vai saber quando...?

Aiden deu uma tossida e apontou para cima.

No teto, circulava uma grande bolacha-da-praia com palavras escritas em diferentes cores. Um fino raio de luz emanava de seu centro, parecendo um ponteiro de relógio. Estava perto de chegar a uma palavra em roxo: CREPÚSCULO.

– Ai, não, ai, não, ai, não! – exclamou Mini. – A gente precisa correr!

Aru estava olhando para a água azulzinha além do teto, onde com 99 por cento de certeza tinha visto uma sereia, quando se deu conta do que Mini estava dizendo.

– Beleza, tô pronta! – ela se apressou em dizer.

Aiden ergueu uma sobrancelha, e Mini sacudiu negativamente a cabeça.

– Por que estão olhando para mim desse jeito? – perguntou Aru.

Brynne se aproximou dela.

– De novo não...

Mais uma vez, Aru se viu pendurada no ombro de Brynne.

Era preciso reconhecer que Brynne era veloz mesmo. Ao contrário de Aru, não ficou parando para olhar em volta e admirar as maravilhas do aeroporto. Em questão de segundos, já estavam na fila da checagem de segurança, quase igual àquela na entrada do Bazar Noturno. Todos os passageiros passavam por uma arcada reluzente. De um lado, havia uma esteira de cristal. Do outro, um naga com ar de enfado folheava as páginas do mais recente livro de Dan Brown.

– Por favor, separem todos os laptops, celulares, itens amaldiçoados e armas com capacidade moderada de devastação. Constelações engarrafadas e massas encantadas de água devem ser levadas em recipiente apropriado. Não se esqueçam também de que os Samsung Galaxy estão proibidos, de acordo com as Regras de Segurança do Transporte do Outromundo – recitou o naga.

Aiden foi o primeiro, colocando a câmera dentro do estojo na esteira. Ele passou pela arcada sem problemas. O naga apalpou a bolsa da câmera de Aiden e examinou a carteira dele, tirando uma foto que estava lá dentro.

– Essa é...? Não pode ser! – disse o segurança. – É *Malini*? A celebridade apsara? Ela não é vista há décadas! Como a conheceu?

Aiden tomou a fotografia de volta.

– É minha mãe.

O segurança corou de vergonha. Como era quase todo verde, não ficou vermelho, mas bem amarelo. Aru desviou os olhos imediatamente. Então foi *por isso* que Aiden chamara

Urvashi de tia. Malini era uma dançarina e cantora famosíssima, uma das irmãs de Urvashi, membro da elite das apsaras. Aru se lembrava vagamente de um pôster autografado dela pendurado na sala onde Buu dava aulas.

A seguinte a passar foi Mini, cuja mochilinha roxa foi liberada sem problemas. Depois foi a vez de Brynne. Aru decidiu ficar para trás... Ela nunca dava sorte com o serviço de Segurança do Transporte do Outromundo. Alguma coisa *sempre* dava errado.

O naga remexeu nas coisas de Brynne.

– Por que está levando *sal*? Sabia que para algumas espécies dos mundos subaquáticos isso pode ser considerado uma ameaça de agressão?

Os membros de uma família de lesmas-do-mar que estavam do outro lado da esteira se aproximaram uns dos outros para se proteger.

Brynne cruzou os braços.

– Eu sempre levo sal comigo. Detesto comida insossa.

Quando Aru olhou de novo, a família de lesmas-do-mar não estava mais lá. Provavelmente era melhor assim.

– Diga a verdade, menina asura – insistiu o naga.

Brynne ficou vermelha, e Aru se lembrou de como Takshaka a tratara no Conselho de Guardiões. Como se a linhagem dela a tornasse perigosa. A raiva borbulhou dentro de Aru, mas Brynne sabia se defender.

– O fato de eu ter sangue de asura não significa que estou mentindo.

– Não tenho nenhuma razão para duvidar, e não exijo nada além da verdade – o naga falou com um sorrisinho. Ele confiscou o sal. Em seguida, pegou o que parecia ser um álbum de fotos. – E isto aqui?

Brynne cerrou os dentes.

– É pessoal.

O naga folheou o álbum. Pelo que Aru conseguiu ver, eram apenas fotos de Brynne, com todos os troféus e medalhas que ganhou antes de serem transformados em pulseiras. Aru revirou os olhos. Era bom poder mostrar autoconfiança e tal, mas por que alguém precisaria carregar consigo todas as provas de seus sucessos? Era bem esquisito.

O segurança devolveu o álbum para Brynne com um gesto de descaso. Em seguida, se virou para Aru.

– Sua vez.

Certo, Shah, você consegue.

Ela sentiu um calorzinho reconfortante vindo de Vajra, que assumira a forma de uma bolinha de pingue-pongue no bolso. Aru pôs a mochila na esteira e Vajra numa bandeja separada. Em seguida, passou pelo detector, mas logo deu de cara com a mão estendida do naga.

– Espere um pouco, por favor, senhorita.

– Beleza – disse Au.

Um minuto se passou... depois mais outro...

Dava para ver que os demais já estavam bem distantes: Mini comprando passagens diante de uma enorme cápsula iluminada e os passageiros em fila para embarcar. Primeiro, precisavam entregar o bilhete de vidro marinho para uma nagini de uniforme verde. Ela autenticava as lascas com um cubo de coral e, um a um, os viajantes entravam e se dirigiam aos assentos.

Brynne já guardara suas coisas de volta e estava num quiosque de comida. Aiden estava conversando com o dono de uma barraca chamada SERVIÇO DE ENTREGA DE MENSAGENS, apontando para um buquê de flores. *Uau, ele deve estar caidinho por alguém*, pensou Aru. Além de desejar em segredo uma flecha de Kamadeva, estava comprando *flores*?

Aru sentiu uma pontadinha de inveja. Não é que desejasse ser a destinatária das flores de Aiden (nem, sai pra lá, ser atingida pela flecha do deus do amor). Ela queria apenas inspirar esse tipo de atenção.

A mãe dela certamente inspirava. Ao longo dos anos, tinha testemunhado uma grande variedade de entregas de buquês elaboradíssimos enviados por diferentes homens para sua brilhante e linda mãe arqueóloga. Em geral a mãe mandava tudo para o lixo, e era lá que ficavam... a não ser no Dia de São Valentim, em 14 de fevereiro. Na data comemorativa dos namorados, Aru pegava um buquê do lixo e levava para a escola (tudo bem se as pétalas estivessem um pouco amassadas e com alguns pedaços de cascas de ovos) e dizia para todo mundo que havia sido entregue na sua casa (o que, tecnicamente, não era mentira).

Enfim, pensou Aru. *Pelo menos eu tenho Vajra.*

O segurança naga deu uma tossida.

— Seu raio fica se transformando toda hora, não consigo escanear direito.

Aru suspirou. Às vezes Vajra se agitava demais. Passava de bola de pingue-pongue a espada, depois a corda ou qualquer outra coisa e não conseguia sossegar.

— Desculpa...

O escâner zumbia com impaciência. Aru começou a entrar em pânico. A última coisa que queria era que Vajra demonstrasse todo o seu poder, o que era exatamente o que um segurança rakshasa exigira em sua última missão. Demorou *literalmente* mil anos.

Ou no mínimo uns vinte minutos.

Mesmo assim.

Eles não podiam esperar vinte minutos. O raio de luz da bolacha-da-praia estava quase no CREPÚSCULO, e a cápsula para o reino naga já estava começando a perder o brilho. A funcionária de uniforme verde que atendia aos passageiros batia o rabo de serpente no chão com impaciência. Do guichê de passagens, Mini fez um *ANDA LOGO!* para Aru com a boca.

Hora de usar seu charme, Shah.

— Toda hora eu fico achando que vou encontrar Luca Brasi aqui — ela falou para o segurança em tom de piada.

— Quem?

— Aquele do *Poderoso chefão*, sabe? "Luca Brasi agora está dormindo com os peixes." É tipo uma frase famosa sobre um cara que...

— Se a senhorita conhece esse Luca Brasi que se hospedou com peixes e está desaparecido, é seu dever cívico notificar as autoridades, de acordo com as Regras de Segurança do Transporte do Outromundo...

— Ai, meu Deus, foi uma *brincadeira*!

— Brincadeiras são proibidas na área de checagem de segurança — avisou o naga. — Além disso, dormir no meio dos peixes não tem nada de engraçado. Eles *nunca* piscam! Consegue imaginar como isso pode ser perturbador?

Nesse momento, o escâner de cristal apitou. Vajra surgiu do outro lado parecendo bem irritadiço para uma simples bola de luz, na opinião de Aru. Quando ela estendeu a mão, Vajra soltou uma pequena descarga elétrica que lhe deu um choque.

— Pode ir — disse o naga, todo amargo.

— Obrigada. Tchau!

Aru correu até Mini, que esperava pelos outros no portão de embarque. Aiden chegou com uma sacola cheia de doces.

— É para emergências — ele avisou ao perceber o olhar de cobiça de Aru. — Desculpa a demora. Tive que mandar uma mensagem para a minha mãe não ficar preocupada.

Ah, pensou Aru, se sentindo meio idiota. Então as flores eram para ela.

— Cadê a Brynne? — questionou Mini. — A cápsula vai sair daqui a pouco!

— Ela não tinha ido comprar alguma coisa pra comer? — disse Aiden.

No quiosque de comida, viram um rakshasa com cabeça de touro andando nervosamente de um lado para o outro e limpando as mãos no avental, mas não localizaram Brynne a princípio. Os três chegaram mais perto. Atrás do balcão, usando um avental na frente de um fogão, encontraram Brynne.

Ela estendeu a colher para rakshasa, que a pegou todo sem jeito e provou.

– ISSO, SIM, É COMIDA! – gritou Brynne. – Está vendo como cobre todos os cinco sabores básicos? Doce! Azedo! Amargo! Salgado! Umami!

Aru ergueu as sobrancelhas. *Como é? A mami de quem?*

– Eu vou *voltar* – disse Brynne num tom ameaçador. Ela tirou o avental e jogou no chão. – E *espero* que até lá você tenha aprendido a cozinhar.

– Si-sim, senhora. De-desculpa, senhora – gaguejou o rakshasa, agarrado à colher como se sua vida dependesse disso.

Brynne foi pisando duro na direção dos outros três, ainda de cara feia e resmungando.

– Se quero alguma coisa bem-feita, sempre tenho que fazer *eu mesma…*

Mini e Aru fizeram menção de ir até ela, mas Aiden as segurou.

– Um conselho para o futuro – ele murmurou. – *Nunca* fiquem no caminho entre Brynne e a comida.

Os quatro chegaram à cápsula pouco antes de a porta ser fechada. Eram os únicos passageiros a bordo que não eram naga, o que deixou Aru bem sem jeito. Ela se sentou numa anêmona rosa fofinha e ficou fingindo que lia uma revista *Gente Divina* enquanto espiava pela janela.

A cápsula foi arremessada das docas para o oceano, mas em

seguida foi presa pelo tentáculo de um polvo, que a encaixou nas costas de uma baleia jubarte. Embora estivesse maravilhada, Aru também ficou com medo de ser catapultada da cápsula com toda aquela turbulência. Mini examinava as paredes translúcidas do transporte como se estivesse com medo de que um vazamento surgisse a qualquer momento. Enquanto isso, Aiden tirava fotos – mas estavam indo tão depressa que Aru achou que ele só conseguiria registrar um monte de borrões. Brynne se concentrava apenas em comer.

Depois de um voo (ou mergulho?) rápido, aportaram e foram desencaixados da baleira em um terminal grande, mas bastante sombrio, que na opinião de Aru lembrava uma estação de trem antiga em estilo *art déco*. As paredes eram recobertas de pedras preciosas assentadas como se fossem escamas de cobra. Serpentes vivas e sibilantes com línguas de fogo forneciam a única luz disponível no local. No fim do saguão, seu brilho se tornava turvo e ondulado, como o luar ao bater nas paredes de uma caverna marinha.

Havia dois túneis de saída. No da direita, uma placa com os dizeres RETIRADA DE BAGAGEM E ESCAMA. No túnel da esquerda se lia: ALFÂNDEGA PARA RESIDENTES NÃO NAGA.

– É por ali – disse Aiden, apontando para a placa da alfândega.

– Kamadeva não disse nada sobre precisar passar pela alfândega – comentou Mini. – Será que é seguro?

– Agora não adianta se preocupar – avisou Brynne. – A última baleia acabou de sair.

A essa altura, Aru já tinha ido ao Outromundo dezenas de vezes. Estava acostumada com a sensação de se ver sempre cercada de magia. Mas aquela atmosfera... ali era tudo diferente. Sua pele se arrepiou inteira. A névoa do mar a envolvia, e deixava seus pensamentos impregnados de medo. Até mesmo Aiden, que passava o tempo todo documentando os arredores, estava se abstendo de usar a câmera.

Aru olhou para baixo rapidinho, mas logo se arrependeu. O piso era feito de lajotas planas e lisas que formavam silhuetas de serpentes. Sob aquela luz fraca e tremeluzente, elas pareciam até... *vivas*.

No posto da alfândega estava uma nagini com ar de cansaço, dentro de uma cabine de vidro.

– Identifiquem-se – ela instruiu, com tédio na voz.

Mini ficou pálida.

– Com certeza vai dar tudo certo – disse Aiden, fazendo um aceno de cabeça para encorajá-la. – É só deixar rolar.

Os quatro ergueram suas armas celestiais.

– Somos Pândavas – anunciou Brynne, levantando o queixo.

– Eu não – Aiden se apressou em acrescentar.

A funcionária da alfândega olhou feio para eles.

– Nenhum Pândava, nem seus companheiros de viagem, são bem-vindos em Naga-Loka, a ilustre capital do reino naga, por ordem da rainha Uloopi – avisou ela, sibilando a cada "s" que pronunciava.

– Mas nós estamos aqui para *ajudar* a rainha Uloopi

– protestou Aru. – Foi ela que mandou a gente encontrar o arco e flecha e...

– Ah. *Você* deve ser a filha do Senhor dos Céus – disse a funcionária. – O Senhor Takshaka, guardião da tesouraria, deixou instruções especiais para o seu caso.

Aru se lembrou do naga cheio de desprezo que estava ao lado da rainha Uloopi acima das nuvens. Qual era o *problema* daquele sujeito?

Nesse momento, o chão se abriu debaixo de Aru, derrubando-a em uma água preta e gelada. Vajra imediatamente se transformou de um raio em bracelete, deixando suas mãos livres. Sua cabeça voltou à superfície bem depressa, mas, enquanto tentava se manter à tona, acidentalmente engoliu água do mar e começou a tossir.

– ARU! – gritaram Mini e Brynne.

Aiden se esforçou para chegar até lá, tentando segurar sua mão, mas a cauda da funcionária nagini o atingiu e fez o amigo voar longe. Quando Mini a acertou com Dadá, Brynne estendeu a maça para Aru. Ela tentou agarrar a arma, mas seus dedos estavam escorregadios. Por fim, Aru conseguiu se segurar...

Mas pelo jeito não estava mais sozinha na água: um cipó frio de planta aquática se enrolou em seu tornozelo e a puxou para baixo.

DOZE

Aru Shah, a menina sushi

A água gelada e escura cobriu a cabeça de Aru, que foi puxada para as profundezas do oceano até perder totalmente o senso de direção. Ela começou a entrar em pânico. Haveria tubarões naquela água? Porque Aru morria de medo deles. Então começou a se debater, se livrando da planta aquática que a puxava, e saiu nadando.

Luz, ordenou mentalmente.

Vajra, na forma de bracelete, lançou um raio luminoso. Aru começou a sentir o tipo de dor no peito que a pessoa sente ao prender a respiração por tempo demais. A qualquer momento, ficaria sem ar. Ela olhou para cima, mas, mesmo com a luz fornecida por Vajra, não dava para ver a superfície. Aru estava muito além da arrebentação. Provavelmente se afogaria ali...

Alguma coisa passou em alta velocidade por ela, e parecia bem pontuda e afiada. Aru soltou um suspiro de susto.

E depois... mais outro. Tecnicamente, não deveria ser capaz de fazer isso, a não ser que...

Com extremo cuidado, Aru tentou respirar. A água não entrou pelo seu nariz nem pela boca. Seus pulmões se encheram de ar. Era possível respirar ali. Ela estava respirando debaixo d'água. LEGAL! Ei, desde quando era capaz de fazer isso?

A essa altura, seus olhos já tinham se adaptado ao ambiente. Enquanto nadava perto do subsolo marinho, conchas fosforescentes se acendiam como as luzes acionadas por sensores de movimento nas calçadas. As sombras formavam a imagem de uma cidade naufragada e arruinada. Aru mergulhou mais fundo para investigar e, quando chegou lá embaixo, descobriu que podia ficar de pé e andar normalmente. Dava até para ouvir tudo o que acontecia ao redor, como se estivesse em terra firme. As profundezas do oceano soavam como uma tempestade de trovoadas incessantes a distância. Estátuas de nagas cobertas de algas despontavam do chão arenoso. Peixes circulavam de um lado para o outro entre elas, emitindo um brilho iridescente.

Aru olhou na direção da superfície de novo, mas estava muito longe das vistas. Se Brynne, Aiden ou Mini tivessem caído também, ela não conseguiria ver. E não sabia se também seriam capazes de respirar debaixo d'água.

Aru parou por um momento para pensar a respeito. Ela conseguia respirar debaixo d'água. A quantidade de peças que poderia pregar nos outros era inimaginável! Poderia amarrar uma barbatana de tubarão nas costas, espantar as pessoas do mar e ficar com uma praia só para si.

Mas, claro, isso dependeria de conseguir sair dali.

Takshaka não gostava dela, isso ficara bem claro quando

um alçapão se abriu sob os pés de Aru. Que grosso. Mas aquilo não a impediria de chegar à tesouraria e encontrar a canção da alma de quem roubara o arco e flecha.

Só que como chegar até lá? Não havia ninguém para pedir informações. A solidão ali era tão grande que Aru poderia muito bem encontrar um coco, batizá-lo de Wilson e deixar crescer uma bela barba.

Um peixe azul passou nadando.

– Tem um coco aí? – Aru perguntou, cautelosa.

A resposta normal de um peixe seria: *bolha* *glub* *bolha* *fuga*.

Mas esse peixe falou:

– Acho que vendem uns minicocos indonésios no mercado naga aqui perto. Ou, caso você queira um de variedade filipina, um navio acabou de afundar a sudeste daqui.

Aru deu um berro.

O peixe pareceu ficar ofendidíssimo.

– Se não queria uma resposta, então não perguntasse! Foi você que quis saber onde conseguir cocos fora de época! – Ele bufou. – Menina tonta!

Aru olhou feio para ele.

– Ah, mas quem nada na própria privada é você!

O peixe não tinha uma sobrancelha para erguer e fazer cara de vilão, mas o tom de voz dele bastou para produzir o mesmo efeito:

– E você nunca vai saber quando eu estiver usando o mar como privada. Boa sorte com esse mistério.

O bicho agitou a cauda e saiu nadando.

Por que todo mundo precisava ser tão grosseiro? E por que aquele peixe falava com um sotaque britânico?

Uma coisa por vez, Shah. Ela já tinha descoberto que conseguia respirar debaixo d'água, andar debaixo d'água, falar debaixo d'água e até arrumar encrenca com um peixe. Então ficou se perguntando se não haveria mais alguma outra criatura ali capaz de entendê-la.

Aru acionou a conexão mental que compartilhava com Mini, mas só ouviu um ruído de estática. Ela torceu para que seus amigos estivessem bem. Talvez ainda pudessem estar retidos na alfândega.

Ela fez com que Vajra atingisse o tamanho máximo e o apertou bem forte. *Pai?*

O raio brilhou mais forte.

Animada com a reação, Aru perguntou: *Será que alguém pode me ajudar? Não sou muito popular entre as cobras... grande surpresa. Além disso, e essa coisa de falar com peixes? É normal?*

Logo adiante, alguma coisa emergiu do meio da areia. As estátuas de naga tombaram para os lados quando uma enorme enguia com pintas espalhadas pelo corpo se ergueu do chão. Era possível ler as palavras LINHA MARÍTIMA em sua barbatana dorsal. A enguia abriu a boca, e os passageiros – peixes, pessoas, pessoas-peixes e... ei, aquela é a Tilda Swinton? – começaram a sair. Os humanos usavam capacetes transparentes em forma de bolha. A maioria dos nagas estava com fones nos ouvidos e mochilas de lona penduradas nos ombros. Só então Aru percebeu que havia pequenos trilhos espalhados pelo fundo do oceano.

A distância, dava para ver as luzes coloridas do que poderia ser um mercado naga.

Então aquele lugar era uma parada do metrô submarino?

Seria um jeito sutil de Takshaka dizer para Aru dar o fora ou ele só queria que ela morresse afogada mesmo? Era melhor nem pensar muito a respeito...

A enguia tossiu um pouco de areia e anunciou num tom de voz monótono:

– Próxima parada: o Desejo do Mar. Todos os que embarcarem abrem mão do direito de registrar reclamações formais sobre o serviço, de acordo com as Regras de Segurança do Transporte do Outromundo. Dessa forma admitem que, se acabarem na boca de uma criatura marinha de maior porte, ou na minha mesmo se eu ficar com fome, ou terminarem perdidos no Triângulo das Bermudas, foi por sua livre e espontânea vontade.

Vajra brilhou com mais intensidade.

– Só pode ser brincadeira – disse Aru. – Pai, você quer mesmo que eu entre nessa?

Viajar em cima de uma baleia havia sido divertido, mas um deslocamento dentro do corpo de um monstro marinho não parecia tão promissor. Aquela coisa tinha dentes, e não eram poucos!

Vajra continuou brilhando. Aru cruzou os braços.

– N-a-o-til. Eu não vou entrar aí. Não estou a fim de virar lanchinho de monstro.

Vajra voltou a assumir a forma de bracelete. Aru respirou aliviada.

– Tá vendo? Até você concorda que...

Um rabicho longo e estreito se desprendeu do bracelete.

– Há, o que você está fazendo?

O rabicho continuou se esticando, e ganhando espessura, enquanto serpenteava na direção da enguia.

– Vajra, por que assumiu a forma de uma corda?

Vajra arrancou, e Aru foi arrastada pela água como uma isca presa numa linha de pesca.

– QUE TRAIÇÃO! – ela gritou.

Vajra arremessou Aru na boca da enguia e voltou a ser uma bolinha de pingue-pongue, recolhendo o rabicho e entrando no bolso de Aru. Ela se sentiu como se estivesse numa montanha-russa no escuro, descendo e descendo sem parar rumo às entranhas do bicho. Estava vazia, a não ser pelos bancos de ambos os lados com o estofamento mofado. O cheiro de ar parado de metrô era perceptível quando ela se sentou, e Aru franziu o nariz. Uma música de elevador ressoava entre os dentes da enguia, que continuavam visíveis apesar da distância.

Olha que coisa mais linda, mais cheia de graça, é ela menina que vem e que passa, no doce balanço a caminho...

Um cinto de segurança de alga marinha a prendeu pelo colo. Aru tentou se livrar daquela coisa, mas acabou ficando ainda mais apertada.

– Todos os passageiros precisam usar algum mecanismo de proteção, de acordo com as Regras de Segurança do Transporte do Outromundo – comunicou a enguia. – O uso do cinto, porém, pode não impedir que os passageiros da rota Desejo do Mar sejam digeridos.

Uma gargalhada histérica brotou de dentro de Aru. Ela deu um puxão no cinto de alga.

– Virei um sushi.

A enguia fechou a boca, mergulhando Aru na escuridão. Em seguida, arrancou, provocando um calafrio na barriga da menina. Ela tirou Vajra em forma de bolinha do bolso para ter um pouco de luz, mas só o que conseguiu ver foram os dentes pontudos da enguia na frente do veículo.

– Para onde essa coisa vai? – Aru murmurou baixinho.

Mais uma vez, tentou entrar em contato telepático com Mini e Brynne, mas só havia estática em sua cabeça.

Aru procurou ignorar o pânico que tomava conta de seu coração, mas era impossível. Onde estavam aqueles três? Estariam pensando que ela morreu afogada? Teriam aceitado sua morte como parte do julgamento de Uloopi e prosseguido na missão? Talvez estivessem planejando recuperar o arco e flecha antes de tentar resgatá-la. E depois aconteceria o quê? Se os outros três devolvessem a arma sem ela, Aru seria a única Pândava banida do Outromundo?

A enguia parou. O cinto de alga se retraiu. Aru prendeu a respiração. Tinha chegado a hora: era a digestão ou a chegada ao seu destino.

TREZE

Tecnicamente, nós somos parentes...

Felizmente, a boca do bicho se abriu.
— Destino final — anunciou a enguia. — Palácio de Varuna. Por favor, saiam pela esquerda e tomem cuidado com o vão entre os meus dentes.

Varuna?

Varuna era o deus das águas, conhecido por ser turbulento como o próprio mar. Em todas as pinturas que Aru tinha visto, aparecia montado num gigantesco *makara*, uma criatura que parecia um crocodilo-leão. Em seu último encontro com um makara, ele perguntou se Aru era alguma espécie de roedor. Mas pelo menos não tinha decidido dar uma mordida para comprovar...

Aru caminhava com cuidado pela superfície escorregadia das gengivas da enguia, tentando evitar o empalamento naquelas fileiras de dentes afiados. Alguns momentos mais tarde, saltou da boca do bicho para um pedestal de pedra. Quando se perguntou o que poderia vir a seguir, uma correnteza a arrastou pelo oceano e a deixou sobre um caminho pavimentado de madrepérola.

– Uau – comentou Aru, olhando para cima.

A palavra *palácio* era pouco para definir aquilo. Era o lugar mais lindo (apesar de um pouco bizarro) que Aru já tinha visto. Por um lado, um tanto tradicional. O caminho passava por um jardim marítimo de anêmonas em flor, colunas imponentes de corais e algas podadas em fileiras uniformes e organizadas. Mas havia também outras coisas entre aquelas espirais abobadadas. Uma parte do palácio de Varuna era feita de um aglomerado de madeira de naufrágios. Uma placa de neon com o nome da música MARGARITAVILLE do Jimmy Buffett brilhava sobre uma torre. Os degraus da frente eram adornados com moedas que tinham ido parar no fundo do mar. Na entrada principal, havia uma enorme flor de lótus azul, com as pétalas oscilando lentamente junto ao movimento da água. Cada uma tinha o nome de um dos oceanos: ATLÂNTICO, PACÍFICO, ÍNDICO e ÁRTICO, além de um que Aru não esperava ver: OCEANO DE LEITE.

O nome em sânscrito aparecia logo abaixo: KṢĪRA SĀGARA.

Quando ouvira falar do Oceano de Leite, a reação inicial de Aru foi pensar: *Isso deve ter exigido um montão de vacas*. A mãe lhe contava essa história o tempo todo quando era pequena. Depois de serem amaldiçoados por um sábio furioso, os deuses começaram a enfraquecer. A única coisa capaz de curá-los era o *amrita*, o elixir da imortalidade, escondido em algum lugar profundo do cósmico Oceano de Leite. Para encontrá-lo, os deuses teriam que vasculhar o oceano inteiro. Como não conseguiriam realizar a tarefa sozinhos, recorreram aos asuras, seres semidivinos que às vezes eram bons e, em certos casos, verdadeiros demônios. Os deuses prometeram aos asuras que seriam recompensados com uma parte do néctar. Mas, no fim, acabaram enganando os asuras e bebendo todo o amrita sozinhos.

Alguns asuras permanecem em guerra com os deuses até hoje.

Infelizmente, esses asuras ressentidos mancharam a reputação de todos os demais, o que Aru considerava ridículo. Não dava para julgar um todo analisando só uma parte. Não era à toa que Brynne vivia o tempo todo na defensiva.

Sua parte favorita da história dizia respeito às coisas que saíram do interior do oceano quando foi batido. Coisas como a lua! E uma árvore que concedia desejos! Até mesmo deusas foram expelidas de lá.

Uma deusa como aquela que, de repente, se materializou no meio da entrada do palácio, olhando feio para Aru.

A menina quase deu um gritinho de susto.

– Há... oi?

A deusa era muito maior que Aru. A princípio, a pele dela parecia ter uma coloração escarlate bem marcante. Mas, quando deu mais um passo à frente, isso mudou. Agora estava... *faiscando*. E dourada. Parecia até champanhe, na opinião de Aru. O que era um horror. A única vez que havia dado um gole dessa bebida foi na taça de sua mãe na véspera do Ano-Novo, e tinha gosto de refrigerante estragado. Mas não dava para negar que era uma coisa *bonita*.

O cabelo negro da deusa se derramava até o chão e parecia o oceano à noite, repleto de ondas. Em alguns lugares era possível ver inclusive peixinhos em miniatura nadando por entre os cachos escuros. Aru se lembrou das pinturas que já tinha visto na coleção da mãe... Se ela estava no Palácio de Varuna, o deus do mar, então aquela deveria ser a esposa dele, Varuni. A deusa do vinho.

Varuni cruzou dois braços, porém tinha mais dois. A terceira mão segurava uma flor de lótus. Na quarta, girava suavemente uma taça de vinho tinto.

Deve ser vinho encantado, pensou Aru, porque era um desafio total às leis da física um líquido permanecer dentro de um recipiente debaixo d'água.

– A presença de mortais não é permitida aqui – avisou Varuni.

– Eu...

Nesse momento, Vajra começou a brilhar intensamente em sua mão, atraindo os olhos de Varuni para lá por um momento antes de se voltarem de novo para o rosto de Aru.

– Ah, entendi. Muito bem, então – disse a deusa. – Venha comigo.

Quase todos os instintos de Aru gritavam *Não faça isso!* Mas, quando uma deusa dá uma ordem direta, é impossível dizer não. Elas caminharam (bem, pelo menos no caso de Aru, porque Varuni pairava) pela entrada e chegaram às cavernas reluzentes do Palácio de Varuna. O tempo todo, Varuni permaneceu em silêncio.

– Há, que bonita a sua casa – Aru tentou puxar assunto, andando atrás dela. Era estranho não nadar embaixo d'água, mas, sempre que tentava umas braçadas em vez de caminhar, acabava tropeçando. A magia às vezes era bem irritante.

– Eu sei – respondeu Varuni, fazendo um movimento com o pulso.

O cálice de vinho em sua mão se transformou num copo alto de um líquido gelado com uma folha de hortelã em cima.

Varuni a conduziu até um imenso átrio. Candelabros de águas-vivas e pedras da lua flutuavam acima. Um crocodilo gigante estava deitado num canto, sobre um tapete com as palavras CRIATURINHA DO PAPAI. Quando viu Varuni, começou a abanar a cauda alegremente. No centro do ambiente, uma grande flor de lótus aveludada parecia uma poltrona. Aru não viu ninguém sentado, mas ouviu um grito bem alto vindo do outro lado.

Aru deteve o passo. Vajra assumiu a forma de uma espada, mas Varuni simplesmente continuou andando. Só parou ao lado da flor de lótus, com as mãos na cintura.

– *Jaani*, temos visita.

Jaani era uma forma de dizer *querido* ou *querida*. Os pais de Mini chamavam um ao outro assim o tempo todo... então Varuni estava falando com o marido, o rei do mar. Humildemente, Vajra reassumiu a forma de bolinha. Varuna gritou mais alguma coisa incompreensível, e Aru se preparou para o pior. Só *podia* ser sobre ela. O deus estaria furioso pela presença de uma mortal no palácio? E ela nem havia levado um presente! Deveria ter pelo menos pegado um coco...

– O JUIZ DESSE JOGO NÃO ESTÁ FAZENDO SEU TRABALHO DIREITO! – berrou Varuna.

— Isso pode esperar! — respondeu Varuni. — A visita é muito mais importante!

— Mas está passando o *jogo*, jaani — reclamou o homem. — Eu estou vendo Virat Kohli...

Kohli? O jogador de críquete? Aru só conhecia aquele nome porque Buu era um grande fã desse esporte.

Com um suspiro de irritação, Varuni virou a poltrona de lótus, e Aru teve a chance de ver pela primeira vez o deus das águas. Parecia tão chocado quanto ela. A pele de Varuna tinha a cor de safiras lapidadas. As quatro mãos se mexiam sem parar em torno do corpo. Em uma estava um iPad, com um jogo de críquete passando na tela. Em outra, uma concha. A terceira segurava um laço, e a quarta, uma garrafa de Thums Up, um tipo de refrigerante indiano. Sua mãe adorava aquela coisa, mas Aru achava doce demais. Além disso, sempre considerou a bebida estranha, porque o logotipo era um punho vermelho fazendo joinha, mas quem inventou o nome tinha errado a grafia da palavra *thumb*, polegar em inglês.

Varuna deixou o iPad de lado e apontou para Aru.

— Você está vendo o mesmo que eu? — ele perguntou para a esposa.

— Claro — ela respondeu, revirando os olhos.

— Bom, é que às vezes eu fico em dúvida — comentou Varuna, apontando para o copo de bebida dela.

— Há, eu sou Aru Shah...? — disse Aru, irritada por sua voz ter saído tão hesitante no final.

Ela sabia muito bem quem era, mas a presença de deuses antigos era bem intimidadora.

– Uma Pândava, para ser mais exata – complementou Varuni.

– Mas por que ela está aqui?

Aru estava ficando meio cansada de ouvir as pessoas falarem a seu respeito como se não estivesse presente.

– Sinceramente, acho que é algum mal-entendido – ela falou. – Eu estava querendo ir à tesouraria com meus amigos Pândavas. Quer dizer, a não ser o Aiden, porque ele não é Pândava... mas isso é outra história. Enfim, estou procurando o arco e flecha de Kamadeva e...

Varuni a interrompeu dando um gole enorme e barulhento numa taça de bojo largo com um guarda-chuvinha em cima.

Varuna soltou um grunhido, apoiando o queixo em uma das mãos.

– Você precisa fazer esse barulhão *mesmo*?

– Sim, preciso – respondeu a esposa, sem se abalar. Quando se voltou para Aru, os olhos dela estavam brilhando. Com uma voz diferente, e muito mais solene, ela falou: – *Entendi.*

Nesse momento, Aru lembrou que Varuni não era só a deusa do vinho... era também a deusa da sabedoria transcendente.

– Que foi? O que você viu? – Varuna quis saber. Ele corrigiu a postura e sentou-se ereto, largando tudo o que tinha nas mãos. – Quero saber também! As esposas não podem guardar segredos dos maridos.

– Os maridos não deveriam largar conchas no chão para as esposas terem que recolher.

– E talvez as esposas não devessem andar por aí e beber ao mesmo tempo.

– Há! Tente conviver com *você* durante milênios para ver se não vai acabar fazendo a mesma coisa!
– O que quis dizer com isso…?
– Há, será que eu cheguei na hora errada? – questionou Aru.
– O tempo não leva em conta definições de certo ou errado – esclareceu Varuni.
– Aqui vamos nós… – murmurou Varuna, esfregando as têmporas com as quatro mãos.
– Eu vejo o que você não vê – disse Varuni.
As palavras dela ficaram um pouquinho emboladas quando levantou o copo e começou a declamar:

*A garota de olhos como peixes e o coração partido
conhecerá Aru numa batalha com potenciais feridos.
Mas cuidado com o que fazer com um coração tão magoado,
pois ainda há verdades piores em meio ao que será falado.
Você, filha de Indra, tem a língua afiada e pronta para a ação,
porém tome cuidado com o que decidirá dizer ou não,
pois existe uma nova história para conhecer e viver…*

– *Mas tudo depende de conseguir ao mar sobreviver* – Varuna complementou com um sorriso.
Varuni piscou algumas vezes, e em seguida fechou a cara.
– Você rimou *viver* com *sobreviver*?
– Qual é o problema? – retrucou Varuna.
– Que coisa preguiçosa – comentou a esposa.
– Rimar palavras derivadas não é preguiça. É *sutileza*.

— Uma sutileza preguiçosa.

— Ora, *sua*...

— Com licença — interrompeu Aru —, mas eu preciso mesmo chegar à tesouraria naga. Tenho que achar a canção da alma de alguém. E, há, meu pai me mandou aqui, então fiquei pensando, como a gente é da mesma família e coisa e tal...

O Senhor das Águas caiu na gargalhada.

— Acha que eu dou a mínima? Sem querer ofender, claro. Mas nem mesmo o rei Rama...

— "...que era o próprio Senhor Vishnu encarnado na forma de um homem mortal conseguiu me controlar, pois eu sou o grande e tempestuoso mar, e ninguém é capaz de reinar nos meus domínios" — complementou Varuni com um tom de tédio na voz. — Nós já sabemos, querido.

Varuna ficou emburrado por um instante, mas logo passou.

— O curioso, Pândava, é que você nem sabe o que está procurando. É a canção da alma de quem roubou o arco e flecha, não? E precisa falar o nome de quem foi para descobrir a localização da arma roubada... Mas como vai fazer para descobrir o nome?

Aru sentiu um calafrio na espinha. O deus estava certo, e aquilo a deixava furiosa. Parte dela estava torcendo para que o nome de quem cometera o roubo estivesse escrito no verso da canção da alma, como se fosse uma etiqueta, mas suspeitava que não seria bem assim.

— Se o senhor sabe disso, então deve saber quem levou o arco e flecha — respondeu Aru. — Poderia me contar?

Varuni ficou cutucando as unhas de três de suas mãos. Seu copo de bebida havia se transformado numa caneca gelada de cobre.

– O mar dá…

– E o mar tira – complementou Varuna.

– É generoso…

– Mas não faz caridade.

Ela entendeu que aquilo era uma maneira divina e complicada de dizer NÃO, VOCÊ VAI TER QUE SE VIRAR SOZINHA NESSA.

– Mas nós podemos garantir seu acesso à tesouraria – disse Varuna. – É uma rota secreta, por isso ninguém vai descobrir. Só precisa satisfazer os caprichos do bichinho que coloquei como guardião da passagem.

Aru arriscou uma olhada para o crocodilo, que tirava seu cochilo num canto. Agora estava deitado de barriga para cima, sacudindo as perninhas curtas como os cachorros fazem quando sonham.

– Está bem faminto – avisou Varuni. – Então vai ter que encher a barriga dele.

Aru não confiava nos deuses. Ela levantou o queixo.

– Vocês *podem* me ajudar a chegar à tesouraria naga ou *vão* fazer isso?

Varuni deu risada.

– Gostei de você, filha de Indra – ela comentou.

– Eu *vou* ajudá-la, criança – garantiu o Senhor dos Mares. Ele bateu as mãos uma na outra, e um sirizinho azul apareceu correndo no recinto. – A ilustre Pândava concordou em encher a barriga da fera – Varuna anunciou. – Mostre o caminho a ela.

O siri fez uma mesura aos deuses e acenou com uma pinça para Aru, pedindo que a seguisse. Aru esperou mais um instante. Varuna e Varuni não tinham sido exatamente bondosos, e ela poderia até não gostar muito deles...

Mas isso não queria dizer que não os respeitava.

Se Buu estivesse lá, teria ralhado no seu ouvido por não demonstrar seu respeito antes.

Pelo menos no fim acabei lembrando, ela pensou, dando um passo à frente.

Aru baixou a cabeça e se prostrou em *pranama*, tocando os pés dos dois deuses. Ela sentiu a mão de Varuna e Varuni em seu ombro, puxando-a para cima. O copo de Varuni se transformou numa taça borbulhante de champanhe.

– Olho aberto, filha dos céus – recomendou Varuni.

Varuna, por sua vez, não falou nada, porque estava mais uma vez distraído com o jogo de críquete.

CATORZE

Aquiiii, monstrinhooooooo!

O siri azul enveredou por um corredor iluminado por peixes enormes que nadavam ao seu lado. Aru tentou não olhar para aquelas mandíbulas abertas com fileiras de dentes afiadíssimos. No alto de suas cabeças escamadas, pendiam pequenos pêndulos de luz. Aru se deu conta de que não tinha a *menor* ideia do que deveria fazer. Ela precisava encontrar alguma coisa para o makara do deus comer, era isso?

Talvez Varuna estivesse falando de outro bicho. Aru cruzou os dedos e torceu para que fosse um golfinho. Ou talvez uma água-viva que não queimasse. Ou, melhor ainda, um cavalo-marinho.

Ficou tão ocupada pensando nas possibilidades que quase pisou no siri azul.

– EI! – o siri gritou. – CUIDADO AÍ!

– Você fala? – ela perguntou, levando um susto.

– Não – o siri respondeu, todo ranzinza. – A minha voz está só na sua cabeça. *Claro* que eu falo.

– Desculpa – ela murmurou. – Ainda não me acostumei com essa coisa de conversar com os animais debaixo d'água.
– *Humpf.*
– Então… você canta também.
O siri deteve o passo e ficou totalmente imóvel.
– Por que *todo mundo* tem que me perguntar isso? – Ele se virou e começou a bater as pinças, irritado. – Você também esperava que eu fosse vermelho e tivesse sotaque jamaicano? Porque, nesse caso, *não* lamento nem um pouco decepcioná-la! Só porque meu irmão foi para Hollywood, isso não quer dizer que *eu* saiba cantar e dançar também!
O siri continuou andando, resmungando algo como *minha mãe não me criou para isso.*
Esse aí é casca grossa mesmo, pensou Aru. Seu segundo pensamento foi: *Há! Juro que a piadinha não foi intencional.* E então veio o terceiro: *Estou falando comigo mesma de novo. Preciso parar com isso.*
– Você jamais deveria ter pedido ajuda para o Senhor das Águas – o siri falou, bem sério. – Ele é turbulento e imprevisível, assim como o oceano. O mar tem um temperamento forte. E não devolve as coisas de que gosta. Bugigangas que o agradam. Meninas e meninos bonitos que ficam olhando para o próprio reflexo na água por tempo demais… sem se dar conta de que a água também está observando.
Aru estremeceu.
– O mar está faminto hoje. – O tom de voz do siri lhe pareceu propositalmente dramático, e Aru conseguia até imaginá-lo

iluminando o próprio rosto com uma lanterna, como se estivesse contando histórias de terror numa noite de acampamento.

Pena que o mar não esteja faminto por uma boa casquinha de siri, pensou Ari.

O bicho pareceu fechar a cara para ela, como se os dois olhos equilibrados em pequenas hastes tivessem se estreitado, e Aru se perguntou se ele também era capaz de ler pensamentos.

— Então, que bicho guardião é esse, e o que eu preciso dar para ele comer?

— Você vai ver.

Aru seguiu o siri por uma passagem ainda mais escura e estreita. Não havia peixes com luzinhas por lá. A única iluminação vinha das conchas fosforescentes que faziam parte da estrutura das paredes. Eles passaram por diversas portas de madeira fechadas com trancas de ferro intimidadoras, até que por fim pararam diante da última. O siri bateu nela com uma das pinças, e a porta se abriu para um ambiente bem amplo. Não dava para ver muita coisa em meio à penumbra, mas parecia uma espécie de arena. Uma areia preta e lisa cobria o chão, e havia uma rede esticada ao redor do recinto, aparentemente para manter os espectadores a distância. Aru demorou um tempo para perceber que não estava mais andando debaixo d'água. Aquele local devia ser alguma espécie de bolsão mágico de ar.

Mas ela não viu nenhum bicho de estimação. Precisaria chamá-lo? *Como* fazer isso com um animal celestial? *Aquiiii, monstrinhooooooo!* Aru entrou, espreitando a escuridão... e um pensamento sinistro lhe passou pela cabeça. Ela precisava alimentar a tal criatura, mas onde estava a comida? Não havia saco de ração do Outromundo por perto.

O que Aru viu foi uma jaula pendurada no meio da arena.

E dentro dela estavam Mini, Brynne e Aiden.

Brynne foi a primeira a vê-la.

– Aru!

Seu coração bateu aliviado.

– Vocês estão aqui! Vieram me salvar?

– O que foi que você disse? – gritou Aiden. – Que era para eu dançar?

– Não! – retrucou Mini. – Ela falou: "Querem me desculpar?".

– Ela disse: "Vieram me salvar?" – resmungou Brynne, mas alto o suficiente para Aru ouvir.

– Ah! Então, a gente *tentou* – explicou Mini. – Mas um guarda naga apareceu e jogou a gente numa cápsula que veio para cá.

– Resumindo, nós fomos pegos – disse Brynne, cruzando os braços.

Aru se virou para o sirizinho azul, estranhamente em silêncio. Um péssimo pressentimento surgiu dentro dela.

– Por que os meus amigos estão enjaulados? – ela questionou. – E onde está exatamente a comida que eu tenho que dar para o tal bicho?

O siri não sorriu, provavelmente porque não era capaz. Mas fez um barulhinho esquisito de alegria, como quem diz *a-ha!*

– Você já sabe qual é a resposta, menina Pândava.

Aru começou a andar em círculos pelo recinto.

– E a tal criatura?

Uma sombra se projetou sobre ela, e um som contínuo de estalos preencheu o ar. Os pelos de sua nuca se arrepiaram, e Aru se virou para trás. O siri azul estava crescendo cada vez mais... Já estava três vezes maior que Aru. Ele se preparou para o bote e falou:

– Sou eu, no caso.

QUINZE

Não, eu não sei cantar. Vamos parar com essa conversa

O caranguejo deu um passo à frente.
— Não tem ninguém aqui para resgatar você, pequena Pândava.

Com o canto do olho, Aru viu Aiden tentar abrir o cadeado da jaula com uma das cimitarras. Mini estava usando Dadá como lanterna para ajudá-lo. A porta da jaula se abriu sem nenhum barulho audível, porque a maça de Brynne redirecionou o som com o vento que provocou.

Silenciosos como sombras, Brynne, Aiden e Mini desceram para o chão.

Aru sorriu.

— Eu não teria tanta certeza.

Com um rugido bem alto, Brynne foi para cima do siri gigante. O bicho se ergueu nas patas de trás e a atingiu com uma das pinças. Brynne foi lançada contra a parede. Ela caiu, sacudiu a cabeça e se levantou de novo. Em seguida, brandiu a maça, provavelmente tentando provocar o ciclone que era sua marca registrada... mas, em vez de ar, só conseguiu levantar bolhas, que estouraram na casca do siri.

Ele soltou uma risadinha.

– Isso faz cócegas.

Brynne olhou para a ponta de sua maça, confusa.

Aiden tentou girar as cimitarras, mas seus movimentos estavam estranhamente lentos, como se ele estivesse enfrentando um vento forte. O siri o atingiu na perna e o fez cair para trás. Depois cravou uma das pinças no chão, mas no último instante Aiden conseguiu rolar pela areia e escapar.

– Então o lance é lançar bolhas mesmo! – gritou Brynne, apontando a maça para que um jato de bolhas cegasse momentaneamente o siri.

O bicho cambaleou, e teria esmagado os quatro com as pernas caso Mini não criasse um campo de força.

Uma esfera os envolveu, estalando sem parar. O siri se livrou das últimas bolhas e bateu na camada de proteção dos quatro com uma das garras.

– Qual é – ele falou. – Vai ser tudo bem rapidinho. Se saírem agora, prometo devorar vocês numa bocada só. Ou então duas, se dificultarem as coisas.

– Isso é um incentivo e tanto – resmungou Aru.

Rapidamente, ela contou aos outros sobre seu encontro com Varuna e Varuni.

– Você prometeu encher a barriga do bicho sem perguntar com o *quê*? – Aiden questionou. – Mandou bem, Shah.

O siri assumiu o tamanho de um submarino. Eles mal

chegavam à altura da primeira articulação da perna fina e azul do animal.

– Não dá para a gente acertar essa coisa com alguma coisa? – murmurou Brynne.

– Com o *quê*? Tudo parece funcionar de um jeito muito esquisito por aqui! – Aiden falou, também baixinho. – É como estar debaixo d'água, mas sem a água.

– Além disso – grunhiu Mini, fazendo um tremendo esforço para manter o escudo materializado –, o Outromundo não vai gostar se quebrar a promessa que fez a Varuna, Aru.

Aru olhou para o siri.

– Então vou cumprir a promessa. Vamos encher a barriga do bicho. Só que não por muito tempo.

– Como assim, dando alguma coisa pra ele comer e depois cuspir? – perguntou Brynne. – O que iria encher a barriga de uma coisa desse tamanho?

Aiden foi o primeiro a captar a ideia de Aru. Depois Mini. Os três olharam para Brynne.

– *Só* pode ser brincadeira.

O siri se erguia acima deles. Quando cravou a pinça no escudo, provocou uma rachadura que se espalhou por toda sua extensão. Mini fez uma careta.

– Por que as pessoas sempre ficam olhando para mim desse jeito? – rugiu o siri.

Para o plano funcionar, precisavam que o siri *escancarasse* a boca o suficiente para que algo entrasse voando goela abaixo sem que ele se desse conta. O que significava que precisaria falar… ou gritar.

– Pede pra ele cantar – murmurou Aru.

– Como assim, tipo o siri de *Moana*? – perguntou Aiden, mais alto.

– QUEM FOI QUE DISSE *MOANA*? – trovejou a voz do siri.

O escudo se partiu. A pinça baixou sobre eles. Os quatro rolaram cada um para uma direção. O siri girou, tentando atingir todos ao mesmo tempo. Brynne conjurou outra tempestade de bolhas ao redor. Aru lançou seu raio, com o objetivo de causar uma distração. Afinal, era uma arma do céu, então provavelmente não funcionaria bem por lá. Mas, para sua surpresa, uma rede de eletricidade cobriu os olhos do siri.

– Como assim...? – sussurrou Aru.

Sentindo que estava confusa, Vajra enfraqueceu. O siri arrancou a rede dos olhos.

– É meu *irmão* que sabe cantar – rugiu o bicho, furioso. – Mas eu? Ah, não! FUI OBRIGADO A APRENDER CLARINETA!

Ele bateu com a garra no chão, irritado. Enquanto se esquivava, Aru mandou mensagens através da conexão mental Pândava:

Brynne, se transforma em uma mosca! Mini, a gente vai precisar criar uma distração. Avisa o Aiden.

Eu não quero entrar lá!

Anda logo, Brynne! Mini, você ouviu o siri. Já sabe do que ele não gosta. Abrindo contagem regressiva...

– Três! – gritou Aru.

Mini desfez o escudo e berrou:

– Por que você não tem sotaque jamaicano?

O siri se virou para ela e, com as pinças levantadas, soltou um rugido.

– Bom, se também vive aqui no mar, poderia muito bem cantar! – berrou Aiden.

– Dois – continuou Aru.

O siri ficou imóvel. Em seguida, soltou um urro bem longo. Parecia que alguém tinha ligado o som de uma banda de *death metal* no último volume no meio de uma tempestade e acrescentado o zurro de um jumento só por diversão.

– É isso que você queria, mãe? Que eu fosse provocado e torturado? Está feliz agora? Sim, Jayesh tem talento, mas aposto que nunca devorou um Pândava!

– Um!

Com o canto do olho, Aru viu um brilho azul. Brynne desaparecera. Aiden ergueu as cimitarras e falou com tom de urgência:

– Aru, encosta o seu raio nas lâminas…

– Você vai ser eletrocutado! – ela respondeu.

– Confia em mim – disse Aiden. – Pode mandar ver, Shah.

Alguma coisa no tom de voz de Aiden a fez acreditar nele. Aru bateu nas duas armas com Vajra, e a eletricidade começou a estalar ao redor do metal.

– Uau!

– Viu só? – disse Aiden antes de sair correndo.

Ele devia ter ajustado os movimentos para dar conta da estranha resistência do ar, porque dessa vez as cimitarras acertaram o siri.

– Está quente! Ai! Quente demais! Para com isso! – gritou o bicho.

Seus olhos suspensos por hastes começaram a oscilar loucamente. A cada golpe de Aiden, o siri soltava um urro, abrindo a bocarra azul. Ele mexia as pernas, tentando se esquivar, mas Aiden era mais rápido.

Aru convocou Vajra. O raio estalou à direita do animal. Mini jogou Dadá para a esquerda dele. Os olhos do siri se voltaram um para cada direção, deixando um ponto cego no centro, por onde um inseto azul chegou voando e entrou na boca do bicho.

Aru ouviu Brynne dentro de sua cabeça:

Eu odeio vocês.

Você é uma parasita heroica!, elogiou Mini.

Brynne permaneceu em silêncio.

Brynne?, chamou Mini. *Ficou ofendida?*

A partir dali era uma questão de tempo. Os três precisavam se esquivar dos golpes do siri, e não demorou para a eletricidade sumir das cimitarras de Aiden. Estava cada vez mais difícil e demorado para Mini criar novos escudos. Aru estava cansando.

– Já chega! – gritou o siri. – Filha de Indra, você não cumpriu sua palavra! Eu... – O siri se interrompeu, arregalando os olhos. – Eu...

– Que foi? – perguntou Mini. – Alguma coisa não caiu bem na sua barriga?

– Será que vai rolar uma música? – questionou Aiden.

O siri cambaleou. Aru, Mini e Aru se prepararam. Aquela

deveria ser a parte mais fácil, em que o animal enfraquecido, com Brynne provocando um estrago dentro dele, começava a perder o foco. Mas na verdade aconteceu o contrário. O animal veio para cima deles com força redobrada.

– O QUE VOCÊS FIZERAM, PÂNDAVAS?

Aru sempre achou que, se estivesse com dor, o normal seria a criatura se abaixar e se encolher toda no chão. Era o que *ela* faria, pelo menos. Mas aquele siri não estava agindo de acordo com as expectativas.

Começou a girar as garras como brocas descontroladas, abrindo um buraco no chão. A areia preta começou a voar para todos os lados. Mini tentou criar um escudo, mas não foi rápida o bastante. Aiden largou as cimitarras, levando as mãos aos olhos. Um jato arenoso atingiu Aru bem no rosto. Ela tentou lançar um raio, mas, sem conseguir vê-lo direito, não conseguia canalizá-lo como deveria. Poderia acabar acertando Mini ou Aiden sem querer.

As vibrações continuaram reverberando pela areia, então pararam.

– *Vou pegar vocêêêês* – cantarolou o siri, chegando mais perto.

Ele tinha razão. Não era capaz de acertar o tom de uma música nem se dependesse disso para salvar a própria vida.

– Nossa, que horror – murmurou Aru.

Aru *sentiu* o siri se posicionando sobre ela. Com a visão borrada, viu a luz de Vajra pulsar. O animal cravou as pinças no chão outra vez. Aru se preparou para lançar o raio... mas então a barriga do siri gorgolejou bem alto.

– Mãe? – grunhiu o bicho. – Não estou passando bem...

A visão de Aru enfim se tornou mais clara. Ela abriu os olhos e viu a boca do siri se escancarando, com uma luz azul saindo lá de dentro.

Ela demorou um segundinho para se dar conta de que precisava sair do caminho.

Infelizmente, mesmo isso era tempo demais.

Brynne havia assumido a forma de um elefante. Ela soltou um urro triunfante com a tromba, bem na extremidade da boca do siri, que cambaleou e começou a engasgar. Em seguida, cuspiu alguma coisa. E a coisa cuspida começou a gritar.

– BOLA DE CANHÃO! – trombeteou Brynne.

– Espera aí! NÃO! Brynne... – Aru começou a falar.

Pouco antes de cair sobre Aru, Brynne se transformou de volta. Porém, sua forma de garota humana também não era exatamente leve.

Aru foi esmagada.

E debaixo de uma enxurrada de vômito de siri.

– Isso não deve ser nada higiênico – começou Mini.

O siri enfiou as pernas para junto da casca e gemeu de dor.

Brynne saiu de cima de Aru e providenciou um banho de bolhas com a maça para limpar as duas. A expressão no rosto dela era mais que vitoriosa.

– Então, como eu me saí?

Aiden e Mini correram até elas, sorridentes. Aru continuou deitada no chão, com Vajra brilhando de leve ao lado.

– Me empresta a sua coluna vertebral? – ela gemeu. – Acho que a minha quebrou.

Os outros a ajudaram a se levantar, e os quatro se voltaram para o siri. Parecia bem menos monstruoso àquela altura. As únicas coisas que ainda estavam fora da casca eram os dois olhos, comprimidos de fúria.

— Isso foi *trapaça* — ele falou. — Assim que recuperar a energia, vou devorar vocês...

— Acho que não vai, não — respondeu Aru. — Já cumpri minha parte do acordo.

— Cumpriu coisa nenhuma! — rebateu o siri. — Era para você me alimentar. Estou alimentado? Não. Estou morrendo de nojo? Sim. Perceba que são duas coisas completamente diferentes.

Aru *odiava* gente que fazia perguntas retóricas. Seu professor de informática falava assim o tempo todo. *Ensinar vocês a usar o Excel é o ponto alto do meu dia? Não é, não. E eu estou empolgado com o "cogumelo especial" do cardápio do almoço da escola? Não, nem um pouco.*

— Na verdade, a ordem que recebi do Senhor Varuna e da Senhora Varuni foi de encher sua barriga.

Brynne fez uma mesura.

— Considere que sua barriga foi enchida.

— Mas não *continuou* cheia... — protestou o siri.

— Os deuses não especificaram quanto tempo sua barriga teria que ficar cheia. É sempre bom conhecer todos os detalhes dos acordos — explicou Aiden. — Meu pai vive dizendo isso. Ele é advogado.

— Pega leve na alimentação por um tempo — sugeriu Mini. — É melhor não comer nada logo depois de vomitar um elefante.

– Minha mãe vai ficar sabendo disso *com certeza* – falou o siri, bem sério.

Em seguida, cavou um buraco na areia e desapareceu. Uma placa luminosa de saída se materializou do outro lado da arena.

– Isso foi *animal* – comentou Aiden com um sorriso.
– Literalmente.

Brynne se aproximou e ergueu a mão para um cumprimento coletivo.

– A gente conseguiu!
– Ai, credo! Vamos tocar só os cotovelos! – Mini exclamou.

Bater o cotovelo com Mini e Aiden foi tranquilo, mas Aru teve quase certeza de que Brynne tinha danificado um osso seu.

– Ai – reclamou Aru, esfregando o braço, mas sorrindo. – Vai com calma, Brynne. A gente já sabe que você é *fera*.

Brynne baixou o braço, fechando a cara.

– Eu sou o quê?

Aru olhou para Mini e depois para Aiden. Ela havia falado alguma coisa errada? Mini também parecia confusa, mas Aiden assumiu uma expressão de empatia. Talvez fera para Brynne significasse uma coisa diferente. Tarde demais, Aru lembrou que Brynne tinha pensado que os outros fossem tirar sarro dela depois que se transformou num cisne para entrarem na morada de Kamadeva.

– *Fera* – disse Aru, tentando manter a leveza no tom de voz.
– Sabe como é, superfortona! E isso é bom. Tô falando sério.

Brynne se virou para Aiden, que assentiu com a cabeça.

– Certo – Brynne falou, sem muita convicção. – É que

às vezes as pessoas não veem isso como uma coisa boa. Principalmente quando você tem ascendência asura.

Aru bufou.

– Isso é só inveja.

– De mim?

– Dá.

Brynne abriu um sorriso tímido e fugaz, mas que logo assumiu um ar mais pretensioso.

– Quer dizer, *lógico*. Agora vamos lá. Eu vou na frente.

Ela foi caminhando em direção à saída com os ombros eretos e o queixo levantado.

– Espera aí – disse Mini. – Onde vocês acham que essa saída vai dar?

– Sei lá – respondeu Aru. – Pode ser no meio do oceano...

– Ou será que tem uma cápsula de transporte à espera lá fora? – Mini especulou, cheia de esperança.

Brynne deteve o passo e se virou.

– Bem, eu é que não vou ficar mais tempo aqui. Aiden?

– Só um instantinho – falou ele, pegando o kit de NECESSIDADES NÃO IDENTIFICADAS do estojo da câmera. – Eu tenho uma solução. Com esses capacetes infláveis em forma de bolha, vamos conseguir respirar debaixo d'água. Só para garantir.

Ele entregou um para cada um, mas Aru recusou o seu.

– Eu não preciso – falou.

Os demais a encararam com uma expressão que era uma mistura de choque e descrença.

– É sério – garantiu Aru. – Como acham que eu cheguei

aqui? Por algum motivo, consigo andar, respirar e até conversar com os peixes debaixo d'água.

Ela tentou dizer isso como se não fosse nada de mais, mas Brynne continuava encarando.

– Que foi? – Aru questionou. – Pelo jeito nós *duas* temos aliados poderosos.

Ela lembrou que Vajra se mostrara mais forte que as outras armas celestiais na arena do siri. *Por que será?*, ela se perguntou.

Brynne deu de ombros, ainda com a testa franzida. Ela inflou a bolha de ar e colocou na cabeça. O capacete se ajustou automaticamente de forma perfeita ao contorno do pescoço. Mini fez o mesmo, e eles partiram na direção da porta.

Antes de colocar o capacete, Aiden foi até Aru.

– Acho que a Brynne gosta de vocês duas. Sério mesmo.

Aru teve que segurar o riso.

– Como você sabe?

Ele encolheu os ombros.

– Sabendo.

– Como vocês ficaram amigos, aliás? – Aru quis saber.

Aiden ficou em silêncio por um tempo.

– Brynne sempre sofreu bullying por ter ascendência asura. Uma vez, quando as outras crianças do Outromundo estavam tentando provocá-la para ela mudar de forma sem querer, eu meio que, há, amaldiçoei todo mundo.

– *Como é?* Você pode fazer isso?

– A minha mãe é apsara – ele falou, orgulhoso. – *Algumas* habilidades eu tenho.

– Pensei que sua mãe fosse bióloga.

– Hoje sim – Aiden respondeu, ficando vermelho. – Ela já fez parte da elite das apsaras, só que, para casar com o meu pai, teve que desistir da sua posição nos céus.

Desistir da posição? Considerando o quanto ela havia sido famosa, isso não era pouca coisa...

– E que outros tipos de habilidades você tem?

– Isso não importa – Aiden se apressou em dizer. – Resumindo, desde então eu ajudo a Brynne, e ela me ajuda.

Ah, pensou Aru, se sentindo meio... desconcertada. Fazia sentido que ele e Brynne fossem tão próximos. O que não fazia era a pontada de ciúme que ela sentiu. Afinal, só conhecia Aiden havia pouquíssimo tempo.

– Que bom para vocês – ela comentou, toda tensa.

Aiden a olhou de um jeito meio esquisito, mas ela ignorou, e correu na direção de Brynne e Mini gritando:

– Qual é o poder secreto de apsara do Aiden?

Brynne começou a rir.

– Na verdade, é uma coisa bem legal. Aiden consegue...

– Não! – berrou Aiden. – Estou evocando nosso trato de melhores amigos, Brynne! Não faz isso!

Brynne suspirou.

– Tá bom.

Certo, então Aru precisava descobrir *mesmo*.

– Por que nós não temos um trato de melhores amigas? – Mini perguntou para Aru.

– Porque a gente não segue regras, mana.

Mini baixou a cabeça.

– Mas eu *gosto* de seguir regras.

Mesmo com os capacetes (ou o poder de Pândava, no caso de Aru), eles respiraram fundo antes que Brynne abrisse a porta. Mas no fim não era necessário. O corredor do outro lado era seco.

Varuna e Varuni estavam lá, discutindo de novo.

– Eu disse! – exclamou Varuni, cheia de razão.

Ela deu um gole numa bebida que parecia ser suco de tomate com um talo de aipo dentro.

– Bem, você tem poderes adivinhatórios! – bufou Varuna. – Já sabia que iam ficar bem.

– Sabia nada – garantiu ela. – Você perdeu a aposta, meu bem, então...

Varuna suspirou.

– Nada de iPad por um mês.

– Imagina só todas as coisas *interessantes* que podemos fazer juntos.

Varuna resmungou alguma coisa parecida com *eu odeio coisas interessantes*.

Aiden, Mini e Brynne tiraram os capacetes e se prostraram diante dos deuses da água.

– Eu cumpri minha parte do acordo – disse Aru. – Agora, por favor, permitam nosso acesso à tesouraria naga.

– Certo, tudo bem – respondeu Varuna. – O túnel da direita leva até lá. Vamos remover a água para poderem passar. Mas não esqueçam que em nenhum momento eu garanti que a passagem é *segura*. Ninguém usa esse acesso há milhares de anos. Sabe-se lá que surpresas podem aparecer no caminho.

– E não se esqueça das minhas palavras para você, filha de Indra – complementou Varuni, dando um gole na bebida. – Essa língua afiada...

– Ah, e mais uma coisa, Pândavas – disse o Senhor das Águas, ignorando o protesto habitual de Aiden dizendo que não era como elas. – O mar é generoso. Mas também sabe tirar.

DEZESSEIS

Mini desenvolve um novo (e assustador) poder

Atravessar um túnel muito antigo. Certo. Aru usou Vajra como lanterna, revelando um teto repleto de algas penduradas como chumaços da barba gigantesca do mar.

Mini deu um gritinho.

– Isso é sinistro.

– Disse a garota vestida de gótica – provocou Aru.

– Eu vou ser devorada!

– Provavelmente vai ser usada só como palito de dente mesmo – disse Brynne. – Já *eu* vou servir como canapé.

Aru esfregou as têmporas.

– Não acredito que está se gabando de ser devorada primeiro. Quem faria *isso*?

– Brynne faria – respondeu Aiden, mantendo a câmera agarrada junto ao peito num gesto protetor.

– Só estou assinalando que eu seria uma refeição melhor – justificou Brynne, remexendo em uma de suas dezenas de pulseiras-troféus. – Uma refeição melhor do que qualquer outra por aqui.

Eles caminhavam lentamente pela passagem úmida. Mini tinha transformado Dadá num espelho esférico que lançava luz e iluminava os cantos, mas não o suficiente para acabar com a inegável sensação de lugar *sinistro* que o túnel transmitia.

– Pelo menos parece seco – Aiden falou, mais otimista. – Pensei que a gente ia ter que nadar.

– Para Aru seria moleza. Pro resto de nós? Nem tanto – comentou Brynne. – Como é que consegue fazer tanta coisa debaixo d'água? Não faz sentido. Indra é deus do céu, não do mar.

Aru encolheu os ombros.

– Sei lá.

– Sua mãe tem ascendência naga? – especulou Aiden.

– Não – garantiu Aru.

– E o seu *verdadeiro pai...*? – Brynne tentou questionar, mas Mini a interrompeu sacudindo a cabeça com vigor.

Aru fingiu que não tinha visto o gesto de Mini, mas não havia como ignorar a questão. Seu verdadeiro pai. Parecia uma coisa bem simples, mas não era. Sono podia até ser seu pai biológico, mas também era o inimigo de todos... O motivo daquela perturbação demoníaca, da sombra de medo que recaíra sobre o Outromundo, até da missão deles de encontrar quem roubara o arco e flecha do deus do amor. Quando pensava nele, a imagem que surgia na mente de Aru não era a da pessoa que a ninara quando bebê. Ela via um manipulador de bonecos mexendo os pauzinhos atrás de uma cortina preta.

— Bom, essa é a única explicação que consigo imaginar — acrescentou Aiden, todo sem jeito. — Os filhos do Outromundo sempre herdam traços dos pais.
— Isso significa que você dança muito bem, Aiden? — perguntou Mini. — Como uma apsara.
— Eu. Não. Danço.
— Há, dança, sim! — retrucou Brynne, aos risos. — Uma vez, quando não sabia que eu estava por perto, o Aiden...
Ele tapou as orelhas com as mãos.
— Lá-lá-lá-lá-lá-lá-lá...
— Eu até perguntaria para o meu pai de alma de onde vêm minhas habilidades para fazer coisas debaixo d'água, mas Indra não tem o costume de falar comigo — disse Aru, mais para si mesma do que para os outros. Em seguida, ela acrescentou:
— *Nunca*.
Vajra brilhou, e a luz que emitiu pareceu meio melancólica. Mini pôs a mão no ombro da amiga.
Depois de um tempo, Brynne falou:
— Nenhum pai de alma dos Pândavas tem permissão para falar diretamente com eles.
— O *seu* faz isso — Aru rebateu.
Os ombros de Brynne despencaram.
— Não... não exatamente. Ele respeita as regras e não interfere, mas às vezes me mandava mensagens antes de me reconhecer oficialmente, através do meu irmão Hanuman. Só que não muitas vezes. Quando ganhei meu primeiro troféu no Outromundo, Vayu mandou um pequeno tornado feito

de margaridas para o meu quarto. E ele tem outros jeitos de mostrar que se importa... Tipo, nunca preciso esperar as coisas que faço no forno esfriarem. Simplesmente peço para o vento fazer isso, e *voilà!*, temperatura ambiente. É uma coisa muito útil na cozinha.

— Sem querer parecer curiosa — começou Aru, cheia de curiosidade —, mas faz quanto tempo que você descobriu que é uma Pândava?

Brynne enfiou as mãos bem fundo no bolso.

— Foi no último outono.

No outono... Bem na época em que Aru e Mini participaram de sua primeira missão, no Reino da Morte.

— Sempre fui forte e tudo mais, só que aí um dia um carro ia atropelar meu tio e eu corri e o empurrei pra longe. Quando fiz isso, senti um vento correndo pelas minhas veias. Sei que pode parecer esquisito, mas foi assim mesmo. — Brynne encolheu os ombros. — Meus tios explicaram que a alma de Bhima tinha despertado em mim. Achavam que eu estava sendo convocada para deter Sono. Fazia sentido, já que Bhima era o *segundo* mais velho dos irmãos Pândavas. Mas aí... — Ela fez uma pausa, engolindo em seco. — Mas aí ninguém apareceu para me buscar. Achei que os deuses não iriam querer uma Pândava asura. Sei lá.

Aru podia até imaginar a cena... Brynne e os tios na maior animação, esperando que ela fosse com Aru e Mini. Afinal, por que não? Brynne era como todos pensavam que uma heroína deveria ser. Aru não. Brynne devia ter esperado um tempão... para nada. Aru conhecia bem essa sensação. Era a mesma que experimentava todas as vezes que era a última a ser escolhida para algum time na aula de educação física. Ou quando não era convidada para alguma festa. Era péssimo. Então Aru estava começando a entender por que Brynne era tão... enfim, Brynne. Uma parte dela até se sentiu culpada por ter sido convocada primeiro junto com Mini.

– Os deuses só estavam guardando você para mais tarde – Aru falou com convicção. – Estavam esperando o momento em que suas habilidades fossem fundamentais, como agora.

– Os seus tios e os seus pais ficaram bem felizes quando você saiu para esta missão, né? – especulou Mini.

– Meus tios, sim – respondeu Brynne, puxando uma das pulseiras. – Meus pais eu não sei. Nunca conheci o meu pai. Segundo a minha mãe, ele era músico. Já a minha mãe... ela nunca vem me ver. Mas sei que se preocupa comigo. Sei que ela se importa.

Aiden se aproximou de Brynne, assumindo um ar protetor. Aru entendeu por quê. As duas últimas coisas que Brynne havia acabado de dizer saíram meio forçadas, como mentiras inventadas de última hora. Aru era capaz de detectar esse tipo de coisa de imediato. Reparou inclusive na postura de Brynne, com os ombros encolhidos até as orelhas e os olhos inquietos. Como se estivesse se preparando para ser acusada de mentirosa.

– Com certeza – concordou Aru.

Brynne baixou os ombros. Quando olhou para Aru, não foi com a presunção ou a má vontade de antes... Ela parecia aliviada.

O túnel se abria para um pátio.

Talvez, muito tempo antes, o lugar tivesse feito parte de um reino marinho. Mas estava quase seco àquela altura, com apenas algumas poças espalhadas entre as ruínas – pilares em forma de serpente e paredes quase desmoronadas cravejadas de safiras e esmeraldas. Aquele pátio poderia ter sido inclusive um local de festas glamourosas. Enquanto caminhavam por lá, sentiam as espinhas de peixes sendo esmagadas sob seus pés. A distância, era possível ver uma enorme rocha preta. O local como um todo parecia... triste. Desolador, de certa forma, como se estivesse totalmente sem vida.

– Aposto que já existiu um palácio naga grandioso por aqui – comentou Mini.

Ela se agachou e puxou uma alga presa a um lustre quebrado feito de corais e pérolas.

– Aqui é o palácio de *Uloopi* – disse Aiden, afastando algumas plantas aquáticas para ler os escritos de uma parede demolida. – O nome dela está aqui... "Este palácio foi construído em homenagem à rainha Uloopi e seu consorte, o príncipe Arjuna."

Aquilo pareceu esquisitíssimo para Aru, que afinal carregava em si a alma dele.

– Há... como é? – perguntou.

Os outros a encararam como se ela soubesse alguma coisa sobre aquele lugar, mas isso remontava a literalmente muitas *vidas* atrás. É como quando os pais de alguém mostram uma foto da pessoa bebê e dizem *lembra quando você...* Só que é impossível recordar alguma coisa, porque a pessoa tinha no máximo uns cinco neurônios na época.

— Como foi que Uloopi e Arjuna se conheceram? — Aiden quis saber.

— Segundo a lenda, ela viu Arjuna na beira de um rio, se encantou com a beleza dele e o levou para o fundo do mar — respondeu Mini.

Brynne assentiu com a cabeça.

— Gostei da agressividade.

— Nada pode ser mais romântico que encontrar alguém por acaso e arrastar a pessoa pra debaixo d'água — comentou Aru.

— Bem, pensando *desse* jeito... — falou Brynne.

Mini continuou:

— Aí os dois se casaram, mas Arjuna tinha que voltar e lutar na grande guerra contra os primos dele, os Kauravas, então ele foi embora. E depois... na verdade, não lembro. Acho que em algum momento ela salvou a vida dele. Com uma joia mágica, né?

— Mas e depois? — insistiu Aiden.

Mini encolheu os ombros.

— Uloopi morou no palácio junto com as outras esposas dele, eu acho.

— Quantas esposas você tinha? — Aiden perguntou para Aru.

Ela revirou os olhos. Nas histórias do passado, Arjuna parecia procurar novas esposas como uma espécie de hobby. *Vê se arruma outra distração!*, Aru sempre pensava. Por que não colecionar selos? Ou aprender a pescar?

— Podemos para com essa coisa de *você*? — pediu Aru. — Arjuna e eu somos pessoas completamente distintas. É a mesma coisa que esperar que Brynne tenha a força de dez mil elefantes só porque é a reencarnação de Bhima! Ou pedir para Mini governar um país inteiro porque tem a alma de Yudhistira dentro dela! Eu *não sou* Arjuna!

Os outros ficaram só olhando. Foi quando Aru percebeu que tinha levantado o tom de voz. Ficou vermelha. A verdade era que não enxergava nenhum traço de si mesma nas lendas sobre Arjuna. Às vezes, parecia ser uma coisa boa. Significava que ainda mantinha sua individualidade. Mas em outras ocasiões parecia péssimo. Talvez em outro corpo a alma de Arjuna pudesse transformar alguém num herói lendário. Mas nela? Em seu corpo, ele seria no máximo uma pessoa comum.

– Ei, não esquenta. A gente já viu você em ação – disse Aiden. – Todo mundo sabe que não é Arjuna.

Aru não sabia se queria agradecer ou voar no pescoço dele. Talvez as duas coisas.

– Vamos sair logo daqui – foi o que ela disse. – Este lugar parece literalmente um cenário de filme de terror.

Nesse momento, Mini gritou.

Todos se viraram e olharam para ela, que tinha ficado um pouco para trás.

– Isso... isso... isso falou! – ela contou, apontando para alguma coisa no chão.

Os outros três voltaram para ver do que se tratava. Era um crânio humano. Mini estremeceu.

– Este lugar á amaldiçoado.

Brynne cutucou a caveira com a ponta do tênis.

– Olá?

O crânio permaneceu imóvel.

– Acho que você tá ouvindo coisas, Mini – disse Brynne.

Mini andou na ponta dos pés, se agachou e bateu de leve com os dedos no crânio.

– Oi?

Assim que Mini tocou a caveira, o maxilar se abriu. Um leve brilho arroxeado, como a luz emitida por Dadá, surgiu nas extremidades dos ossos e iluminou o pátio todo.

Ah... Podemos fazer um acordo, Filha da Morte.

Ali perto, mais um crânio – ou, melhor dizendo, mais uma mandíbula mesmo – deu risada e murmurou: *Você procura desfazer um grande erro, mas não sabe o nome de quem cometeu o roubo... De que adianta capturar a canção de uma alma sem saber seu nome para ter acesso a seus segredos?*

A primeira caveira voltou a falar. Apesar de não ter globos oculares (que nojo), alguma coisa naquelas órbitas vazias pareceu se fixar em Mini. *Filha da Morte, se aliviar nosso fardo nós lhe daremos o que procura... É o mais justo a fazer. Você não é correta e sábia como o antigo príncipe Pândava que já foi o portador de sua alma?*

As ruínas estremeceram como se ocorresse um pequeno terremoto.

– Mini, para com isso! – gritou Aiden.

Mas ela o ignorou. Parecia ter sido dominada por algum tipo de encantamento.

– Eles sabem o nome de quem cometeu o roubo... Todos aqueles Sem-Coração podem ser salvos... – ela murmurou com um olhar vidrado, tocando cada osso que via pela frente. Uma multidão de vozes se elevou no ar.

– Escutem nossa história, Pândavas…

– Arjuna foi amaldiçoado…

– Ah, como a rainha Uloopi queria libertá-lo…

– Mas só havia uma maneira.

– Qual? – perguntou Mini, com uma voz que parecia distante. – Qual era a maneira?

Uma gargalhada percorreu o pátio.

A princípio, Aru pensou que uma porção de caveiras tinha começado a falar ao mesmo tempo. Sua reação imediata foi NÃO PODE SER. E não eram os crânios mesmo.

Ela notou uma movimentação dentro de uma das três cavernas na rocha preta. Aquilo era uma cauda?

– Brynne, segura a Mini! – instruiu Aru.

Ela estirou seu raio na forma de espada. A energia começou a percorrer seus ossos. Aiden se aproximou, e os dois ficaram de costas um para o outro com as armas em riste. Uma cauda se espichou para fora da caverna do meio, a uns três metros de distância, quase atingindo os tornozelos de Aru, mas no último instante se recolheu, como se não quisesse tocá-la. Brynne brandiu a maça, e o vórtice criado elevou detritos e crânios em um furacão arenoso.

– Menina tola. Pensa que é capaz de nos intimidar. Nós, os guardiões de terríveis segredos… – disse uma voz vinda da primeira caverna.

– E conhecimento… – complementou uma voz na segunda caverna.

— E tesouros desconhecidos — continuou uma voz na terceira caverna.

O coração de Aru disparou. Com o canto do olho, viu o contorno de uma mochila roxa. *Mini.* Ela estava andando na direção das cavernas, ainda em transe.

— BRYNNE, VAI PEGAR A MINI! — Aru berrou.

— Bem-vinda, filha de Dharma Raja — as vozes disseram em uníssono. — Pague o preço do conhecimento.

Três caudas poderosas se projetaram na direção de Mini, uma de cada caverna. Aru correu para lá, tentando proteger a irmã no momento em que uma escuridão espessa emergiu das cavernas para envolvê-la.

Mini se virou para Aru. Parecia ter saído do transe.

— Eu sei o nome de quem cometeu o roubo! — ela anunciou, triunfante. — É...

Mas Mini não teve a chance de concluir. Uma cauda de serpente da grossura de um tronco de árvore se enrolou no corpo dela e a puxou para a caverna.

— Não! — gritou Aru.

Ela arremessou Vajra na direção da cauda, mas o medo agitou seus pensamentos e arruinou sua concentração. O raio errou o alvo.

— MINI!

Enquanto corria na direção de Mini, uma outra cauda atacou Aru, mas alguma coisa a puxou para trás. Brynne. Posicionado ao lado dela, Aiden cortou a cauda com as cimitarras. Um sibilado grave percorreu o pátio enquanto o restante da cauda se recolhia. A terceira fez o mesmo.

Quando Aru olhou ao redor, Mini não estava mais lá. Havia desaparecido nos confins da caverna da primeira serpente.

Aru caiu de joelhos, com lágrimas descendo pelo rosto e um grito preso na garganta. A voz do Senhor das Águas ressoou em sua mente: *O mar é generoso. Mas também sabe tirar.*

Nesse momento, Aru sentiu ódio de si mesma. Qual era seu *problema*? Sono tinha razão. Ela não tinha vocação para heroína. Suas próprias palavras ecoaram em sua cabeça: *Eu não sou Arjuna.* Aquilo era mais do que óbvio. Arjuna nunca tinha se perdido de seus familiares. Era um guerreiro corajoso, e tinha Krishna ao seu lado, murmurando conselhos e o ajudando a cada passo do caminho. Mas não havia nenhum deus conversando com Aru. Nenhuma ajuda. E, no fim, ela teria que lidar com as terríveis consequências de sua diferença em relação a Arjuna...

Aru tinha perdido sua irmã.

DEZESSETE

O segredo de Uloopi

Mini havia desparecido.

Mini? MINI? MINI?, Aru chamou através da conexão mental Pândava. Nada. Era como se seus pensamentos tivessem batido numa parede invisível.

Ela precisava fazer alguma coisa, e depressa! Aru se debateu para se desvencilhar de Aiden, que a havia ajudado a se levantar.

– Não entra em pânico, Aru – ele disse para tranquilizá-la. – Nós vamos dar um jeito. Vamos resgatar a Mini.

Aru se virou para Brynne:

– Eu falei para você segurá-la!

– As cobras estavam atacando todo mundo! – berrou Brynne. – Eu precisava dar um jeito nisso primeiro!

– Você deveria ter me ouvido!

– *Por quê?* – Brynne contestou. – Quem disse que é você quem dá as ordens por aqui?

Aiden se colocou entre as duas, com os braços estendidos.

– Parem de brigar! – ele falou num tom áspero. – Escutem aqui... respirem fundo! Vamos pensar um pouco...

Mas Aru estava agitada demais, assim como Brynne.

– Você não é nem um pouco melhor que eu, Shah. Então vê se para de *agir* como se fosse.

Aru ficou furiosa. Com Brynne, por não admitir que estava errada. Com Aiden, por não ficar do seu lado mesmo sabendo que ela estava certa. Com todo mundo, por ninguém ter sido capaz de chegar até Mini a tempo.

– Quer saber por que não foi escolhida para a primeira missão? Por causa disso – Aru disparou com um tom de voz gelado. – Você só sabe agir como heroína, mas não *ser* uma.

Brynne recuou como se tivesse levado um tapa na cara.

Aiden baixou os braços, com a decepção estampada no rosto.

– Agora você foi longe demais, Shah – ele disse baixinho. – E sabe muito bem disso.

Antes de dizer aquilo, Aru poderia, e *deveria*, ter admitido que a culpa não era apenas de Brynne. Sim, era para Brynne ter segurado Mini. Mas, por outro lado, Mini não tinha nada que andar diretamente para as cavernas das serpentes. E Aru também deveria tê-la vigiado mais de perto. A culpa era de todos.

– Brynne... – Aru começou a dizer, esmagada pelo peso da culpa, mas o som do sibilado voltou a ressoar, e ela até se esqueceu do que ia falar.

Os três se viraram na direção das cavernas para onde Mini fora puxada. Uma nagini saiu de cada. A pele delas tinha o tom cinza-escuro das hematitas. Bandagens esfarrapadas cobriam os olhos. As caudas estavam enroladas como molas prateadas poderosas.

Brynne ergueu a maça.

— O que vocês fizeram com a nossa amiga? — ela quis saber. — É melhor que ela volte pra cá agora mesmo, ou então...

— Ela... — disse a primeira.

— ...está... — continuou a segunda.

— ...descansando — completou a terceira.

As três naginis deram risada.

Descansando? Aru sentiu um frio na barriga. O que aquilo significava? Existia um motivo para escreverem "descanse em paz" no túmulo das pessoas. *Descanso* era também um outro jeito de dizer morte. Isso significava que Mini estava... morta? A cauda de uma das naginis chicoteou a areia, e a mochila roxa de Mini saiu voando pelos ares. Aru a pegou e a segurou com força. Seu corpo inteiro gelou de pânico.

— Ela está...? — começou Aru, incapaz de completar a pergunta.

A primeira mulher serpente abriu um sorriso malicioso e fez que não com a cabeça.

— Ela está a sssalvo...

— Mas não vai sssair tão cedo — murmurou a segunda mulher naga.

— O conhecimento dela custou muita energia. Ela é uma Pândava com muita energia a oferecer... — explicou a terceira. Ela alongou o pescoço mexendo a cabeça de um lado para o outro como se tivesse acabado de despertar de um longo sono.

– *Ahhh*... pela primeira vez em séculos estou provando o gosto de sssegredos de novo. – Ela pôs a língua bipartida para fora. – Estou provando o gosto do abandono – continuou a nagini, com os olhos cegos se voltando para Brynne. – Um coração partido por uma vida inteira sendo deixada para trás.

A segunda nagini se virou para Aiden.

– Em você, estou provando o gosto de um coração vingativo. Um coração magoado.

E a terceira se voltou para Aru.

– Sssseu coração está cheio de dúvidas. E vontade. Estou provando um gosto de um coração com tudo a perder... Mas não estamos aqui para devorar ssseus sssegredos como se fossem doces raros... Ah, não, precisamos dessa energia para revelar um segredo a vocês.

– Nós não queremos segredo nenhum! – respondeu Aru. – Queremos a Mini! Tragam a nossa amiga para cá!

– Oh, quanto fulgor nessas palavras! – falou a segunda nagini. – Você acha que sssua irmã é a chave para o ssseu sssucesso. Mas se abandonar a missão para resgatá-la, pode perder a única chance de localizar a preciosa canção da alma de quem cometeu o roubo. E sssem isso você estaria...

– Arruinada! – cantou a terceira.

– Arruinada! – cantou a primeira.

– Arruinada – ecoou a terceira com um sorriso cruel. – Ah, sssim, nós sssabemos o que vocês procuram. Querem desfazer o pronunciamento de Uloopi e impedir seu exílio. Não passam de um fiozinho sssolto numa trama muito mais ampla.

– Vocês deveriam agradecer pelo que estamos prestes a oferecer – elas falaram em uníssono. – Mas nosso presente não vai ter nenhum sssignificado se não sssouberem da verdade antes.

As três naginis se elevaram no ar, mantidas em suspensão pelas caudas poderosas que se agitavam sobre a areia. Aru, Brynne e Aiden ficaram boquiabertos ao notar que o cenário mudara. As torres quebradas se reergueram, as paredes tombadas se endireitaram, os esqueletos desapareceram e as ruínas se tornaram uma representação de sua antiga grandeza. E no centro de tudo estava... Uloopi.

Na verdade, uma visão de Uloopi, mais jovem e mais bonita.

Os cabelos estavam repletos de pedras preciosas, porém nada brilhava mais que a enorme esmeralda presa à testa dela, que emitia uma luz sobrenatural. A cauda de serpente de Uloopi estava enrolada com força em torno do tronco e... ela chorava. Implorava. Diante dela havia uma enorme cobra naja, com um rubi na testa do tamanho de uma bola de futebol americano.

– Ele vai morrer, pai – Uloopi falou. – Você já sssabe da maldição. Os deuses previram que Arjuna será morto pelas mãos do próprio filho. Eu posso salvá-lo dessa sssina.

A voz grave e masculina da naja ecoou pelo pátio:

– E o que me importa a vida dele? Os homens morrem. Isso é o que eles fazem de melhor. Você já concedeu muitos dons a ele, minha cara. Tornou-o invencível debaixo d'água. E ele recebeu também o dom da comunicação com todas as criaturas marinhas. Isso basta.

— Eu não vou sssuportar vê-lo morrer — disse Uloopi, com uma determinação feroz. — Ele é meu, o meu marido.

A grande cobra deu risada.

— Você teve a atenção desse homem por uma noite, e agora ssseu coração é dele para sssempre? Pense no que está dizendo, porque você nunca vai morrer, e ele foi feito para esse fim.

— Ele faria o mesmo por mim — ela insistiu.

— Faria mesmo? — perguntou a naja num tom mais gentil.

— Por favor — implorou Uloopi. — Me dê a joia para restaurar a vida dele. Assim, se a maldição ssse confirmar, terei como resgatá-lo do Reino da Morte.

A naja se abaixou. Uloopi aproximou-se da joia que brilhava na cabeça escamosa do pai. Antes que pudesse pegá-la, porém, a cobra recuou.

— Não é dessa joia que você precisa, minha filha — ele falou.

Uloopi soltou um suspiro de surpresa e dor, levando a mão ao rosto. Quando a tirou de lá, estava com uma esmeralda verde e brilhante na palma da mão, a mesma que pouco antes levava na testa. Ela a segurou com força.

— Agora entende o preço? — insistiu a cobra. — Sssem sssua joia-coração, você envelhecerá… e se tornará vulnerável em meio aos outros imortais de sssua espécie. Não poderá mais saber quando alguém estiver mentindo. Uma sombra ssse abaterá sssobre ssseu reino.

— O príncipe Arjuna vai devolvê-la para mim — disse Uloopi. — Você vai ver.

⭐ ⭐ ⭐

Aru e os demais de fato viram, numa outra visão...

Uloopi, na forma humana, apareceu num campo de batalha. Uma mulher mortal já estava por lá, chorando agachada ao lado de um soldado caído. Mesmo sem ver o rosto do homem, Aru sabia que se tratava de Arjuna. E, pela maneira como a mortal o agarrava, dava para ver que era uma das esposas dele. Aru pensou que fosse sentir alguma coisa ao ver aquele antigo portador de sua alma, mas era como um desconhecido para ela.

A nagini se aproximou dos dois. Uloopi colocou a esmeralda – seu coração – sobre o peito de Arjuna. Alguns instantes se passaram, e então ele se mexeu... o peito subiu quando o corpo voltou a respirar. Mas, quando por fim abriu os olhos, ele não se virou para Uloopi. Fixou o olhar na mulher atrás dela. E foi com aquela mortal que compartilhou o primeiro sorriso ao voltar à vida.

A visão se transformou de novo, mostrando Uloopi de volta ao mar.

Foi recebida por outro naga, que Aru reconheceu de imediato. Takshaka, o guardião cego da tesouraria. Parecia exatamente o mesmo de quando Aru o vira na Corte dos Céus, jovem e coberto de cicatrizes de queimaduras.

– Todos os Pândavas deixaram esta terra, minha rainha. E, como eu desconfiava, ssseu amado marido jamais devolveu seu coração, não é mesmo?

Uloopi permaneceu com uma expressão implacável, com os lábios franzidos.

– Não falei para me gabar – continuou Takshaka. – Só quis lembrar que fui um daqueles que tentaram alertá-la. Ele ssser um herói não significa que também não possa ser um monstro. Afinal, os Pândavas puseram fogo na minha casa. Eu não me esqueci disso.

Os pensamentos de Uloopi pareciam distantes.

– Eu me recusei a acreditar que Arjuna iria embora desta terra sem me devolver o que cedi, sabendo o quanto era importante para mim. Você me conta se alguém encontrar?

– Claro – ele garantiu. – A senhora tem minha palavra, rainha Uloopi.

– Obrigado, Takshaka. Você é um amigo de verdade.

Aru piscou e a visão desapareceu. Então era por isso que Uloopi parecia velha em comparação com as outras naginis. O coração dela nunca fora devolvido. Mas outra coisa também passou pela cabeça de Aru naquele momento. *Você não poderá mais saber quando alguém estiver mentindo. Uma sombra se abaterá sobre seu reino.* Uloopi confiava na palavra de Takshaka... mas e se o naga tivesse *mentido*?

– O mar sssabe tirar – disse a primeira nagini.

– Mas também pode ssser generoso – disse a terceira.

– Fomos amaldiçoadas por esconder a verdade da rainha, e é um sssegredo que não queremos mais guardar. – Uma coisa brilhante caiu diante deles, com um baque suave na areia. – Devolvam isso à rainha e nossas almas se libertarão. Talvez ela ajude vocês também.

Todas ao mesmo tempo, as três naginis caíram na risada. A gargalhada delas abalou o pátio, que voltou a ficar em ruínas. O lugar tornara a assumir um aspecto diferente enquanto a história de Uloopi era contada, mas voltara à desolação em seguida.

Aru passou a entender por que a rainha naga a desprezava. E também de onde vinham suas habilidades especiais debaixo d'água... Não eram bênçãos de seu pai de alma, mas de Uloopi para o amor da vida dela. Aru herdara aquilo de Arjuna.

– A energia que tomamos emprestada de sssua irmã está se esvaindo – anunciou a primeira nagini.

– Nós cumprimos nosso dever – disse a segunda.

– Mas Mini... – Aru começou a perguntar.

– Está na terra *adormecida* – falou a terceira nagini. – Bem longe do alcance dos mortais...

– Podem nos agradecer, Pândavas, porque, graças a nós, ela sssabe o nome de quem cometeu o roubo – declarou a primeira.

E, depois disso, as naginis voltaram para a escuridão em meio às algas. Aru, Aiden e Brynne ficaram em silêncio por um momento. Então Brynne pigarreou.

– Uma coisa por vez, Rao – Brynne murmurou para si mesma antes de começar a falar com os demais. – Mini está na terra adormecida?

Aiden franziu a testa, passando as mãos nos cabelos.

– Eu sei onde é... Fica perto da Corte dos Céus, e é governada pela deusa Ratri. Mas as naginis têm razão. Não dá para ir até lá num antílope do vento...

– *Gazela* – corrigiu Brynne.

– É perigoso mesmo para quem tem sangue do Outromundo – continuou Aiden. – É um lugar impregnado de poder celestial... a pessoa precisa da proteção de um sábio só para pôr os pés lá. Mini vai ficar a salvo enquanto estiver na terra adormecida, mas não tem como sair de lá em segurança.

Em pânico, Aru sentiu a boca ficar seca.

– Então ela está presa lá? Pra sempre?

Brynne golpeou uma das mãos com o punho fechado.

– Então vamos fazer isso agora! Vamos encontrar um sábio e ir buscar a Mini!

– E arriscar não poder voltar mais ao reino naga? Ou não conseguir a canção a tempo? – rebateu Aiden. – Só temos seis dias do reino mortal pra isso, de acordo com o meu relógio...

– Sério que você tá dizendo pra gente *abandonar* a Mini lá? – questionou Brynne.

Aiden cruzou os braços.

– Não abandonar, mas ir buscar *depois* de encontrar a canção.

Brynne fechou a cara e se virou para *Aru*.

– Você não vai falar nada, Shah?

Aru permaneceu em silêncio. A mágoa, a preocupação e a desorientação dominavam seus pensamentos. A mochila de

Mini anda estava em seus braços, aberta pela metade. Ela tentou fechar, para ganhar algum tempo antes de responder, mas alguma coisa estava bloqueando o zíper. Era o canto do bloquinho de anotações em que Mini escrevia às vezes. Aru franziu a testa.

– Que tal um pouquinho de luz aqui, Vajra?

O relâmpago brilhou de leve, revelando a última lista que Mini escrevera antes de desaparecer:

COISAS PARA LEMBRAR
QUANDO ESTIVER COM MEDO
1. A água mata 99% dos germes
2. Eu sou filha do deus da ~~morte~~ ~*~ mOrTe ~*~
3. Se eu empacar: O que Aru faria?

O coração de Aru ficou apertado por causa da culpa. Mini estava enganada. Aru não era capaz de fazer nada. Em vez disso, pensou no que Mini faria... Mini não iria querer pôr em risco a vida de todos aqueles humanos transformados em Sem--Coração... Mini colocaria os outros na frente de si mesma. Como sempre.

Aru enfiou o bloquinho na mochila e a pendurou em um dos ombros, ao lado da sua.

– Estamos perto demais. Não podemos ir embora sem a canção da alma – ela disse.

– Mas a Mini... – começou Brynne.

– Ela é *forte* – afirmou Aru, convicta. – E *também* é a chave para tudo. Precisamos da canção da alma e também do nome de quem roubou o arco e flecha. Então vamos pegar a música na tesouraria e *depois* ir buscar a Mini. Sem perder mais tempo.

– Eu concordo – disse Aiden.

Brynne olhou para os dois e jogou as mãos para o alto.

– Tudo bem! Vamos lá. E não vamos esquecer de pegar a joia idiota que as naginis deram pra gente.

De tão preocupada com Mini, Aru quase se esqueceu do coração de Uloopi.

– Eu queria poder ir ao Conselho agora mesmo e jogar isso na cara deles, mas vão acusar a gente de ter roubado ou coisa do tipo – comentou Brynne.

Ela saiu pisando duro, e Aiden foi atrás.

A joia estava cravada na areia perto do local onde ficara a primeira nagini. Aru pegou a esmeralda e esfregou na blusa até deixá-la brilhando. Por mais que detestasse admitir, Brynne tinha razão. O Conselho de Guardiões não acreditaria neles se aparecessem sem o arco e flecha e o nome de quem o roubou. Takshaka contaria alguma mentira sobre o coração de Uloopi.

Àquela altura, Aru *não* confiava mais no Conselho de Guardiões. E isso a deixava temerosa. Se não fosse possível acreditar naqueles que deveriam protegê-los, quem mais lhes restaria?

DEZOITO

Uma trégua baseada em chocolate

A lógica dos sonhos é estranha.

Num sonho, Aru podia aparecer na escola usando um vestido feito de clipes de papel e passar uma vergonha maior ainda por ter se esquecido de levar a tarefa de casa. E ninguém estaria nem aí para a roupa. Era por isso que não parecia estranho para Aru estar circulando numa megaloja de decorações e materiais de construção vestida como uma azeitona recheada. Mini passou por ela no sonho, com seu traje todo preto.

Mais cedo, Aru, Brynne e Aiden tinham acampado na frente do que descobriram ser a entrada secreta da tesouraria naga. De acordo com os símbolos na porta, só abriria ao amanhecer.

– Lá se vai mais um dia – Aiden dissera. – Só restam *cinco*. Vou programar o alarme pra a gente acordar o mais cedo possível.

Brynne se limitou a assentir com a cabeça.

Aiden colocou a bolsa com o estojo da câmera no chão, apoiou a cabeça em cima e fechou os olhos. Brynne fez o mesmo, usando a outra metade da bolsa como travesseiro. Ninguém ofereceu nada para Aru. Não que ela os culpasse. Houve tempo de sobra para se desculpar com Brynne pelo que tinha dito antes, mas Aru não fez isso. Tinha muita coisa passando por sua cabeça, como a expressão de Mini ao ser sequestrada para a caverna das naginis.

Então Aru se encolheu num cantinho e pegou no sono se sentindo péssima. E, quando viu Mini em seu sonho, foi como se nada daquelas coisas ruins tivessem acontecido.

No começo, Aru nem percebeu que as duas estavam passeando numa megaloja de decorações e materiais de construção. Isso não fazia o menor sentido porque, na última vez que estivera numa daquelas, havia ligado uma serra elétrica sem querer e sido "convidada" a sair e não voltar mais lá.

Nunca mais.

Inclusive, Aru tinha quase certeza de que havia uma foto sua em cada guichê de caixa, para alertar os funcionários sobre sua presença indesejada.

– E aí? – falou Aru, acenando para Mini.

– Por que a gente está na Home Depot? – Mini questionou.

– Por que a gente *não* estaria na *Home Depot*? – rebateu Aru. – Aqui é demais. Literalmente tem um corredor só de portas. É divertido ficar abrindo e perguntando para as pessoas "Em que anos estamos agora?". Elas ficam todas confusas. É demais.

– Você é um perigo para a sociedade, Shah.

– A ideia é essa.

Mini deu risada, mas ficou séria logo em seguida.

– Não quero ficar presa aqui pra sempre.

– Na Home Depot?

– Não! Na terra adormecida. Foi onde as naginis me colocaram pra roubar toda minha energia, e agora não posso sair daqui!

– Da Home Depot?

– Aru, lembra o cartão que Kamadeva deu para a gente? – perguntou Mini, segurando-a pelos ombros. – Pra quando as coisas ficassem feias de verdade?

Aru se recordava vagamente de um cartão de visitas colocado em sua mão. Com o nome S. Durvasa... e um aviso para não desperdiçar o tempo dele.

– Sei?

– Então usa! A gente precisa da proteção de um sábio pra me tirar daqui. Sei o nome verdadeiro de quem roubou o arco e flecha, mas as naginis fizeram um encantamento que só me permite dizer pessoalmente – disse Mini. – Procura o Durvasa. Ele pode me tirar...

– Da Home Depot – completou Aru.

Mini revirou os olhos.

– É, Aru. Da Home Depot.

– Beleza. Agora vamos para o corredor das portas!

– Aru, uma última coisa – disse Mini, com lágrimas nos olhos. – Estou sentindo muita falta de vocês. Mas não fica brava com ninguém, certo? Tem mais uma coisa que eu preciso contar, mas estou ficando sem tempo... Você precisa *usar a música*. Tá bom?

– Certo, certo! Vamos procurar uma serra elétrica.

– Aru. Repete comigo: "música".
– *Múúúúúúúsicaaaaaa.*
Mini respirou fundo.
– Não sei quanto você vai lembrar, e vou fazer de tudo pra avisar os outros também, mas tenta, por favor, tenta *mesmo*, não esquecer o que eu falei. Música e Durvasa.

Alguém estava sacudindo Aru pelos ombros.
– Em que ano estamos? – ela perguntou, sonolenta. Depois deu risada. – Peguei você.
– Acorda, Shah! – disse uma voz. – Tá quase amanhecendo! A gente vai poder entrar na tesouraria naga daqui a pouco. Vamos levantar.
Aru abriu os olhos. Aiden estava ajoelhado ao seu lado. Atrás dele, Brynne ainda estava despertando. Ela bocejou e falou, meio grogue:
– Tive um sonho *muito* bizarro.
Aru piscou algumas vezes. Pouco a pouco e de forma meio vaga, seu sonho lhe veio à mente. *Mini.* Ela estava falando sobre alguma coisa. Vacas…? Ela se lembrava de alguém dizendo *muuuuu*.
– Mini estava lá – falou Brynne. – Conversando comigo sobre dança? Não, acho que não era isso… ela me falou pra *dançar*. Mas eu estava furiosa porque no mercado não tinha sal nem manjericão fresco, e eu não queria fazer molho pesto sem esses ingredientes.
Isso fez Aru se sentar de imediato.

– Espera aí, sério mesmo?

– Quer dizer, até *dá* pra fazer molho pesto com coentro, mas com manjericão fica mais...

– Não, tô falando da Mini! Eu sonhei com ela também!

– E eu também! – avisou Aiden.

– Vocês estavam na Home Depot? – Aru quis saber.

Os outros dois a olharam de um jeito estranho.

– Não? Tá, então deixa quieto.

– Se todo mundo teve o mesmo sonho, talvez a Mini estivesse tentando falar com a gente – sugeriu Aiden. – Afinal, ela está na terra *adormecida*. Será que de lá a Mini consegue um acesso especial aos nossos sonhos?

– É, talvez – disse Aru.

Aiden olhou para as duas.

– Mini está bem... pelo menos por enquanto. Ela quer que a gente vá em frente, encontre a canção e *depois* a salve. Mas se vocês duas não fizerem as pazes não vai rolar.

– Argh – resmungou Brynne. – Não vem, não...

Aiden cruzou os braços.

– Acho que vocês precisam conversar.

As palavras ficaram suspensas no ar. Brynne e Aru trocaram um olhar, mas logo em seguida viraram a cabeça para o outro lado. Aru se lembrou de Mini ter pedido para ela não ficar brava com ninguém. Era difícil, porque a saudade da irmã estava pesando em seu emocional... mas brigar com Brynne realmente não fazia sentido.

Enquanto Brynne estava de costas para os dois, Aiden

entregou para Aru um saco de papel pardo com a inscrição APENAS PARA EMERGÊNCIAS. Lá dentro, havia um pacote de moedas de chocolate meio amassadas, embrulhadas em papel-alumínio dourado. Aru precisou se segurar para não soltar um grunhido. Ela detestava aquelas coisas. Eram bem gostosas, mas nunca se esqueceria de quando uma vizinha ofereceu "umas moedas de ouro" para limpar a garagem da casa dela. Aru passou horas enfrentando aranhas (a morte), teias de aranhas (a morte piorada) em pleno verão da *Geórgia* (a morte em dobro, reencarnando duas vezes num espaço de uma hora) e no fim recebeu chocolatinhos derretidos como pagamento.

– Que traição... – disse Aru, olhando feio para os chocolates.

– Vou dar uma olhada na porta – avisou Aiden, deixando as duas sozinhas.

Aru entendeu o que ele queria. Aiden e Mini estavam certos. Ela respirou fundo.

– Brynne?

– Nem vem.

– Eu dou meu saco de moedas de ouro pra você.

– *Quê?* – Brynne se virou e viu os chocolates na mão dela. – Muito engraçado, Shah. Está querendo me subornar com doces?

– Tem chance de funcionar?

Brynne ficou em silêncio por um instante, e em seguida suspirou.

– Tem, sim. Passa pra cá.

Ela jogou o saco de doces para Brynne.

– Me desculpa pelo que eu falei.

Brynne apanhou os chocolates, abriu um e enfiou na boca.

– Ninguém espera que eu seja uma heroína mesmo. Tendo sangue de asura e tal.

Aru sentiu um nó na garganta.

– Ah, é? Então tenta fazer isso sendo a filha do Sono, o cara que começou tudo isso e está formando um exército pra dominar o mundo ou algum outro tipo de coisa clichê que os vilões fazem – ela respondeu.

Em seguida, tentou rir, mas só conseguiu soltar um resmungo. Brynne olhou bem para ela, como se a visse pela primeira vez.

– Essas coisas não definem você. Nem eu.

Aru assentiu com a cabeça. Queria acreditar nisso, mas às vezes ficava em dúvida. Em algumas ocasiões, quando dava tudo errado, era mais fácil culpar o que havia em seu sangue do que assumir a responsabilidade.

– Aiden tem razão – ela disse com um suspiro. – Precisamos trabalhar juntas.

– Pois é – Brynne concordou, franzindo a boca. – Mas acho que acabei me acostumando a fazer as coisas sozinha.

Aru ficou em silêncio. Ela se lembrou de como Brynne parecera assustada quando achou que seria deixada para trás. E pensou nas pulseiras-troféus que ela levava no braço e no álbum de fotos que carregava na mochila, sempre à mão para mostrar às pessoas.

– Bom, você não está mais sozinha.

Brynne esfregou os olhos, ainda com a cara fechada. Em seguida, ficou de pé e ajudou Aru a se levantar. Então fez uma coisa totalmente inesperada. Pegou metade das moedas de chocolate e ofereceu para Aru.

— Come, Shah — ela falou, num tom bem seco. — Você vai precisar de energia. Não me interessa se é da família... não vou ficar carregando mais ninguém.

Aru enfiou um doce na boca e, apesar de já ter comido chocolates do tipo antes, aquele tinha um gosto especial, como se fosse uma novidade.

As duas se dirigiram para a porta secreta.

— Foi o Aiden que deu esses chocolates? — Brynne quis saber.

— Há, não. — Mas logo em seguida ela admitiu: — É, foi, sim.

Brynne simplesmente sorriu.

— Não tem nada mais Ammamma que isso.

— Estão prontas? — perguntou Aiden.

— Sim — disseram Brynne e Aru.

— Ótimo — disse ele.

Aru achou o sorriso de Aiden meio presunçoso.

— Armas em punho — falou Brynne, levando a mão à gargantilha azul. Com um brilho de luz cor de anil, a joia se transformou na maça celestial.

Aiden juntou os braceletes, e as cimitarras se materializaram nas mãos dele.

Quando Aru enfiou a mão no bolso para pegar Vajra, seus dedos roçaram no cartão de visitas entregue por Kamadeva. Ela o sacou e mostrou para Aiden e Brynne.

S. DURVASA
NÃO ME INCOMODE COM PREOCUPAÇÕES INFANTIS
QUEM SÓ ME FIZER PERDER TEMPO SERÁ AMALDIÇOADO

Flashes de seu sonho lhe vieram à mente.
– Era ele que a Mini queria que a gente procurasse!
Apesar de Aru não entender muito bem por quê. Mini tinha dito outra coisa também... O que era mesmo?
Aiden soltou um gritinho de alegria.
– O *S* provavelmente quer dizer *sábio*! Vamos procurar Durvasa logo depois de achar a canção. E como será que essa porta funciona, aliás...?
Brynne deu uma olhada e então a abriu com um pontapé.
– Espera aí... é tão *simples* assim? – questionou Aru. – Pensei que ia dar mais trabalho. Como em *O Senhor dos Anéis*, que tem aquela porta do enigma com a mensagem "fale *amigo* e entre". Eu só não lembro como é amigo em élfico.
Brynne revirou os olhos, mas abriu um sorriso afetuoso. Foi a primeira a entrar. Aiden manteve a porta aberta para Aru. Quando ela passou, ele disse:
– É *mellon*, aliás.
– Nerd.

Varuna tinha falado que a rota para a tesouraria naga era secreta.
A boa notícia era que era verdade.
A má notícia era que eles estavam andando pelo esgoto.

Estavam abaixo da superfície da cidade naga, que – com base no que Aru conseguia ver pelas grades dos esgotos – ficava em uma bolha de ar gigante no meio de um oceano. Era como viver num daqueles globos de neve em miniatura! Mas ela não conseguia se concentrar no quanto aquilo era legal, porque o cheiro era *péssimo*. Para Aru, aquele fedor era capaz, inclusive, de incinerar todos os pelos de seu nariz.

Os três estavam em uma rede gigantesca de túneis subterrâneos. Uma gosma escorria pelas paredes. Sob as solas dos tênis, Aru sentia peles de cobras se desmancharem como papel molhado.

– Oh – comentou Brynne, cutucando com o pé uma pilha de verduras podres. – Isso daria um ótimo adubo. O que significa ótima terra para plantar. O que significa ótima colheita. O que significa ótima *comida*!

Aiden se segurou para não vomitar.

– Para de dizer que isso é ótimo.

– Como consegue pensar em comida agora? – questionou Aru.

Por estar tapando metade de seu rosto com a blusa, sua pergunta saiu uma coisa do tipo: *Coo co egue en ar em co i a ago a?*

Brynne passou a mão na barriga.

– Estômago blindado.

– Eu estou precisando é de um nariz blindado – respondeu Aru.

Brynne levou a maça aos lábios e soprou. Uma brisa contínua surgiu ao redor, espantando o mau cheiro para longe.

Ela imediatamente tomou a dianteira da situação. Como era filha do Deus dos Ventos, tinha um senso de direção perfeito.

Brynne sempre sabia se estava indo para norte, sul, leste ou oeste. Aru usou Vajra como tocha, e os três foram seguindo pelas passagens menos nojentas. De tempos em tempos, Aiden tinha que arrancar com as cimitarras umas melecas pretas grudadas nas paredes para conseguirem passar.

Quando chegaram a um túnel com grades logo acima, Aru pôde ter um vislumbre da grande cidade naga. Era preciso tomar cuidado e ficar nas sombras caso houvesse guardas a postos, mas era possível ver o suficiente para ter uma ideia de como era o reino encantado que Uloopi governava. Aru considerou o que viu parecido com Nova York. Avenidas largas. Nagas e naginis bem-vestidos arrastando as caudas pelas ruas, com sacolas de compras nas mãos. Às vezes, Aru conseguia ler alguns nomes nas fachadas: CHOCALHOS & CIA., ou EMPÓRIO OFÍDIO: A PARADA OBRIGATÓRIA DE TODOS OS ESCAMOSOS.

Havia até uma loja da Apple.

O que a impressionou mais, porém, foram os arranha-mares – torres gigantescas que pareciam construídas dos ossos de alguma criatura marinha extinta havia muito tempo, e tão altas que quase tocavam o alto da bolha de ar. O mar até podia não ter estrelas, mas a água ao redor do reino naga era iluminada com suas próprias luzes mágicas. Anêmonas da cor do luar floresciam nos becos.

Por uma das grades, Aru teve a sorte de dar uma espiada que durou mais de cinco segundos. Infelizmente, foi bem nessa hora que alguém decidiu derrubar café no chão. Um copo vermelho do Snakebucks, com o logotipo verde e branco de uma naga com coroa, atravessou as grades...

...e sujou toda a blusa de Aru.

– Que maravilha – murmurou ela. – Tem como ficar pior?

Brynne estendeu a mão para silenciá-la.

– Chegamos – ela cochichou.

Aiden olhou ao redor, e a expressão confusa no rosto dele era um espelho da sensação dentro de Aru. Como *aquele* lugar poderia ser a lendária tesouraria dos nagas? Estavam no meio do esgoto, no subsolo, e não havia portas nem nada do tipo assinalando a entrada.

– Tem certeza?

– *Claro* que tenho – respondeu Brynne. – Eu sou a filha do Senhor Vayu. Nunca perco meu senso de direção.

Aiden olhou para o chão. Com o pé direito, afastou um pouco de gosma. Havia uma pequena insígnia de bronze abaixo, com duas elevações parecidas com botões. Ele se agachou e ligou a lanterna do celular para examinar melhor, o que era bom, porque Vajra se recusava a chegar perto daquela superfície imunda. Já tinha batido na cabeça de Aru duas vezes quando tentou baixá-lo. Ela por fim o fez voltar a ser bracelete.

Aiden posicionou a cimitarra sobre um dos botões de bronze.

– Há – ele falou. – Será que...

Não foi preciso esperar muito. Assim que a lâmina tocou o botão, uma placa redonda sob os pés dele baixou com um ruído grave. Os três gritaram ao sentir a superfície que estava sob seus pés despencar, mergulhando-os na escuridão.

A placa parou cem metros abaixo do esgoto, no coração da tesouraria naga. Tochas em forma de cobra com línguas de fogo presas às paredes iluminavam fracamente um espaço circular mais ou menos do tamanho de um campo de futebol. Centenas de prateleiras do chão ao teto os cercavam. Empilhadas sobre o mobiliário estavam maravilhas incríveis que Aru reconhecia das lendas: um cálice de cristal cheio de pedras preciosas, com o rótulo SONHOS PROFÉTICOS; constelações engarrafadas; e a mandíbula de alguma criatura do fundo do mar, que abria e fechava como se motivada pela lembrança de mastigar um antigo inimigo.

– Uau – falou Brynne, girando lentamente.

Aiden pegou a câmera, mas Brynne a baixou com um tapa.

– Alguém pode ver o flash – repreendeu ela.

– Não tem ninguém aqui, Bê – falou Aiden, tirando algumas fotografias. – A passagem é secreta exatamente por isso. E sem chance que vou deixar de documentar esse lugar.

– Você não é um jornalista numa zona de guerra!

– *Ainda* – salientou Aiden.

Então, lá do alto, Aru ouviu um leve sibilado. Os três se posicionaram em um pequeno círculo. Quando olharam para cima, lá estava, pendendo de uma prateleira, uma enorme cauda escamosa. Aru a seguiu com os olhos até encontrar o tronco de um homem. Subindo mais um pouco, encontrou um rosto conhecido, marcado por cicatrizes e olhos leitosos.

– Aru Shah. Nós dois temos umas questões a resolver.

DEZENOVE

Deeees-paaa-CITO

Takshaka foi descendo rastejando pelas prateleiras da tesouraria. Enquanto passava, ia derrubando joias no chão. Ele balançou a cabeça, sentindo o gosto do ar com a língua bipartida. A ponta da cauda preta estremeceu, como se o som dos tesouros caindo o tivesse deixado desorientado.

Alguma coisa surgiu em meio aos pensamentos de Aru. Algo que ela deveria saber. Como um nome na ponta da língua.

– Não pensem que apenas porque não consigo vê-los vocês sssão invisíveis – ele falou baixinho. O rosto do naga se contorceu ao assumir a forma de cobra por inteiro. Ele levantou a cabeça coberta de escamas. Cicatrizes antiquíssimas marcavam a testa em formato de diamante. – Aqui estão três Pândavas...

Aiden abriu a boca para falar alguma coisa, mas desistiu. Era melhor não contestar um rei serpente gigantesco e venenoso.

Silenciosamente, os três se separaram pela tesouraria. Aiden se colocou junto a uma parede atrás de Aru. Brynne foi para a sua esquerda, longe demais para ser ouvida. Mas Aru percebeu que Brynne estava apenas mexendo a boca para tentar se comunicar com ela, sem emitir voz.

O lado bom era que Takshaka não sabia ler lábios.

O lado ruim era que Aru também não.

Parecia que Brynne estava dizendo... *E a bola?* Quê? Ela estaria falando de Vajra? Foi então que Aru ouviu Brynne gritando pela conexão mental das duas: *ENROLA!*

Aru não precisou nem tentar atrair a atenção de Takshaka, porque o naga estava vindo diretamente na sua direção.

– Você acabou com as minhas terras, Pândava. Matou todas as criaturas que tentaram escapar do povo. Matou minha *esposa*. Pensei que tivesse acabado com sssua linhagem – disse Takshaka. – Mas você voltou. Como uma praga.

O pedido de Brynne ainda ecoava na mente de Aru. Com passos bem lentos, ela começou a se afastar do rei.

– Você está exagerando um pouco, não? – ela questionou. – Tipo, isso foi mil anos atrás. E eu não sou Arjuna. A gente só tem a mesma alma. É como pegar um par de meias emprestado de alguém. Sério mesmo. Por que a gente não começa do zero? Assim: Oi, eu sou a Aru. Gosto de peixinhos de goma. Agora é sua vez.

Takshaka examinou o ar com a língua bipartida para examiná-la melhor.

– No começo, nem acreditei. A alma do grande Arjuna abrigada no corpinho frágil de uma menina.

Vajra começou a tremer em seu punho, mas Aru não pegou o raio. *Ainda não.*

– Ficou surpreso? – Aru perguntou com um falso interesse.

– Os deuses sssão cruéis – comentou Takshaka. – Claro que escolheriam uma menina inútil. Claro que não estão interessados em proteger este mundo. Apesar da imortalidade, apesar dos poderes, os deuses nunca cumprem sssua palavra. Assim como ssseu pai não cumpriu.

Aru ficou paralisada. *Sono?* Sua garganta se comprimiu. Aru ficou esperando que Takshaka dissesse que ela era igualzinha. Incapaz de manter suas promessas também.

Mas então o naga falou com desprezo:

– *Indra* falhou comigo.

Ah. Indra. Seu pai de alma. Não Sono.

A cauda de Takshaka se agitou. Ele desceu um pouco mais das prateleiras, até se colocar a pouco mais de cinco metros de distância de Aru.

– Houve um tempo em que vivi na grande Floresta Khandava com minha família. Nessa época, Indra era meu amigo. Mas, um dia, Agni, o deus do fogo, ficou faminto e decidiu que nada o sssaciaria a não ssser minha floresta. Meu *lar*. E você o ajudou a queimar tudo.

Aru sentiu a boca ficar seca. Então era esse o motivo para as cicatrizes dele. Aquilo era *terrível*. E, apesar de ter sido Arjuna, não ela, seu coração ficou apertado de culpa.

– Ssseu pai tinha o dever de me proteger – sibilou Takshaka. – Mandou sssuas nuvens favoritas para apagar o incêndio. Mas isso não foi suficiente para deter você, ó Grande Arjuna. O Senhor Krishna estava ao ssseu lado, então ssseria *trabalhoso* demais para Indra lutar contra você.

Aru hesitou. Ela nunca tinha ouvido aquela história sobre Arjuna. Não podia ser verdade... Arjuna sempre era descrito como virtuoso. Não incendiaria o lar de alguém... ou será que sim? Aru não sabia quase nada sobre ele. Com o canto do olho, ela viu Aiden e Brynne agitando as mãos como quem diz *continue enrolando!*

Mas, pela primeira vez em um bom tempo, Aru não sabia o que dizer.

– Agora você não tem mais deuses sssussurrando no ssseu ouvido – continuou o rei serpente. – E não é nada de mais. E está sozinha.

– Escuta só – começou Aru, amenizando o tom de voz. – Lamento muito o que aconteceu com você. De verdade. Mas, há, que tal conversar com Indra? Marcar um café? Resolver as coisas? Vocês eram amigos...

– Tenho novos amigos agora – respondeu Takshaka, abrindo um sorriso lento e malicioso. – Acho que um deles você já conhece *muito* bem.

Aru sentiu o estômago se revirar. Daquela vez ele estava falando de Sono, *sim*. Claro que ele estaria por trás daquilo.

Takshaka se inclinou para trás.

E então deu o bote.

O naga se moveu tão depressa que Aru quase não viu o ataque. *Quase.* As presas dele passaram raspando pelo seu rosto. Enquanto girava para não ser acertada, Vajra saltou para sua mão, já plenamente expandido. Aru arremessou o raio como se fosse uma lança. Takshaka conseguiu se esquivar com tranquilidade. Vajra voltou para ela, e dessa vez Aru se concentrou com todas as forças na cauda tremelicante do rei serpente, para tentar pregá-lo como uma borboleta numa caixa de exposição. Vajra voou com a força e a velocidade de uma flecha. Mas Takshaka foi mais rápido. A cauda poderosa do naga estalou como um chicote e jogou o raio de lado como se fosse um brinquedo.

Aru olhou para os amigos em busca de ajuda. Brynne estava bufando e batendo os pés como um touro furioso, mas Aiden a segurava. *Por quê?*

– Prancha flutuante! – Aru berrou.

Vajra assumiu a forma plana, mas Aru pulou um segundo mais tarde do que deveria. A cauda de Takshaka zuniu pelo ar e a acertou na barriga. Ela se espatifou contra a parede e foi deslizando até o chão, sacudindo a cabeça.

O rei naga começou a rir.

– Fácil demais.

Aru ficou tonta, mas se forçou a ficar de pé. Na parede do outro lado, Aiden estava parado como se nada estivesse acontecendo. Aru sentiu vontade de gritar. Ele estava *mexendo no celular*.

A voz de Brynne surgiu em seus pensamentos.

Tem uma coisa de que Takshaka não gosta.

De nós?, pensou Aru.

Fecha os olhos. Vai começar a ventar forte aqui.

– Revele sssua localização, Pândava – disse Takshaka. – Assim posso acelerar as coisas.

Aru estava cansada de ouvir aquilo! Por que os monstros sempre ofereciam uma morte mais rápida? Por que não a deixar *viver*?

Com Takshaka cada vez mais próximo, Aru fechou os olhos e se contraiu junto à parede. O vento começou a soprar no seu rosto. Dava para ouvir os tesouros balançando nas prateleiras e caindo ao chão com ruídos altos e ultrajados.

– Vocês vão pagar por isso – ameaçou Takshaka.

Um fragmento do sonho de Aru lhe voltou à mente. Mini na Home Depot, sacudindo Aru pelos ombros e… imitando uma vaca? Não. Quem fez isso foi Aru. *Múúúúsicaaa*.

Música.

Música!

Nesse instante, Takshaka sibilou. Mesmo de olhos fechados, Aru conseguia sentir que ele estava se preparando para o bote. A poeira levantada pelo vento castigava sua pele. *Eu vou morrer aqui e agora*, pensou Aru.

Foi quando um novo som se elevou no ar… e que explicava por que Aiden estava mexendo no celular. Aru abriu um dos olhos. Aiden estava no centro do recinto, segurando o telefone acima da cabeça como se fosse um farol. E se erguendo no meio da confusão sonora, como um antigo guerreiro tocando um berrante…

Deeees-paaaa-cito!
Quiero respirar tu cuello despacito!

Takshaka rugiu.

— NÃÃÃÃÃO! — Ele começou a se debater. — ESSA MÚSICA NÃO! Eu não *aguento* mais! PAREM! PAREM!

Aiden deixou a música tocar bem alto. E começou a dançar salsa. Os filhos das apsaras sempre tinham algum talento artístico — mas a dança não era o de Aiden.

Brynne apontou a maça para o telefone de Aiden e o elevou num ciclone de poeira. Takshaka disparou atrás do aparelho. Toda vez que se aproximava, porém, o vento o afastava para um ponto mais distante. Takshaka estremecia, percorrendo as estantes enlouquecidamente, sem se preocupar com os barulhos emitidos pelos tesouros.

Brynne mandou uma mensagem urgente para Aru: *Algum sinal da canção da alma?*

Vou procurar!, Aru respondeu de volta.

Nada na prateleira de baixo. Nada na fileira de itens logo acima. Mas, quando Aru começou a procurar mais para o alto, uma luz vermelha piscante chamou sua atenção. Seus olhos localizaram um orbe escarlate do tamanho de um pingente grande, encostado na parede como se estivesse com medo. Quando observou melhor, Aru foi invadida por uma avassaladora sensação de perda. Kamadeva dissera que a canção não seria exatamente uma música, mas uma representação da alma de quem roubou o arco e flecha... e isso fez sentido naquele momento. Aquela canção da alma parecia um pedaço de alguém, uma parte abandonada.

Encontrei!, Aru avisou Brynne através da conexão mental.

Tudo o que ela precisava fazer era transformar Vajra numa

prancha flutuante, passar voando por cima da cabeça de Takshaka e pegar a canção.

Vajra tinha acabado de assumir a forma plana quando Aru ouviu...

Um silêncio ensurdecedor.

A música no telefone de Aiden tinha parado para que fosse tocado um anúncio.

– *Insatisfeito com as condições do seguro do seu carro?*

Takshaka ficou imóvel. O rosto expandido dele se inclinou, e os cantos da mandíbula se curvaram para cima num sorriso.

Vamos lá, vamos lá, vamos lá!, Aiden dizia para o celular, mexendo a boca sem emitir som.

Brynne continuou formando pequenos ciclones, tentando distrair Takshaka, mas a língua bipartida do naga sentiu o gosto do ar e detectou o aroma de sangue. Ele disparou na direção de Aiden. Aru teve que morder o lábio para não gritar.

Brynne se voltou para ele, claramente em pânico, e então a maça se virou também, mandando o celular de Aiden pelos ares com um golpe de vento.

– Não! – ele gritou.

As laterais da cabeça de naja de Takshaka se expandiram.

– Te peguei – ele sibilou.

Aiden sacou as cimitarras. Não foi uma atitude inteligente. O som ecoou pelo recinto. A boca de Takshaka se curvou num sorriso presunçoso, expondo as presas. Ele se preparou para o bote.

Aru não pensou, simplesmente reagiu. Saltou sobre Vajra, se posicionou em sua prancha flutuante veloz como um relâmpago e foi atrás do celular, que girava em cima de um minitornado. Ela estendeu os dedos, se esforçando para alcançá-lo. *Só... mais... um pouquinho.* Se o telefone caísse e quebrasse, não teriam como preencher o ambiente com música, e acabariam morrendo.

Ela enfiou a mão na coluna de vento e agarrou o aparelho. Aru sentiu o peso gelado do celular na palma da mão no momento em que a canção seguinte começou. Era difícil escutar no meio da tempestade uivante.

Aru olhou para trás.

Aiden tinha enfiado uma das cimitarras na boca de Takshaka, deixando escancarada a mandíbula poderosa da cobra naja. A serpente sacudiu a cabeça, expelindo a lâmina, e usou a cauda como um chicote impiedoso. Aiden caiu, e a outra cimitarra deslizou pelo chão.

Aru aumentou o volume.

– TAYLOR SSSWIFT? – rugiu o rei naga.

– O que é que tem? Você é fã da Katy Perry, é isso? – provocou Brynne, mas com uma expressão de puro pânico até ver Aiden ficar de pé, ainda que com passos cambaleantes.

Ela soprou ainda mais ar na direção dele, para que as cimitarras voltassem ao alcance das mãos do amigo.

Aru decolou com a prancha flutuante.

Takshaka se virou, batendo com a cauda no chão. Mais tesouros despencaram das prateleiras, e dessa vez ele reagiu a cada ruído.

Aru localizou o orbe vermelho. Estava rolando na direção

da extremidade de uma prateleira. Ela conseguiu pegá-lo antes que caísse e notou que estava preso a uma correntinha. Imediatamente, um calafrio subiu pelo seu braço, e ela ouviu um som penetrante em meio aos seus pensamentos: o barulho de alguém segurando um grito. Isso pegou Aru de surpresa, e um suspiro de susto escapou de seus lábios.

Takshaka escutou.

Lá embaixo, Brynne gritava e pulava, tentando distraí-lo. Mas o rei serpente não deu bola para ela. A cauda dele zuniu pelo ar, atingindo a prancha flutuante que sustentava o peso de Aru. Ela cambaleou, tentando manter o equilíbrio. Segurou com ainda mais força a canção da alma, mas o celular acabou escapando de sua mão. Aiden e Brynne correram para tentar pegá-lo. O aparelho parecia cair em câmera lenta, e justamente no momento em que a letra dizia: *Desculpa, a antiga Taylor não tem como usar o telefone agora. Por quê?*

Takshaka se levantou em toda a sua estatura, tão grande que parecia capaz de bloquear até o sol. O celular atingiu o chão coberto de tesouros com um estalo bem alto. A tela se espatifou. O rei naga bateu várias vezes com a cauda no aparelho até a música parar.

– *Oh, porque ela tá morta* – Takshaka finalizou a letra, em tom de escárnio.

VINTE

Eu não confio em ninguém e ninguém confia em mim

— Passe isso pra cá – disse Takshaka.

Aru ficou tensa. Ela apertou com ainda mais força a canção da alma.

– Do que você está falando?

– Eu sssei o que você pegou – ele disse.

– Ah, e o que seria? – perguntou ela. – Tem todos os tipos de tesouros aqui.

Aru se perguntou se o naga sabia que ela estava com a joia-coração de Uloopi também.

– Me entregue a canção da alma.

– Então você deixou acontecer! Deixou que o arco e flecha fosse roubado! – exclamou Aru.

Takshaka caiu na risada.

– Quem você acha que deixou que ela entrasse aqui, para começo de conversa?

Deixou que ela *entrasse...*

Então era uma ladra. Seria uma nagini? Uma rakshasi?

Não que Aru gostasse de Uloopi – afinal, ela ameaçara mandá-la para o *exílio* –, mas sentiu pena da rainha naga. Claramente, confiava em Takshaka. Talvez até o considerasse alguém da família. E era um traidor. Impediu que o coração dela fosse devolvido para deixá-la mais fraca. Aru cerrou os dentes.

– Como você pôde fazer isso com a rainha Uloopi?

Takshaka recuou como se tivesse levado um tapa.

– Isso está além da sssua compreensão, pequena Pândava. Me entregue a canção. Você não tem como proteger aquilo que buscamos. Afinal, vai ssser traída pelo ssseu próprio coração.

Seu próprio coração.

O que ele quis dizer?

No entanto, não era hora para pensar. O rei serpente deu o bote, e Aru mal teve tempo de reagir. Ela voou para longe montada em Vajra, escapando por pouco das presas da cobra. Segundos depois, pousou do lado oposto de onde estavam Brynne e Aiden. Rapidamente, Aru prendeu a corrente com a canção da alma em torno de Vajra e o atirou para os dois. Aiden saltou e conseguiu pegá-lo.

– Não me acertou! – Takshaka se gabou.

Ele não precisava saber que não era o alvo. Para manter Aiden e Brynne a salvo, Aru tinha que fazer Takshaka se manter concentrado nela, acreditando que ainda estava com a canção.

A grande serpente avançou, cravando as presas nas prateleiras acima da cabeça de Aru. Ela foi se esquivando, e quase foi atingida ao ser atrapalhada por um livro pesado que caiu de onde estava.

Vajra voltou para a mão de Aru na forma de um disco. Ela não tinha muita prática em usá-lo daquela maneira. Nas poucas vezes que tentara, só o jogou como um frisbee celestial, e não era muito boa. Apenas atirá-lo em Takshaka seria inútil. Ele era absurdamente veloz. Era preciso mirar não onde o naga estava no *momento*, mas no ponto onde estaria *em seguida*.

Aru acionou a conexão mental Pândava. *Prende a atenção dele para mim, Brynne.*

Pode deixar, ela respondeu.

Brynne fez um gesto para Aiden, que começou a bater com as cimitarras nas prateleiras. Takshaka se virou na direção de Aiden e Brynne. Quando começou a avançar, Aru arremessou seu disco de raio num ponto um pouco à frente.

Paft!

O disco acertou Takshaka bem na testa. Uma rede de eletricidade caiu sobre a cobra. Ele se desvencilhou e disse com uma risadinha:

— *Nenhuma* arma de Indra é capaz de me ferir, Pândava! Afinal, ssseu pai já foi meu amigo. E uma bênção é uma bênção, não importa quando foi dada. Eu sssou imune.

Ele saiu em zigue-zague, deslizando o corpo poderoso pela prateleira e bloqueando a entrada pelo teto mais acima.

— Aru! — gritou Brynne.

Ela se virou bem a tempo de ver Vajra caindo em forma de rede de raios em sua direção. Em geral a arma celestial simplesmente voltava para seu poder, mas o contato com Takshaka a enfraquecera. Vajra não trocou de forma, nem vinha na direção de sua mão. Aru tentou sair do caminho, mas a rede a acertou no pé e a derrubou.

– *É o fim* – anunciou Takshaka quando ouviu Aru ir ao chão. Ele deu meia-volta e começou a descer na direção dela.

– Espero infligir tanta dor quanto me causou. Você não é uma heroína. É um peão num jogo de xadrez que não é capaz de compreender. Não tem importância nenhuma.

Takshaka escancarou as presas. Eram amareladas, e uma delas estava lascada. O veneno pingou no chão, atingindo o piso com um sibilado fumacento. Aru fechou os olhos com força. Aiden e Brynne estavam longe demais para poderem ajudá-la. E, mesmo que conseguissem, mesmo que chegassem até ela, isso só significaria que os três morreriam. É o fim, pensou Aru.

Um golpe de ar atingiu Aru no momento em que Takshaka deu o bote.

Brynne.

Com a maça dos ventos, a garota havia erguido um conjunto de prateleiras no ar. Ela a tombara para formar uma barricada entre as presas de Takshaka e o corpo de Aru. O rosto dela estava coberto de suor.

No local onde ficavam as prateleiras, Aiden estava escalando as paredes, usando as cimitarras como ganchos de apoio. Conseguiu se deslocar bem depressa assim, mas não chegou à saída a tempo. Brynne criou uma rajada tão forte que Takshaka caiu para trás. Ele se chocou contra a parede pela qual Aiden estava escalando, e a vibração fez o menino perder o equilíbrio. Aiden atingiu o chão com um baque surdo e não se moveu.

– Aiden! – gritou Aru enquanto se desvencilhava da rede de raios.

Ele não respondeu.

Aru e Brynne se aproximaram às pressas. Aru fechou os olhos por causa do vento que soprava ao redor. Vajra, já de volta à forma de raio, brilhou fracamente. Ela se sentiu indefesa. Não havia como saírem dali, e isso significava que Buu, Mini e os Sem-Coração ficariam aprisionados para sempre. E ela podia esquecer a possibilidade de ser exilada do Outromundo. Aru seria morta ali mesmo.

Foi quando...

Thump-pa thump-thump. Thump-pa thump-thump.

Um ritmo fez o chão estremecer. Mais tesouros começaram a balançar e ir ao chão. Takshaka sibilou, recuando quando o som das batidas tomou conta do ambiente.

Brynne ergueu a cabeça, franzindo a testa.

– Isso é... isso é *bhangra*?

Bhangra é um tipo de música acelerada que costuma ser tocada em casamentos indianos. Aru não sabia como dançar aquele ritmo, nem seus parentes que frequentavam as festas de família. O passo de bhangra preferido deles era fingirem que estavam rosqueando uma lâmpada e fazendo carinho num cachorro ao mesmo tempo. E então começavam a pular.

Os ombros de Brynne começaram a se mover ao som da música.

– Agora não é hora pra isso! – exclamou Aru.

Mas era quase impossível não dançar quando começavam

a tocar bhangra. Até Takshaka, já recuperado, começou a balançar. Sua cauda batucava o chão, seguindo a batida enquanto Panjabi MC e Jay-Z começaram a rimar. O rap de Panjabi dominou o recinto:

Mundiya to bach ke rahi
Nahi tu hun hui mutiyarrr

Mas, por cima da música, elas ouviram outro som:
– CORRAM!
O olhar de Aru foi atraído para o outro lado da tesouraria. Uma seção de prateleiras tinha se aberto como uma porta, permitindo a passagem de um garoto naga mais ou menos de sua idade antes de se fechar de novo. Ele viera por algum tipo de passagem secreta. Da cintura para cima, usava blusa com capuz de um laranja bem vivo, mas a parte inferior do corpo era o de uma cobra vermelha com listras amarelas. Estava de óculos escuros, o que era um absurdo, considerando como a câmara dos tesouros era mal iluminada. As orelhas dele estavam cobertas por um fone enorme de DJ. O menino naga ergueu os dois alto-falantes que levava e apontou para Takshaka. O rei serpente se debateu como se tivesse aranhas andando pelo corpo.
– CORRAM! – o garoto repetiu.
Brynne foi a primeira a reagir. Ela ajudou Aru a ficar de pé, e as duas foram até Aiden. Aru tentou levantá-lo pelo braço, mas cambaleou e caiu.
– Pode deixar – disse Brynne.

Ela o pegou como se fosse uma trouxa de roupas e o jogou sobre o ombro. Elas correram para a porta onde estava o garoto naga. Ele virou a cabeça na sua direção quando Aru e Brynne se aproximaram, mas parecia manter o foco concentrado em outro lugar, em alguma coisa à esquerda das duas.

Quando chegou mais perto da abertura entre as prateleiras, Aru notou que era um portal. Estava ligeiramente entreaberto, e por essa fresta conseguiu ver placas de ruas e uma calçada de cimento, além de carros dobrando as esquinas e até pessoas passeando com cachorros vestindo casacos de inverno.

Mas, no momento em que Brynne estendeu a mão para abrir a passagem de vez, um sibilado grave provocou um sobressalto nas duas, e a porta se *fechou*. A princípio, Takshaka se deixara levar pelo ritmo do bhangra, balançando para trás e para a frente e até acompanhando as rimas. Mas naquele momento estava tenso e em estado de alerta, com os olhos cegos cravados no garoto.

– Você – ele rosnou. – Não merece ser chamado de meu descendente.

O garoto de fones de ouvido sentiu o baque, mas não largou os alto-falantes.

– O que o sssenhor está fazendo não é certo, *Dada-ji*.

Dada-ji. Essa era a palavra usada para se referir a um avô. Quem era aquele menino?

– Você por acaso sse considera um herói? – sibilou Takshaka. – Sssaia da minha frente para eu poder pelo menos esquecer a desgraça que você sssignifica para minha linhagem.

– Herói? – repetiu o garoto. – Bom, pois é, acho que sssim, ssse você achar que impedir assassinatos num sábado é um ato de heroísmo. Pode ficar bravo comigo o quanto quiser... o sssenhor provavelmente nem vai ssse lembrar mais disso daqui a pouco.

Depois disso, ele pôs os alto-falantes no chão, sacou um celular do bolso da blusa e digitou alguns números. A música ficou ainda mais alta, e Takshaka entrou num transe profundo.

O garoto abriu a porta para Brynne e Aru.

– Sssenhoritas. Carinha desmaiado.

Aru e Brynne ficaram olhando para ele.

– Quem é *você*? – Aru quis saber.

– Acho que o que você está tentando dizer é obrigada.

– Eu que não vou agradecer ninguém! – retrucou Aru. – Como vou saber o que tem atrás daquela porta? E você é neto dele! Por que mereceria nossa confiança?

Brynne deu um pisão no pé dela.

– *Obrigada*.

– Eu posso dizer o que *não* tem atrás da porta – disse o garoto de óculos escuros. – Com certeza não tem um rei serpente ancião que quer a sssua morte. Mas tem bastante trânsito. E talvez até alguma ajuda.

– Você...

– Sim, salvei a vida de vocês, e estou proporcionando uma saída – complementou o garoto. No entanto, estava parado diante delas, encostado na porta. Aquilo não parecia exatamente uma saída. Ele cruzou os braços. – Sssua vez.

Talvez existissem pessoas no mundo dispostas a ajudar simplesmente por bondade. Gente como Mini, por exemplo. Mas aquele garoto claramente não... Havia certa malícia nele. E, apesar de estar a um passo de um colapso nervoso, Aru não deixou de perceber como Takshaka falara com o neto. O moleque não era exatamente o queridinho da família, para dizer o mínimo.

E havia outra coisa também. Ela já o vira antes em algum lugar...

— Você é aquele garoto do Bazar Noturno — ela lembrou.

Foi durante a missão anterior. Um menino tinha sorrido para Mini, que por isso deu de cara com um poste telefônico.

— É difícil mesmo esquecer um rostinho assim — ele falou, segurando o próprio queixo e sorrindo.

— Por que você está ajudando a gente? — Aru questionou. — O que vai querer em troca?

— Aru! — interrompeu Brynne, dobrando um pouco as pernas por causa do peso de Aiden em seu ombro. — Por que está discutindo?

— Porque ele quer alguma coisa em troca.

Isso era uma certeza bem clara dentro dela.

— Você tem razão — disse o garoto. — Eu quero ssseu telefone.

— Quer o *quê*?

Em primeiro lugar, Aru nunca passava seu telefone para meninos (por outro lado, nenhum nunca havia pedido, mas não era essa a questão). E, além disso, Mini tinha dado de cara com um poste depois de olhar para ele... Por princípio, aquilo era errado.

– O seu te-le-fo-ne – ele repetiu. – A não ser que você queira que eu entre em contato por pombo-correio. Vamos lá, é importante. Confia em mim.

– Aru – disse Brynne. – Passa logo e vamos sair daqui.

Era agora ou nunca.

– Tudo bem – ela falou e, em seguida, passou o número.

– Eu escrevo – ele avisou, saindo do caminho. – Vou precisar da sua ajuda, Aru Shah.

– Como é que você sabe o meu...?

Mas ele já estava fechando a porta. A última coisa que Aru viu antes disso foi um sorriso presunçoso.

VINTE E UM

O perigo da samosa

Num piscar de olhos Aru se viu diante de uma parede coberta de cartazes de animais perdidos, ainda mais homens desaparecidos, um anúncio de vaga de empregada doméstica numa casa e propagandas de remédios para calvície (*Transplante capilar! Você não precisa mais ser careca e asqueroso! Pode ser só asqueroso!*). Uma grossa camada de gelo cobria a calçada, e havia cordões de luzes de Natal em torno dos vasos de plantas na frente das lojas. O ar gelado tinha cheiro de inverno... e *curry*. Alguns pedestres passavam apressados. Uma mulher morena usando uma parca por cima do *salwar kameez* entrou num mercadinho. Do outro lado da rua, um jovem casal de brancos empurrava um carrinho de bebê e se revezavam para comer um saco de papel pardo cheio de *samosas*, um tipo de iguaria indiana feito de massa frita recheada com batatas e especiarias.

– Onde é que a gente *está*? – perguntou Aru, morrendo de frio. Com certeza, não era Atlanta.

Brynne colocou Aiden na calçada com cuidado. Ele grunhiu, sacudiu a cabeça e olhou ao redor, todo grogue.

– A cobra? – perguntou.

– Está lá dançando bhangra.

Aiden piscou algumas vezes, confuso.

– Então tá – ele disse, ainda zonzo, encostou na parede e apagou.

Brynne lambeu o dedo e o levantou em riste.

– Isso funciona mesmo...? – questionou Aru.

– Latitude 40,5187 graus norte e longitude 74,4121 graus oeste.

– Dá para falar em língua de gente? – reclamou Aru, cerrando os dentes.

– Cidade de Edison, estado de Nova Jersey.

Aru piscou algumas vezes. As placas, os cheiros e até o estilo das fachadas das lojas passaram a fazer sentido.

– Ou seja, Little India.

– Pois é.

Todo mundo sabia que havia muito imigrantes do sul da Ásia naquela região dos Estados Unidos. Aru se lembrava inclusive de ter lido a respeito numa matéria de jornal.

Como sabia exatamente onde estavam, Aru fez Vajra reassumir a forma de bolinha e começou a examinar tudo mais de perto. O menino cobra tinha dito que eles encontrariam um pouco de trânsito e talvez até alguma ajuda, mas nada por ali lhe parecia muito útil... Aquela cidade também havia dado sua contribuição para o número cada vez maior de Sem-Coração.

Na vitrine de uma loja de eletrônicos, as telas de tevê mostravam apresentadores de telejornais falando por cima de uma legenda que informava:

BUSCA POR DESAPARECIDOS CONTINUA
ESPECIALISTAS SUSPEITAM DE SABOTAGEM BIOQUÍMICA
O QUE SERÁ QUE A ÁGUA QUE VOCÊ BEBE ESCONDE?

– A canção da ladra está a salvo? – Aru perguntou.

Brynne assentiu e inclinou a cabeça para o lado, para que Aru pudesse ver a corrente presa no pescoço.

– Agora só precisamos resgatar a Mini. Quando a gente chegar até ela e descobrir o nome da ladra, vai estar tudo resolvido. E sabemos que para isso temos que procurar Durvasa. Não deve ser muito difícil, né?

Na teoria, parecia fácil *mesmo*. Então por que Aru estava tão apreensiva?

– Onde fica essa terra adormecida, aliás? – Aru quis saber. – E o Aiden? Vai precisar ser arrastado pra lá e pra cá o tempo todo?

– Pode deixar que eu cuido dele – disse Brynne, pegando-o como se fosse um saco de arroz.

Aiden grunhiu.

– Que coisa humilhante. Me põe no chão.

– Você está quase desmaiando.

Aiden levantou as sobrancelhas.

– Verdade – ele falou, ainda grogue, e apagou de novo.

Brynne estremeceu e encolheu os ombros.

— Vamos lá, é melhor resolver isso depois de um *chaat*.

Chaat não era um bate-papo de internet, mas um tipo de petisco indiano muito gostoso, uma combinação de coisas como batatas fritas, grão-de-bico condimentado e molhos de iogurte cheios de sabor. Só de pensar em comer o estômago de Aru roncou de fome. Ela ajeitou melhor a blusa e foi atrás de Brynne, que estava meio carregando Aiden até uma lanchonete ali perto que servia chaat. Eles pegaram uma mesa. Estava meio grudenta e engordurada, o que fez Aru sentir ainda mais saudade de Mini. Se ela estivesse lá, com certeza teria um pote enorme de álcool em gel para limpar tudo. Brynne pediu uma tonelada de comida e, em questão de minutos, a superfície diante deles estava coberta de samosas fumegantes, *dosas* bem fininhas, tigelas de *chutney* de um verde bem vibrante, bolinhas doces de *gulab jamun* numa travessa cheia de calda e *lassi* gelado de manga.

— Vamos começar pelo começo — disse Brynne, pegando o copo d'água de Aiden. Ele não percebeu, porque estava com a cabeça apoiada na mesa, e tinha começado a roncar. — Aru, você pode pegar a câmera dele?

— Por quê? — ela quis saber.

— Só pega, por favor.

Com cuidado para não o acordar, Aru puxou a alça do ombro de Aiden e colocou a câmera na cadeira ao lado.

— É só para não molhar mesmo — explicou Brynne.

— Cara, a gente não está na rua. Não vai chover aqui den... Brynne despejou o copo d'água na cabeça de Aiden.

— EI! — ele gritou, despertando assustado.

– Está tudo bem – Brynne falou, como se nada tivesse acontecido. – Agora come.

Ele fechou a cara, mas mesmo assim comeu um pouco. Em seguida, levou a mão ao ombro, e nesse momento arregalou os olhos. Em pânico, ficou de pé num pulo, com os cabelos ainda ensopados e pingando.

– Onde está a Shadowfax?!

Aru, que estava bebendo água, quase cuspiu tudo o que tinha na boca. Shadowfax era o nome do cavalo de Gandalf em *O Senhor dos Anéis*. Ela *com certeza* teria percebido se Aiden andasse por aí em cima de um cavalo.

– Shadowfax está a salvo – disse Brynne, apontando para a câmera. – Com a Aru.

Aiden soltou um suspiro de alívio quando Aru devolveu a câmera.

– Sua câmera chama Shadowfax?

Aiden deu tapinhas de leve na câmera, como se fosse um cachorrinho.

– Ela está com fome? – Aru perguntou. – Quer que eu dê alguma coisa pra ela comer?

– Para com isso, Shah.

– Que tal um carinho?

Aiden jogou um pedaço de samosa na cara dela. Aru conseguiu pegar com a boca, mas a surpresa foi tamanha por ter conseguido que engasgou. *Morte por samosa! Não! Que morte mais idiota!* Brynne precisou dar uns tapas nas costas dela para desengasgar.

– Eu estava sonhando ou um carinha salvou a gente lá na tesouraria naga? – Aiden quis saber.

– Era o neto do Takshaka – Aru contou, depois de recuperar o fôlego.

Ainda estava com fome, só que não confiava mais nas samosas, então espetou uma com bastante força com o garfo para mostrar quem tinha mais força. *Nada de gracinhas, comida.*

– Ele disse que vai precisar da nossa ajuda mais tarde, mas não explicou no quê.

Brynne partiu a dosa e falou com a boca cheia:

– E ele pediu o telefone da Aru.

Aiden levantou a sobrancelha.

– Por quê?

– Uau... Valeu, hein?

Ele ficou vermelho.

– Não foi isso que...

– Deixa quieto – disse Aru, ignorando a pequena ofensa. – A gente pegou a canção da ladra. É isso que interessa.

Brynne tirou a corrente com o orbe escarlate do pescoço e colocou sobre a mesa. Os três fizeram uma careta ao mesmo tempo, e Aru notou que os outros dois também perceberam a sensação péssima que aquela canção da alma emitia, de estar totalmente *perdida.*

Aiden sacudiu a cabeça para se livrar da sensação.

– Era bem isso que a gente estava procurando mesmo.

Em seguida, cutucou o orbe com o garfo.

– Para! Isso é a alma de alguém! – repreendeu Aru.

— E transmite péssimas sensações – falou Brynne. – Por que essa coisa não podia só tocar uma música triste?

Os três se inclinaram para a frente. Havia uma fumacinha dentro do orbe. Por um instante, Aru pensou ter visto de relance umas unhas vermelhas, mas a imagem logo desapareceu. Não havia música nenhuma. E, naquele momento, a sensação desoladora de abandono também não estava mais lá.

— O importante é que já está com a gente – disse Brynne. – Agora a gente precisa da Mini.

— E um sábio pode ajudar a gente a chegar até ela – complementou Aiden. – Cadê aquele cartão de visitas?

Aru o tirou do bolso da calça e colocou sobre a mesa. Os três ficaram olhando para o que estava escrito.

S. DURVASA

NÃO ME INCOMODE COM PREOCUPAÇÕES INFANTIS

QUEM SÓ ME FIZER PERDER TEMPO SERÁ AMALDIÇOADO

— Ele parece a Brynne quando está com fome – murmurou Aiden.

— Ou a Brynne normal.

Brynne fechou a cara.

— Eu tô bem aqui ouvindo tudo, sabiam?

— Tem alguma coisa no verso do cartão? – perguntou Aiden. – Um endereço ou coisa do tipo?

Ele o virou. Numa fonte minúscula, era possível ler:

DMV (DEPARTAMENTO DE MUITAS VOZES)
LOCALIZAÇÃO REVELADA MEDIANTE INFORMAÇÃO
DO NOME E DO OBJETIVO DO SOLICITANTE
SOLICITAÇÕES RESPONDIDAS POR ORDEM DE CHEGADA

– Departamento de Muitas Vozes? – leu Brynne. – Isso é tipo um *call center*?

– Ou então um lugar como o departamento de trânsito – Aiden resmungou. – Precisei ir até lá com a minha mãe uma vez. É o lugar mais chato do mundo.

– Bom, se a gente quiser descobrir, acho melhor falar com o cartão – disse Aru. – Prontos?

– Fica à vontade, Shah – disse Brynne, bebendo o resto do lassi de manga.

Aru colocou o cartão na frente do rosto e limpou a garganta.

– Há, oi?

O cartão continuou agindo como um pedaço de papel normal.

– Meu nome é Aru, e...

– Usa o seu nome completo – interrompeu Brynne. – Assim fica mais oficial.

Aru ficou hesitante. Era esquisito dizer seu nome inteiro na frente das pessoas.

– Meu nome é Arundhati Shah. Estou aqui com...

– Brynne Rao.

– Esse não é seu nome completo – avisou Aiden.

Brynne soltou um grunhido.

– Tá certo, tudo bem, tecnicamente meu nome é Brynne Tvarika Lakshmi Balamuralikrishna Rao.

Aru ergueu as sobrancelhas até o meio da testa, mas continuou falando:

– Há, precisamos encontrar nossa irmã. O nome dela é Mini... Yamini Kapoor-Mercado-Lopez. Ela falou para procurarmos S. Durvasa.

A princípio, nada aconteceu, e ficaram se sentindo bem idiotas por terem falado com um cartão de visitas. Aru o colocou de volta sobre a mesa. Enquanto esperavam, Aru se voltou para Brynne.

– Então...

– Pois é, eu tenho milhares de sobrenomes... Sou teluguana... – Ela se interrompeu quando viu que Aru estava confusa e explicou: – Sou da região em que se fala o telugo, sabe, no sul da Índia? Mas nunca conheci meu pai. Acho que Anila falou que ele era irlandês.

– Teluguana... isso é algum tipo de iguana? – perguntou Aiden com uma risadinha.

Brynne deu um peteleco na orelha dele.

– É um nome bonito – disse Aru. – Mas imagina se fosse espiã! Jamais ia conseguir falar uma coisa do tipo "Bond... James Bond", porque o vilão ia ter que esperar a noite inteira...

Brynne atirou um pedaço de samosa na testa dela.

Mas então, bem diante dos olhos dos três, as pontas do cartão de visita se dobraram sozinhas. O papel se retorceu e se rasgou até parecer um relógio de origami com um ponteiro funcional. Depois começou a fazer tique-taque.

Aru franziu a testa.

– E agora?

– Agora a gente espera a resposta – disse Brynne.

Durante os minutos seguintes, Brynne foi mais Brynne do que nunca. Devolveu três pratos para a cozinha. O primeiro porque o coco não estava tostado o suficiente. O segundo porque estava muito salgado. O terceiro porque estava sem sal.

Aru ficou contente por já estar satisfeita àquela altura. De *jeito nenhum* iria arriscar pedir alguma outra coisa naquele lugar. Metade do pessoal da cozinha deveria ter cuspido em cada prato, graças à atitude de Brynne.

– Chega – disse Brynne, ficando de pé. – Vou até lá...

– Não – disse Aiden, sem perder a calma, puxando a amiga de volta para a cadeira. – Quando estiver irritada, é só dizer em voz alta os números de um a dez.

– Os números de um a dez. Agora posso ir.

– Você deveria participar de um daqueles programas de culinária em que gritam com as pessoas. Tipo o do Gordon Ramsay – comentou Aru, tentando distraí-la.

A última coisa de que precisavam era serem expulsos da lanchonete antes de receberem a resposta de S. Durvasa.

Brynne soltou um suspiro de alegria.

– Esse é o meu grande sonho.

– Onde foi que você aprendeu tanta coisa sobre culinária, por falar nisso? – perguntou Aru.

Brynne ficou remexendo no relógio de papel, sem olhar para eles.

– Os meus tios me ensinaram – ela contou. – Fui morar com eles aos quatro anos, depois que Anila foi embora.

– Anila?

Brynne cerrou os dentes.

– A minha mãe.

– Ah – falou Aru, toda sem graça.

– Os meus tios me disseram que ela me teve quando era nova demais – contou Brynne, picando a dosa em pedacinhos. – E pelo jeito ainda é. Mas, sei lá, talvez mude de ideia.

Aru se lembrou do álbum de fotos que Brynne levava na mochila, e todos as pulseiras-troféus que carregava no braço. Isso passou a fazer sentido para Aru. Brynne ia para todo lugar com aquilo não para provar que era incrível para si mesma, mas para os outros... como para uma mãe que não quis criar a filha.

– Eu gosto de cozinhar porque dá pra prever o que vai acontecer – continuou Brynne, falando baixinho. – Dá para ter uma ideia de como as coisas vão se misturar e qual vai ser o gosto, e se não gostar é só começar de novo.

– A lasanha da Brynne é muito boa – acrescentou Aiden.

– É a *melhor* – ela corrigiu com um sorriso.

No centro da mesa, o pequeno relógio de origami começou a girar. Uma fina camada de fumaça se desprendeu e saiu pela porta da lanchonete. Aru olhou ao redor, mas nenhum dos clientes pareceu ter percebido. Vajra começou a zunir no bolso.

Uma vozinha se ergueu do papel:

– O sábio Durvasa aceitou sua solicitação para reunião presencial.

– Um sábio! – exclamou Aiden. – Eu sabia.

Um sábio não é só uma pessoa muito inteligente. Segundo a mãe de Aru, eles têm poderes especiais, por causa do foco que colocam na prática religiosa. Já existiu um sábio tão poderoso que conseguiu amaldiçoar até os próprios deuses. Foi por causa dele que os deuses deixaram de ser imortais. Aru com certeza *não* queria se encontrar com alguém assim.

Bem diante dos olhos deles, o rastro de fumaça se acendeu. O cartão voltou a se manifestar.

– Por favor, sigam a rota assinalada. Assim poderão ser guiados pelo restante do caminho.

VINTE E DOIS

Aiden resolve brilhar

Aru, Aiden e Brynne seguiram a fumaça cintilante porta afora.

Assim que saíram da lanchonete, Aru sentiu uma magia se manifestar logo atrás de seu umbigo. Era a mesma sensação que experimentava toda vez que usava um portal. Ela piscou algumas vezes e, quando abriu os olhos, os três não estavam mais em Nova Jersey. Em vez disso, se viram diante do gramado de um edifício gigantesco. O rastro de fumaça apontava para a porta da frente.

Era a estrutura *menos* mágica que Aru já tinha visto. Grande, austera, praticamente gritando *lugar-de-emprego-chato-de-adulto* com sua pintura desbotada de cor de gema de ovo. Mesmo assim, sabia que estava em algum lugar do Outromundo porque, para qualquer lugar que virasse a cabeça, deparava com o mesmo prédio. E não havia a sensação de ser inverno ali. Não havia sensação *nenhuma*. Não dava nem para ver o sol.

– Que bizarro – comentou Aiden, girando em torno de si mesmo.

– *Esse* é o Departamento de Muitas Vozes? – questionou Brynne.
– É bem parecido com o departamento de trânsito, aliás – disse Aiden.
– Não só isso – respondeu Aru, olhando para a plaquinha branca no gramado, com a palavra ASHRAM em letras pequenas. Na cabeça de Aru, um *ashram* era tipo um *spa* chiquérrimo em que os ricos se hospedavam para descobrir a cor de sua aura. Mas sabia que era um termo originário da Índia, usado para definir uma espécie de mosteiro, um lugar para onde iam os eremitas. A fachada sem graça do DMV com certeza se encaixava nessa definição.

Os três andaram pela calçada e tomaram o caminho das portas brancas de vidro. No saguão – que tinha álcool em gel e também verniz para cascos no balcão –, havia uma mesa enorme de recepção com um calendário, uma caixa cheia de clipes e o que parecia ser uma espécie de porta-lenços de papel, mas com os dizeres LIMPADORES DE MALDIÇÕES. Uma garota da idade deles estava sentada do outro lado. Era uma manifestação de um espírito da natureza, uma *yakshini*, com pele clara e cipós congelados no lugar de cabelos. O crachá na camisa preta que usava dizia:

ESTAGIÁRIA DE INVERNO
MEU NOME É IRIS. COMO POSSO AJUDAR?

– Que foi? – perguntou a yakshini, claramente entediada, quando eles se aproximaram.

Brynne assumiu a frente e colocou o cartão de S. Durvasa sobre a mesa.

— Fomos mandados pelo Senhor Kamadeva, o deus do amor, para...

— Identifiquem-se — a yakshini falou no mesmo tom de desinteresse.

— Eu já chego lá — disse Brynne, começando a se irritar. — Enfim, nós somos Pândavas e...

— Tá bom, e eu sou a Kim Kardashian — retrucou a garota. — O tempo de espera é de... — ela fez uma pausa para consultar uma pilha de papéis sobre a mesa — ...três séculos. Podem esperar na...

— *TRÊS SÉCULOS?!* — esbravejou Brynne.

— Se quiserem dar entrada numa reclamação formal sobre o tempo de espera, por favor, preencham esse formulário com a tinta sangue-dos-meus-inimigos padrão — disse a garota.

Uma folha de papel apareceu diante do rosto de cada um. Mas, no caso de Brynne, o papel bateu bem no nariz dela.

— Por favor, peguem sua senha e vão se sentar.

— Você não tem como acelerar as coisas? Por favor, Iris? — pediu Aru, abrindo o sorriso mais charmoso de que era capaz.

Iris se inclinou para trás como se Aru tivesse uma doença bucal supercontagiosa.

— Há, *não* — respondeu a garota. — Se *quiserem* ser os primeiros da fila, precisam ter um *deste* — ela continuou, mostrando um bilhete verde reluzente sobre a mesa. — E não têm. Então *vão sentar* ou caiam fora!

Aru queria insistir mais um pouco, mas Brynne a puxou pela blusa. Aru foi com ela e Aiden até a entrada do prédio, longe dos ouvidos da yakshini.

– Que foi? – perguntou Aru.

– A gente precisa pegar aquele bilhete verde – disse Brynne.

– E como vamos fazer isso? Pegando da mão dela e saindo correndo? – debochou Aru.

– É, mais ou menos assim. Você sabe o que isso quer dizer, Aiden.

Ele arregalou os olhos.

– Ah, qual é. Não me obriga a fazer isso...

– É o único jeito!

– *Qual* é o único jeito?

– Então, como é filho de uma apsara de elite, o Aiden sabe...

Ele soltou um grunhido.

– Sabe o quê? – Aru quis saber, toda empolgada. – Ah! Sabe juntar um *flash mob*? Todo mundo vai começar a dançar a mesma coreografia, como o pessoal no clipe de "Thriller"? E aí a gente pega o bilhete e sai correndo?

– Aiden sabe *brilhar* – explicou Brynne. – É uma coisa temporária, claro, mas os efeitos duram pelo menos uma hora, o que é tempo suficiente para falar com S. Durvasa.

Aru estava bem confusa. Afinal, *brilhar* não era uma definição de talento muito específica. O que ia acontecer, Aiden ia pegar fogo do nada? Porque isso seria uma ótima distração para permitir que ela e Brynne roubassem o bilhete de acesso.

— Já ouviu falar que as apsaras sempre dão um jeito de distrair os sábios? — perguntou Brynne.

Aru fez que sim com a cabeça. Nas histórias, as apsaras eram a maior das tentações, porque eram donas de uma beleza e uma magia sobrenaturais. Entre passar o tempo meditando na floresta ou na companhia de uma Miss Universo celestial, a escolha vencedora era bem óbvia.

— Bem, é que as apsaras têm uma espécie de poder hipnóticos. Sabem como prender o olhar de um jeito impossível de escapar, e até fazer as pessoas irem atrás delas para onde quiserem — disse Aiden. E, em seguida, sem olhar para elas, acrescentou: — *Eeupossofazerissopravocêsduaspoderemroubarobilhete.*

Aru deu uma risadinha.

— Então... quando fizer esse lance de brilhar, vai ser igual a um filme de Bollywood? Alguém vai começar a cantar? Vai soprar um vento invisível e tudo mais?

Brynne a cutucou com o cotovelo, mas com um sorrisinho nos lábios.

— Só estou fazendo isso por causa da Mini — ele falou, e se afastou pisando duro.

Isso deixou Aru mais séria. Ela e Brynne observaram enquanto Aiden se aproximava da mesa da yakshini.

— Toma cuidado para não olhar o rosto do Aiden, certo? — murmurou Brynne. — Parece um poder meio ridículo, mas é uma coisa perigosa. Ainda mais para quem é a fim dele.

Aru deu uma risadinha de deboche.

— Ainda bem que eu não sou.

Brynne parecia prestes a dizer alguma coisa, mas em vez disso apontou com o queixo para a frente.

– Certo, aqui vamos nós.

Quando Aru voltou a olhar, Aiden ainda estava lá. Um encantamento irradiava do corpo dele, atraindo luz para fazê-lo parecer diretamente iluminado por um raio de sol. A yakshini estava em pé também, como se tivesse acabado de ouvir que: a) ganhou na loteria; b) recebeu uma carta de admissão em Hogwarts; c) teria direito a um suprimento vitalício de Oreo. *Isso é que é brilho*, Aru pensou enquanto se aproximava da mesa de recepção junto com Brynne.

– Fica de olho na porta – avisou Brynne.

Foi o que Aru fez. Mas, mesmo evitando olhar para Aiden, ainda era possível ouvi-lo. A voz dele estava diferente, e não no sentido de ter engrossado de repente, como acontecia com os garotos da escola. Ainda estava falando do mesmo jeito, mas era como se alguém tivesse forrado a voz dele com veludo.

– Ei! *Aru!* – Brynne sacudiu o bilhete verde na frente da sua cara. – Vamos lá! Aiden!

– Estou aqui! – disse ele.

Aru ficou aliviada com o fato de a voz dele ter voltado ao normal.

– Eu queria ter poder de brilhar – ela comentou.

– Eu não – disse Aiden, estremecendo como se um monte de insetos estivesse rastejando pelo corpo dele. – Só uso em casos de emergência.

– Por quê?

Ele virou a câmera nas mãos e apertou um botão que voltou a escondê-la, junto com o estojo, na forma de um relógio mágico.

– Já vi minhas tias e meus tios irem longe demais com isso... Não é certo induzir as pessoas a fazer alguma coisa sem o consentimento delas.

A essa altura os três já estavam longe da mesa da yakshini, diante de uma grande escadaria em espiral. Em frente aos degraus havia um espaço enorme com centenas de cadeiras de madeira meio detonadas perante uma fileira de cabines vazias com janelas de vidro. Para Aru, aquele lugar lembrava a sala de espera de um consultório de dentista. Alguns dos membros do Outromundo estavam dormindo, em sono profundo. Outros estavam despertos, gritando na frente dos laptops enquanto esperavam. As luzes acima da cabeça deles eram mariposas brancas, que revoavam pelo local lançando uma estranha luminescência que fez Aru pensar na cantina da escola. Parado num canto havia um *gandharva*, um músico celestial de pele escura e asas douradas brilhantes. A princípio, nem os viu, porque estava de fone, ouvindo música num aparelho de som bem antigo. Mas o removeu da orelha quando o grupo se aproximou.

– Boa sorte – disse o gandharva. – Estão num horário de almoço que não termina nunca.

– Quem? – perguntou Aru.

– *Dá...* os sábios.

Acima das cabines havia plaquinhas de neon com o nome de vários sábios: BHRIGU, KINDAMA, NARADA... e DURVASA!

– Devem estar meditando ou coisa do tipo – continuou o

gandharva, irritado. – A gente não tem escolha a não ser esperar. Uns minutos atrás, o sábio Narada passou por aqui, mas não deu pra falar com ele, porque estava ouvindo um solo *animal*. Então ele me amaldiçoou a continuar esperando e a perder a noção do tempo. – O músico deu risada. – Mas não esquentem com isso, é só papo furado. Ainda estamos em 1972!

– Na verdade... – Aiden começou a dizer.

– PÂNDAVAS – ecoou uma voz vinda da cabine de Durvasa.

O coração de Aru se acelerou. Eles precisavam que Durvasa os ajudasse a resgatar Mini. Era isso que ele faria, não? Devia haver algum motivo para Mini mencionar o nome dele.

Num canto, uma menina de pele clara e galhadas de cervo balançava para trás e para a frente, murmurando:

– *Próximodafilapróximodafilapróximodafila...*

Aru, Aiden e Brynne foram até a cabine. Uma caixinha de metal com a palavra BILHETES ficou saltando na frente deles até Brynne enfiar o bilhete verde lá dentro. Uma espécie de brilho se materializou no ar, e um homem idoso apareceu do outro lado do vidro. Tinha uma barriga avantajada, pele bem escura e cabelos pretos amarrados num coque acima da cabeça. Estava usando uma camisa polo com um pequeno emblema dizendo:

S. DURVASA

A RESPOSTA É NÃO

Aquele era o grande sábio?

– Não gostei dele, tinha um penteado horrível – o sábio estava resmungando, anotando alguma coisa no caderno. – E por acaso me ofereceu um lugar para sentar? Perguntou como eu estava? Não! E *ainda* respirava pela boca. *Nojento*. Humm... O que fazer, o que fazer? Há!

Ele passou a ponta da caneta na linha e começou a escrever. Letras piscantes aparecerem:

> *Que todos os cookies de chocolate*
> *que aparecerem na sua frente*
> *na verdade sejam cookies de aveia*
> *com passas muito bem disfarçados.*

– Sim, sim. – Ele riu consigo mesmo. – TREMA DIANTE DE MIM, MORTAL!

O sábio juntou os dedos. Pegou a ficha de alguém e franziu a cara:

– Argh. Essa pessoa está pedindo um mantra para dormir melhor? É com *isso* que as pessoas me fazem perder tempo? Abominável. Ah, sim, tenho uma *bênção* para você...

Mais uma vez, ele escreveu no ar:

> *Quando for para a cama, que os dois lados*
> *do seu travesseiro estejam quentes,*
> *e que uma fresta se abra na sua porta sempre*
> *que estiver quase pegando no sono.*

Aiden respirou fundo e murmurou:
– Pegou pesado.
Mas o sábio ainda não estava satisfeito. A lista de maldições continuava.

Que suas colheres derrubem todo o cereal.

Que você sempre esqueça a senha do cartão de crédito no Starbucks quando a fila atrás estiver gigante.

Que sua toalha depois do banho esteja sempre a um centímetro do alcance do braço, para que você tenha que sair do box.

– Ei... – Brynne começou a falar, mas Aru a puxou pelo braço.

O sábio parou o que estava fazendo. Parecia que estava decidindo se ia se deixar interromper ou não. Eles estavam a pouco mais de um passo de distância. Era impossível que não tivesse visto os três, mas Aru teve um pressentimento. Aquilo era um teste.

Ela se lembrou do aviso de Kamadeva: *SEJAM MUITO EDUCADOS.*

Aru sentiu um arrepio na nuca. Havia um motivo para ela se lembrar do nome de Durvasa... para ela estar meio hesitante. Um calafrio percorreu seu corpo. De repente, passou a se sentir do tamanho de uma formiguinha.

Aru acionou a conexão mental Pândava.

A resposta de Brynne foi imediata: *Quê?*

Lembra o sábio que lançou a maldição que fez todos os deuses perderem a imortalidade?, perguntou Aru. *E que foi por isso que reviraram o Oceano de Leite em busca do néctar da imortalidade e todo mundo enlouqueceu e o universo virou um caos?*

Sim, e daí?

Bem, complementou Aru, *acabei de lembrar que é Durvasa. ELE É O SÁBIO RESPONSÁVEL POR ESSA MALDIÇÃO.*

VINTE E TRÊS

Pedras no caminho

O sábio Durvasa os encarou com uma expressão furiosa.

– Pândavas – ele falou num tom irritado.

– Eu... – Aiden começou.

O sábio o interrompeu.

– Eu sei o que estou falando. E sei por que estão aqui. Querem resgatar aquela menina *chata* obcecada por doenças.

Aquela definição era condizente com Mini.

– A que tem uma lista de alergias? – perguntou Aru.

– E o álcool em gel? – acrescentou Brynne.

– E usa óculos? – complementou Aiden.

Durvasa soltou um grunhido de irritação. Ele remexeu em algumas coisas na mesa antes de se levantar.

– Sim.

– Então vai ajudar a gente? – perguntou Aiden.

– É uma coisa importantíssima, senhor – disse Aru, fazendo de tudo para ser educada. – Mini sabe o nome de quem roubou o arco e flecha de Kamadeva. E nós estamos com a canção da alma da ladra.

Brynne mostrou a corrente com o pingente em forma de orbe.

— Juntando tudo isso, podemos salvar os Sem-Coração — continuou Aru. — Então, por favor?

Aru pretendia continuar falando, mas Brynne gritou em sua mente: *NADA DE PARECER FRACA!*

Depois disso, Aru ficou em silêncio. Ainda havia algumas partes da história para contar… Como o fato de que os laços das três com o Outromundo seriam cortados se não conseguissem cumprir a missão, e de que Buu estava preso por crimes que não cometeu. Mas talvez Brynne tivesse razão. Poderia ser melhor se concentrar no que era heroico, não no que era triste.

Por um instante, Durvasa pareceu refletir sobre seu pedido. O olhar dele se tornou distante. Mas logo se recompôs e franziu a testa.

— Não.

Depois, saiu da cabine.

Aru ficou imóvel por um instante, em choque. Mini tinha dito que Durvasa os ajudaria… O que fazer, então?

O sábio foi se afastando, percorrendo a fileira de cabines com janelas de vidro. Aru, Brynne e Aiden o seguiram até chegar a um portão dourado e ornamentado como uma cauda de pavão. Durvasa o abriu com uma chave igualmente adornada e entrou, batendo a grade atrás de si.

— Não podemos fazer nada para convencer você? — gritou Aru. — O senhor gosta de Oreo?

– Que tal lasanha? – sugeriu Brynne. – A minha lasanha é *ótima*!

Durvasa fechou a cara.

– Oreo deixa meus dentes um horror, e eu *detesto* lasanha.

Ele se virou e abriu uma porta do outro lado da grade. A placa vermelha logo acima dizia ACESSO RESTRITO A DIVINDADES. Durvasa entrou sem se despedir.

– Quem é que não gosta de Oreo? – questionou Aru. – É humanamente impossível!

Já Brynne parecia ter acabado de levar um soco no coração.

– Mas a minha lasanha é *ótima*...

Do nada, Aiden deu um gritinho de alegria. Aru fechou a cara para gritar com ele. Por que aquela felicidade toda? A última esperança de ajuda fora dizimada, Mini ainda estava no cativeiro e a ladra ainda estava solta.

E Aiden ali sorrindo. Ele se sentou no chão com as pernas cruzadas e o kit de NECESSIDADES NÃO IDENTIFICADAS no colo. Era o que havia escolhido no Galpão de Materiais para Missões. Aru se perguntou se em algum momento teria a chance de usar seu frasco contendo uma única IDEIA BRILHANTE.

– Vejam só – disse Aiden, mostrando uma chave dourada bem grande. – Isto aqui pode se transformar para caber em qualquer fechadura.

Ele se levantou e a aproximou da fechadura. A chave se transformou na mão dele, assumindo a forma do pavão que ornamentava o portão. Aiden a enfiou na fechadura, e uma luz se irradiou de lá. O portão se abriu com um rangido.

– Muito bem! – disse Brynne, levantando a mão para ele bater. Em um gesto de solidariedade com Mini, Aru ofereceu um cumprimento com o cotovelo.

– Durvasa não deve ter ido muito longe – Aru disse baixinho.

Os três atravessaram o portão e, com certo temor, entraram no recinto de acesso exclusivo às divindades. Mas talvez pudessem fazer isso, porque eram *em parte* divinas e Aiden recebera uma licença especial para acompanhar as Pândavas naquela missão.

Ao contrário da fachada austera, o interior do DMV era gigantesco, parecendo uma galeria cósmica. Mais adiante, o chão brilhava, como se pavimentado com pó de estrelas cadentes. O teto era parecido com o do Bazar Noturno: um céu aberto no qual uma parte era dia e na outra era noite. Quanto mais Aru olhava para o teto, mais detalhes surgiam. Por exemplo, parecia haver uma ponte prateada e estreita ligando o dia e a noite, e se esperasse as nuvens se moverem era possível ver dois palácios grandiosos, um em cada reino. O palácio da metade do céu em que era dia parecia ter as paredes cravejadas de rubis e granadas. O palácio da noite parecia esculpido em safira e pedra da lua.

Por mais inquietante que tudo aquilo parecesse, porém, não era nada em comparação ao que viram na parede logo em frente. Em uma série de mostradores de vidro havia estátuas... que pareciam vivas. Elas se contorciam e sofriam metamorfoses sem sair do lugar, às vezes parecendo figuras humanas e às vezes lembrando asuras e apsaras.

– Que lugar é este? – perguntou Brynne. – Isso é de arrepiar.

Aru se aproximou de uma estátua de uma linda mulher

sentada no chão, aos prantos. Na placa de metal logo abaixo havia o nome SHAKUNTULA.

— Eu conheço essa história — disse Aiden, colocando-se ao seu lado. — Shakuntula estava tão distraída pensando no marido que ignorou o sábio que foi visitá-la. Ele lançou uma maldição desejando que a pessoa em que ela estava pensando a esquecesse.

— Isso é que é... hostilidade — comentou Aru.

— Pelo menos o marido conseguiu se lembrar dela depois. Só esqueci como. Tinha alguma coisa a ver com um peixe.

Ah, sim, claro, pensou Aru. *Nada é mais capaz de evocar o amor verdadeiro do que um peixe.*

A estátua no mostrador ao lado do que estava Shakuntula era só uma pedra. Curiosa, Aru foi ver mais de perto, mas Brynne a segurou pelo pulso.

— Para de olhar essas estátuas! — ela disse. — Precisamos encontrar o Durvasa! Ele pode estar em qualquer lugar.

— *Ele* está bem atrás de vocês.

Os três tiveram um sobressalto, e quando se viraram deram de cara com o sábio. Ele estava parado, com os braços cruzados.

— *Fora*, Pândavas! Não viram a placa dizendo que aqui só podem entrar divindades?

— Nós somos divinas! — rebateu Brynne. — Ou quase.

— Pois é, olha aqui! — disse Aru, brandindo Vajra.

Diante do poderoso sábio, porém, seu raio se encolheu todo e murchou como um fio de macarrão cozido.

— Vajra! — cochichou Aru.

O raio assumiu a forma de bola de pingue-pongue e voou para o bolso.

– Covarde – murmurou Aru.

Vajra lhe deu um choque só de raiva.

Durvasa abriu um sorrisinho.

– Pelo jeito seu pai não se esqueceu da minha força. Afinal, fui eu que puni os deuses. Arranquei a imortalidade deles por me irritarem.

– O que o Senhor Indra fez que foi tão irritante? – perguntou Aru.

– Dei para ele uma guirlanda belíssima. E o que ele fez? Colocou naquele elefante que move as nuvens! A criatura achou que as flores pinicavam demais, e as atirou no chão. Então, como meu presente tinha caído em desgraça, decretei que o mesmo deveria acontecer com os deuses.

Aiden franziu a testa.

– Mas foi o elefante, e não Indra, que…

– *Bah!* Por que me seguiram até aqui, aliás? Eu mandei irem embora.

– A gente só estava… há, admirando a sua pedra – arriscou Aiden. – É… uma bela pedra.

Durvasa soltou um risinho de deboche.

– Não é só *uma* pedra. É *a* pedra.

– *A* pedra? – repetiu Brynne.

– Essa pedra um dia foi a apsara Rambha, famosíssima por sua beleza. Recebeu ordens de perturbar a meditação de um *rishi*, para impedir que ele se tornasse poderoso demais.

Obviamente não conseguiu, já que foi amaldiçoada a permanecer na forma de pedra por dez mil anos.

Dez *mil* anos em forma de pedra? Apenas por cumprir ordens? Aru franziu a testa.

— Não é justo.

Durvasa deu de ombros.

— Justiça é só uma ideia concebida por alguém com poder suficiente para fazer esse tipo de pronunciamento. Já as maldições são bem caprichosas e peculiares.

— Mas a apsara só estava fazendo o trabalho dela — retrucou Aiden.

— Assim como eu — disse Durvasa. — De acordo com os dispositivos legais do Outromundo, não tenho autorização para prestar assistência ou conceder bênçãos para suspeitos de cometer crimes. E vocês duas foram acusadas de roubo — ele explicou, olhando para Brynne e depois para Aru. — E acho que acredito na acusação. Não pensem que não sei *como* vocês conseguiram ser os primeiros da fila. — Durvasa levantou uma sobrancelha.

— A gente não teve escolha — protestou Aru. — A menina falou que o tempo de espera era de três séculos e, pelo que eu vi no calendário da mesa dela, não temos nem três *dias* para evitar que os Sem-Coração continuem assim para sempre.

— Eu odeio como o tempo passa no Outromundo — resmungou Brynne.

— Se vocês são inocentes, então deixem que outros se encarreguem disso — falou Durvasa. — A não ser que exista alguma outra preocupação envolvida.

Alguns segundos se passaram e ninguém disse nada. Durvasa fez uma cara de quem estava esperando uma resposta.

— Espera aí! — Brynne gritou. — Quer dizer, por favor! Certo, tudo bem... Se a gente não conseguir devolver o arco e flecha de Kamadeva para Uloopi, ela vai banir as três do Outromundo. Não vamos mais fazer parte de... não vamos fazer parte de nada.

Aru sentiu um aperto no coração. Assim como Brynne, ela não queria ser expulsa do único lugar onde se sentia importante. Por outro lado, vivia se perguntando se merecia de fato estar no Outromundo, porque seu pai era Sono.

Você nunca teve vocação para heroína.

Aru afastou esse pensamento.

— E a gente não vai ter como consertar uma coisa que deu muito, muito errado — acrescentou Aiden, esfregando o polegar na câmera, que não estava mais em formato de relógio.

Aru não entendeu ao certo o que ele quis dizer com aquilo. Estava falando do rapto de Mini? Não parecia. Mas claramente Aiden não estava levando aquela missão tão a sério só para ganhar uma flecha de Kamadeva. No começo, Aru chegou a pensar que ele quisesse usar uma flecha de amor em alguma menina da escola... mas estava começando a desconfiar que tinha entendido tudo errado.

— Tem um monte de gente desaparecida — disse Aru, pensando não só nos homens que estavam sendo transformados em Sem-Coração, mas também em Mini. — Além disso... é a coisa certa a fazer.

Por Buu... e até mesmo por Uloopi, ela pensou. Uloopi merecia sua joia-coração de volta depois de passar tanto tempo da vida de imortal definhando por causa da traição de Takshaka.

Durvasa se colocou diante deles, impassível como sempre.

– Eu não posso ajudar vocês – ele falou em tom definitivo.

Brynne limpou os olhos e fungou bem alto antes de fechar a cara. Aru entendia como ela se sentia. Não havia nada pior do que a pessoa se abrir com alguém e depois ter sua sinceridade usada contra ela. Era como jogar sal numa ferida.

– Vamos lá, pessoal – disse Brynne, se virando para ir embora.

Aru cerrou os dentes.

– O senhor nunca quis que as coisas acabassem de outro jeito? Ou pensou no que aconteceria se decidisse não seguir todas as regras? Em tudo o que poderia ser diferente?

Durvasa hesitou por um instante. Os ombros se deslocaram para baixo uma fração de centímetro.

– Mesmo assim, não posso ajudar vocês – ele disse, impassível.

Aru se virou para ir embora, mas Durvasa continuou falando:

– Por exemplo, não posso dizer que sua amiga está em sono profundo na Ponte da Alvorada e do Crepúsculo.

Os três detiveram o passo.

– E com certeza não posso revelar que vocês vão ter que encarar uma batalha contra seus pesadelos. – Durvasa começou a examinar as próprias unhas. – E de jeito nenhum vou falar que tudo o que precisam fazer para chegar até ela é ir andando por ali, ou que só o fato de eu estar falando com vocês já é uma garantia de proteção nos reinos celestiais – ele continuou, apontando para o outro lado da sala, na direção de uma porta com os dizeres A PONTE DA ALVORADA E DO CREPÚSCULO. – Ou que devem voltar antes do nascer do sol, caso contrário minha proteção vai se perder.

Aru sorriu.

– Obrigada.

– Não me agradeça – disse Durvasa, fechando a cara. Ele fez um gesto com a mão, e uma poltrona estofada se materializou no meio do recinto. – Vou ver exatamente *um* episódio da série *Planeta Terra* na Netflix. Depois disso, *não* vou estar mais aqui.

Brynne já estava correndo na direção da porta.

– Estão me ouvindo? – Durvasa gritou. – Só vou ver *um* episódio e depois vou embora! *Vou embora!*

Aiden sorriu, acariciando Shadowfax.

– Ninguém nunca documentou os reinos celestiais antes. Isso vai ser *incrível!*

Aru fez cara feia, então ele acrescentou:

– E a gente vai encontrar a Mini!

– E essa coisa de enfrentar nossos pesadelos? – ressaltou Aru.

– Vamos para os reinos celestiais, Aru, não para a terra do pesadelo. Com certeza ele está exagerando.

Aiden seguiu Brynne, mas Aru ficou mais um pouco.

– O que fez o senhor decidir... há, não ajudar a gente? – ela perguntou a Durvasa.

O sábio olhou bem para ela, e nesse momento pareceu muito cansado e bem velho.

– Digamos que existem coisas que eu também gostaria que acabassem de outro jeito. Agora pode ir. *Olho aberto.*

Olho aberto. Era a mesma coisa que Varuni lhe dissera no palácio dela e de Varuna. Mas Aru não tinha tempo para pensar nisso. Brynne e Aiden já haviam atravessado a porta.

Aru a abriu e descobriu que o outro lado era uma imensidão vazia e branca. A ideia de adentrar o nada era intimidadora, para dizer o mínimo. *Faz isso pela Mini*, pensou consigo mesma.

Ela respirou fundo e saltou com os olhos fechados, imaginando que fosse cair. Em vez disso, começou a pairar pelos ares imediatamente, como se estivesse sobre uma prancha flutuante invisível. Aru abriu os olhos e viu que estava ao lado de Brynne e Aiden diante de uma linda mata iluminada pelo luar. Havia uma pequena placa cravada logo à frente:

O BOSQUE DOS SONHOS DE RATRI

Ratri era a deusa da noite. Aru não sabia muito sobre ela a não ser que era irmã de Ushas, a deusa do amanhecer, que trazia os novos dias em uma carruagem puxada por vacas vermelhas.

Um caminho imerso no mais puro breu atravessava o bosque, serpenteando até uma ponte a distância. Era a mesma ponte prateada que Aru avistara ao longe, quando estavam na galeria cósmica. Uma pontada de apreensão a deixou inquieta. Eles não estavam *tecnicamente* nas nuvens, por isso não precisavam de chinelos especiais, mas caminhavam por uma faixa estreita de preto sólido – como se fosse uma passarela de vidro –, que parecia prestes a ceder a qualquer instante.

Como estavam se aproximando de Mini, Aru acionou seu sentido Pândava, tentando contatá-la telepaticamente... mas foi como fazer uma ligação que caía diretamente na caixa de mensagens. Seu sinal não estava chegando até ela.

– Uau – murmurou Aiden, tirando fotografias do lindo cenário.

Aru sentiu vontade de vagar por ali e observar aquelas árvores mais de perto, porém não ousava sair do caminho. Não havia nenhuma placa dizendo NÃO PERTURBE O JARDIM DA DEUSA DA NOITE, mas, para Aru, isso não era necessário. Como fora criada num museu, ela aprendeu que não deveria mexer em objetos raros e incomuns. Inclusive, ela considerava uma obrigação sua gritar *TIRE O DEDINHO!* para os visitantes, e levava essa tarefa muito a sério.

Brynne, no entanto, foi direto na direção das árvores noturnas, de troncos parecidos com espirais de fumaça escura e galhos como se fossem peças de rendas pretas contra o pano de fundo do céu estrelado. Pendurados nos galhos havia frutos ovais com cascas prateadas e reluzentes.

– Aposto que eu conseguiria fazer um *pachadi* delicioso com isso... – comentou Brynne, estendendo a mão para tocar um deles.

– Brynne, não! – gritou Aru.

Assim que os dedos de Brynne o tocaram, o fruto caiu do galho e, ao atingir o chão, começou a ressoar como um sino.

Aru correu até lá e pegou o fruto prateado antes que fizesse ainda mais barulho.

Os três ficaram totalmente imóveis.

Então Aiden soltou um suspiro.

– Essa foi por pouco. Por um momento achei que...

O restante de suas palavras foi abafado por um rosnado grave.

Com movimentos lentos, Aru se virou e viu três cães pretos como a noite caminhando em sua direção, com baba escorrendo das bocas abertas. Os olhos dos animais eram como espelhos redondos, mas, em vez de reflexos, revelavam imagens em movimento. Aru sentiu seu sangue gelar ao ver Sono a provocando... e então uma cena em que quatro irmãs Pândavas se voltavam contra ela. Viu Buu ainda aprisionado, perdendo as penas, porque Aru fracassou em sua missão. Quando os cães chegaram mais perto, ela viu sua mãe fechando a porta do apartamento delas para nunca mais voltar. Aru fechou os olhos com força, tentando evitar os pesadelos.

– Não olhem nos olhos deles! – ela avisou aos demais.

Aru se agachou e procurou alguma coisa no chão. Encontrou um graveto e o arremessou para bem longe. Em seguida, arriscou abrir um olho.

– Há, vão buscar?

Em vez disso, os cães de pesadelo começaram a latir e rosnar.

– Esqueçam o que eu falei! – ela gritou para os outros dois.
– CORRAM!

VINTE E QUATRO

Erros foram cometidos...

Aru, Brynne e Aiden fugiram pelo caminho da noite na direção da ponte prateada.

Logo atrás, ouviam grunhidos e o som de patas galopantes. Brynne mirou a maça de vento nos cães infernais, porém sua rajada poderosa não foi suficiente nem para fazê-los perder velocidade.

— Continuem correndo! — gritou Brynne. — Eu dou um jeito nisso.

Um instante depois, ela estava transformada numa onça azul do tamanho dos cães do inferno. Aru olhou para trás e viu a Brynne-Onça rosnando e mostrando as garras para os cães, mas os três a *atravessaram* com um salto. Brynne se transformou numa águia e voou diretamente para onde estavam Aru e Aiden.

— Esqueçam o que eu disse! — grasnou a Brynne-Ave. — Eu *não* tenho como dar um jeito nisso!

Aru arremessou Vajra no formato de rede, que passou pelos cães sem capturá-los e logo estava de novo em sua mão.

– Eles são pesadelos! – disse Aiden, ofegante. – Não são reais!

Aru estremeceu ao pensar nos dentes compridos dos cachorros e nas visões terríveis que revelavam com os olhos.

– Bom, eu é que não vou testar essa teoria.

O tempo começou a passar mais devagar, e Aru sentiu que eles estavam *mesmo* presos num pesadelo. Por mais que se esforçassem para chegar à Ponte da Alvorada e do Crepúsculo, a passagem parecia cada vez mais distante. A única coisa que mudara na paisagem do bosque eram as árvores noturnas. Estavam mais grossas, se acumulando no caminho diante deles, até transformá-lo numa mata cerrada e cheia de sombras.

Brynne saltou para trás de um dos troncos mais grossos, puxando Aru e Aiden consigo. Os cães diminuíram o passo… e começaram a farejar o chão.

– Não vamos conseguir nem chegar à ponte! – Brynne murmurou. – E o que eles vão fazer quando encontrarem a gente?

Aiden pediu silêncio. Os três ficaram bem juntos um do outro. O som do farejar se tornou cada vez mais alto… e então parou. Brynne se transformou numa cobra azul e subiu pelo tronco da árvore para ver melhor.

– Eles foram embora! – ela informou quando retomou a forma humana.

– Você já experimentou fazer isso num zoológico? – Aru perguntou. – Tipo, sair de trás do vidro e assustar as criancinhas?

Brynne cruzou os braços.

– Não, porque eu não sou uma troll.

– Isso não é ser troll. É ser *gênio*.

Aiden espichou a cabeça para fora da proteção do tronco.
– Então, para onde será que foram aqueles cachorros?
Brynne deu de ombros.
– Vai saber... Mas eu é que não vou querer ver um desses, nem aqueles olhos, de novo.
– Eu também não – disse Aru. – Parecia que eles sabiam de tudo.

Como tinham parado de correr, Aru pôde perceber que ainda estava segurando o fruto prateado. Movida pela curiosidade, levantou-o até o rosto e respirou fundo. Ela nunca tinha sentido nada parecido ao cheirar uma fruta... O que se desprendia daquela coisa não era um aroma, e, sim, uma sensação. Era como estar no limiar de alguma coisa. Um chocolate quente prestes a ficar frio. Um bom livro quase no fim. A obrigação de acordar que sempre acabava interrompendo um cochilo. Era algo que a deixava feliz e triste ao mesmo tempo. Ela se deixou levar pela sensação.

– Pessoal, por acaso vocês...? – Aru se interrompeu.
Desde quando estava tudo assim em silêncio?
– Pessoal...?
Aru se virou e deu um passo para trás. Brynne e Aiden estavam no chão, encolhidos. Havia um cão de pesadelo ao lado de cada um, encarando-os com olhos que àquela altura tinham assumido o tamanho de telas de televisão.

O fruto caiu da mão de Aru quando ela correu até Brynne e começou a puxá-la pelo braço.
– Brynne! Levanta! – gritou.

Aru tentou afastar os cães, mas seus braços simplesmente atravessavam o corpo deles. Brynne estava com os olhos fechados com força, mas, nos globos oculares da criatura mais próxima, Aru viu a imagem de uma linda universitária e uma mulher de meia-idade furiosa. A garota, que Aru reconheceu como uma versão mais velha de Brynne, mostrou o álbum de fotos.

– O que é isso? – perguntou a mulher.

– Mãe... – começou Brynne.

A mãe dela grunhiu, esfregando as têmporas.

– Não me chama assim!

– Desculpa, Anila – disse Brynne, com os olhos marejados. – Só pensei que quisesse ver...

– Se eu estivesse interessada na sua vida, teria ficado.

Na visão, Brynne baixou a cabeça. Os ombros dela despencaram. Aru sacudiu a verdadeira Brynne.

– É um pesadelo, Brynne!

Mas era como se Brynne estivesse num sono profundo e não conseguisse ouvi-la. Aru soltou o braço dela e correu até Aiden. Ele estava cobrindo o rosto com as mãos, rolando de um lado para o outro.

– Ei! Sai dessa! – Aru exclamou, passando a mão na frente da cara dele.

Mas ele também estava em transe.

O pesadelo de Aiden se desenrolava como um filme nos olhos do cão. A sra. Acharya estava chorando.

– Se você não tivesse nascido, talvez ele ainda me amasse. Você estragou tudo.

– Não chora, mãe. Por favor, não chora. Eu posso dar um jeito nisso – disse Aiden, estendendo a mão para ela. – Vou conseguir uma flecha de Kamadeva. Depois tudo vai voltar ao normal, eu prometo. Mãe?

Ela começou a sumir.

– Aiden? – chamou Aru.

Mas ele não respondeu. Simplesmente fechou os olhos com mais força quando um novo pesadelo surgiu.

Aru sentiu uma sombra gelada atrás de si e ficou paralisada. Logo atrás, o rosnado do terceiro cão a fez estremecer, mas ela aguentou firme, se recusando a olhar. Vajra brilhou com força em seu bolso, mas não havia nada que o relâmpago pudesse fazer. Ela não tinha como fulminar um pesadelo. Seria como tentar dar um soco no medo. Era impossível.

O cão se aproximou. A cada passo que ele dava, Aru sentia seus pesadelos roçando sua nuca, como um monstro que saía de baixo da cama.

A voz de Sono a provocou: *Você nunca teve vocação para heroína.*

Quando ela piscou, viu a imagem que sempre a atormentava em seus pesadelos: suas irmãs Pândavas alinhadas para enfrentá-la, com os rostos contorcidos de raiva. Naquele momento, aquilo ganhou contornos de profecia. Por mais que tentasse ser uma heroína, alguma coisa dentro de si sempre a faria fracassar. Era por isso que não conseguira derrotar Sono. Era por isso que Buu estava enjaulado, vendo a esperança que depositava nela minguar cada vez mais.

A voz de Sono continuava murmurando, sinistra e terrível...
Você é uma embusteira, Aru Shah.
Igualzinha a sua mãe.
Aru sentiu vontade de desaparecer. Seu coração era como uma ferida aberta. Ela sabia que não podia olhar para o cão do inferno, mas era difícil resistir. Alguma coisa naquela voz de pesadelo parecia prometer que, caso se recusasse a se virar, não saberia se as visões eram reais ou não.

Mas Aru não queria acabar como Brynne e Aiden. Em vez disso, voltou os olhos para o chão, onde alguma coisa brilhante chamou sua atenção. O fruto prateado estava caído perto de seus pés. Infelizmente, a casca prateada funcionou como um espelho, onde viu...

Não o cão de pesadelo.

Não, era um cachorro branco e fofo, da raça que ela sempre quis ter, a dos cães das montanhas dos Pireneus. Estava com a respiração pesada, e então se deitou no chão com um grunhido.

A voz de Sono se transformou num eco no fundo da sua mente, algo que ela estava acostumada a ignorar...

– Cachorrinho? – ela chamou.

No reflexo do fruto, o animal se levantou e abanou o rabo. Quando arriscou uma espiadela para trás, ainda o viu naquela forma gigantesca e feroz. Como poderia aparecer com uma imagem refletida tão diferente? Ela voltou a olhar para o fruto, e foi quando teve uma ideia...

Ela não tinha como golpear um pesadelo, mas poderia encerrá-lo simplesmente acordando. Pouco antes de entrar naquele coma bizarro, Aiden dissera que eles não eram reais. E estava certo.

Aru não conseguiria combater o medo se o ignorasse. Precisava encará-lo de frente.

Com um gesto lento, Aru se virou. O rosnado do cão ficou mais alto. Aru levantou os olhos do fruto no chão e viu quatro patas escuras e impacientes remexendo a terra. No fundo de sua mente, o ruído dos pesadelos foi ficando cada vez mais alto, gritando que ela não era boa o bastante, e que *jamais* seria...

Mas ela se esforçou para resistir aos pensamentos dolorosos que gritavam ao seu redor.

As palavras do sábio Durvasa lhe vieram à mente: *Olho aberto...*

– Tudo bem – ela falou, erguendo a cabeça para encarar o cão. – Estou olhando.

O cão de pesadelo começou a ganir baixinho.

– E estou vendo o que você é de verdade – disse Aru.

O animou se abaixou, deitou a cabeça sobre as patas e piscou algumas vezes.

– Você não é um pesadelo – exclamou Aru, elevando seu tom de voz.

O cão ficou de barriga para cima, abanando o rabo.

– É um cachorro fofo.

Um segundo depois, foi exatamente nisso que ele se transformou. No lugar do cão de pesadelo havia um cachorro branco, peludo e com uma cara meio de bobão. Tinha manchas escuras em torno dos olhos e um rabo que parecia um espanador.

– Acorde os dois – disse Aru num tom imperativo.

Ela cruzou os braços, apesar de sua vontade quase irresistível de abraçar aquele cachorro e levá-lo para casa.

Como um animal de estimação obediente, o cachorro foi correndo até Brynne e Aiden e começou a lamber o rosto deles. Os outros cães de pesadelo se dissolveram no ar. Aiden e Brynne acordaram e olharam para o bicho postado diante deles.

– Por acaso esse cachorro já estava com a gente? – perguntou Brynne.

Aru sentiu um tremendo alívio ao ouvir a voz dela, que quase fez desaparecer o eco das palavras do Sono-Pesadelo de sua mente.

– Não! – Aru fez carinho na cabeça do cachorro, dizendo em seguida com uma voz alegre e fininha: – Oi, ex-monstrinho. Você agora é o monstrinho mais *fofo* do mundo!

O cachorro começou a abanar o rabo com movimentos circulares. Brynne estendeu a mão para acariciá-lo no queixo, e o animal soltou um suspiro de contentamento.

– Aru, você sabe que não pode ficar com ele, né? – disse Aiden. – Ele pode se transformar de volta.

– Você não é minha mãe – retrucou Aru, fazendo carinho nas orelhas macias do cão de sonho. – Não pode me dizer o que fazer.

– Mas *eu* posso – disse uma voz toda melódica.

O ar ganhou um brilho repentino, e a deusa Ratri se materializou diante deles. Usava um salwar kameez que parecia da cor de um fim de tarde que começava a se transformar em noite. A pele escura era salpicada de estrelas. Os cabelos eram nuvenzinhas de fumaça escura nas pontas, mas em torno da testa brilhavam como uma coroa de constelações.

Imediatamente, Brynne, Aiden e Aru juntaram as mãos e fizeram uma mesura. O cachorro estendeu as patas da frente e se agachou também.

– Libertar-se dos próprios demônios exige uma habilidade considerável – comentou Ratri.

Brynne ficou vermelha.

– Desculpa ter arrancado uma das suas maçãs de prata.

Ratri riu baixinho antes de pegar o fruto do chão.

– Não é uma maçã. É uma Fruta Sonho.

– Então dá para comer uma e ter sonhos bons? – questionou Aiden, olhando-a com cobiça.

– Não exatamente – respondeu Ratri, sem se apressar.

Ela se ajoelhou no chão e cavou um pequeno buraco na terra, o que inspirou o cachorro branco a fazer o mesmo. Com as mãos de alguma forma ainda limpas, Ratri posicionou o fruto dentro da abertura e em seguida cobriu com terra.

– Ela mostra coisas que as pessoas geralmente não conseguem ver. Esse é um dos propósitos dos sonhos: ajudar a ver as coisas de forma diferente. Às vezes inclusive de uma forma mais verdadeira.

Ao dizer isso, ela voltou os olhos para Aru.

– Os sonhos conectam as pessoas – complementou Ratri, ficando de pé.

– Espera aí... Foi você que colocou a Mini nos nossos sonhos? – perguntou Brynne.

Ratri sorriu e prendeu uma mecha de cabelos atrás da orelha.

– Talvez – ela respondeu num tom gentil. – Tento ser sutil na minha forma de oferecer ajuda... Ao contrário da minha querida irmã, que faz as coisas de um jeito um tanto mais óbvio.

Ela apontou para a ponte que conduzia ao reluzente Palácio do Dia. Do local onde estavam, a distância a percorrer era a do comprimento de um corredor de supermercado, mas, no Outromundo, o que parecia distante poderia estar próximo e o que parecia próximo poderia estar bem distante.

O cachorro de sonho latiu.

– Por que está ajudando a gente? – Aru quis saber.

Ratri baixou a cabeça.

– Faço isso não por vocês, mas pela memória de uma antiga amizade que se perdeu no caminho... Minha esperança, Pândavas, é que vocês mantenham os olhos abertos. Lembrem-se, sob uma luz algo pode parecer monstruoso, mas sob outra talvez não seja tão terrível no fim das contas.

Uma antiga amizade que se perdeu no caminho? Ela estaria falando de Buu? Mas ele vinha tentando compensar os erros do passado sendo professor delas.

– Podem ir – disse Ratri, apontando para a ponte. – Minha irmã acordará em breve, e a proteção de seu sábio desaparecerá.

Brynne e Aiden fizeram outra mesura antes de partirem para a ponte. Aru ficou um pouco mais... O cachorro de sonho inclinou a cabeça para o lado, como se perguntasse se seria chamado para ir também.

– Eu já vi seus pesadelos, Aru Shah – disse Ratri.

Aru teve um sobressalto.

– Quê?

– Afinal, são cultivados nas minhas terras – falou Ratri, apontando para a vasta extensão de seu domínio. – As sementes deles são plantadas em momentos de dúvida, regadas com o sofrimento das lágrimas não derramadas e nutridas pelos fantasmas dos caminhos não percorridos. Mas nem por isso se tornam verdade.

Aru sentiu como se um peso enorme tivesse sido removido de seu peito. Não que algum dia fosse conseguir se sentir *tranquila* em relação a tudo o que acontecera com Sono, mas pelo menos seus medos não necessariamente se concretizariam.

Ratri acariciou a cabeça do cão.

– Acho que ele gostou de você. Talvez possa proteger seus sonhos dos pesadelos, filha dos deuses.

Durante anos, a mãe de Aru falou que sua vontade de ter um cachorro teria que ficar restrita ao mundo dos sonhos. Agora isso não lhe parecia tão ruim assim.

– Tchau, amigão – ela falou, e se virou para sair correndo atrás de Brynne e Aiden.

– Mais uma coisa, Pândavas! – gritou Ratri. – Cuidado com as vacas vermelhas, pois quando elas atravessarem a Ponte da Alvorada e do Crepúsculo vocês ficarão presos aqui para sempre.

VINTE E CINCO

E lá vêm as vacas ferozes

Entre as coisas que Aru considerava assustadoras estavam as seguintes:

1. Pacotes contendo apenas jujubas amarelas.
2. Borboletas. (Mini dissera que tinham línguas enroladas e fininhas esquisitíssimas… Aquilo não parecia certo.)
3. Manequins de loja. (Por motivos óbvios.)

No topo da lista das coisas que Aru *não* considerava assustadoras estavam as vacas. Em primeiro lugar, porque eram muito fofas. Em segundo, porque não tinham nada de assustadoras. Em terceiro, porque o animal de onde vinha o sorvete só podia ser um bicho formidável.

Mas isso foi antes de Aru ver as vacas de Ushas.

Os três finalmente tinham chegado à Ponte da Alvorada e do Crepúsculo. A distância, parecia uma passagenzinha estreita e prateada por causa da iluminação. Mas, depois que se aproximaram, viram que a ponte era feita com o mármore encantado do céu: nuvens reforçadas com tempestade. Aru torceu para que seu estômago não se revirasse. Ela se perguntou se algum dia se acostumaria com a vertigem que sentia ao andar milhares de metros acima da superfície da terra sobre uma superfície que não passava de um fino aglomerado de vapor d'água.

Bem lá embaixo ficava o Bazar Noturno. Mesmo de onde estavam, Aru conseguia ver a enorme lótus azul onde Urvashi as ensinara a dançar. Também era possível distinguir a floresta de pássaros *chakoras* onde Hanuman dava aulas de estratégia. Pairando sobre as árvores estava a bolha de vidro onde Buu fazia suas palestras expositivas. Estava vazia. *Nós vamos libertar você*, prometeu Aru de forma silenciosa. *Eu juro.*

No centro da ponte, havia um véu reluzente. E, logo do outro lado, uma sombra familiar capturou o olhar de Aru.

– MINI! – ela gritou, empolgada.

Mini não respondeu.

Eles começaram a correr mais depressa. Aru ficou alerta ao se aproximarem do véu. Já havia aprendido a ter mais cautela com objetos que pareciam comuns. Meio que estava esperando que o tecido revelasse sua verdadeira forma como quem diz: *Surpresa! Na verdade sou um muro de tijolos!* Mas, por sorte, permaneceu imóvel. Aru o afastou com um gesto suave.

– Viva! – gritou Brynne.

Mini estava suspensa no ar, flutuando à altura dos olhos deles. Aru se sentiu como se o sol tivesse começado a brilhar dentro de si. Sua melhor amiga estava a salvo! Mini estava deitada de lado, encolhida, em sono profundo. Mas a melhor parte era que Mini – a filha do deus da morte, que, além de empunhar o temido Danda da Morte, era capaz de conversar com caveiras – estava chupando o dedão.

Aiden imediatamente tirou uma foto.

– Aiden! – gritou Brynne. – Como assim?

– Pois é! – reforçou Aru. – E a gente?

– Foi mal.

Aru se colocou na frente da câmera e fez chifrinhos com os dedos atrás da cabeça de Mini. Brynne se abaixou e fingiu que a estava carregando. Aiden tirou outra foto.

– Ela vai matar a gente – comentou Aiden.

– Que tal uma selfie com todo mundo junto? – sugeriu Aru.

Brynne caiu na risada, e Aiden fez uma careta de desgosto.

– Eu *não* tiro selfies.

– Metido – disse Aru.

– Troll – rebateu Aiden.

Depois de terem passado pelo véu, era possível ver com clareza o Palácio do Dia do outro lado da ponte. Ushas, a deusa do amanhecer e irmã de Ratri, vivia lá. Ushas tinha a obrigação de arrastar o sol de seu reino para o restante do mundo, e o palácio era tão brilhante que ficava difícil ver os detalhes. Em um ponto ou outro, Aru conseguiu distinguir as torres douradas.

E aquele portão gigantesco estaria se levantando? O que eram aquelas coisas vermelhas em movimento?

Uma luz intensa – o tipo de brilho da manhã tão forte que até ofusca os olhos – se espalhou pela ponte. Mas não demorou muito para ela ver dezenas de silhuetas vermelhas do tamanho de casas, com chifres afiados e assustadores de ouro fundido, vindo na direção deles.

– Se a Mini for matar a gente, vai ter a concorrência dessas vacas – comentou Brynne.

– Essas coisas *não* são vacas! – gritou Aru. – São megaimensas!

– Dã, e precisam ser, se o trabalho delas é arrastar o sol pelo céu – retrucou Brynne. – E o sol nem apareceu ainda...

– Você acha que ela deixa o sol guardado na garagem? – perguntou Aiden, pensativo.

– Certo, então as vacas de Ushas são oficialmente um caso sério – disse Aru. – Mini, ACORDA! A gente precisa ir! Eu é que não quero sofrer um atropelamento bovino.

Brynne puxou Mini pelo braço, mas ela continuava em sono profundo.

– É como se ela fosse incapaz de despertar – comentou Brynne.

– Ela está na terra adormecida... não vai ser fácil acordar, não – disse Aiden.

– Durvasa não deveria ter contado pra gente o que fazer? Um *sábio* não é alguém que dá conselhos?

– Ei, ele ajudou a gente a chegar até aqui, né? – respondeu Aiden, andando ao redor de Mini e analisando a situação.

– Humm. E também acho que não dá pra simplesmente puxar ela para o chão.

– Tem água aí? – perguntou Aru.

– Não – disse Brynne. Ela ergueu a maça de vento. – Vamos tentar uma brisinha.

Brynne apontou a maça e disse:

– *Gali*.

Foi como se Brynne tivesse ligado um secador de cabelo bem ao lado da cabeça dela. Até Aiden levou um susto. Os cabelos de Mini revoaram loucamente, mas ela simplesmente os segurou, resmungando:

– Não, eu não quero ser fada... – Ela suspirou antes de completar: – Tenho medo de altura.

– Certo, vamos tentar outra técnica – disse Aru, com Vajra na mão.

Ela aproximou com cuidado o relâmpago da mão de Mini.

– Eu vou contar pra Mini que você tentou eletrocutar ela – disse Aiden.

– *Shh!*

Vajra encostou em Mini, que deu uma risadinha e voltou a chupar o dedão.

As vacas começaram a mugir. Houve um tempo em que Aru considerava esse som uma coisa suave e relaxante. Mas, quando as vacas eram do tamanho de um tiranossauro rex, seus mugidos se tornavam uma emissão supersônica, apesar de ainda estarem a mais de cem metros de distância. Aru cambaleou e quase perdeu o equilíbrio em cima da ponte. Ela olhou por cima do ombro. Uma das vacas estava começando a esfregar a pata no chão como se fosse atacar.

Foi quando ouviram um som ainda mais perturbador: uma risadinha bem aguda.

– BOM DIA, MUNDO!

O rebanho se abriu para dar passagem a Ushas. Enquanto passava pelas vacas, ela acariciou a cabeça de cada uma. A deusa usava uma túnica dourada felpuda e chinelos da mesma cor. Chamas de um laranja vivo dançavam por seus cabelos escuros, criando mechas interessantíssimas. Para Aru, a deusa de pele rosada parecia uma adolescente riquinha que havia tomado sol demais.

Ushas estalou os dedos e duas ajudantes saíram com uma carruagem feita de ouro puro. Elas começaram a atrelar as vacas, ajeitando os arreios e verificando os cascos de cada uma.

– Ei! – gritou Aiden, agitando os braços de forma frenética. – Você pode dar mais um minutinho pra gente?

Mas Ushas não o ouviu. Uma música bem alta começou a tocar em algum lugar nas nuvens, um remix de "Here Comes the Sun", dos Beatles. Ushas começou a cantar junto. As vacas mugiram com mais força. Mini começou a mexer o pé no ritmo da música.

– Certo, certo. Se concentra, Shah! – disse Aru, inquieta. – Então a Mini claramente está ouvindo tudo.

– Vai ver ela não está acordando porque acha que nada disso é real – especulou Brynne. – E se a gente desse um jeito de fazer com que ela *queira* acordar? Podemos gritar algumas das coisas favoritas dela.

– Isso pode dar certo!

– Tem alguém famoso por quem ela seja apaixonada? – questionou Brynne. – Olha, Mini! A Dominique Crenn tá bem atrás de você!

– Quem...? – perguntou Aru.

– Ela é uma chef de cozinha! – explicou Brynne.

Mini franziu ainda mais a testa.

– Não consigo pensar em ninguém – disse Aru.

As vacas já estavam todas alinhadas, prontas para partir. Ushas assumiu seu posto de condutora da carruagem.

Aiden levou as mãos à cabeça.

– Tem como dar um susto na Mini pra ela acordar?

Isso *podia* dar certo...

A ponte começou a vibrar e estremecer sob os pés deles. Uma esfera de luz branca e quente saiu pelo portão e apareceram chamas nas pontas dos chifres das vacas. O calor era tanto que Aru precisou desviar os olhos.

– É o sol! – disse Brynne, arregalando os olhos. – Mini, acorda. Os monstros estão vindo!

Mini simplesmente bufou e murmurou:

– Eu sou a filha do deus da morte, e quero bolo.

– Mini não tem medo de monstros – disse Aru.

– Então tem medo do quê? – Brynne quis saber.

Aiden estalou os dedos. Ele foi até Mini e disse:

– Então, Mini, você está presa num banheiro público.

Mini começou a gemer.

– E não tem sabão!

Aru fez sinal de positivo para Aiden, e então complementou:

– Ah, não, o que aconteceu com todo o álcool em gel do mundo? Foi tudo... destruído! Num incêndio enorme. Estamos sem nenhum produto bactericida. Para sempre.

Mini se debateu e se virou. Aru viu as pálpebras dela começarem a se mover. Estava funcionando.

– Alguém espirrou na mão e veio cumprimentar você – disse Brynne.

– Nãããão! – gemeu Mini.

A ponte estremeceu ainda mais violentamente quando as vacas começaram a bater os pés, impacientes. Ushas colocou os óculos escuros e um fone de ouvido enorme. Em seguida, começou a fingir que estava tocando bateria com as rédeas.

É agora ou nunca, pensou Aru. Ela aproximou a mão em concha da orelha de Mini e murmurou aquilo que sua irmã de alma mais odiava ouvir quando alguma coisa comestível caía no chão:

– *Regra dos cinco segundos* – disse Aru.

Mini despertou de forma repentina, gritando:

– NÃO!

Ela imediatamente caiu de bunda no chão.

– Eba! – exclamou Aru. – Você voltou!

– Q-quê? – Mini perguntou, bocejando. Em seguida, os olhos dela se abriram de vez. – Vocês conseguiram! Me resgataram!

Ela tentou ficar de pé, mas não conseguiu se equilibrar e esfregou as têmporas.

– Estou me sentindo tão... esgotada. – Ela soltou um grunhido. – Aquelas mulheres nagas. As três roubaram minha energia enquanto eu dormia.

– Pode deixar comigo – disse Brynne, toda gentil.

Ela pegou Mini no colo, como se fosse uma pena. Mini agradeceu com um sorriso fraco, mas em seguida arregalou os olhos.

– Há... pessoal? Vocês sabiam que tem vacas vindo na nossa direção?

– Infelizmente sim – respondeu Aiden.

– Pois é, falando nisso... – continuou Brynne. – A gente precisa sair daqui. Pra ontem. Durvasa falou que a gente tinha que estar de volta antes do nascer do sol.

Aru nem se deu ao trabalho de olhar para trás. Já sabia o que veria, porque estava sentindo o calor cada vez mais forte. Sob seus pés, a ponte estreita começou a desaparecer, derretendo sob os raios do sol.

– Vou na frente para segurar a porta do DMV aberta – avisou Brynne, colocando Mini no chão e a escorando em Aiden. – Aru, você pode se encarregar desse pessoal?

– Posso.

Com um clarão de luz azul, Brynne se transformou num gavião. Ela soltou um grasnado, inclinou a cabeça e decolou. Aru jogou Vajra no chão e o transformou numa prancha flutuante bem larga.

– Todos a bordo! – ela gritou.

Aiden ajudou Mini a se sentar na prancha. Aru arriscou

uma olhada para trás e viu que as vacas vermelhas estavam chegando mais perto. Deviam estar a pouco mais de vinte metros. Os cascos dourados castigavam a superfície da ponte. Na carruagem, Ushas ainda fingia tocar bateria, dessa vez ouvindo "Good Day Sunshine". Aru desconfiava que, por trás dos óculos, ela estivesse de olhos fechados.

Mini se agarrou às laterais da prancha, mas pareceu mais pálida e fraca só de fazer isso.

– Parece que eu não durmo há anos – ela comentou, com sofrimento perceptível. – E também posso estar sofrendo de hipoglicemia. Ainda estou tão cansada...

– Não se preocupa. Você só precisa comer alguma coisa – disse Aiden, dando um tapinha nas costas dela. – A gente resolve isso assim que estiver de volta ao DMV.

– Estão prontos? – perguntou Aru, assumindo seu lugar na frente. – Se segurem firme.

O relâmpago se ergueu e saiu voando sobre a superfície da ponte, na direção de onde tinham vindo. Mais atrás, Ushas soltou um grito bem alto:

– Eia!

As vacas saíram em galope, puxando atrás de si a carruagem e o sol. O vento soprava forte contra o rosto de Aru. Pequenos raios de eletricidade contornavam a parte de cima de seus tênis e a região dos tornozelos, mantendo-a presa à prancha enquanto voavam rumo ao Bosque de Ratri.

– Uh-hu! – ela gritou.

Nesse momento, porém, sentiu uma mão pesada bater em

seu ombro. Aru quase perdeu o equilíbrio ao virar a cabeça. Aiden segurava Mini com um dos braços. Com a outra mão chamava Aru.

– Vai devagar – ele gritou. – Ela está bem fraca.

De fato, Mini parecia zonza. Estava tombada para o lado, mesmo amparada por Aiden.

Aru experimentou a sensação de ver uma coisa antes que acontecesse. Num momento, Mini estava ali sentada. No instante seguinte...

Ela caiu.

Aiden não conseguiu segurá-la. Ele se jogou para a frente, enquanto Aru conseguiu segurar Mini por pouco antes que ela despencasse pelos ares. Imediatamente, Vajra prendeu Mini com tiras de eletricidade em torno dos tornozelos, porém o mergulho de Aru tinha sido repentino demais, e a prancha flutuante tombou...

...lançando Aiden diretamente na direção do rebanho de vacas ferozes.

VINTE E SEIS

As vacas são oficialmente um caso sério

Aru e Mini deram um berro.

– Não estou vendo o Aiden em lugar nenhum! – gritou Mini.

Aru tinha conduzido Vajra até onde estavam as vacas. O rebanho, porém, se movia tão depressa que parecia um mero borrão escarlate. Além disso, o calor intenso do sol estava se tornando insuportável. O feitiço de proteção do sábio estava perdendo o efeito.

– Será que ele... – começou Mini.

– Não! – Aru a interrompeu de forma abrupta.

Talvez fosse bobagem, mas Aru achava que conseguiria *sentir* se Aiden tivesse... morrido.

Elas não podiam ficar mais ali. Logo à frente, a ponte estava começando a desaparecer. A luz prateada do luar se dissipava no horizonte à medida que o sol se aproximava. Se não fossem embora naquele instante, as duas ficariam presas entre a alvorada e o crepúsculo.

– A Brynne pode encontrar o Aiden – disse Aru, pensando depressa. – Ela tem olho de ave de rapina.

Mas Brynne tinha ido na frente e sequer sabia que Aiden estava em perigo. Ela precisava ser avisada imediatamente.

Aru usou toda sua concentração para impelir Vajra adiante. A prancha flutuante chegou ao Bosque de Ratri e parou logo em frente às copas densas das árvores noturnas. Aru e Mini caíram de cara na grama.

– Há! – exclamou uma voz acima delas. – Agora é oficial. Eu sou *mesmo* mais rápida que um raio.

Ainda na forma de gavião, Brynne olhou para as duas do galho onde estava pousada.

– *Bum!* – ela gritou. – Mais um prêmio para a minha galeria de troféus.

A eletricidade começou a percorrer a prancha flutuante, como se Vajra tivesse se ofendido seriamente com aquela afirmação. Em seguida, deu um choque bem forte em Aru, porque se aquilo aconteceu só poderia ter sido culpa dela.

Mas não havia tempo para discutir.

– Aiden caiu no meio das vacas lá atrás! – avisou Aru, apontando por cima do ombro.

– Ele estava tentando me salvar – acrescentou Mini. – Você precisa ir atrás dele! Só que a gente não sabe onde ele está…

Brynne se limitou a apontar com a asa.

– Estão falando *daquele* Aiden?

Aru se virou. No fim, Aiden não estava morto. Estava bem. Na verdade, mais do que bem. Com óculos escuros na cara, ele vinha montado numa vaca vermelha gigante. Logo atrás estava Ushas, com um sorriso tão radiante que Aru não conseguiu olhar por muito tempo. Aiden acenou, e em seguida pegou um celular dourado tão brilhante que só poderia pertencer à deusa da alvorada.

– Ele está...? – Mini começou a perguntar.

– Está, sim – confirmou Brynne.

O *fotógrafo artístico* Aiden Acharya estava tirando uma selfie.

Alguns segundos depois, Aiden saltou de cima da vaca vermelha e rolou pela grama. Ushas fez uma pausa só pelo tempo suficiente para dizer:

– Eu sou *muito* fã da sua mãe! Ficava praticando os passos de dança dela enquanto trabalhava, só que um dia quase incinerei o mundo. Enfim. – A deusa jogou os cabelos para trás. – Mal posso esperar para postar a nossa foto! – Depois de dizer isso, ela fez um aceno de despedida e gritou: – Eia!

As vacas passaram zunindo por eles, carregando o sol flamejante consigo. Aiden se levantou meio cambaleante, mas com um sorriso.

– O que aconteceu com o lance de "não tiro selfies porque sou artista" ou sei lá o quê? – Aru questionou, franzindo a testa.

– Abri uma exceção, considerando que praticamente fiz o dia amanhecer hoje – ele respondeu, fazendo uma mesura.

Aru levantou uma sobrancelha.

– Você caiu em cima de uma vaca.

– Eu *montei* numa vaca...

– Mas primeiro caiu. Eu vi, e estava quase resgatando você,

mas Ushas chegou primeiro – falou Brynne. – Lembra? Você se encolheu todo...

Aiden enfiou os dedos nas orelhas.

– Não estou ouvindo! Os raios do sol queimaram toda a sua negatividade!

– Deixa ele curtir – Mini murmurou para Aru e Brynne.

Aru podia ter soltado um grunhido, mas por dentro não era assim que se sentia. Porque, apesar de estar com os cabelos meio chamuscados por chegar perto demais das vacas vermelhas de Ushas e de seu cérebro estar pensando em um milhão de coisas ao mesmo tempo, *aquilo* era o que ela mais queria. Os quatro estavam juntos de novo. Mini obrigando todos a passar protetor solar. Brynne perguntando o que iriam comer. Aiden guiando o caminho até a saída e ajudando Mini, que ainda estava fraca, a atravessar a porta. Com certeza eram um grupo bem estranho, mas a princípio quem diria que cookies ficavam bons quando molhados no leite? Ou que macarrão combinava tão bem com queijo? Às vezes, as coisas simplesmente se encaixavam. Eles eram um desses casos.

Assim que deixaram o Bosque de Ratri para trás, a realidade voltou a se impor na mente de todos. Eles estavam com a canção da ladra, e tinham resgatado Mini, mas ainda restava muito o que fazer em apenas três dias... O sol já estava começando a percorrer sua trilha pelo mundo.

O sábio Durvasa estava à espera na galeria cósmica, levitando acima do chão enquanto escrevia no ar.

– Conseguimos! – disse Aru, triunfante, empurrando Mini para provar o que estava dizendo.

Em um gesto nada vigoroso, Mini juntou as mãos para saudá-lo.

— E estão querendo o que agora? Meus parabéns? — Durvasa sequer olhou na direção deles.

Os ombros de Aru despencaram.

— Não. Mas que tal um pouquinho mais de ajuda?

— Eu não ajudei vocês. Isso seria contra as regras.

— Certo, então que tal um pouco mais da sua não ajuda? — perguntou Brynne. — E comida.

— Ou um cochilo — disse Mini, mas então a expressão dela se iluminou. — Espera aí! Acho que tenho um na minha mochila! Lá do galpão.

Aru, que estava com a mochila de Mini, colocou-a no chão e abriu o zíper. De fato, havia uma barrinha com o rótulo CO-CHILO REPARADOR no fundo da bolsa. Parecia um chocolate. Aru rasgou a embalagem e passou o doce para Mini, que o devorou em duas mordidas. Imediatamente, a palidez sumiu do rosto dela, e os olhos se tornaram mais alertas.

— Bem melhor — ela disse, batendo na barriga.

O estômago de Brynne roncou alto, e ela ficou olhando um tempão para a mochila de Mini.

— Então... — disse Aiden. — E aquela *não* ajuda?

Mas o sábio não respondeu. Em vez disso, continuou escrevendo maldições sobre mesquinharias, refletindo em voz alta.

— Aquela menina diabólica cortou o vestido da outra... Como dar o troco?

Aru pigarreou, tentando atrair a atenção do mago

concentradíssimo. Ao que parecia, a única maneira de conversar com Durvasa era falando sobre as coisas que *ele* queria.

– E se fosse amaldiçoada com etiquetas que dão muita coceira e impossíveis de tirar sem estragar as roupas?

Durvasa fez uma breve pausa, então assentiu com a cabeça.

– Bem amadorístico... mas serve. E o que fazer com uma pessoa que pôs minhocas no espaguete de outra para pregar uma peça?

Brynne ficou perplexa.

– O que essa pessoa *acharia* se a comida dela estivesse sempre quente demais ou fria demais? Eu detesto.

Durvasa sorriu.

– Acho que não vai gostar nada disso... E qual maldição seria apropriada para alguém que amarrou o sapato de outra pessoa e ficou dando risada quando ela caiu?

Aru não tinha nenhuma sugestão, mas Mini sim. Ela ficou toda vermelha, o que fez Aru pensar que isso já havia acontecido de verdade alguma vez.

– Que tal a pessoa sentir que um dos sapatos está sempre mais apertado que o outro depois de amarrar? E nunca conseguir resolver?

– Ah, que inconveniência maravilhosa! – exclamou Durvasa, batendo palmas de alegria.

Só então Aru notou que Aiden estava olhando para as três como se de repente tivessem aparecido chifres na cabeça delas.

– Vocês são bem...

– Espertas? – sugeriu Aru.

– Justas? – falou Mini.

– Poderosas? – especulou Brynne.

Aiden cruzou os braços.

– Eu ia dizer diabólicas.

– Ah. É quase a mesma coisa – falou Aru.

– Vocês não me ajudaram nada – anunciou Durvasa, baixando a caneta. – Então não vou ajudar vocês. Mas pelo jeito precisam de muita não ajuda. Afirmam que estão com a canção de quem roubou o arco e flecha...

– Eu estou! – Brynne falou, apontando para a corrente no pescoço, mas Durvasa ergueu a mão para silenciá-la.

– Agora não – ele falou.

– E eu sei o nome da ladra! As naginis me contaram em troca da minha energia. É por isso que eu estava tão cansada! – Mini se apressou em acrescentar.

Aru olhou para a embalagem do chocolate de cochilo reparador. Devia ser bem potente mesmo.

– Aqui não – Durvasa falou, todo tenso.

Aru se sentiu como se todo o ar tivesse sido sugado do recinto. Durvasa, o poderosíssimo sábio que amaldiçoara os deuses e os fizera perder a imortalidade, estava com *medo* de que alguém ouvisse. Mas quem? Um espião trabalhando para Sono? Aru praguejou mentalmente contra si mesma, mais uma vez, por deixar seu pai escapar.

– O que a gente está esperando? – Brynne quis saber.

– Tenha paciência – Aiden falou, com um sorriso falso. – Com certeza ele sabe o que está fazendo.

Durvasa os conduziu pela sala de estátuas de amaldiçoados

e por um corredor com salas de ambos os lados que pareciam escritórios individuais. Durvasa abriu uma porta e mandou que entrassem.

Em geral, os escritórios que Aru já tinha visto na vida tinham mais ou menos o mesmo visual. Um carpete desbotado da cor de sonhos perdidos. Uma mesa marrom com um porta-retratos de família. Um pôster de nascer do sol com um slogan do tipo *Viver. Rir. Amar.* E, claro, uma planta que nunca dava para saber se era de verdade ou artificial. (Aru nunca resistia à tentação de rasgar uma folhinha para descobrir; sempre acabava se sentindo meio culpada ou estranhamente triunfante.)

Mas aquele escritório não era desse tipo.

Era uma câmara no meio do espaço, o que foi bem desconcertante a princípio. Não havia carpetes feios nem pôsteres. Em vez disso, o que predominava era uma infinidade de escuridão pontilhada de estrelas se estendendo ao redor deles em todas as direções, mas criando a ilusão de estarem em uma sala. Eles não despencaram no vazio ao entrar. Seus pés caminhavam sobre um chão invisível. Uma estranha luminescência os envolvia. O cômodo parecia ao mesmo tempo aconchegante e impossivelmente espaçoso.

– Bem-vindos ao plano astral – disse Durvasa, com uma voz que ecoou longe.

Para Aru estava na cara que de plano aquele lugar não tinha nada, mas preferiu não dizer nada para Durvasa.

– Tipo, para onde as pessoas vão depois que morrem? – perguntou Brynne, arregalando os olhos.

– Não, esse é o Reino da Morte – falou Mini. – A gente passou lá da última vez.

Aru percebeu que Durvasa estava se segurando para não perder a paciência. Depois de respirar fundo para se acalmar, ele continuou:

– No DMV, o plano astral é um santuário. O que vocês descobrirem aqui é considerado sagrado. Não pode ser revelado a ninguém.

Ele deu um passo para trás.

Mini fez um gesto para que Brynne entregasse a canção da alma. Com gestos inseguros, Brynne tirou o orbe vermelho do pescoço e colocou no chão. Antes de ficar de pé, ela passou o dedo nas estrelas que pontilhavam o chão, como se fossem cristais de açúcar sobre uma bandeja.

– O nome, criança – pediu Durvasa.

No plano astral, o orbe com a canção assumiu um estranho brilho pulsante, lembrando a Aru que aquilo na verdade era parte da alma de alguém. E que esse alguém queria tanto a flecha do deus do amor que estava disposta a trocá-la por uma parte de sua própria essência. Quando Aru chegou mais perto, achou ter ouvido o orbe emitir um som... como um suspiro suave.

Mini se agachou no chão e em alto e bom som anunciou:

– O nome da ladra é Surpanakha.

VINTE E SETE

A maldição do sábio Durvasa

Assim que Mini pronunciou o nome da ladra, a canção da alma começou a brilhar. Dizer o nome em voz alta supostamente era a chave para revelar a localização dela, mas a imagem que se formava no orbe ainda não estava nítida o suficiente.

– Vai demorar um tempinho – avisou Durvasa.

Aru sentou no chão e suspirou, apoiando o queixo na mão. A magia deveria ser uma coisa instantânea! Mas, na verdade, era como a internet, algumas vezes rápida e outras demorava um tempão só para carregar um mísero vídeo de gatinhos.

– Sur-pa-na-kha – repetiu Aiden, articulando cada sílaba.

Era bem difícil para Aru dizer aquele nome sem começar a cantar a música "Supercalifragilisticexpialidocious!", mas ela conseguiu se segurar. Onde tinha escutado aquele nome antes?

– Eu sei o que está pensando – avisou Mini, olhando para Aru. – Está se perguntando onde foi que escutou esse nome antes.

– Você sabe ler mentes também?!

– Não, mas você está cantarolando essa música de *Mary Poppins*, então foi fácil adivinhar.

– Ah.

– Surpanakha é irmã do rei demônio Ravana, lembra? – continuou Mini. – Buu ensinou pra gente.

Ao ouvir falar em Buu, Aru foi invadida por uma onda de tristeza. Coitadinho... Onde quer que estivesse, torcia para que alguém conseguisse lhe dar uns Oreo às escondidas.

– É, lembro, sim – disse Aru. – Foi ela que teve o nariz cortado, não?

– Foi – confirmou Mini.

– Por quê? – perguntou Brynne, levando a mão por reflexo ao próprio nariz.

– Nas histórias do *Ramayana* – continuou Mini –, Surpanakha atacou Sita, a esposa do Senhor Rama. Ele e seu irmão Laxmana lutaram com ela. Nisso, Laxmana acabou arrancando o nariz de Surpanakha.

– Tá, mas por que o nariz? – questionou Aiden.

– O dela tinha alguma coisa de especial? – Aru quis saber. – Era tipo uma tromba de elefante capaz de empunhar uma espada e cortar as pessoas?

Os outros riram baixinho, mas a voz grave de Durvasa tirou o sorriso do rosto deles:

– Foi um ato de humilhação.

O grande sábio tinha decidido não se sentar nem perto da canção da alma de Surpanakha. Em vez disso, estava de pé e um tanto afastado, como se aquele objeto o deixasse intimidado.

– De acordo com as histórias – ele continuou –, Surpanakha ficou tão encantada pela beleza do Senhor Rama e do Senhor Laxmana que se ofereceu para casar com eles, que não aceitaram. E digamos que a recusa não foi feita em termos muito gentis.

– Sei... mas ela não era feia e assustadora como um demônio, com pele cinza, olhos vermelhos e presas do tamanho de braços? – questionou Aru.

– Nem todo mundo com sangue de rakshasa ou asura tem aparência demoníaca – resmungou Brynne. – Isso é um estereótipo.

Aiden assentiu com a cabeça.

– Além disso, não acho certo considerar alguém maligno só por causa da aparência.

Aru se sentiu um pouco repreendida pelos outros dois.

– É verdade. Desculpa – ela murmurou.

– Tudo bem – disse Brynne, dando um tapinha em suas costas.

Mas, como Brynne era ridiculamente forte, quase a jogou no chão com isso.

– E o que aconteceu depois? – questionou Mini.

– Ela foi correndo procurar o irmão, o rei demônio – contou Aiden.

Aru foi se lembrando vagamente das imagens que tinha visto no chão de Kamadeva. A rakshasi fugindo pela floresta, depois reclamando com o irmão sobre a injustiça sofrida... e descrevendo a linda esposa de Rama. Nas lendas, o irmão dela se tornava obcecado por Sita e a roubava de Rama. A humilhação de

Surpanakha... a dor que ela sentira... tudo isso deu início a uma grande guerra.

— Essa história já tem milhares de anos — comentou Mini. — Por que ela resolveria criar problemas agora?

Aiden virava a câmera de um lado para o outro nas mãos. Era um hábito, Aru reparou. Ele sempre recorria a Shadowfax quando estava pensando em alguma coisa ou tentando recordar algum fato. Quando foi surpreendida observando, Aru fingiu considerar interessantíssimo o vazio escuro ao lado dele.

— Pois é — concordou Aiden. — Por que roubar o arco e flecha de Kamadeva?

Parado logo atrás, Durvasa não disse nada, mas a postura dele pareceu se tornar mais rígida.

— E se ela quiser vingança? — sugeriu Aru. — Aiden, foi você que notou que a ladra só escolhia homens como vítimas.

— É uma lenda ancestral! — comentou Brynne. — Nem *eu* guardaria rancor por tanto tempo.

— Mas Takshaka continuou furioso com Arjuna durante todo esse tempo — respondeu Aru, estremecendo ao se lembrar do ódio intenso nos olhos leitosos da cobra.

— O que você... — Aiden começou, mas então se corrigiu: — Quer dizer, o que Arjuna faria?

Aru começou a mexer na manga da blusa. Não gostava da resposta para essa pergunta, porque era cruel. Era uma coisa que ia contra tudo o que sempre imaginara sobre aquele grande herói.

— Ele incendiou a floresta de Takshaka — ela admitiu por fim. — Muitos seres vivos morreram, inclusive a esposa de Takshaka.

– Isso é terrível... – comentou Mini. – Por que ele fez isso?

Aru se voltou para Durvasa, mas o sábio havia fechado os olhos. Talvez estivesse meditando.

– Sei lá – disse Aru, se arrependendo de ter revelado a verdade.

Ela olhou para a canção no chão invisível entre eles. A fumaça dentro do orbe havia se transformado em algo que parecia prata líquida, mas continuava girando.

– Vai ver Surpanakha está só esperando a hora certa de atacar – disse Brynne. – Isso é a cara dela.

– O que o nome dela significa, aliás?

– Ah! Isso eu sei! – disse Mini, levantando a mão.

Aru deu risada.

– A gente não está na escola. Não precisa levantar a mão pra falar.

– Verdade – disse Mini, ficando vermelha. – Há, em sânscrito, significa *aquela cujas unhas são como lâminas afiadas*.

– Credo – Aru falou, estremecendo. – Quem é que dá um nome desse pra filha?

Alguns anos antes, tinha uma menina na classe dela que se chamava Hermengarda, mas todo mundo a chamava de Embargada! Mas pelo menos Hermengarda era divertida e simpática. O que, pelo jeito, Surpanakha *não* era de jeito nenhum.

Àquela altura, a canção da alma já havia concluído a sequência de ativação. O orbe estremeceu um pouco antes de se transformar numa poça prateada. Uma cena começou a se revelar na superfície, e os quatro se debruçaram para olhar.

Surpanakha estava passando na frente do que parecia ser uma fileira de homens. Aru viu um monte de ternos impecáveis, mas também blusas amassadas, e também botas e ao mesmo tempo pés descalços. O ponto de visão não era muito alto, o que levou a pensar que Surpanakha fosse baixinha – pelo menos até se dar conta de que estavam vendo as coisas não pelos olhos da demônia, mas da perspectiva do local onde a alma dela ficava posicionada no corpo: na altura do *coração*. Aru meio que desejou que Surpanakha desse um passo para trás. Se os olhos ficassem no peito, as pessoas na prática só veriam os botões das roupas dos outros.

A imagem no espelho se tornou estática, como se Surpanakha tivesse detido o passo. Ela estendeu o braço na direção de um dos homens, talvez para acariciá-lo no rosto, mas não dava para ver. Aru pensava que a pele de Surpanakha seria cinza e manchada, com unhas longas e retorcidas. Mas a mão dela era de um moreno vivo, com unhas bem cortadas e pintadas de vermelho.

– Em breve – foi o que disse Surpanakha. – Já estão quase no número necessário...

Aru não sabia o que a deixara mais surpresa: o fato de a visão ter som ou aquela ser a voz de uma demônia horrenda de presas afiadas. Ela achava que alguém com um nome que remetia a unhas afiadas e mortais teria uma voz aguda e rascante, mas a de Surpanakha era doce e melodiosa.

E devia estar falando com os Sem-Coração, Aru se deu conta. Mas *onde* estariam? A canção da alma supostamente deveria revelar a localização da ladra, mas ela não estava vendo nada que fosse reconhecível. Percorrendo a fileira de homens em busca de pistas, Aru viu uma paisagem branca e reluzente. Seria neve? Parecia mais madrepérola. E estava... se movendo?

— Princesa! — chamou uma voz atrás de Surpanakha.

A ladra se virou e revelou a presença de um naga deslizando na direção *dela*. Aru o reconheceu imediatamente: Takshaka! Ele estava em sua forma metade cobra e metade homem.

— O que foi? — Surpanakha perguntou com um tom irritado.

Não parecia mais tão doce e melodiosa naquele momento.

— Eu só vim para comemorar com você — disse Takshaka, todo solícito. — Estamos quase conseguindo acesso ao labirinto. Quando isso acontecer, o amrita vai ser nosso, e podemos sair deste lugar infeliz.

Depois disso, a visão da canção da alma terminou, e o espelho voltou a se tornar um pingente em forma de orbe.

— É uma coisa perigosa se separar de uma parte da própria alma — comentou Durvasa. — Ela fez isso em troca de poder, e existe outra transação em andamento.

Com cuidado, ele apanhou o orbe e o colocou em um saquinho que carregava na lateral do corpo.

— Eles estão atrás do amrita? — perguntou Mini, em choque.

Aru tinha esquecido *o que* era amrita. A única Amrita que conhecia era uma menina mais nova da sua escola, que uma vez tinha enfiado uma bolinha de gude no nariz para ganhar uma aposta e foi parar no hospital. Com certeza não era dela que Surpanakha e Takshaka estavam atrás.

– Isso não é... algum tipo de bebida? – perguntou Aiden.
– Não me lembro bem.
– Impossível – o sábio murmurou consigo mesmo.
– O quê?
– Eles não podem estar atrás do amrita. Não pode ser.
– Mas o que é amrita? – insistiu Aru.

Durvasa fez um gesto com a mão. No chão do plano astral, uma nova imagem apareceu: um caldeirão de ouro enorme inclinado levemente para revelar um líquido reluzente.

– Uma poção, o néctar da imortalidade – respondeu Durvasa. – Uma vez, muito tempo atrás, um sábio fez os deuses perderem a imortalidade...

– *Um sábio?* Está falando de... você? – rebateu Aru.

Durvasa olhou feio para ela.

– Me deixem contar a história! Á-ram. Enfim, os deuses precisavam do amrita para recuperar a imortalidade. Teriam que revirar o Oceano de Leite para encontrá-lo. E convenceram os asuras a ajudar em troca de um gole de amrita.

– Mas os deuses não cumpriram a promessa – complementou Brynne.

– Não havia outro jeito – disse Durvasa. – Os asuras, apesar de semidivinos e abençoados com o dom da magia, não podem ser imortais.

– Bom, não é à toa que estão atrás da poção – disse Brynne. – Foi meio que uma injustiça...

Aru entendia o que havia por trás da opinião de Brynne. Afinal, *ela* era descendente de asuras. Mas, para sua surpresa,

Aru concordava. Os deuses não cumpriram a promessa. O fato de um deus poder ser um vilão deixou Aru bem confusa. Por ser uma Pândava, esperava lutar ao lado deles... mas como fazer isso se sua confiança estava abalada?

— Só porque uma atitude não foi justa não significa que tenha sido tomada sem motivo ou sem compaixão — respondeu Durvasa, com toda a serenidade. Ele fechou os olhos e continuou: — A justiça é como uma pedra preciosa multifacetada. Sua aparência varia de acordo com o ponto de vista de quem a vê. — Ele abriu um dos olhos. — ANOTEM ISSO! — o sábio esbravejou. — Acabei de transmitir minha sabedoria de graça!

— Ops! Desculpa! — disse Mini, pegando o bloquinho e a caneta na mochila.

— Sábio Durvasa, o senhor disse que era impossível chegar ao amrita — falou Aiden. — Por quê?

— Que pergunta mais elementar — resmungou Durvasa. — O amrita está escondido no fundo do Oceano de Leite, dentro de um domo dourado que só pode ser aberto com um feitiço mágico. O domo esconde um labirinto que, além de impossível de atravessar, também é guardado por serpentes de fogo capazes de incinerar qualquer coisa que tenha um coração batendo no peito. É infalível.

Mini franziu a testa.

— Só que não.

Ela começou a anotar no bloquinho.

— *Pfff!* — bufou o sábio. — É melhor simplesmente aguardarem o fracasso de Surpanakha e depois devolverem o arco e flecha para Uloopi. Fim de papo. Missão concluída. – Ele juntou as mãos. – Agora está na hora de saírem daqui. Eu detesto esse tipo de socialização.

– O senhor disse que as serpentes de fogo são capazes de "incinerar qualquer coisa que tenha um coração batendo no peito" – insistiu Mini. Ela mostrou um desenho que parecia algo como: →♥. – Usando a flecha de Kamadeva, é exatamente isso que se perde… um coração batendo no peito.

Aru entendeu tudo imediatamente.

– Os Sem-Coração! Eles têm como atravessar o labirinto e pegar a poção da imortalidade.

– Ela está formando um exército! – disse Brynne.

– E eles estão escondidos no Oceano de Leite – acrescentou Aiden.

Por um momento, Durvasa não disse nada. Mas em seguida passou a se dedicar ao que fazia de melhor.

Ele amaldiçoou.

VINTE E OITO

Vamos colocar uma fome insuportável de brinde!

Depois que acabou sua maldição, o sábio Durvasa os conduziu para fora e trancou a porta.

– Pensamentos positivos, pensamentos positivos – Aru murmurou para si mesma. – Serpentes cuspidoras de fogo? Tudo bem, tudo bem. Sem problemas. Vai ficar tudo bem...

– Calma, Shah – disse Aiden. – Pelo jeito você está precisando de umas boas palavras de incentivo.

– *Eu* sou excelente em palavras de incentivo – disse Durvasa, limpando a garganta. – Agora, atenção. Vocês têm aproximadamente dois dias antes de serem exiladas do Outromundo pela rainha Uloopi. O que estão procurando vai estar muito bem guardado, e o caminho até a praia do Oceano de Leite é traiçoeiro. Isso sem mencionar o fato de que Surpanakha é uma guerreira formidável, assim como Takshaka. O que vem pela frente agora são adversários muito mais poderosos. Pronto. Que tal?

Aiden correu até Mini para segurá-la antes que ela desmaiasse. Até mesmo Brynne, a mais confiante dos quatro, soltou um resmungo de medo. Aru ficou boquiaberta.

– *Essas* são as suas palavras de incentivo?

– Sim. Para se prepararem para o pior cenário possível. Com certeza é isso que você queria.

– Não era, não.

– Qual o caminho mais rápido para o Oceano de Leite? – Brynne quis saber. Ela já havia corrigido a postura e estava com os dentes cerrados de determinação.

Durvasa olhou de um lado a outro do corredor, com medo de que houvesse alguém ouvindo.

– Eu não passaria pelo Mercado dos Recantos de Meditação – ele falou, olhando bem para os quatro. – E com certeza não solicitaria um transporte até o Grande Pântano de Nova Jersey... Não existe nenhum portal ilegal para o Oceano de Leite de acesso proibido.

– *Ilegal?* – repetiu Mini. – Precisamos desrespeitar *outra* lei do Outromundo? Quantas já infringimos até agora?

– Perdi as contas – disse Aiden, encolhendo os ombros.

– Onde fica esse mercado? – perguntou Aru.

– Não é seguindo por aquele corredor... nem virando à esquerda – respondeu Durvasa. Ele cruzou os braços, assumindo uma expressão decidida e parecendo se irritar de novo. Era claramente um sinal de *Já chega. A não ajuda acabou!* Os quatro fizeram uma mesura e prestaram seu respeito. Por um brevíssimo instante, a carranca de Durvasa se atenuou. – Agora é sério mesmo. Vão embora.

Eles correram pelo corredor, que era ladeado por placas como:

MELHOR AMALDIÇOADOR DO MÊS: SÁBIO NARADA!

Ou:

PRÊMIO PARA O MELHOR MOMENTO DE ILUMINAÇÃO: SÁBIO BHRIGU!

– Vocês acham que o Oceano de Leite é feito de leite de verdade? – perguntou Mini, ajeitando os óculos no nariz. – Porque sou intolerante à lactose.

Em outras ocasiões, Aru sempre encarou como sua obrigação acalmar Mini e arrumar um jeito de distraí-la, geralmente fazendo uma pergunta sobre alguma doença obscura. Mas dessa vez Aiden se adiantou a ela.

– Provavelmente deve ser uma coisa mágica e inofensiva – ele falou. – Pode até ter propriedades medicinais.

Isso atraiu o interesse de Mini.

– Sério?

– Sei lá, de repente? – Ele olhou por cima do ombro de Mini e articulou com os lábios: *Não faço ideia*.

Aru deu risada.

– A gente precisa se preparar para enfrentar Surpanakha – disse Brynne num tom solene. – Kamadeva falou que precisamos cravar a flecha roubada no coração dela. Só assim os Sem-Coração vão voltar a ser humanos.

– Seria melhor não precisar *cravar* nada em ninguém – Mini comentou. – É violento demais.

– Estamos numa guerra! – retrucou Brynne, irritada. – Claro que é uma coisa violenta! Além disso, ela é uma ladra!

Aru sabia disso... mas mesmo assim não conseguia se esquecer da voz de Surpanakha, doce e cheia de tristeza. Isso a fez cogitar a possibilidade de que talvez não conhecessem a história toda.

Para Aru, o Mercado dos Recantos de Meditação devia ser o lugar mais tranquilo do mundo de todos os tempos. Os sábios e os rishis das histórias que sua mãe contava sempre tinham adquirido seus poderes através de meditações intensas, e Aru achava que isso só poderia acontecer num lugar repleto de natureza, onde a pessoa pudesse ficar sozinha e em paz, livre de estresse e distrações. O Mercado dos Recantos de Meditação provavelmente era como um spa, com arbustos de folhas de chá em volta de um gramado verdejante e uma melodia de flauta tocando baixinho. Ou talvez fosse como uma Home Depot a céu aberto, com todas aquelas plantas e coisas do tipo.

Mas, quando entraram pela porta à esquerda, Aru percebeu que estava completamente errada.

Diante deles, estendia-se um enorme pavilhão com fileiras de quiosques com anúncios de diferentes ambientes de meditação. Apesar da área diminuta, cada um parecia um pedaço do infinito, assim como todas as outras coisas mágicas. Aru examinou as diferentes paisagens. Havia uma terra pantanosa onde um jacaré preguiçoso descansava sob um sol fraco. Mais adiante, encontrou uma planície desértica, onde um vento tranquilo sacudia gramíneas finas, compridas e esparsas. À esquerda, uma selva escura repleta de cipós verdejantes. E mais atrás, um campo pedregoso coberto com neve fresca.

Vistos um por um, os cenários eram de tirar o fôlego.

Mas, em meio à multidão de rishis e sábios que os examinavam, além de yakshas e yakshinis disputando clientes aos berros, o mercado era o *caos*. Para Aru, era um lugar semelhante à seção de cosméticos de uma loja de departamentos, com atendentes espirrando perfumes em tiras de papel e praticamente as esfregando na cara das pessoas.

Uma yakshini com cipós vivos nos cabelos e asas verde-limão nas costas surgiu diante deles.

– Estão interessados em passar alguns dias de meditação nas terras selvagens da Índia? – ela perguntou.

– Há, não, obrigado – respondeu Aiden.

O espírito da natureza, porém, ignorou a recusa.

– Se escolherem as montanhas de Naga Manipuri, nós incluímos sem custo extra um leopardo para mantê-los em segurança, acesso a uma variedade de trezentas espécies de plantas medicinais e uma garrafa de orvalho da manhã como brinde!

– Eu...

– Nossas montanhas são um ambiente natural e lindo! – continuou a yakshini. – Livre de quase todos os eventos demoníacos! Por falar nisso, aliás, *sesofrerdecapitaçãooualgumaqueimaduragraveporefeitodeincineraçãodemoníacanossaempresanãoseresponsabiliza!*

Aru reparou que o sorriso da yakshini permanecia fixo no rosto mesmo enquanto falava. Parecia que as laterais do rosto dela estavam pregadas. O incômodo parecia tão grande que doía até em Aru. *PODE PARAR DE SORRIR, MULHER! EU SEI QUE VOCÊ CONSEGUE!*

– E o ambiente oferece cenários perfeitos para fotografias também – acrescentou a yakshini, ao notar que Aiden levava uma câmera.

Isso atraiu a atenção dele.

– Sério?

– Muito bem, já chega – disse Brynne, empurrando Aiden para trás. – Obrigada, mas não.

Dessa vez os lábios sorridentes da yakshini se contorceram de leve.

– Claro! Tenham um século maravilhoso. Se mudarem de ideia, já sabem para onde vir!

Mais para o fundo do mercado, Aru viu ambientes de meditação menos tradicionais, posicionados bem perto uns dos outros. As opções incluíam arranha-céus e navios cargueiros, manguezais e até mesmo o interior de colônias de insetos, por mais que isso deixasse Aru horrorizada.

– Aposto que o pântano que Durvasa mencionou fica por aqui – comentou Aiden.

– Como é que vamos vasculhar *tudo* isso? – perguntou Aru.

Havia centenas de rishis e iogues circulando pelo mercado, com yakshas e yakshinis avançando sobre potenciais clientes como tubarões famintos.

– Eu dou um jeito – disse Brynne.

Aru meio que esperava que Brynne estivesse planejando lançar um vendaval capaz de esvaziar o lugar. Em vez disso, foi empurrando Aru, Mini e Aiden até passarem por meia dúzia de quiosques, gritando e esbravejando o tempo todo. Em resumo, Brynne estava se divertindo como nunca.

– Este lugar me faz me sentir tão *viva*! – ela comentou, com determinação feroz.

– Parece até um shopping, com todos esses quiosques – Mini falou, chegando mais perto de Aru. – Eu detesto shoppings. Alguém pode espirrar na gente a qualquer momento.

Aru concordou, mas não por causa da possibilidade de espirros. Não gostava de ir ao shopping porque podia encontrar alguém que conhecia. E isso era um problema, porque Aru nunca tinha dinheiro para comprar nada. Uma vez, quando viu alguns colegas de escola vindo na sua direção, ela entrou na loja chique mais próxima e pediu uma sacola vazia. Assim pôde abrir um sorriso como quem diz *ah-estou-com-a-mão-tão-ocupada-que-não-consigo-nem-dar-um-tchauzinho* antes de ir se esconder no estacionamento para esperar a mãe.

– Que lugar insuportável – comentou Aiden, colocando o capuz em cima do rosto.

– Por causa dos germes? – perguntou Mini.

– Não, por causa dessa barulheira. As pessoas não param de

gritar umas com as outras – ele falou, encolhendo os ombros. – Parece até a minha casa.

Assim que disse isso, ele empalideceu e apertou os lábios numa linha reta.

Aru reconhecia aquela expressão. Era a cara que alguém fazia quando falava demais. Ela se lembrou dos pesadelos de Aiden no Bosque de Ratri: o desespero da mãe e a sensação de culpa dele. Não havia nada que Aru pudesse dizer para amenizar a situação, mas nem por isso deixaria de tentar.

– Às vezes, é bom não suportar certas coisas – ela comentou. – Se você se acostumar, talvez seja porque nem se importa mais.

– Eu concordo com a Aru – disse Mini. – Em geral, é melhor mesmo! A não ser que a pessoa esteja praticando mitridatismo.

– O que é isso? – Aiden quis saber.

Mini ficou toda animada.

– O nome é por causa de um imperador persa que tinha tanto medo de ser envenenado que ingeria um pouquinho de veneno por dia para ficar imune.

– E funcionou? – questionou Aiden.

– Sim! – Mini falou, toda contente. – Ele não morreu envenenado. Foi esfaqueado.

– Há... eba? – Aru arriscou.

Já Aiden parecia em choque.

Mais à frente, Brynne continuava a abrir caminho aos empurrões entre os quiosques com ambientes de meditação. Àquela altura, os yakshas e as yakshinis já tinham percebido que era melhor correr para o outro lado quando ela se aproximava.

– Você é assustadora! – gritou Aru, toda alegre.

Brynne fez uma mesura.

– Obrigada.

O quiosque com a placa GRANDE PÂNTANO DE NOVA JERSEY estava estranhamente vazio. Não havia nenhuma yakshini sorridente ou uma multidão de ascetas por perto, apenas um yaksha de cara amarrada. Tinha orelhas em formato de folhas, cabelos feitos de gelo que pareciam ainda mais brancos contra a pele cor de amêndoa e vestia um moletom azul desbotado do New York Giants. Quando os viu, imediatamente fechou a revista que estava lendo e abriu um sorriso malandro.

– Ora, clientes – ele comentou, com sotaque forte de Nova Jersey, abrindo bem as vogais. – Estão procurando por um portão para o condado de Morris, imagino? Podem entrar. *Ainda atendemos aos requisitos mínimos para ter a qualificação de santuário do Outromundo, apesar do aumento no número de ataques de rakshasas.* – Assim que terminou de dizer isso, a letra *N* caiu da placa, que passou a dizer GRANDE PÂNTANO DE OVA JERSEY. Que maravilha. – Não é uma beleza de lugar?

Ele apontou para a entrada do portal e sorriu.

Aquele portal não parecia em nada com as piscinas impecáveis por toda parte. Tinha as bordas irregulares e, lá de dentro, vazava um líquido marrom. Uma barata passou por perto da entrada, mas acabou recuando, como quem diz: *Quer saber? Deixa pra lá. Tô de boa.*

– Aumento no número de ataques de rakshasas? – questionou Brynne.

— Ah, sim. Um desmembramentozinho aqui e outro ali — respondeu o yaksha, fazendo um gesto de desprezo. — Acho que dá certa *personalidade* ao lugar, sabe?

Mini ficou horrorizada.

— Que me diz? Vamos fechar negócio? — perguntou ele. — Se me der essa belezura vai ganhar um transporte complementar, VIP e executivo para o... o primeiro e único... *GRANDE PÂNTANO!* — Ele sorriu e então voltou o olhar para a câmera de Aiden.

Aiden agarrou a câmera com força.

— Sem chance — disse Brynne. — Na verdade, você deveria mesmo dar essa passagem *de graça*. Sabe quem somos nós? Somos as Pândavas.

Aru ficou tensa. Era a mesma tática que ela usara no Pátio das Estações não muito tempo antes, mas ali não parecia boa ideia. Talvez fosse melhor se as pessoas *não* soubessem para onde estavam indo... Afinal, se Takshaka, que era o braço direito da rainha Uloopi, era capaz de traí-la, como era possível determinar de *qual* lado estava cada um?

— Céus! — exclamou o yaksha, caindo de joelhos.

Um pouco dramático demais, pensou Aru.

O yaksha fez agradecimentos em profusão, então uma mesura. Ele deu um passo para o lado e liberou o acesso ao portal.

Brynne parecia triunfante.

— Arrasei! — murmurou com um sorrisão.

Aiden bateu a mão na dela, e Mini o cotovelo, mas Aru ficou hesitante. O yaksha estava mexendo em alguma coisa debaixo da mesa do quiosque. Aru já tinha visto Sherrilyn, a chefe de segurança do museu, fazer a mesma coisa em situações de emergência. Ele estava apertando um botão secreto.

– Ei, espera aí... – Aru começou a dizer, mas Brynne a puxou pelo pulso.

Eles saltaram no portal. Felizmente, a água barrenta não aderiu aos seus corpos e os quatro continuaram secos. Pelo menos até Aru acabar caindo de bunda no terreno encharcado. Estavam no meio de um pântano, com mato alto e marrom crescendo nos locais mais alagadiços, árvores sem folhas, alguns pontos de gelo e uma passarela de madeira abandonada, tudo sob um céu cor de chumbo. Parecia difícil acreditar que a entrada secreta para o Oceano de Leite pudesse estar ali.

Brynne a ajudou a ficar de pé.

– Tudo bem, Shah? Pareceu um pouco preocupada com o yaksha lá do quiosque.

– Pois é – disse Aru, ainda insegura. – Ele não me pareceu muito confiável, só isso.

– Eu também não gostei dele, não – comentou Aiden, ainda agarrando a câmera num gesto protetor.

– Dá – disse Brynne. – Ele queria a Shadowfax. Pelo menos aqui é seguro. Vamos lá... acho que a entrada do Oceano de Leite fica no meio daquelas árvores – completou, apontando mais para a frente.

– Como é que sabe? – questionou Mini.

Brynne bateu com o dedo no nariz.

– Porque sou filha do deus do vento. Tenho um bom instinto sobre onde ficam os lugares.

– Mas como a gente vai chegar lá? – perguntou Mini. – A trilha segue para o outro lado.

Brynne se transformou num gavião e respondeu:

– Posso dar uma carona. Aru, você leva o Aiden. Não sei se ele vai confiar naquela prancha flutuante de novo, mas...

– Eu sei o que fazer – disse Aru. – Vajra, faz aquela cadeirinha para carros...

– Eu não quero cadeirinha *nenhuma*! Vou ficar bem – Aiden falou, na defensiva. – Como meu pai sempre diz, a gente precisa voltar para o lombo do cavalo depois de cair.

– Claro, mas e se for uma vaca? – provocou Aru.

Aiden olhou feio para ela quando subiu na prancha flutuante. Brynne agarrou Mini pelos ombros com as garras e as duas decolaram para o céu com um grito (de Mini).

Não muito tempo depois, já era possível ver o que parecia uma arcada mais à frente, perto de um aglomerado de árvores. A entrada! Tomaram aquela direção, mas, antes de chegarem, ouviram o som de galhos se partindo, e o ar começou a mudar, ficando mais pesado. Os quatro aterrissaram numa clareira em frente à arcada, e Brynne voltou à forma de garota. Aru jogou a prancha flutuante para cima com o pé e a pegou com a mão já no formato de bolinha de pingue-pongue. Eles formaram um círculo cerrado, ficando bem próximos uns dos outros.

Mais à esquerda, cinco figuras vestindo blusas escuras com capuz saíram de trás de árvores finas demais para esconder quem quer que fosse. De onde poderiam ter vindo?

Um dos estranhos tomou a dianteira. Aru entendeu que

aquele era o líder do grupo. O capuz da blusa dele escondia o rosto, mas havia dois buracos cortados no alto da cabeça, de onde saíam chifres lisos, pontudos e reluzentes. Era um asura.

– Estão indo para o Oceano de Leite, é? – ele falou com um grunhido. – Podem esquecer.

VINTE E NOVE

Sério que Faísca é o nome que os seus pais deram para você?

O asura estalou os dedos.

Diante deles, quase na entrada do Oceano de Leite, surgiu mais um vulto, um pouco mais alto, usando moletom preto. Não dava para ver se era asura ou não. Ele usava óculos escuros ridículos com listras brancas nas lentes, e uma camiseta vermelha com o desenho de um carneiro e a palavra QUENTE. Aru revirou os olhos com tanta força que ficou com medo de que fossem cair para fora da cabeça.

Alguém no grupo de asuras deu risada, o que fez o líder grunhir. Em seguida, virando-se para Aru e seus amigos, falou num tom ameaçador:

– Conheçam Faísca. *Ninguém é capaz de passar por Faísca.*

– Foi esse o nome que os seus pais deram pra você? – questionou Brynne.

Faísca ergueu um dos cantos da boca. Ele parecia… achar graça. Não estava irritadinho como o líder do grupo.

— Saiam do caminho – disse Brynne. – Nós temos assuntos a resolver.

— Vocês não vão a lugar nenhum – disse o líder.

Aru franziu a testa. Que conversa era aquela? Bem devagar, sacou Vajra do bolso. Com o canto do olho, viu que os demais faziam o mesmo: Mini estava com Dadá na mão, na forma de espelhinho de maquiagem, Brynne levou a mão à gargantilha e Aiden passava os polegares nos braceletes de couro.

O líder assumiu postura de quem estava defendendo sua posição, como se fosse uma espécie de segurança de boate.

— Ninguém pode entrar no Oceano de Leite porque...

— É! A GENTE TEM ORDENS DA LADY M! – gritou outro membro do grupo.

Aru ficou de orelhas em pé. *Lady M?* Seria esse o codinome de Surpanakha?

— Cara, eu já ia chegar lá! – retrucou o líder, deixando de lado o tom de voz mais grave e parecendo mais jovem e resmungão.

Aru o observou com mais atenção. À primeira vista, achou que fosse bem mais velho que Aiden. Mas então percebeu que a blusa estava bem larga, como se tivesse sido emprestada de alguém mais alto e mais encorpado. Além disso, os tênis tinham um solado alto, o que lhe dava uns cinco centímetros a mais.

— Escuta só – disse Aru, dando um passo à frente. – Não sei o que essa Lady M falou pra vocês, mas nós fomos mandados aqui pelo Conselho de Guardiões para recuperar um objeto roubado. Não vão querer se queimar com os deuses, não é?

O líder abriu um sorrisinho presunçoso.

– Foi exatamente isso que ela avisou que vocês iam dizer.

– Ela avisou que vocês iam se colocar no caminho das Pândavas? – questionou Brynne, cruzando os braços.

Um dos vultos mais atrás soltou um suspiro de susto, mas logo levou um cutucão nas costelas do outro que estava ao lado.

– Vocês são *Pândavas*? – repetiu o líder. – Ah, nossa! – Mas logo em seguida ele começou a rir. – Cara, *e daí*? Olhem só vocês. São patéticas. Ela contou pra gente por que vocês foram chutadas do Outromundo...

Aiden entrou na conversa:

– Elas não foram chutadas coisa nenhuma. É mentira.

– Aaah, e vocês têm um lacaio? – ironizou o líder. – Que gracinha.

Brynne soltou um grunhido e quase foi para cima dele, mas Aiden a segurou pelo pulso.

– Não vale a pena – ele murmurou.

– Aiden tem razão – Mini falou em alto e bom som. – Como podem confiar em alguém como Lady M? Ela é um *monstro*.

– Vocês não entenderam nada mesmo – disse o líder. Ele fez um gesto para um dos membros de seu grupo. – Ei, Hira, mostra pra eles como ela é.

Um dos vultos deu um passo à frente e tirou o capuz, revelando que não era mais um dos caras, e, sim, uma garota com olhos brilhantes e amendoados e pele morena clara. Parecia tímida e meio arisca, como se fosse se assustar a qualquer momento até com a própria sombra.

– Eu não quero fazer... – ela começou.

– Trata de fazer isso ou coloco você pra correr, Hira – avisou o líder. – Aí vai fazer o quê? Voltar pra sua família? Ah, é verdade, você *não* tem uma.

Quando viu que os lábios de Hira começaram a tremer, Aru sentiu vontade de dar um soco naquele carinha. Mas então a menina se transformou.

Hira respirou fundo e uma luz se espalhou pelo seu corpo. Ela assumiu a forma de uma mulher adulta belíssima, com cabelos pretos e reluzentes, unhas compridas e pintadas de um vermelho vivo e uma pele dourada que só faltava brilhar.

Aru ficou perplexa. *Aquela* era Surpanakha? Não parecia nem um pouco com a descrição dela nos poemas. Onde estavam as presas afiadas? Os membros desproporcionais e a pele cinzenta?

Um dos garotos soltou um assobio de cantada.

– Nada de assobiar pra minha futura esposa! – esbravejou o líder.

– Será que Surpanakha usou a flecha do amor nos dois? – sussurrou Mini.

Era uma possibilidade. Surpanakha também poderia ter enfeitiçado todo aquele grupo de suras para vê-la como uma linda mulher, e não como uma demônia horrenda.

Hira se transformou de volta e se juntou aos demais.

– Por favor, não me obriga a fazer isso de novo – resmungou ela.

Alguém no grupo deu risada. E outro comentou:

– Não sei por que você quer ter essa aparência se pode se transformar num mulherão sempre que quiser.

Aru fechou a cara, mas, antes que pudesse fazer alguma coisa, Brynne já estava com a maça apontada para eles. Os dois asuras irritantes foram jogados na água no meio do mato, aterrissando com um baque molhado e um grito indignado.

– Aproveitem a lama, porcos – disse Brynne.

Três dos outros, inclusive o líder, foram lançados para o meio das árvores por mais uma rajada de vento da maça de Brynne.

Hira permaneceu imóvel, graças a uma esfera que lhe servia como escudo. Estava boquiaberta e incrédula. Mini, por sua vez, trazia um sorriso malicioso no rosto.

À direita, Aru ouviu uma risadinha, e se deu conta de que nem todos haviam sido derrotados. Faísca ainda estava plantado na mesma posição na frente da arcada. Parecia... mais alto do que antes, achou. Mesmo por trás daqueles óculos escuros ridículos, Aru conseguia sentir um olhar intenso vindo em sua direção.

– Ei! Não é possível!

A exclamação de Aiden fez Aru desviar sua atenção do silencioso Faísca.

– Aquele ali é...? – perguntou Aiden. – É, acho que é mesmo!

A ventania de Brynne tinha arrancado o capuz da frente do rosto de todos os asuras. Durante todo aquele tempo, Aru achava que estava lidando com caras mais velhos, já chegando à casa dos 20 anos. Mas não. Eram alunos do sétimo e do oitavo ano. Um deles tinha a cara cheia de espinhas. O outro usava delineador preto nos olhos e vestia uma camiseta com os dizeres ALUNO NOTA DEZ. CUIDADO COMIGO. Dois deles usavam correntinhas de ouro enroladas duas vezes em torno do pescoço para parecerem mais intimidadores.

O líder saiu do meio das árvores, grunhindo e passando a mão nas costas.

Aiden caiu na risada.

– Cara. É você mesmo, Navdeep?

Aru estreitou os olhos para observar melhor. De fato, era um carinha que já tinha visto antes no Augustus Day.

O líder arregalou os olhos, sacudindo a cabeça freneticamente.

– Há, a gente não estuda na mesma escola lá em Atlanta? – Aru arriscou perguntar.

– Nada disso, menina. Não conheço você. E você não me conhece. E de jeito nenhum você sabe onde eu moro.

– A gente não fez aula de laboratório junto na turma avançada do sr. Dietz? – questionou Aiden.

– Mano... – comentou o garoto com delineador nos olhos.

Aru não saberia dizer. Também, não estava na turma avançada do sr. Dietz. Por outro lado, era convidada com frequência a ficar de castigo depois das aulas sob a vigilância do sr. Dietz.

Os outros já estavam recuperados àquela altura e avançando com cautela. A não ser Hira. Desde o início, parecia pronta para fugir na primeira oportunidade.

– Estou ficando cansada dessa conversa – disse Brynne. – Saiam da nossa frente. Agora.

Brynne brandiu a maça outra vez. Empunhando seu raio, Aru se posicionou ao lado dela. Aiden e Mini se ajeitaram também, o garoto com as cimitarras e a outra Pândava com Dadá nas mãos.

Ambos os lados avançaram ao mesmo tempo.

Era como um jogo de queimada, pensou Aru. Só que, em vez de uma bola, todo mundo tinha coisas inofensivas nas mãos, tipo espadas e artefatos mágicos perigosos, sabe?

Aru não gostava de brigar. Mas, quando estava com seus amigos, parecia uma melodia aos seus ouvidos. Mini retorceu Dadá na frente do corpo e arremessou o danda nos ares enquanto murmurava uma única palavra:

– *Adrishya*.

Desaparecer.

Mini vinha aperfeiçoando sua técnica de invisibilidade fazia um tempinho, mas era a primeira vez que funcionava. Um véu caiu sobre os quatro. Dadá ficou pairando no ar, imóvel, como o cabo de um guarda-chuva gigante. Os asuras começaram a recuar, gritando:

– Pra onde eles foram?!

Aru acionou a conexão mental das Pândavas: *Você conseguiu!*

Mini respondeu: *Pois é. Descobri enquanto dormia.*

Uau, pensou Aru, *acho que eu também estou precisando tirar mais cochilos.*

Encoberta pela invisibilidade, Brynne acionou sua maça, que levantou poeira do chão e forçou os oponentes a recuarem ainda mais.

– Apontar! – gritou um deles.

– Mas eu não vejo ninguém!

Um dos asuras entoou uma palavra mágica e um jato d'água atravessou a poeira, atingindo o escudo de invisibilidade de Mini.

– Encontrei vocês – disse Navdeep, irritado.

Eles avançaram correndo, brandindo as espadas.

– Shah! – berrou Aiden.

Ele ergueu a cimitarras e Aru tocou ambas com Vajra, para deixá-las retinindo de eletricidade.

– Nós temos nossas defesas – falou Mini. – Vou desativar o escudo.

Aru e Brynne ficaram de costas uma para a outra.

– Vai em frente – disse Brynne.

Mini reduziu o tamanho do escudo, que passou a envolver apenas a si mesma e a Aiden. Eles acertaram os oponentes com golpes invisíveis, forçando-os a ficar todos juntos. Brynne lançou um vendaval sobre eles, e Aru deu o toque final: uma rede eletrificada de um brilho dourado para mantê-los no lugar.

– Estão aprisionados agora – Brynne grunhiu para eles. – Se quiserem ser libertados, precisam prometer dar o fora daqui.

– Tudo bem, tudo bem! – disse Navdeep. – Podem soltar a gente.

Aru recolheu a rede. Os quatro garotos saíram correndo por uma trilha.

Mini esperou até que se tornassem apenas vultos distantes para gritar:

– NÃO FOI NADA LEGAL CONHECER VOCÊS!

Brynne deu risada.

– É *isso* que você grita depois de afugentar os inimigos? Nada de "não se meta com a minha galerinha"?

Aiden estremeceu.

– Que tal não usar a palavra "galerinha"?

– Por quê? Não gosta? A expressão "galerinha da pesada" deixa você incomodado? – perguntou Aru.

– Sim.

– Então somos uma galerinha.

– "Galerinha" é o tipo de coisa que um monitor de acampamento falaria – comentou Mini.

Brynne esfregou a barriga.

– Humm... galerinha, hora de assar marshmallows.

– Por favor, parem com isso – falou Aiden.

De repente, se lembrando do motivo para estarem ali, os quatro se viraram para a arcada. E detiveram o passo na hora.

Pelo jeito, nem todo mundo tinha fugido. Faísca tinha ficado para trás, e ainda estava com os braços cruzados, com uma expressão indecifrável por trás dos óculos escuros esquisitos.

– Você não viu o que aconteceu com os seus amigos? – questionou Brynne.

Aru esfregou os olhos, piscou algumas vezes e voltou a olhar para Faísca. Aquele cara parecia *mesmo* estar ficando mais alto a cada segundo. Em torno da cabeça, era possível ver uma auréola bem sutil, como as dos santos dos quadros antigos, tipo capacetes dourados. Mas não apenas os santos eram retratados daquela forma...

Os deuses também.

– Estou avisando – continuou Brynne. – Nós temos armas *poderosas* aqui.

Faísca bateu palmas. Aru sentiu uma pontada no peito, como se alguém tivesse agarrado e puxado seu coração. Mini soltou um gritinho de dor, e até Brynne se dobrou como se tivesse levado um chute no estômago.

– Ei! – gritou Aiden.

Furiosa, Aru foi apanhar Vajra e…

Seus dedos se fecharam sobre a mão vazia.

Vajra!

Seu raio havia desaparecido! Como *não* poderia estar com ela? Era como perder um pedaço do corpo. Quando ergueu os olhos, porém, viu que estava na mão de Faísca, reluzindo no formato de bolinha de pingue-pongue. Na outra mão, ele segurava a maça de vento de Brynne, o Dadá de Mini e até as cimitarras encantadas de Aiden.

– Não é assim que eu gosto de lutar – disse Faísca.

Foi a primeira vez que Aru o ouviu falar. A voz dele era quente e crepitante, como fogo.

Aru não tinha ideia de como Faísca *gostava* de lutar, mas não fazia diferença. Não restava mais nenhuma arma ou instrumento de defesa. Em sua mochila, tinha apenas uma garrafa de água pela metade, um pacote de Oreo bem escondido para Brynne não conseguir farejar e um frasco sem nenhuma utilidade do Galpão de Materiais para Missões: uma única IDEIA BRILHANTE.

– Quem… quem é você? – perguntou Aiden.

Faísca encolheu os ombros.

– Alguém que não gosta de brigar. Vocês querem entrar no Oceano de Leite, e eu tenho uma ideia do motivo. Mas vão ter que fazer por merecer. Se quiserem que eu saia da frente, então me vençam em uma disputa.

– Que tipo de disputa? – Brynne quis saber, desconfiada.

Faísca sorriu.

– Um concurso de *comilança*.

– Comilança? – repetiu Brynne, animada. – Estou nessa! Eu *nunca* perdi um concurso de comilança.

TRINTA

Brynne perde um concurso de comilança

Concursos de comilança eram o tipo de coisa reservada para festivais ou parques de diversões itinerantes. Não deveriam ser parte da missão para impedir uma demônia de conquistar a imortalidade, então aquilo era um tremendo absurdo.

Não havia nada que pudessem fazer, mas Brynne não estava achando ruim, muito pelo contrário. Aru não parava de abrir e fechar as mãos, desejando que Vajra voltasse, mas o seu raio estava preso sob o pé de Faísca, junto com as cimitarras e a maça. Pelo menos, ele não estava jogando Vajra para cima e pegando, como fazia com o bastão danda de Mini.

— O Dadá não gosta de ser tratado assim — choramingou Mini. — É um instrumento muito sensível.

Faísca, que estava de costas para eles murmurando encantamentos, a ignorou.

Atrás de Aru, Brynne começou a andar de um lado para o outro, massageando a mandíbula.

— Por favor, não vem me dizer que você tem uma mandíbula mágica que desencaixa — disse Aru. — Se for esse o caso, estou fora.

Brynne disse algo como *e a ão ez en aia!*

— No idioma da Brynne faminta, isso significa: "ela não desencaixa" — traduziu Aiden. Em seguida, murmurou: — Apesar de às vezes parecer que sim.

— Estou quase pronto! — anunciou Faísca, se virando para os quatro.

Ele deu um passo para o lado e fez um sinal de *voilà*.

Bem na frente da entrada do Oceano de Leite, havia uma mesa de piquenique bem comprida com uma toalha xadrez vermelha. A superfície inteira estava coberta de tigelas e bandejas com vários tipos de comida. Eles se aproximaram para ver mais de perto, e o cheiro deixou Aru com água na boca. Havia uma sopa fumegante de lentilhas, pedaços grossos de pão *naan* com semente de funcho e alho, chutney de coco e marmelo, compota de manga e centenas de variedades de legumes ensopados. Aru viu um de seus tira-gostos favoritos na outra ponta de mesa: *idli*, bolinhos de arroz saborosos em formato de disco que pareciam óvnis.

Mas até mesmo Brynne encarou as montanhas de comida com cautela. De onde tinha vindo tudo aquilo?

Mini, que não havia comido nada além de um chocolate de cochilo reparador desde que fora capturada, estendeu o braço para pegar uma fatia de *naan*...

— Ná-ná-não! — disse Faísca, aparecendo de repente e dando

um tapa na mão dela. – É só para a competidora. Ei, onde foi que eu pus os utensílios de mesa e os guardanapos?

Ele foi correndo até uma cesta de piquenique que tinha se materializado magicamente no chão.

Faísca se movia com uma velocidade espantosa. Em um instante estava num ponto e no seguinte já estava em outro lugar. Era como uma chama surgindo na ponta de um palito de fósforo.

Aru farejou o ar.

– Estão sentindo esse cheiro?

– Não fui eu – disse Brynne, ficando vermelha.

– Parece que tem alguma coisa queimando – falou Mini. – Mas não estou vendo fogo nenhum... Ai, não. E se tiver um *incêndio*? Sabia que na maioria das vezes as pessoas acabam sendo asfixiadas pela fumaça e aí...

– Morrem? – completaram Aiden e Aru ao mesmo tempo.

– Pois é! – confirmou Mini.

– Então, vão desistir da disputa ou o quê? – gritou Faísca do outro lado da mesa de piquenique.

Ele estava sentado na ponta mais distante, com um garfo em uma das mãos e uma colher na outra, além de um guardanapo amarrado no pescoço. Aru se perguntou onde ele tinha guardado as armas que tirara deles.

– Sem chance – disse Brynne.

Ela se sentou diante dele. Do lado esquerdo, havia o naan e alguns lencinhos umedecidos para se limpar. Do outro lado, um copo grande com água. Durante a rápida passagem de Aru pelas aulas de bons modos à mesa, ela aprendeu que a bebida sempre ficava do lado direito e o pão do esquerdo. Foi a única coisa daquele curso que ficou em sua cabeça. (Ah, além do fato de ter cortado fora metade da trança de uma menina, mas isso foi completamente sem querer. Sério mesmo.)

– Certo, vamos começar – disse Faísca. – Sempre tive muito apetite. Às vezes, isso me causa problemas.

Brynne alongou o pescoço, movendo-o de um lado para o outro.

– Eu também.

– Uma vez, passei doze anos comendo só *ghee* – contou Faísca.

Ele levou uma tigela à boca e começou a engolir.

Essa coisa do *ghee* só podia ser brincadeira. Aru achava aquilo nojento. Era tipo uma manteiga clarificada!

Brynne devia ter achado que era brincadeira também, porque respondeu:

– Uma vez, comi tudo o que tinha numa confeitaria. Em um dia.

Em seguida, começou a mandar comida para dentro como se fosse um aspirador de pó em pleno funcionamento.

Uau, Aiden não estava brincando *mesmo*. Aru ficou com o maxilar doendo só de ver Brynne comer.

– Eu falei – ele disse.

– Como é que ela consegue *respirar* assim? – perguntou Mini.

Mas Faísca era um oponente e tanto. Não só conseguia manter o ritmo da comilança, como conseguia continuar conversando.

– Ninguém é capaz de devorar tanto quanto eu. Uma vez, comi mil e quinhentas dosas em menos de cinco minutos.

Brynne o ignorou e continuou comendo. Aru, Aiden e Mini corriam de um lado ao outro da mesa de piquenique, substituindo as tigelas e as travessas vazias por outras cheias, jogando os utensílios sujos no chão, limpando a boca dela (e às vezes o nariz, quando era alguma coisa muito apimentada) e entregando água para Brynne beber. Faísca precisava fazer tudo isso sozinho, mas nem por isso diminuía o ritmo.

Num determinado momento, Brynne soltou um arroto particularmente épico. Aiden ficou tão impressionado que estendeu a mão para ela bater.

Mini sacudiu a cabeça.

– Isso não faz nada bem para o esôfago.

Em seguida, Faísca fez o mesmo. Só que, quando *ele* arrotou, além de gases soltou... fogo. As chamas mancharam de preto o centro da mesa.

Eles ficaram paralisados por um instante, o que custou a Brynne um tempo valioso.

– Isso é normal para um asura? – Mini perguntou, apreensiva.

– Agora as sobremesas! – anunciou Faísca.

Magicamente, a mesa ficou repleta de novos pratos, que ele observou com deleite, com olhos mais famintos do que nunca. Aru não tinha certeza, mas achava que havia escutado Brynne soltar um grunhido baixinho.

– Já quer desistir? – Faísca perguntou.

Ele enfiou a colher numa tigela de *rasmalai* bem cremosa.

Era uma das sobremesas favoritas de Aru, bem geladinha e com a textura perfeita de um bolo bem macio. *Hummm.*

– Há, não – respondeu Brynne, mas ela estava começando a perder o ímpeto.

– Tem certeza? – questionou Faísca, aos risos.

Ele esvaziou a tigela inteira de *rasmalai*, e em seguida colocou o próprio utensílio de metal na boca e mastigou para engolir.

– Teve uma vez que fiquei com uma dor de estômago tão forte que nada era capaz de curar. Nem mesmo os sábios. Precisei recorrer diretamente aos deuses.

Brynne se esforçou para engolir um pedaço de *halwa* de cenoura.

– Uma vez eu... – ela começou a se gabar.

Mas então se interrompeu, pois estava com a barriga cheia demais para conseguir falar. Ela sacudiu a cabeça e fez um gesto para Faísca continuar falando. Todo presunçoso, Faísca continuou devorando as sobremesas, sem parar de falar.

– Precisei comer só *ghee* durante anos, porque um certo rei queria fazer um grande ritual... *Doze anos de manteiga clarificada!* Nem a Paula Deen encararia essa.

Aru deu uma boa olhada em Faísca. Durante a disputa, havia ficado ainda mais alto. A pele dele, que parecia meio avermelhada desde o início, estava parecida com brasas. Até mesmo os cabelos, que tinham uma cor de ferrugem como se a tintura tivesse dado errado, estavam mudados. Passou a parecer multicolorido: azul nas raízes, alaranjado no comprimento e amarelado nas pontas. Como uma chama.

– Uma vez devorei uma floresta inteira. Nada é capaz de saciar minha fome – resmungou Faísca. – Nada mesmo!

Àquela altura ele já tinha engolido todas as sobremesas. Mas, em vez de se levantar da mesa, Faísca caiu de boca nela. A toalha vermelha desapareceu na boca dele e, quando Faísca arrotou, despejou cinzas na superfície de madeira.

Brynne gemeu e se deitou de lado sobre o banco.

– Não acredito que estou dizendo isso, mas... não aguento mais.

Faísca não respondeu, só ficou olhando para o vazio, como se a preocupação com a disputa tivesse desaparecido e ele estivesse refletindo profundamente sobre outra coisa.

A arcada atrás dele estava exposta, sem nenhum obstáculo. Só o que precisariam fazer era correr... mas Brynne não conseguia se mover. E eles estavam sem suas armas. Não podiam entrar no Oceano de Leite sem nada com que se defender.

– O mundo se tornou mais sem graça quando comecei a perder meu vigor – comentou Faísca. A voz dele se tornou mais volumosa, assim como o corpo. Como não cabia mais na mesa de piquenique, ficou de pé, revelando que estava da altura do portal. – Afinal de contas, sou a centelha que existe dentro de todos os seres vivos. Torno as coisas brilhantes. Faço as coisas se incendiarem. É a minha natureza.

Os óculos escuros caíram do rosto de Faísca, mostrando olhos que não eram humanos nem demoníacos. Eles reluziam como rubis submetidos a uma luz intensa.

– Ele... com certeza... não é... um... asura... – disse Aiden, bem devagar.

– NÃO BRINCA! – respondeu Aru.

– Mas o problema é que... – continuou Faísca – ...quando começo, fica bem difícil parar...

A camiseta com a palavra QUENTE rasgou no meio, revelando um traje de um vermelho vivo, com as extremidades em chamas. Faísca não tinha terminado sua comilança. Estava devorando tudo ao redor com fogo. Em pouco tempo, a mesa de piquenique ficou reduzida a pó. O mato ao redor se incendiou.

– Nós vamos acabar cercados pelo fogo! – gritou Mini.

Logo atrás de onde estava, Aru ouviu uma risadinha fraca. Brynne, que ainda não tinha se recuperado da disputa, levou a mão à barriga e falou:

– Agora não estou me sentindo tão mal por ter perdido – ela comentou, apontando para Faísca. – Pelo menos fui derrotada por um deus.

Um deus?

Foi então que tudo fez sentido. O fogo. O apetite insaciável capaz de devorar uma floresta inteira...

Faísca não era um carinha feio de óculos escuros e com um apetite capaz de destruir uma cidade inteira. Era *Agni*, o deus do fogo. E estava prestes a consumir os quatro.

TRINTA E UM

Aru Shah está em chamas.
Mas em chamas mesmo. Tipo pegando *fogo*. Não é só um modo de dizer

Agni assumiu o tamanho de um elefante.

A mesa de piquenique não passava de uma pilha de cinzas. As árvores ao redor começaram a crepitar. A fumaça se elevou no ar. Aru, Mini e Aiden arrastaram o banco com a estufadíssima Brynne para longe de Agni e se juntaram num círculo cerrado, mas o que poderiam fazer? Eles não tinham nenhuma arma além da esperteza e do que quer que levassem na mochila. E a melhor lutadora de que dispunham estava fora de combate.

– Ah, como dói! – gemeu Agni. – Ainda estou com muita fome!

– Será que não é uma indigestão? – sugeriu Mini. – Eu... eu tenho uma coisa pra melhorar isso... Quando a comida tem um tempero muito forte... Pode ser por isso que você está arrotando chamas...

– Eu adoro tempero – intrometeu-se Brynne. Ela estava encolhida em posição fetal, suando frio. – Comeria, tipo, um pote inteiro de pimenta caiena. Podem acreditar.

Imediatamente após dizer isso, ela vomitou.

Aiden se aproximou para oferecer água do cantil que levava e para limpar o rosto dela.

Mini jogou um frasco de comprimidos de antiácido para o deus do fogo. Agni o segurou com uma das mãos, e o derreteu de imediato.

– Nãããããããão! – ele gritou.

Mais árvores começaram a pegar fogo. Mini cobriu o nariz e a boca com um guardanapo molhado para não inalar a fumaça.

– Me ajudem, Pândavas! – gritou Agni, levando a mão à barriga.

– E se a gente enchesse algumas tigelas vazias com água do pântano? – sugeriu Aiden. – Depois é só jogar nele.

– Não vai ser suficiente. A água vai evaporar, e nós vamos morrer asfixiados – disse Mini.

– E aquelas pedras molhadas? – perguntou Aru, olhando ao redor. – Se a gente empilhar várias, não podem apagar o fogo?

– Não as pedras de rio! – respondeu Mini. – As moléculas de água dentro delas vão se expandir se forem aquecidas, e as pedras vão explodir e matar a gente!

– Qual é a opção em que a gente *não* morre? – perguntou Aiden.

Agni grunhiu.

– Estou faminto...

Àquela altura, ele queimava como o próprio inferno. O traje escarlate reluzia. Na ponta dos braços, havia duas bolas de fogo. Aru jamais imaginou que diria aquilo, mas:

– Que saudade do Faísca.

– Você já ajudou a saciar o meu apetite uma vez – disse Agni. – Na Floresta Khandava. Então pode fazer de novo!

Uma vez... na Floresta Khandava? Foi onde a esposa de Takshaka perecera nas chamas. O lugar onde Arjuna matou a flechadas qualquer criatura viva que tentasse escapar do incêndio. Cada vez que pensava sobre isso, Aru se sentia mais enojada e culpada, apesar de não ter sido ela quem lançou as flechas. Só que antes não sabia que o fogo havia sido causado por Agni...

– Aru! – gritou Mini. – Cuidado!

Um enorme galho incendiado estava prestes a cair na cabeça de Aru.

Aiden a puxou para trás.

O fogo havia se transformado num paredão imenso que bloqueava a entrada do Oceano de Leite. Agni estava em algum lugar por lá, mas Aru não conseguia vê-lo através das chamas.

– Precisamos sair daqui – disse Mini, vendo o incêndio se aproximar cada vez mais. – Vamos lá!

Juntos, os três levantaram o banco com Brynne e o puxaram pela plataforma de madeira.

– Ainda precisamos dar um jeito de passar por ali – disse Aiden, olhando na direção da arcada. – Se desse pra drenar o pântano e despejar em cima do fogo...

– Mas a gente não tem equipamento pra isso – observou Mini.

Deitada no banco, Brynne murmurou:

– E não podemos pedir?

Aru e Mini trocaram olhares. Mesmo sem acionar a conexão

mental Pândava, dava para saber do que Brynne estava falando. Elas teriam que pedir a ajuda de seus pais de alma.

– Façam o que for preciso – disse Aiden. – Vou tentar atrair Agni pra longe da entrada.

Ele voltou correndo para a área do incêndio.

Aru respirou fundo.

– Certo, está na hora de fazer uns contatos.

Mini fechou os olhos e juntou as mãos. Brynne começou a sussurrar. Aru olhou para o céu.

– Oi, pai... – ela falou. – Então... espero que esteja tudo bem com o senhor. Há, se estiver me vendo, vai perceber que as chamas estão prestes a consumir... a gente, né? Sei que o senhor não gosta de interferir, mas estamos desesperados. Que tal uma ajudinha? Por favor?

Aru fechou os olhos com força, tentando ignorar o calor que vinha das árvores incendiadas ao redor. Então sentiu alguma coisa puxar sua mochila. Ela se virou, pensando que fosse Mini. Mas ela ainda estava parada ao seu lado, fazendo uma prece silenciosa. Brynne não tinha levantado do banco. Aru fechou os olhos de novo e sentiu sua mochila se mexer de novo.

Então a jogou no chão e começou a remexer lá dentro.

– Recebeu algum sinal? – perguntou Mini, cheia de expectativa.

– Sua mochila é encantada? – questionou Brynne, se sentando.

– Eu senti alguma coisa se mexendo, mas não é possível. Não tem nada aqui.

O fogo estava cada vez mais próximo. Aiden voltou correndo até elas, com o rosto sujo de fuligem e todo ofegante.

– Eu... – ele tossiu – ...não consegui... fazer Agni se mover...

Mini foi até onde estava Aiden. Ela remexeu na mochila e lhe entregou uma garrafa com água.

Em pânico, Aru despejou no chão tudo o que havia na sua mochila: nada além de meias, o pacote de Oreo – provocando um protesto vigoroso da parte de Brynne, que reclamou porque Aru disse não ter nada quando ela pediu um lanchinho – e o frasco do Galpão de Materiais para Missões com o rótulo IDEIA BRILHANTE. O potinho azul era do tamanho dos vidros de perfume de sua mãe.

– Abre logo! – disse Aiden.

Aru tentou, mas a rolha do vidro não se mexia. Todo mundo tentou também, mas sem sucesso. Se não conseguissem abrir, como teriam acesso à ideia que havia lá dentro?

– Estamos *fritos* – falou Mini, puxando os cabelos.

Mas Aru não estava disposta a desistir. E se a solução fosse o próprio frasco? Era possível usar coisas materiais, como árvores e arbustos, alimentos e tecidos... mas uma ideia não era assim tão palpável. E, no momento em que era aproveitada, as ideias assumiam outra forma. E uma ideia era algo impossível de incinerar.

– Acho que... Acho que tive uma ideia – anunciou Aru.

Em outras circunstâncias, ela daria risada da piadinha involuntária. Mas Aru não estava no clima. Segurou o frasco com força e se virou para os amigos. Aquela poderia ser a última chance de chegarem ao Oceano de Leite.

– Vou tentar usar isto para distrair Agni. Quando ele se virar, quero que vocês corram até o portal sem...

– Nem pensar, Shah – avisou Aiden.

– A gente não vai a lugar nenhum sem você – acrescentou Mini.

Aru tentou argumentar, mas Brynne elevou o tom de voz:

– Eu não vou virar as costas para a minha família.

Isso chamou a atenção de Aru. Mini já era sua irmã de alma fazia um tempinho, mas Brynne e Aiden haviam entrado na sua vida fazia pouquíssimo tempo, e sem seu consentimento. Desde então, já tinham tirado sarro uns dos outros, compartilhado doces, combatido em batalhas e feito viagens assustadoras (que incluíam vacas vermelhas). Então, sim, já dava para dizer que eram da família.

Ela também não poderia deixá-los.

Uma mão flamejante se estendeu para fora da parede de fogo.

– ESTOU FURIOFAMINTO! – trovejou Agni.

Quando a cabeça dele apareceu, Aru não foi mais capaz de distinguir as feições do rosto, a não ser por duas covas convolutas e avermelhadas onde ficavam os olhos. Era como se a fome o tivesse transformado na essência do elemento que o definia.

– Tenho uma coisa aqui pra você – ela gritou, brandindo o frasco.

A cabeça se inclinou para a frente.

– Vou precisar alcançar um pouco mais alto – Aru avisou aos demais.

— Pode deixar — disse Brynne, ficando de quatro no chão. — Subam aqui!

Apesar de estar estufada a ponto de não conseguir nem mudar de forma, Brynne continuava fortíssima. Aiden subiu nas costas dela, e Mini nas dele. Aru escalou a pilha de amigos. Em teoria, deveria ser como subir uma escada. Mas não foi tão fácil.

Num determinado momento, Aiden resmungou:

— Shah! Você está com o pé na minha cara!

— Então tira a cara do meu pé! — Aru respondeu, mas sua sugestão não foi muito bem recebida.

Eles oscilaram para trás e para a frente enquanto Agni chegava cada vez mais perto. Ondas de fogo rugiam ao redor, deixando a pele de todos a ponto de formar bolhas e chamuscando as tábuas de madeira da passarela sob seus pés. Agni escancarou as mandíbulas, pronto para engolir os quatro. Tudo o que Aru conseguia ver eram as chamas furiosas, e o ar à sua frente estava quente e revoluto.

— Agora, Shah! — gritou Brynne.

Aru arremessou a "grande ideia" para a frente. A luz azul do frasco parecia um iceberg no meio de um mar de fogo. Agni se inclinou para agarrá-lo entre os dentes incandescentes. Assim que o mordeu, uma onda de energia atravessou o parque inteiro, catapultando-os da passarela e os derrubando nas águas rasas e repletas de plantas do pântano.

A frieza da água provocou um choque em Aru. Eles se levantaram às pressas e voltaram chapinhando e estremecendo para o caminho. Diante dos quatro, Agni estava se debatendo todo, se contorcendo e mastigando furiosamente.

– POR QUE... – Ele grunhiu. – EU NÃO... – Ele engasgou. – CONSIGO... – Ele bufou. – DEVORAR... – Ele mordeu. – VOCÊ? – E rugiu.

Agni se virou, à procura de Aru e dos demais. As chamas no corpo dele oscilavam e sibilavam. Pouco a pouco, ele foi diminuindo do tamanho de uma floresta incendiada para a dimensão de um homem grandalhão e reluzente. As roupas estavam queimadas e escurecidas, e a fumaça pairava no ar em torno dele. O fogo que ele iniciara recuou, imediatamente restaurando tudo o que havia sido consumido. Não... restaurando não. *Alterando*. As árvores, pouco tempo antes reduzidas a torrões, voltaram a crescer, mas com troncos e galhos feitos de ouro. O chão outrora coberto de arbustos de espinhos adquiriu a cor marrom saudável do cacau, pontilhado com pequenas joias ao invés de pedras. Flores de um vermelho vivo salpicavam as áreas que estavam cobertas de mato.

– O q-q-que você fez com esse f-f-frasco? – Aiden perguntou a Aru, com o queixo tremendo de frio.

Ela encolheu os ombros.

– N-n-nada. Só tive uma ideia e p-p-passei para ele.

– Que ideia? – perguntou Brynne.

Ela não parecia sentir frio, talvez por ter consumido mais do que o equivalente ao seu peso de comidas indianas apimentadas.

– Eu me perguntei o que aconteceria se n-n-nada por aqui fosse comestível – respondeu Aru.

– Olhem só aquele t-t-tesouro! – exclamou Mini, apontando.

A mesa de piquenique estava lá de novo, mas, em vez de abarrotada de comida, estava repleta de joias de todos os tipos.

– Poxa – resmungou Brynne. – Ele não podia ter deixado nem um pouco de *naan*?

A maior mudança, porém, aconteceu com o próprio Agni. Depois que o fogo cessou, ele havia se transformado numa versão 2.0 de Faísca. Ainda era alto, mas não assustadoramente. A camiseta feia assumiu a forma de um casaco *sherwani* escarlate com desenhos de chamas nas extremidades, e os óculos escuros baratos de plástico agora eram um Ray-Ban. Uma echarpe de lava derretida adornava o pescoço, e os cabelos pareciam brasas, o que sem dúvida era um avanço em relação à aparência de tintura malsucedida de antes. Ao lado dele, havia um carneiro de um vermelho vivo, que Aru reconheceu como a *vahana*, ou montaria celestial, do deus.

Agni se espreguiçou, bocejou e deu uns tapinhas na barriga.

– Uf... Foram muitas calorias para ingerir. Estou sentindo que tenho uma longa soneca pela frente. – Ele arrotou, incinerando um trecho da grama do caminho. Aru reparou que o deus ainda estava ruminando a ideia brilhante, como se fosse um chiclete. – Você foi esperta – ele comentou, apontando para a bochecha onde estava alojada a ideia.

– Eu não posso ficar com todo o crédito – respondeu Aru, olhando para o céu.

Ela não viu nenhum sinal de Indra por lá. Nenhum aplauso em forma de relâmpago ou trovão. Mas Aru e seus amigos não estavam mais ensopados, e o ar parecia mais quente, como se o mundo estivesse apaziguado.

Os quatro continuaram bem próximos uns dos outros. Agni podia até ter perdido aquele esplendor terrível, mas era difícil confiar em alguém que havia tentado consumi-los em chamas.

Agni percebeu a postura deles e pediu com um gesto que se aproximassem.

– Tecnicamente, nós somos da mesma família! – ele falou num tom de contentamento.

Mas eles estavam assustados demais para se mover.

– Ah, estou vendo que vocês ainda não se recuperaram do susto de quase serem devorados pelo fogo – Agni comentou.

NÃO DIGA!, Aru sentiu vontade de falar, mas sabia que era melhor ficar calada.

– Eu não sou maligno. Destrutivo, com certeza. Mas a destruição não é uma coisa necessariamente ruim – continuou Agni, apontando para as árvores de ouro e a mesa de piquenique repleta de joias. – No meu estágio mais elementar, sou uma força voltada para a mudança, e até para a purificação.

– Mas não somos os vilões aqui – disse Aru. – Por que queria impedir a gente de passar?

– Eu estava cumprindo meu dever, como todos precisam fazer – explicou Agni. – Meu dever é queimar e, muito tempo atrás, os deuses me incumbiram de fazer isso contra qualquer um que tentasse entrar no Oceano de Leite.

– Ah, que ótimo – comentou Brynne. – Então nós ainda estamos presos aqui?

– De forma nenhuma – respondeu Agni, dando um passo para o lado e abrindo o caminho para a arcada. Ele apontou com o queixo para Aru. – Você arrumou um jeito de extinguir o fogo, então todos podem passar, com as minhas bênçãos.

TRINTA E DOIS

Presentes do tio Agni

— Então? – questionou Agni. – Podem ir! Vão em frente e matem o que for preciso.

Agni estalou os dedos, e as armas ressurgiram em pleno ar e voltaram para as mãos dos quatro.

— Vajra! – Aru exclamou, toda contente.

Ela jamais pensou que algum dia fosse querer abraçar um raio, mas esse dia havia chegado. Seu relâmpago estremeceu nas suas mãos, e então mergulhou no seu bolso, como se estivesse aliviado por ter voltado para casa. Mini estava examinando Dadá, à procura de algum dano causado pelo fogo, enquanto a maça de vento de Brynne soprava os cabelos dela sobre o rosto como um secador feliz. Aiden recolocou os braceletes, que se transformaram em cimitarras sem dizer nada, mas Aru viu que ele conferiu se Shadowfax não havia sido afetada pelas chamas de Agni.

— Vamos lá! – exclamou Brynne, apontando na direção da arcada. – Quantos dias ainda temos, aliás?

Aiden olhou no relógio e empalideceu.

— Um.

Só um dia? Aru se segurou para não gritar. Do outro lado da arcada estava a entrada do Oceano de Leite. Eles estavam perto, e com suas armas... tinham até as bênçãos do deus do fogo... e estavam ficando sem tempo... mas Aru não conseguia criar coragem para avançar. Ela não sabia o que teriam pela frente no Oceano de Leite. Estava pronta para o encontro com Surpanakha. Mas havia outro oponente a encarar... Takshaka, o rei naga.

Ele havia perdido a esposa no incêndio da Floresta de Khandava por causa de Arjuna e, ao que tudo indicava, também de Agni. Arjuna não agira sozinho, claro. Nas histórias, o deus Krishna sempre lutava ao lado dele. Mas Aru não entendia por que os amigos e o restante da comunidade de Takshaka precisaram morrer no meio das chamas. Por que os deuses não os pouparam se não fizeram nada de errado? Era injusto e, apesar de não ter uma boa opinião sobre o rei serpente, Aru entendia por que Takshaka queria fazer mal a todos eles.

— O que foi, criança? — Agni quis saber, erguendo uma sobrancelha. — Você parece confusa. Não vai surgir outra oportunidade, então é melhor perguntar logo o que quer.

Aru olhou para os amigos. Brynne parecia ligeiramente irritada, mas assentiu com a cabeça como quem diz *vai em frente, se quiser*. Ao lado dela, Aiden e Mini fizeram o mesmo.

Aru se voltou de novo para Agni, que não demonstrava mais nenhum vestígio da fúria anterior. Ele irradiava calor como uma lareira aconchegante no inverno. Mantinha uma expressão receptiva e animada, exalando o tipo de familiaridade que une parentes e amigos, com os olhos brilhando com o tipo de luz que inspira poesias.

Aru respirou fundo antes de perguntar:

– Por que Arjuna matou a família de Takshaka?

Agni se encostou contra uma das árvores douradas que minutos antes era uma pilha de cinzas.

– Não é bem assim como está perguntando, menina, mas eu entendo. A verdade é a seguinte: muito tempo atrás, fiquei muito doente. Quando *eu* adoeço, *tudo* adoece também.

– Não me diga – comentou Brynne, sarcástica.

Agni ignorou.

– Sou uma parte sagrada de todas as preces! Sabe, nos casamentos, o fogo sagrado ao redor do qual o noivo e a noiva andam? Sou eu! Então, quando não estou bem, isso não é bom. E, quando nada foi capaz de me curar, fui me consultar com o próprio Brahma. Ele me falou que eu precisava devorar a Floresta de Khandava. Só assim o universo voltaria ao equilíbrio.

O universo fora de equilíbrio realmente não parecia ser uma coisa nada boa...

– Mas e quanto a...? – Aru começou a perguntar.

– Me deixe contar outra história. Já ouviu falar de Jaya e Vijaya?

– Há... não.

– Eles são, tipo, ajudantes do deus Vishnu, né? – perguntou Aiden.

– Como é que você sabe? – Aru quis saber.

– Minha mãe contava piadas tipo toc-toc deles. São *péssimas*. Nem queira saber.

– Ah, é, a sua mãe – disse Agni, passando a mão no queixo. – Não é fácil esquecer a famosa dançarina apsara Malini. Diga para ela que finalmente aprendi os passos de salsa. Foi ela que me ensinou, sabe?

– Será que o senhor não pode dizer isso para ela pessoalmente? – sugeriu Aiden, esperançoso.

– As regras proíbem – explicou Agni, sacudindo a cabeça. – Malini abriu mão da conexão com o Outromundo quando se casou com um mortal. Mas para você foi aberta uma exceção. – Agni encolheu os ombros. – Espero que tenha valido a pena para ela. Enfim...

Aru olhou para Aiden. Ele estava imóvel, visivelmente magoado, e ela não sabia ao certo o que fazer. Brynne estendeu o braço para segurar a mão dele. Aru desviou o olhar, como se tivesse sido pega espionando algo que não deveria.

– Jaya e Vijaya eram os porteiros de Vishnu – Agni continuou. – Certo dia, um grupo de quatro sábios apareceu. O único problema era que tinham a aparência de crianças. Jaya e Vijaya não sabiam que eram sábios, então os mandaram embora, porque o Senhor Vishnu estava dormindo. Bom, os sábios crianças não gostaram, e os amaldiçoaram a viver vidas humanas...

– Por que viver como *nós* é sempre considerado uma maldição? – questionou Aru.

– Pois é! Qual é o problema de ser humano, a não ser as

alergias, a política, a morte, as doenças, os reality shows da tevê... – Mini se interrompeu. – Esquece.

– *Enfim* – retomou Agni. – Jaya e Vijaya ficaram horrorizados com o destino, claro, então Vishnu deu-lhes duas escolhas. Ou viviam sete encarnações na Terra como devotos fiéis de Vishnu ou quatro encarnações como inimigos jurados de Vishnu. E o que escolheram?

– Sete encarnações – respondeu Mini. – Quem iria querer ser inimigo de Vishnu?

– Pois é – disse Aiden.

– Quatro encarnações – falou Brynne. – Seria melhor acabar logo com isso.

Aru apontou para ela.

– É mesmo. Concordo.

– Jaya e Vijaya eram da mesma opinião que você – disse Agni, apontando com o queixo para Brynne. – Uma de suas encarnações mais famosas foi como Ravana e seu irmão demônio.

Aru conhecia aquele nome.

– *Ravana?* O rei demônio que roubou a mulher de Rama?

– O próprio.

Ravana era um inimigo e um vilão, mas, como a mãe de Aru sempre dizia, às vezes os vilões são capazes de agir com heroísmo e os heróis de agir com vilania, então o que significava de fato ser uma coisa ou outra? Para completar, a irmã de Ravana, Surpanakha, era a responsável pelo roubo do arco e flecha. A cabeça de Aru começou até a doer.

– Não entendi o que essa história tem a ver com a minha pergunta – disse Aru.

– Ah, mas tem, sim – garantiu Agni. – Você acha que aquilo que aconteceu na Floresta de Khandava foi injusto, e talvez tenha sido. Isso serve para mostrar que, como no caso de Jaya e Vijaya, coisas ruins acontecem com gente boa, e coisas boas acontecem para gente ruim. Às vezes, a vida não é justa, mas isso não significa que as coisas não tenham uma razão para acontecer. Nós só não sabemos qual é. O mundo é impossível de entender. E não deve explicações a ninguém. O seu papel é simplesmente cumprir o seu dever. Entendeu?

Aru consideraria mais compreensível se tivesse cortado ao meio uma maçã e encontrado polpa de laranja dentro.

– Nem um pouco.

– Ótimo! – disse Agni. – Se tivesse entendido, seria onisciente e, pode acreditar, isso é uma tremenda dor de cabeça.

Aru ficou sem reação, tentando aplacar a confusão de sua mente. Talvez, ao devolver o arco e flecha de Kamadeva, estivesse fazendo exatamente o que era preciso. Não contava com o deus Krishna ao seu lado assim como Arjuna, mas tinha sua família e seus instintos, e se no fim das contas pudesse afirmar que deu seu melhor, isso valeria de alguma coisa... certo?

– Estou pronta – disse Aru, apesar de sentir um frio na barriga de dúvida.

Agni sorriu.

– Fico feliz de saber. Vocês vão precisar estar prontos para a batalha que vem pela frente – disse o deus do fogo. – Na última vez que estive com Arjuna, concedi alguns presentes para ele, sabe? Em nome da tradição, acho que preciso fazer o mesmo agora.

Aru, Brynne e Mini emitiram sons idênticos como quem diz *Aimeudeuspresentestomaraquesejamcoisasquebrilham.*

Aiden revirou os olhos.

Agni juntou as mãos em forma de concha e estendeu para Mini. Quando as abriu, apareceu uma linda rosa flamejante com pétalas pretas.

– Para a filha do deus da morte, concedo uma Chama Noturna. Nunca vai se perder na escuridão.

Mini demonstrou seu respeito tocando os pés dele. Quando pegou a Chama Noturna, o artefato se transformou numa boina preta, que ela imediatamente pôs na cabeça para tirar a franja da frente do rosto.

– Bem melhor assim – disse Mini. – Obrigada.

– Para a filha do deus do vento, concedo à sua maça o poder das chamas – anunciou Agni, fazendo um gesto com a mão vermelha sobre a arma de Brynne.

A maça azul ganhou uma faixa vermelha. Brynne sorriu, brandindo a maça para testá-la. O fogo brilhou no ar.

– Para a filha do deus do trovão, concedo isto...

Aru mal conseguia se controlar. *Por favor, uma espada flamejante!* Não que ela saberia o que fazer com uma... Se saía muito melhor com lanças e outras armas de arremesso nas sessões de treinamento de batalha com Hanuman, mas *mesmo assim*. Não seria o máximo? Além disso, assar marshmallows seria moleza.

Mas Agni não lhe entregou uma espada flamejante, nem

nada que estivesse em chamas. Ele deu a Aru uma moeda de ouro com a inscrição si(f)u.

Hã, que GROSSERIA!, pensou Aru. *Além disso, não é nada sutil...*

– Solução Incendiária para Futuro Uso – esclareceu Agni.

– Ah.

– Tenho um arsenal de armas de que você pode precisar, filha de Indra – explicou Agni. A voz dele parecia distante, como se estivesse com a mente voltada para o futuro. – Quando chegar a hora, pode me chamar.

Aru pôs a moeda no bolso, se sentindo meio decepcionada.

– Certo, obrigada, então.

– Ainda não terminei – disse Agni, apontando para Aiden. Aiden arregalou os olhos.

– *Eu?* Mas não sou um Pândava...

– Sim, sim, nós já sabemos disso – disse Agni, e apontou para a câmera de Aiden. – Posso?

– Mas Shadow... quer dizer, a minha câmera, ela é bem antiga e...

– Só quero fazer um aprimoramento – disse Agni.

Com relutância, Aiden estendeu a câmera. Dos dedos de Agni se desprendeu uma linha de fogo que envolveu a câmera e a fez brilhar. Quando Agni a devolveu, estava sem nenhuma das marcas de dedos e os arranhões acumulados durante a jornada.

– Adicionei um dispositivo especial de fogo. Sua câmera nunca vai ficar sem bateria ou sem memória.

O rosto de Aiden se iluminou.

– Uau... valeu!

– Tomem cuidado por lá. O domo dourado sobre o labirinto é capaz de desativar todas as armas celestiais. – Agni baixou a cabeça. – Olho aberto, Pândavas.

Aiden imediatamente começou a responder:

– Eu não sou um...

Mas o deus do fogo já tinha desaparecido, deixando apenas uma brasa no local onde estava.

TRINTA
E TRÊS

Mas, sério mesmo, *onde* estão os biscoitos?

Aru temia que atravessar a arcada seria como mergulhar num copo de leite imenso e correr o risco de ser confundida com um Oreo por um gigante. Mas não era assim que o portal funcionava. Logo que os quatro passaram, se viram de pé sobre uma areia clarinha. Suspensa acima, como um céu cor de creme, estava a superfície do mar. O Oceano de Leite.

Por um lado, estar ali era uma coisa impressionante. Em toda parte, havia vestígios espalhados do evento cósmico colossal ocorrido quando o Oceano foi batido à procura pelo néctar da imortalidade. Segundo as histórias, centenas de tesouros preciosos se desprenderam das ondas enquanto os deuses e asuras batiam o mar, e Aru estava vendo a prova. Enterrados na areia clara e lisa havia galhos do tamanho de carvalhos enormes. Só havia um corpo vivo do qual poderiam fazer parte: Kalpavriksha, a árvore que satisfaz desejos. Aru tocou um dos galhos com cuidado, passando os dedos nos cristais afiados incrustados na madeira. Ela sentiu a pulsação da magia sob sua pele e recolheu a mão.

– Uau – murmurou Brynne, apontando para as estruturas imensas e esparramadas que os cercavam. Parecia que alguém havia demolido a Muralha da China e espalhado pela areia. – É a *pele* de Vasuki!

Que nojo, pensou Aru.

Vasuki era o rei naga que forneceu o próprio corpo para ser usado como corda quando o oceano foi batido. Depois disso, passou a viver na forma de um colar no pescoço do deus Shiva. Vendo mais de perto, Aru notou o padrão das escamas incandescentes, brilhantes como penas de pavão, em partes da pele de cobra.

Tudo ali era tão... imenso.

Fazia sentido. Aqueles eram os tesouros dos deuses. A mudança de tamanho de Agni era um bom lembrete de que, quando os deuses cabiam em seu campo de visão, estavam apenas sendo bonzinhos.

Aru nunca tinha se sentido tão minúscula.

Não havia nenhum ruído, a não ser o leve chapinhar do oceano mais acima e os cliques incessantes da câmera de Aiden.

– Pensei que o cheiro seria diferente. Tipo de cereal matinal ou coisa do tipo – Mini comentou.

– É, eu também – concordou Aiden. Ele farejou o ar. – Parece que um carrinho de sorvete parou na frente de um templo hindu.

Isso mesmo, pensou Aru. O ar gelado tinha cheiro de creme e incenso.

– Eu não achei que seria tão transparente – acrescentou

Aru, olhando para o leite-oceano-céu lá no alto. – Parece leite desnatado daqui.

– Pelo menos não preciso me preocupar com a lactose – disse Mini, aliviada.

– Não sei por que não pode ter um Oceano de Biscoitos se existe um Oceano de Leite – argumentou Brynne. – Isso deveria ser proibido.

– Verdade – falou Aiden.

De todos os tipos de oceanos em que poderiam estar, Aru na verdade ficou contente por ser um Oceano de Leite e não de alguma coisa esquisita, tipo um Oceano de Kombucha, que tinha gosto de meias cozidas e molho de soja.

Os galhos quebrados e os tesouros enormes projetavam sombras que os fizeram mergulhar na escuridão. A boina que levava a Chama Noturna de Mini ficou parecendo um halo lilás em torno da cabeça dela. À direita, Aru notou um discreto brilho dourado.

– Vejam! – disse Aru, apontando para lá. – Vocês acham que é o domo do labirinto?

– Deve ser – respondeu Brynne. – Mas não sabemos quem está de guarda do lado de fora... Vou dar uma olhada.

Com um flash de luz azulada, Brynne se transformou num cão de guarda cor de safira. Ela começou a farejar o chão.

– Venham comigo! – falou, apontando com a pata para a esquerda. – Estou sentindo um cheiro mais forte de magia a uns cinco quilômetros a sudoeste...

– Você fica uma *graça* de cachorra! – Mini exclamou.

Aiden tirou uma foto. Brynne olhou feio para os dois antes de mergulhar nas sombras. Mini cobriu o nariz com o braço.

– Espero não ser alérgica a ela. Estou sem lenço de papel, e não quero ficar com o nariz escorrendo na hora da batalha! – Ela correu atrás de Brynne, olhando para trás e gritando: – Nós vamos na frente, vocês cuidam da retaguarda!

– Pode deixar – respondeu Aru.

Tudo ficou bem mais silencioso sem a presença de Brynne e Mini, e os pensamentos de Aru se voltaram para o que Agni tinha dito. *Olho aberto*. Ele não fora o primeiro a lhe dizer isso. A primeira fora Varuni, a deusa do vinho. Só que ela tinha declamado uma espécie de profecia antes de dar esse conselho... Aru fez força para lembrar, e as palavras voltaram à sua mente:

A garota de olhos como peixes e o coração partido
conhecerá Aru numa batalha com potenciais feridos.
Mas cuidado com o que fazer com um coração tão magoado,
pois ainda há verdades piores em meio ao que será falado.
Você, filha de Indra, tem a língua afiada e pronta para a ação,
porém tome cuidado com o que decidirá dizer ou não,
pois existe uma nova história para conhecer e viver...
Mas tudo depende de conseguir ao mar sobreviver.

Quem poderia ser a menina de olhos como peixes?

O *coração partido* podia se referir a Uloopi, cuja joia-coração tinha sido roubada e escondida por Takshaka durante todos aqueles anos. Ou seria Surpanakha?

E a última parte... *conseguir ao mar sobreviver*. Isso provocou um calafrio em Aru.

– Um oceano é a mesma coisa que um mar? – ela perguntou a Aiden. Ele não disse nada. – Ei, sério que foi uma pergunta tão idiota assim? – questionou Aru.

– Há, o quê?

Aru tirou Vajra do bolso e o aproximou do rosto de Aiden. Apesar de o brilho da bolinha ser fraco em comparação com a Chama Noturna de Mini, era possível vê-lo claramente. E estava claramente chateado. A boca se curvava para baixo, e ele segurava a câmera com tanta força que os dedos ficaram até pálidos.

Todos os pensamentos que estavam relacionados ao oceano desapareceram.

– Você está bem? – ela quis saber.

Aiden a olhou de relance, mas não antes que ela pudesse examinar melhor o rosto dele. Ainda estava sujo de fuligem nas bochechas e no nariz por ter corrido para perto do incêndio provocado por Agni, mas fora isso não parecia... mal. Por outro lado, era o filho de uma apsara conhecida pela beleza. E isso era perceptível. Aru sentiu seu rosto ficar vermelho, e logo tratou de virar a cabeça para o outro lado.

– Estou – ele disse por fim. – Mas queria ter ganhado o cartão de memória de Agni antes. Poderia ter usado lá em casa.

– Ah, para tipo... tirar fotos das coisas perto de casa?

– É, e também, há, dos meus pais. A gente tinha um monte de fotos de família, mas a minha mãe guardou todas. E não sei onde.

Aru se lembrou de como Aiden ficou abalado quando Agni

mencionou a mãe dele. Como havia se casado com um mortal, abrira mão por completo da conexão com o Outromundo.

Espero que tenha valido a pena para ela.

Aru entendia como isso era perturbador. Como parecia em parte culpa *dele* a mãe não poder mais fazer parte do mundo em que fora criada... E Aru não tinha se esquecido dos pesadelos que atormentavam Aiden por causa do divórcio dos pais. A mãe dele se perguntando se foi por ter um filho que os dois acabaram se separando...

– Aiden?

– Quê? – ele perguntou, levantando os olhos da câmera.

– Você está bem? Tipo, bem *mesmo*? Não tem problema se não estiver...

Aiden respirou fundo. Em seguida, falou baixinho:

– É a minha mãe... E se ela tiver arrependimentos na vida? Afinal, desistiu de tudo pelo meu pai. E ele largou dela pra casar com uma namorada que arrumou enquanto *ainda* estava casado. E... – A voz dele ficou embargada, e Aiden demorou um tempinho antes de completar: – O que ela ganhou com isso?

Aru pôs a mão no ombro dele.

– Você.

Ela pensou nas vezes em que tinha visto a sra. Acharya com Aiden. Sempre se mostrava muito protetora, sempre afastando os cabelos dos olhos dele, sempre sorrindo para o filho quando ele não estava olhando. Aru sabia que não estava mentindo quando falou:

– E com certeza diria que valeu a pena.

Aiden a encarou para valer. Os olhos arregalados eram escuros, mas não completamente pretos. Tinham um brilho azulado, assim como os de Urvashi. Talvez fosse uma característica dos apsaras. Para Aru, fazia sentido. Apsaras passavam tanto tempo dançando no céu noturno que talvez pudessem ter começado a espelhá-lo nos olhos.

Aiden respirou fundo, e Aru tirou a mão do ombro dele.

– Eu gosto de você, Shah.

Aru levantou as sobrancelhas até o meio da testa. Seu coração disparou e ela sentiu um calafrio na barriga, como se houvesse milhares de borboletas batendo as asas ao mesmo tempo lá dentro.

Aiden entrou em pânico.

– Mas não tipo...

E assim as borboletas morreram.

– Como amiga – complementou Aru, com um tom de voz talvez animado demais.

– É. – Ele confirmou com um sorriso. – Como amiga.

Aru nunca negava novas amizades, ainda que, pensando bem... Não, isso não importava.

– Só pra você saber, ser meu amigo significa ter que usar roupa cor-de-rosa às quartas-feiras – ela disse.

Aiden suspirou e murmurou alguma coisa para si mesmo. Pareceu algo do tipo *preciso parar de andar só com meninas*.

Àquela altura, a paisagem havia se transformado. Um túnel feito de vidro marinho verde-claro se elevava da areia. Mais adiante, era possível ver uma parede lisa e reluzente feita de magia. Parecia um acréscimo mais recente ao Oceano de Leite, algo destinado a manter certas atividades longe das vistas. Aru e Aiden viram alguma coisa correndo na direção deles dentro do túnel. Instintivamente sacaram as armas, mas era apenas Mini.

– Pessoal – disse Mini, ofegante. – Ai, meus deuses, minha dispneia está fora de controle. Acho que estou morrendo.

– Disp-o-quê? – perguntou Aiden.

– Dispneia – corrigiu Mini, ajeitando os óculos. – É quando a gente não consegue respirar direito.

– Ah, sim. Claro.

– Vocês não estão sentindo nada porque estão andando devagar demais – resmungou Mini. Ela apontou para o túnel. – Vamos lá. Vão querer ver isso. Por sorte, a Brynne conseguiu se transformar num mosquito antes de ser vista por eles.

– Eles *quem*? – perguntou Aru.

Mini sacudiu a cabeça.

– Vocês vão ver.

Ela levou o dedo à boca enquanto caminhavam apressadamente pelo túnel. Lá dentro, o Oceano de Leite e os tesouros que despontavam do chão ainda eram visíveis, porém pareciam enevoados por causa do vidro marinho.

Quanto mais avançavam, mais escuro o vidro ficava, até que se tornou preto e eles precisaram se valer da Chama Noturna de Mini. O chão não era mais de areia clara e macia, mas de pedra escura e escorregadia. A passagem se desviava para a esquerda, e Brynne estava à espera com a maça na mão, impulsionando um vórtice de ar.

– O vento é ruído branco… ele encobre outros sons – ela

explicou, falando bem alto e apontando para a direita. – Assim a gente pode conversar sem eles ouvirem.

Mini desativou a Chama Noturna e, usando Dadá, formou em volta deles um escudo de invisibilidade.

– Ou verem – acrescentou. – Mas ainda assim vamos ter que andar com muito cuidado.

– Eu sei, eu sei – respondeu Aru, impaciente. – Eu sou, tipo, a discrição em pessoa.

Ela deu um passo à frente na passagem, escorregou na pedra lisa e deslizou para a frente, bem na direção da barreira erguida por Mini. Aru caiu com as pernas abertas. Brynne devia ter desativado a defesa do vento, porque Aru sem dúvida ouviu o clique da câmera de Aiden.

Ela nem teve tempo de cuidar de seu ego e seu nariz ferido, porque Mini foi correndo até onde estava e conjurou outro escudo para torná-los invisíveis de novo. O fim da passagem preta de rocha se abria para um local aberto do tamanho de três campos de futebol enfileirados. Os pedaços de tesouros e a pele de cobra não estavam mais visíveis. Em vez disso, o que despontava da areia era o lendário domo dourado – o labirinto que protegia o amrita. Aru sentiu uma onda de empolgação percorrer rapidamente seu corpo. Eles tinham encontrado o lugar! Só faltava descobrir onde estava Surpanakha e cravar uma flecha no coração dela, então poderiam ir embora!

Seu olhar percorreu o domo dourado de alto a baixo. Na base, cercando-o como um exército terrível, havia milhares de Sem-Coração formando fileiras bem alinhadas.

Tecnicamente, tudo o que separava os quatro do domo e dos Sem-Coração era uma porta de vidro dupla no fim do túnel. Mas havia um problema: numa reentrância nas paredes ao lado da porta estavam plantados dois guardas nagas com elmos na cabeça e tridentes afiados nas mãos. As caudas musculosas de serpente eram estampadas, uma com uma faixa vermelha, a outra com uma amarela.

O guarda da faixa vermelha apontou o tridente na direção de Aru e perguntou com um risinho presunçoso:

– Quais sssão sssuas últimas palavras?

TRINTA E QUATRO

Ai, não! Ai, não! Ei, espera aí...

Foram os piores cinco segundos de todos os tempos. Aru ficou paralisada. Mini ergueu as mãos para manter o escudo em funcionamento. Como era possível que o guarda tivesse visto os quatro? Brynne e Aiden deram um passo à frente, com as armas em punho...

...e o guarda baixou o tridente, virando para o outro e dizendo:

– Viu? Isso, *sssim*, é ameaçador.

Ele voltou para a reentrância onde estava posicionado. Os ombros do naga da faixa amarela despencaram.

– Pois é, quando *você* faz, parece fácil, mas comigo não dá certo.

– Qual é? – disse o guarda da faixa vermelha num tom gentil. – Lembra do que você falou ontem?

– Ah. Sssobre o amarelo?

– É.

O naga da faixa amarela apontou para a própria cauda.

— Eu estava com medo de que não combinasse com o meu tom de pele.

— Exatamente, e agora olha sssó! O amarelo realça os tons de dourado nela! Você nem precisa se esforçar para ficar elegante.

O outro naga abriu um sorrisão.

— Sssério?

— Sssério — confirmou Faixa Vermelha. — Um toque de cor acrescenta um tchã a mais.

Faixa Amarela concordou, batendo com a cauda alegremente no chão de pedra cinza. Em seguida, começaram a falar sobre o novo restaurante de comida orgânica de Naga-Loka, onde as águas-vivas iam direto do produtor para a mesa do cliente.

Aru se virou para Mini, esperando ver a confusão refletida no rosto da irmã, mas em vez disso ela estava olhando para o próprio pulso.

— Acha que *eu* ficaria bem com um toque de amarelo? — Mini perguntou.

Brynne se agachou entre as duas e apontou para a porta dupla de vidro.

— Eles estão tão distraídos que dá pra gente passar sem nem perceberem.

— E sim, Mini, você ficaria bem com um toque de amarelo — acrescentou Aiden.

Mini se empertigou toda, cheia de orgulho.

— Mas acham que vai dar certo? — questionou Aru. — Mini, você vai precisar manter o escudo ativo por mais tempo. E Brynne, fazer isso enquanto lança seu vórtice de vento pode ser meio complicado.

Brynne levou a mão ao ombro direito, que provavelmente estava ficando cansado de suportar o peso da maça.

— Eu aguento mais um pouco.

— Eu também — garantiu Mini, mas abrindo um sorriso meio forçado. — Vamos lá.

Aru se concentrou em fazer Vajra assumir a forma de uma espada reluzente. Não era uma lâmina incandescente, como queria ter ganhado de Agni, mas também era maneiríssima. Ao seu lado, Aiden sacou as cimitarras.

Os quatro seguiram andando na ponta dos pés. Quanto mais se aproximavam da porta, maior os guardas nagas pareciam. Da cintura para cima, tinham mais de dois metros de altura, bem mais que os nagas comuns, e isso sem contar a extensão das caudas enroladas.

— Ssseja bem sssincero comigo — pediu Faixa Amarela. — Esse elmo me deixa *gordo*?

— Ssser gordo não é problema — disse Faixa Vermelha, revirando os olhos. — Para de ficar se comparando com essas capas de revista. O pessoal que aparece nelas passou por todo tipo de encantamento.

Brynne deteve o passo para erguer o punho fechado em sinal de solidariedade, e então seguiu em frente.

— Eu sssei, eu sssei... mas essas capas sssão tão brilhantes... — explicou Faixa Amarela.

Àquela altura, Aru e os outros estavam a menos de três metros da porta de vidro. O caminho estava livre, mas do outro lado havia um exército de Sem-Coração. Todos os zumbis estavam imóveis, olhando para o domo dourado. O fato de estarem do lado de fora e não dentro do labirinto provavelmente era um bom sinal – eram a única forma de Surpanakha pegar o néctar da imortalidade, porque não podiam ser incinerados. Mas *onde* estava Surpanakha?

O escudo de Mini estremeceu. Aru percebeu que o esforço estava começando a desgastá-la. Até mesmo Brynne, a mais forte, estava com os lábios contorcidos. Aiden limpou a testa dela com a manga da blusa, e ela abriu um sorriso de agradecimento. Aru ofereceu a mesma ajuda para Mini, que se inclinou para trás.

– Os germes, Aru! – murmurou. – Tira esse poliéster infectado de pestilência de perto!

Aru deu de ombros e continuou andando. Aiden foi o primeiro a chegar à porta. Com todo o cuidado, ele virou a maçaneta.

– Vai em frente, Aiden – disse Brynne.

Ele respirou fundo e entrou.

– Aru, agora é você – avisou Brynne.

Quando Aru fez menção de se mover, um dos guardas nagas começou a se agitar de um lado para o outro. Aru não estava escutando com muita atenção a conversa, mas ouviu algumas partes sobre uma casa noturna recém-inaugurada no reino naga.

– Eu não sssei mesmo dançar bhangra – disse Faixa Vermelha. – Como é mesmo?

– É sssó fazer os passos: acariciar o cachorro, rosquear a lâmpada e depois dar uns pulinhos...

— Assim?

A cauda dele se arrastou pelo chão, acertando Aru, Brynne e Mini. As três tropeçaram e caíram. O vento da maça parou de soprar. Mini se esforçou para manter Dadá ativo, mas o escudo se despedaçou. Do outro lado, Aiden tentou abrir a porta e voltar para onde elas estavam, mas não conseguiu.

— MAS O QUE...? — gritou Faixa Vermelha.

Ele e o outro guarda ergueram os tridentes.

— Eca, eca, eca! — resmungou Faixa Amarela. — Meninas humanas!

— Lembre-se do nosso treinamento — instruiu Faixa Vermelha. — Quando encontrar indivíduos *repulsivos*...

— Quem você está chamando de repulsivos? — questionou Brynne, brandindo a maça. — Nós não somos as vilãs aqui, e, sim, *vocês*!

— *Nós?* Vilões?

— Olha só essa faixa vermelha bacana! — disse o primeiro naga, apontando para a enorme cauda. — Isso parece uma coisa *maligna* pra você, por acaso?

Mini ergueu Dadá para criar outro escudo, mas estava cansada demais. Até mesmo a maça de Brynne só foi capaz de soltar um ventinho quente no rosto de um dos nagas. Era a hora de Aru entrar em ação.

Ela arremessou Vajra em formato de frisbee. O raio e o trovão estalaram alto, e os dois nagas recuaram. Mesmo assim, levaram choques.

— Ai, ai! Ai! Ui! — exclamaram.

Aru tentou passar pela porta de vidro, mas os nagas se recuperaram depressa. Eles juntaram os tridentes em cruz, bloqueando a saída. Vajra voltou para Aru, que o apanhou com a mão aberta, e o raio se transformou numa espada. Ela segurou o cabo com as duas mãos e desferiu um golpe, mas os nagas se esquivaram em sincronia perfeita. Ambos acionaram as caudas ao mesmo tempo, agarrando seus pulsos e puxando-os para o lado até que ela largasse e derrubasse a arma no chão. Vajra assumiu a forma de bolinha de pingue-pongue e pulou para dentro do bolso dela, mas os nagas não perceberam. Estavam ocupados demais cumprimentando um ao outro.

– Você lembrou a coreografia – Faixa Vermelha comentou com o parceiro, empolgado.

Na opinião de Aru, as coisas não tinham como ficar piores, mas o universo achava outra coisa. Porque quem apareceu na passagem naquele momento foi ninguém menos que…

Surpanakha em pessoa, com direito aos cabelos pretos bem grossos, à pele bronzeada e tudo mais.

A demônia estendeu a mão, com as unhas vermelhas e compridas reluzindo sob a luz fraca.

– Solte a menina – ela ordenou aos nagas. – Vou lidar com elas pessoalmente. Depois disso, abandonem seus postos imediatamente e vão investigar o lado externo do túnel de vidro marinho. Acho que estou sendo seguida.

– Claro, almirante – os guardas se apressaram em dizer.

Eles baixaram as caudas, mas, antes que Aru pudesse sacar Vajra, um par de algemas mágicas a prendeu pelos punhos.

Vajra permaneceu no bolso, tentando confortar Aru com uma onda de calor.

Brynne e Mini também foram algemadas, encarando Surpanakha com a mesma expressão de fúria. A demônia abriu a porta e colocou as três para dentro.

Aiden estava à espera do outro lado, ofegante e vermelho pelo esforço de tentar voltar até onde as três estavam. Com o canto do olho, Aru viu os guardas naga se afastando pela passagem por onde Surpanakha apareceu.

– Pra cima dela, Aiden! – gritou Aru.

Mas ele não se mexeu.

– Uau! – exclamou Mini.

Aru se virou bem a tempo de ver Surpanakha se transformar. No local onde antes estava a princesa demônia agora havia Hira, a menina rakshasi da reserva natural do pântano. Ela prendeu os cabelos atrás da orelha e os cumprimentou com um aceno tímido.

– Eu... eu achei que iam precisar de ajuda.

TRINTA E CINCO

Olá, nova amiguinha!

Hira parecia escondida no meio da blusa de moletom enorme e da calça jeans larga. Pareciam roupas emprestadas. Aru se lembrou do que Navdeep tinha dito... ela não tinha família.

– Desculpa ter seguido vocês – disse Hira, fazendo as algemas mágicas desaparecerem. – Eu só queria me livrar daqueles caras por um tempo... Pensei que de repente poderia ajudar... e assim vocês me deixariam ficar...

Brynne deu um passo na direção dela, com a maça na mão. Por um instante, Aru pensou que ela iria mandar a rakshasi de volta para o Grande Pântano com uma ventania. Mas, em vez disso, passou a arma celestial para a mão esquerda e estendeu a direita.

– Valeu, Hira. Não precisa mais se preocupar com aqueles imundos. Você está segura aqui com a gente.

O sorriso que Hira abriu transformou o rosto dela.

– Só que, *estatisticamente*, provavelmente não está mais

segura com a gente – disse Mini. – Nós somos atacados o tempo todo. Mas pode andar com a gente, sim!

O sorriso de Hira fraquejou só um pouquinho.

– Há… tudo bem.

Uau, pensou Aru, *os outros amigos dela deviam ser péssimos mesmo*.

– Espera um pouco – disse Aiden, dando uma boa olhada para Hira, com uma das mãos no bracelete que se transformava em cimitarra. – Obrigado por tudo o que fez, mas por que estava com aqueles caras, pra começo de conversa? Quem disse que a gente pode confiar em você?

Vajra zumbiu no bolso de Aru, e ela entendeu que o raio estava questionando algo do tipo *por que Aiden está dando uma de mamãe ursa agora?*

– A escolha não foi minha – explicou Hira. – Quem decide onde eu fico é o Serviço de Acolhimento de Órfãos do Outromundo.

Aru nem sabia que isso existia, mas fazia sentido.

Quando Hira falou, Brynne empalideceu, e Aru se perguntou se estaria pensando na própria mãe, que a abandonara. Aru sabia que nem todos os pais participavam da criação dos filhos – alguns não podiam, fosse lá por qual motivo. Não era culpa da criança, e às vezes nem dos pais. Como sua mãe dizia, toda história tinha dois lados, e uma decisão como essa nunca era fácil…

Mas isso não amenizava a dor de ser deixada para trás.

– Navdeep é meu irmão adotivo… a família dele me acolheu. Ele não é tão ruim assim – disse Hira, baixando os olhos.

— Só se comporta daquele jeito quando está junto com os amigos. Às vezes ele é bem legal, me deixa ficar com a maior fatia de sobremesa e tal.

As suspeitas de Aiden pareceram se desfazer, porque descruzou os braços.

— Se ficar com a gente, vai ter o tratamento que merece. Vou falar com os meus tios, e eles vão dar um jeito em tudo — Brynne falou, toda convicta.

— Como...?

— Meus tios conhecem todo mundo — explicou Brynne.

Depois de passar tanto tempo num colégio particular de elite, Aru sabia que isso significava *eu sou podre de rica*. O que, claro, era o caso de Brynne.

— Já ouviu falar no arquiteto Mayasura? — perguntou Brynne. — Ele é meu ta-tataravô... sei lá, um ancestral bem distante por parte de mãe. Meu tio herdou o talento dele e é dono de um escritório de arquitetura em Nova York. Além disso, tem milhares de contatos no Outromundo e no mundo humano.

Mayasura... Aru se lembrava desse nome! Ele era o arquiteto que projetou o Palácio das Ilusões para os Pândavas. Aru e Mini tinham passado rapidamente por lá na missão anterior, e ficaram amigas do lugar. Aru torceu para que o palácio não estivesse se sentindo tão sozinho. Às vezes, pensava em fazer uma visita, mas sempre aparecia algum empecilho, como o fato de a construção ficar no reino dos mortos.

Com o canto do olho, Aru viu Mini levar a mão ao coração, como se tivesse se lembrado do palácio também.

Hira sorriu, e então voltou o olhar para a horda completamente imóvel e silenciosa de Sem-Coração diante do domo dourado. Eles não tinham sequer se mexido.

– Parece que estão dormindo – murmurou Hira.

Aiden bateu com o dedo na câmera.

– Dei um zoom no rosto deles agora há pouco... Os olhos são totalmente vazios, não têm nem pupilas.

– Eles estão sob o controle de Surpanakha – disse Brynne.

– Precisamos encontrá-la e acabar logo com isso – falou Aiden. – Só temos mais algumas horas. – Ele se virou para Hira: – Você sabe onde ela está?

Hira empalideceu.

– O que querem com Lady M? É melhor ficar longe...

– A gente não tem essa opção – Brynne interrompeu. – Ela é a chave para a gente... – Ela se interrompeu, pensando duas vezes antes de revelar a missão por completo. – Pra devolver uma coisa muito importante ao lugar onde deveria estar.

– E você? – Aru perguntou a Hira. – Também foi enfeitiçada pra trabalhar pra ela?

Hira fez que não com a cabeça.

– É que... ela é muito boa em convencer a gente.

Brynne grunhiu.

– E totalmente do mal. Olha só esses coitados!

Mini assentiu.

– O melhor a fazer agora é contornar o domo e procurar por ela – disse Brynne. – Mini, pode ativar o escudo de novo? Vou criar outro vórtice à prova de som. Os Sem-Coração provavelmente não vão atacar sem uma ordem de Surpanakha. Mas, por precaução, eu não chegaria perto deles, não.

— E se atacarem a gente? — questionou Mini, segurando Dadá junto ao corpo. — Os nossos recursos não vão funcionar com eles, porque tecnicamente os Sem-Coração foram criados por obra de um deus, e armas divinas não funcionam umas contra as outras.

— Nesse caso, a gente vai ter que usar as armas para se defender... e ganhar tempo — disse Aiden. — Até surgir a chance de usar a flecha em Surpanakha.

Aru fez uma careta. Kamadeva avisara que, quando pegassem a flecha, precisariam cravar no coração da ladra. Só assim os Sem-Coração recuperariam a forma humana e a arma se purificaria do poder sinistro.

Ela engoliu em seco. Restava pouquíssimo tempo para salvar os Sem-Coração, libertar Buu do cativeiro e limpar o nome das três. Aru se preparou mentalmente e assentiu com a cabeça.

— Vamos lá.

Os quatro sacaram suas armas. Com Vajra na mão, Aru se sentia um pouco melhor, mas ainda não sabia ao certo o que viria pela frente. Não era como enfrentar Sono... sabendo exatamente onde ele apareceria e o que queria.

— Você vem com a gente, Hira? — perguntou Brynne.

A rakshasi abriu os braços.

— Eu não tenho nenhuma arma.

— Você tem informações sobre o inimigo — disse Brynne. — E isso vale tanto quanto.

– Pois é – disse Aru. – E Surpanakha, como é?
– Linda – Hira respondeu sem pensar duas vezes.

Os cinco se esgueiraram em meio ao exército dos Sem-Coração, que era uma coisa assustadora. Brynne assumiu a frente, liderando-os entre as fileiras de homens, tomando cuidado para não encostar em nenhum. Hira estava colada a ela. Mini ia mais à direita, com o escudo funcionando como uma espécie de camuflagem espelhada. Quando Mini usara esse recurso antes, porque exigia menos energia mágica, a única coisa que Aru conseguiu detectar foi uma pequena distorção no ar, como se a imagem tivesse distorcida ao se refletir numa superfície convexa. Aiden seguia à esquerda, com as cimitarras em riste, enquanto Aru cuidava da retaguarda.

Vajra vibrava de energia ansiosa.

– *Relaxa* – murmurou Aru. – Você está me deixando nervosa!

O raio soltou uma faísca de eletricidade, como quem diz *É PORQUE EU TAMBÉM ESTOU SURTANDO!*

Eles chegaram em segurança à extremidade do enorme domo dourado. Em algum lugar lá dentro, protegido por todos os encantamentos de que os deuses eram capazes, estava o amrita. O néctar da imortalidade. Aru ergueu a mão para tocar a superfície de metal, mas hesitou. Tudo ali parecia exalar perigo.

– Nem sinal de Surpanakha deste lado – avisou Brynne. – Ela deve estar tentando entrar pelo outro.

— Mas o que a gente vai fazer quando descobrir onde ela está? – perguntou Aru. – E se não estiver com o arco e flecha?

— Vai estar, sim – disse Brynne. – Ela não consegue controlar os Sem-Coração sem isso.

— Ela não gosta de confronto – revelou Hira, falando baixinho. – Falou isso pra gente com todas as letras.

— A-ha! – exclamou Brynne. – Quando a gente mostrar as armas, ela vai recuar.

Aru não estava muito convencida e, quando olhou para Aiden e Mini, percebeu que também não pareciam tão confiantes.

Estava tudo silencioso...

— Mini, troca de lugar com a Aru – disse Brynne. – O Dadá pode dar mais cobertura pra gente na retaguarda.

— Acho que estamos *bem*, Brynne – respondeu Aru. – Não tem ninguém aqui atrás. Se a Mini ficar se movendo, tem mais chance de alguém ver a gente. É melhor ficar tudo como está.

— Estou falando pra vocês trocarem! – repetiu Brynne.

— Aru, Brynne, não vamos brigar – pediu Aiden. – Precisamos manter o foco.

— Certo, tudo bem – disse Brynne, erguendo o punho fechado. – Que tal decidir no pedra, papel e tesoura?

Aru cruzou os braços.

— Eu não vou arriscar a minha vida num jogo de pedra, papel e tesoura.

— Ah, eu adoro esse jogo! – exclamou Mini.

Nesse momento, alguma coisa aconteceu. Aru foi capaz de

sentir antes mesmo de identificar. No meio da empolgação, Mini tinha se movido rápido demais, e Dadá devia ter encostado na parede metálica do domo.

A magia de todos enfraqueceu. Era como estar diante de Agni outra vez: o domo tornava as armas celestiais impotentes. As cimitarras de Aiden pararam de brilhar no ato, e Vajra se transformou em uma bolinha sem vida na mão de Aru. Ela o guardou no bolso.

E, o pior de tudo, o escudo de Dadá se desfez, deixando-os completamente expostos.

– Mas o que foi...? – Aru começou a perguntar, mas, antes que pudesse concluir, Aiden tapou sua boca com a mão e a puxou para trás.

Quando Aru estava prestes a mordê-lo, Aiden tirou a mão e apontou para os Sem-Coração.

Antes, os olhos dos Sem-Coração estavam vazios, e eles se mantinham imóveis como estátuas. Agora as pupilas deles – de um vermelho furioso e inumano – estavam fixas em Aru e nos outros. O exército deu um passo à frente em sincronia perfeita.

– *Eu estava mesmo me perguntando quando iam aparecer* – todos os Sem-Coração disseram ao mesmo tempo com diferentes vozes.

Os pelos dos braços de Aru se arrepiaram...

A multidão de zumbis se abriu para dar passagem a duas figuras que caminhavam – ou melhor, deslizavam – entre eles:

Takshaka, o naga que tinha traído a rainha Uloopi.

E Surpanakha, a princesa rakshasi. Ela levava um arco

pesado pendurado nas costas e na mão uma flecha comprida de ouro. Era tão brilhante que parecia até um raio de sol.

– Faz um tempão que estou esperando conhecer vocês – ela disse.

– *Conhecer vocês, conhecer vocês, conhecer vocês...* – ecoaram os Sem-Coração.

TRINTA E SEIS

A história da princesa demônia

Um rakshasa ou um asura não nascem malignos. Mas se cultivarem suas artes obscuras... tornam-se demoníacos. No entanto, essa escuridão interior nem sempre transparece no rosto deles. Aru teve que lembrar a si mesma desse fato, porque Surpanakha não era nem um pouco como esperava.

Tinha pele morena e reluzente, e os cabelos cacheados e escuros eram repletos de pequenas pedras preciosas. Os olhos eram amendoados e um pouco puxados. Não estava vestida com roupas de caveiras ou com manchas de sangue, como Aru imaginava, e sim com uma calça jeans escura e uma camisa de seda dourada de mangas compridas. Não parecia uma demônia de forma nenhuma – a não ser pelos dentes caninos inferiores que eram um pouco mais longos e afiados que os da maioria das pessoas, e as íris dos olhos, vermelhas. Mas não de um vermelho assustador. Pareciam mais cerejas boiando em chocolate. As unhas eram mesmo compridas, mas de um jeito *fashion*, não como "lâminas afiadas" ou o que quer que significasse o nome dela. Quanto ao nariz, estava no lugar e parecia bem normal. O único sinal do confronto com Laxmana, ocorrido num passado remoto, era uma leve cicatriz na bochecha.

– Me desculpem por isso – disse Surpanakha num tom gentil.

Ela se virou com a flecha nas mãos, e o exército de Sem--Coração silenciou, deixando de repetir suas palavras.

A flecha funcionava meio como um controle remoto, Aru percebeu, o que devia ser um pouco frustrante. Era como se, toda vez que ela se mexesse no sofá, sem perceber que o controle estava debaixo de uma almofada, a televisão fosse ligada de repente. Só que, nesse caso, eram centenas de pessoas sequestradas gritando um slogan de propaganda.

– Pensei que o eco deles teria um efeito mais dramático, mas acho que ficou meio assustador – Surpanakha comentou.

– Sur... – começou Brynne.

– Ah, por favor, não me chame assim – falou a princesa demônia com um sorrisinho constrangido. – Esse nem é meu nome de verdade. Se quiser me chamar de alguma coisa, que seja de Lady M.

M? Qual era o nome de *verdade* dela?

Aru esperava muita coisa, mas não aquilo. Ela queria – ou melhor, *precisava* – lutar. O tempo estava acabando, assim como suas chances de manter os laços com o Outromundo, e Lady M – ou Surpanakha, ou fosse lá como se chamasse – era a responsável por toda aquela encrenca. Mas não os estava ameaçando. Estava sorrindo e sendo agradável, o que fez Aru querer gritar.

Takshaka deslizou para a frente, mas Lady M levantou uma das mãos.

— Pode nos deixar a sós, por favor? Preciso de um tempinho com as meninas.

Aiden fez menção de protestar, então ela acrescentou:

— E com nosso jovem cavalheiro.

Takshaka ficou imóvel, com os olhos leitosos perdidos em algum lugar atrás da cabeça de Aru. Ele pôs a língua para fora, sentindo o gosto do ar.

— Eu não confiaria neles. Estão do lado dos devas. Não têm motivo nenhum para ssse juntar à nossa causa.

— *Causa?* — repetiu Aiden. Aru e as meninas se assustaram. Aiden não costumava ser o primeiro do grupo a se manifestar. Mas, quando Takshaka aparecia, a raiva simplesmente emanava do corpo dele. Aiden segurou a câmera com força, e um leve brilho vermelho surgiu em torno do equipamento. — Que *causa*? Você jurou proteger a rainha Uloopi, e em vez disso agiu pelas costas dela para cometer um ato de traição. Não foi?

— Não tenho nenhuma vergonha de admitir — respondeu Takshaka, agitando a cauda. — Tive minhas razões. Pensei que Uloopi fosse sssábia, mas o julgamento dela ficou comprometido pela paixão por Arjuna. Foi uma coisa patética.

— Você escondeu a joia-coração de Uloopi — continuou Aiden. — Tirou a eterna juventude dela. E a enfraqueceu de propósito.

– Ela não é de confiança – rebateu Takshaka.

– Você não tinha o direito – afirmou Aiden com um tom sombrio.

Pela primeira vez, Takshaka pareceu um ancião, com o rosto contorcido pela dor.

– Eu fui obrigado, por um bem maior. Uloopi não queria me escutar.

Aiden tirou a mão de Shadowfax, mas não respondeu.

– O que você fez foi um ato de nobreza – Lady M disse para Takshaka com um sorriso tristonho. – Me deixe falar com eles, meu amigo. Me permita mostrar a verdade, e talvez mudem de ideia, assim como tanto tempo atrás.

Takshaka assentiu e saiu deslizando por entre os zumbis Sem-Coração.

Lady M se aproximou do domo metálico e deu um tapinha em sua lateral. Ela não foi nem um pouco afetada pelo contato.

– Sabe o que tem aqui dentro?

– O néctar da imortalidade – Mini respondeu imediatamente. – Que você quer pra... para...

Pensando bem, eles na verdade *não* sabiam por que ela queria o amrita. Se estava viva fazia tanto tempo, não precisava de imortalidade. Se era maravilhosa daquele jeito, não precisava da juventude eterna. E ao que parecia já tinha poderes suficientes.

– Me respondam uma coisa – disse Lady M. – O que é que nunca morre mas consegue ter mil vidas ao mesmo tempo?

Agora estava propondo *charadas*? Eles se entreolharam por um momento, e em seguida deram respostas hesitantes.

— Deuses? — sugeriu Mini.
— Demônios? — sugeriu Brynne.
Hira sacudiu a cabeça, mas não disse nada. Aiden permaneceu em silêncio, só observando. Aru adorava charadas, então quando ouviu o que Lady M falou, outra resposta lhe veio à mente:
— Histórias?
Era a única solução que fazia sentido. Deuses e demônios eram imortais, verdade, mas não conseguiam ter mil vidas ao mesmo tempo. Apenas as histórias se encaixavam nessa descrição. A mãe de Aru lhe ensinara que muitas lendas que circulavam pelo mundo eram parecidas. Isso não fazia delas narrativas ruins ou sem originalidade, e sim servia como prova de que as pessoas gostavam e tinham medo das mesmas coisas, independentemente de onde viviam. Cada cultura dava sua contribuição particular à mesma história universal, mantendo-a viva em muitas versões diferentes.
Lady M arregalou os olhos para Aru.
— Isso mesmo — ela respondeu baixinho, acariciando o domo de metal como se fosse um grande felino. — Histórias. Lendas. *Mitos*. Quando uma história deixa de ser contada, morre. A não ser que as pessoas encontrem os pedaços mais tarde, tirem a poeira e lhe deem uma vida nova... Não preciso do néctar da imortalidade para o meu corpo, mas para a minha história.
Lady M estendeu as mãos, e Aru notou que a pele antes lisa e morena se tornou áspera e cinzenta. As unhas pintadas de vermelho se tornaram mais afiadas e mortais. Até os caninos inferiores estavam roçando o lábio superior. E o nariz... desaparecendo.
— Está acontecendo cada vez mais — Lady M continuou,

com a voz embargada. – Estou começando a perder o meu verdadeiro eu. No fim, todos somos a versão de nós mesmos que os outros escolhem lembrar.

Aru sentiu um calafrio de preocupação...

– Vocês devem ter encontrado a canção da minha alma na tesouraria – disse Lady M. – Com certeza a esta altura já sabem que, se quiserem reverter o que fiz, vão ter que cravar esta flecha no meu coração. Mas contaram o que aconteceria comigo? Com a canção que ainda resta na minha alma?

Diante do silêncio de todos, ela mesma respondeu:

– Vocês matariam a verdade da minha história. Minha alma se tornaria uma canção da morte.

Brynne estava começando a ficar impaciente e irritada.

– Não estamos aqui pra conversar – resmungou. – Estamos aqui pra recuperar uma coisa que foi roubada indevidamente. Entregue o arco e flecha.

Lady M os encarou com lágrimas nos olhos.

– Pândavas... Eu entendo que queiram lutar contra mim. É compreensível, e eu inclusive perdoo se a coisa chegar a esse ponto. Mas, antes de sacarem as armas, posso contar a minha história?

Brynne pareceu hesitante, mas o rosto de Mini estava tranquilo. Ela provavelmente estava aliviada por não precisar lutar. Aru ainda não conhecia Hira muito bem para conseguir ler a reação dela. Aiden parecia desconfiado, com os olhos escuros cravados em Lady M.

Aru nunca se considerou do tipo *atacaaar!*, mas não queria ouvir a sina triste de Lady M. Já estava lamentando ter que enfrentar Takshaka pelo sofrimento dele, e agora *isso*? Aru não queria um monte de tons de cinza entre o bem e o mal – preferia que tudo fosse fácil.

Mas então Lady M perguntou:

– Pândavas, querem ver minha verdade?

Olho aberto. As palavras ditas por Varuni, pelo sábio Durvasa, por Ratri e Agni voltaram à sua mente. Aru cerrou os dentes, mas assentiu com a cabeça. Devia isso a todos os seus companheiros de missão e, em parte, a si mesma também.

Lady M agitou as mãos e uma ilusão se desprendeu das pontas dos dedos dela...

– Quando nasci, meus pais me chamaram de Meenakshi... a menina com olhos em formato de peixe.

Então ela é a garota com olhos como de peixes!, Aru pensou. Durante aquele tempo todo imaginou alguém com a cabeça estreita e um olho enorme e redondo de cada lado...

A história de Meenakshi se desenrolou como um pergaminho prateado sobre o domo metálico, onde Aru viu a imagem de uma pequena rakshasi brincando feliz com os irmãos mais velhos.

– Eu cresci e me casei, e estava contente.

A imagem se acelerou para mostrar Lady M adulta com flores nos cabelos e as mãos pintadas para a cerimônia de casamento. O cenário mudou de novo para mostrá-la sentada num trono dourado, emitindo ordens e proclamações.

– Mas o meu marido era um rakshasa ganancioso, então meu irmão Ravana o matou. Fiquei arrasada e saí pelo mundo em busca de uma cura para minha tristeza.

A imagem se expandiu para revelar o deus-rei Rama, sua esposa Sita e seu irmão Laxmana passeando por uma floresta. Mas, ao contrário do que Aru vira no chão de Kamadeva, dessa vez tudo era mostrado de acordo com a perspectiva de Lady M, que caminhava pela mata de cabeça baixa e com a mão no coração, que de tão despedaçado parecia prestes a cair para fora do corpo. Aru ficou tensa.

Ela sabia o que acontecia a seguir. Lady M se apaixonava por Rama, que a rejeitava; então se voltava para Laxmana, que a rejeitava; e em seguida atacava Sita e perdia o nariz.

E Aru sabia que essa história era verdadeira... mas não toda a verdade.

– Eu talvez tenha demonstrado meu afeto de forma aberta demais – disse Lady M. – Tinha sido educada para nunca me inibir ao pedir o que queria, e não vi motivo para começar a fazer isso naquele momento.

Na visão, Aru ouviu Lady M dizer que, se Rama a aceitasse como esposa, poderia mantê-lo a salvo do irmão dela. Mas Rama não queria outra esposa e, apesar de ter sido gentil na hora de rejeitá-la... o irmão dele não foi. Laxmana a ridicularizou por ter achado que algum dos dois aceitaria se casar com ela. A expressão no rosto de Lady M passou de triste a furiosa.

– Eu me arrependo de ter atacado Sita, mas meu orgulho foi ferido e minha fúria era impossível de conter – admitiu Lady M.

Aru não achava certo ela ter se voltado contra a esposa de Rama, porque nada do que acontecera era culpa de Sita. Mas compreendia a mágoa de Lady M. Ela havia sido humilhada.

A situação como um todo fez Aru pensar em uma menina de sua classe que sofreu um caso de bullying. Um dos alunos fingiu ser um admirador secreto, depois salvou as imagens das mensagens privadas que trocaram e mandou por e-mail para todos os alunos do Augustus Day. Aru se lembrava de ter visto a garota no corredor depois do acontecido e ter notado que ela parecia... muito sozinha. O caso foi tão sério que os pais dela a tiraram da escola. Uma semana depois, o culpado foi expulso, mas ninguém se esqueceu da história.

– Apesar das consequências, não me arrependo da minha ousadia – afirmou Lady M.

Na visão, ela estava ajoelhada na floresta sozinha, tentando estancar o sangramento no rosto.

– Mas quem eu sou não se resume a um momento de raiva.

A Lady M da visão levantou a cabeça, e Aru viu a vingança estampada nos olhos dela. Pela primeira vez, parecia demoníaca.

– Nas histórias, não passo de uma nota de rodapé monstruosa num épico sobre deuses e homens – ela comentou enquanto as imagens desapareciam. – Mas na verdade sou muito mais. Meu irmão nunca foi punido por matar o meu marido, e eu levei a culpa por provocar uma guerra. Quando ousei expressar meus sentimentos para dois deuses, além de ser desonrada, fui desfigurada. Eu teria que conviver com esse erro para sempre, isso estava claro como o buraco no meu rosto. Mas também tive triunfos e alegrias. Fui uma filha, uma irmã, uma esposa, uma princesa... e mereço ser lembrada por todas essas coisas também. Vocês vão me negar isso?

TRINTA E SETE

Lady M faz um pedido

Aru desejou que Vajra subisse pelos seus dedos e lhe desse um pequeno choque, algo que clareasse sua mente e a ajudasse a lidar com seus sentimentos. Seu raio, porém, continuava como um peso morto no bolso desde que Mini tocara o domo de metal que escondia o néctar da imortalidade. Aru estava sozinha nessa.

As reações de seus amigos à história de Lady M foram variadas. Mini parecia frustrada, como se não conseguisse chegar à conclusão de que era tudo verdade ou mentira. Brynne parecia furiosa (o que àquela altura Aru já sabia que era o normal no caso dela). O rosto de Aiden estava estranhamente sem expressão, como se ele estivesse tentando esconder o que estava pensando.

Quanto a Hira, estava fascinada. Ficou o tempo todo balançando a cabeça, incentivando Lady M a continuar a história.

— Agora entendem por que preciso do amrita? — perguntou Lady M, unindo as mãos. — As histórias sobre mim não dizem a verdade. Por isso, minha aparência exterior não reflete mais a alma.

Ela ergueu as mãos deformadas, que àquela altura revelavam garras nas extremidades. Os olhos em formato de peixes estavam um pouco amarelados, e a pele parecia inchada.

– Se a minha verdadeira história nunca mais for contada, vou sofrer um destino pior que a morte. Pelo resto dos meus dias, vou conviver com o que as pessoas pensam de pior sobre mim.

– Mas… ainda não entendi como o néctar pode ajudar – disse Aru. – Você não poderia simplesmente escrever a sua história?

Um leve sinal de impaciência surgiu no rosto de Lady M, mas logo em seguida ela se recompôs.

– Isso não se resume só a mim, criança. Você acha que este exército é o único que está se preparando pra tomar o mundo de assalto? Existem muitos de nós que não acham que mereceram o tratamento recebido dos deuses. – Ela cravou os olhos penetrantes em Aru. – Seu pai é um deles.

Ela não estava falando de Indra… e, sim, de Sono.

– Nós estamos do mesmo lado – revelou Lady M, apontando para o domo dourado. – Isso tudo foi ideia dele. Uma maneira que encontrou de fazer com que todos recuperassem o que foi tirado de nós. – Ela lançou um olhar de tristeza para Aru. – Ele sente sua falta, sabia?

Aru cerrou os dentes e agarrou Vajra com força dentro do bolso.

– Bom, considerando que ele tentou me matar, duvido que seja verdade. Ele não é flor que se cheire, não. Pode acreditar.

– Ele reagiu motivado pela fúria, assim como eu – respondeu Lady M. – Você não deveria…

– Você atacou Sita sem ela ter feito nada de mau! – interrompeu Aru. – E deixou que ela fosse sequestrada pelo seu irmão Ravana! Só porque se arrependeu não quer dizer que não tem culpa.

– Eu me desculpei depois, quando ela estava exilada num ashram – revelou Lady M. – Nós duas decidimos de coração deixar a raiva de lado, e no fim viramos amigas.

Ouvir isso deixou Aru sem fôlego.

– Vocês... vocês são *a-amigas*? – questionou Brynne, estreitando os olhos.

– Rama abandonou Sita – disse Lady M, incapaz de esconder um brilho maligno nos olhos. – Depois que ele lutou para retomá-la do meu irmão, ela foi banida pelo deus-rei. O pessoal dele a considerava impura, apesar da fidelidade que demonstrou. Rama acreditava nela, mas não a defendeu e a mandou embora quando estava grávida dele. Sita chegou a caminhar por entre as chamas para provar sua lealdade, mas isso não bastou.

Isso era... péssimo.

Alguma mulher nessa história tinha um final feliz em que a) não tinha o nariz arrancado, b) não era transformada numa pedra, ou c) não virava churrasco? Depois de se casar com um deus-rei, Sita teve que ouvir: *Surpresa! Na verdade, vamos mandar você para o exílio para ficar vagando pelas florestas por um bilhão de anos!*

Não, valeu.

– Vou deixar vocês conversarem entre si por cinco minutos, Pândavas – avisou Lady M. – Depois, precisam escolher seu lado. Podem nos ajudar a ser poderosos como os deuses ou... bom, vão acabar descobrindo que eu também estou disposta a lutar até o fim pelo que acredito.

Ela virou as costas e voltou para o meio das fileiras de zumbis Sem-Coração. Enquanto Lady M se afastava, Aru notou que a mudança na aparência dela estava se aprofundando. Os cabelos bonitos ficaram desarrumados e ressecados. Duas pontas protuberantes surgiram na testa... indícios iniciais de chifres. E a pele estava cinzenta.

Mais uma vez, assumindo a forma das histórias que as pessoas contavam a seu respeito.

– A arma de alguém já voltou a funcionar? – questionou Mini.

Ela brandiu Dadá, mas o Danda da Morte parecia tão vivo quanto um lápis.

– Não – falou Brynne.

– A minha também não – informou Aru.

– O que vamos fazer a respeito de Lady M? – perguntou Aiden.

Hira, que até então estava em silêncio, envolveu o corpo ainda mais no moletom surrado.

– Estou morrendo de pena do que aconteceu com ela.

Depois de ouvir isso, Aru sentiu um pouco da tensão abandonar seu corpo. Ela estava com medo de ser a única a ter sentido compaixão por Lady M.

– Hira, você pode ir até ali ficar de guarda? – pediu Aru. – Avisa pra gente quando Lady M estiver voltando.

Aru não queria que Hira ouvisse a conversa. Ela parecia ter se identificado demais com a rakshasi. Então, puxou Brynne, Mini e Aiden para mais perto de si.

– A gente não pode deixar Lady M, nem ninguém, pegar o néctar – ela falou.

Lady M era aliada de Sono, e Aru sabia muito bem com que tipo de seres ele se relacionava. Demônios escondidos nas sombras. Asuras fedorentos com sangue nas mãos. Aqueles que não conseguiram pôr as mãos no néctar da imortalidade da primeira vez que foi tirado do Oceano de Leite e não conseguiam se livrar do rancor. Tudo isso deixou a cabeça de Aru doendo.

Brynne assentiu.

– Então vamos partir pra briga.

– Vamos – confirmou Mini.

– Pois é – concordou Aiden, resignado.

Aru não aguentava mais. Ela precisava expressar suas dúvidas:

– Isso é a coisa certa a fazer, né? – questionou. Em seguida, acrescentou, com um tom de voz mais baixo: – Eu lamento por ela. Mas por outro lado... olhem só o que ela fez.

Os quatro observaram o enorme exército de zumbis Sem--Coração. Pessoas que haviam sido privadas de suas vidas, de seu livre-arbítrio.

– Reagir a uma injustiça com outra injustiça não tem nada de justo – comentou Aiden.

– Se ela não for combatida, *todas* essas pessoas, e não só *nós*, vão pagar o preço – disse Brynne. – Nós precisamos lutar.

Ela falou esta última frase mais para si mesma do que para os demais.

Aru concordou, mas mesmo assim... o que Lady M dissera a fez pensar em Sono. Se a história dela foi mal compreendida por todos, o que dizer da... *dele*? Aru sacudiu a cabeça. Era um pensamento perigoso.

– Tem mais alguma coisa que você queira falar, Aru? – Mini perguntou baixinho.

Aru percebeu que os outros três a estavam encarando.

– Não – mentiu ela. – Nada. – Se continuasse repetindo aquilo, talvez se tornasse verdade.

Aiden olhou por cima do ombro na direção de Lady M.

– Assim que ouvir essa resposta, ela vai querer arrancar a nossa cabeça.

– Pois é – concordou Aru.

– E nenhuma das nossas armas está funcionando – complementou Mini, com o medo perceptível na voz.

– *Ainda* – argumentou Brynne. – Pode ser que as nossas armas tenham decretado só uma trégua temporária.

– Mesmo assim, todos os nagas e os Sem-Coração estão do lado dela.

Uma ideia surgiu na mente de Aru. Os nagas que guardavam a entrada não conseguiram distinguir entre Hira e Lady M. Se os nagas não eram capazes de ver a diferença entre as duas, talvez Takshaka também não.

– Ô-ou – comentou Aiden. – A Shah está com aquela cara.

– Como assim? Que cara? – questionou Aru.

– É tipo a sua marca registrada de *eu-tenho-um-plano* – esclareceu Brynne, empolgada.

Aru gostou de ouvir aquilo. Então ela tinha uma *marca registrada*? Excelente.

– É uma cara malandra, tipo a do George Clooney em *Onze homens e um segredo*? Ou ameaçadora como a do Marlon Brando em *O poderoso chefão*?

– Parece mais uma rã quando vê a mosca que quer comer – respondeu Mini, pensativa.

– Uau. Valeu.

– Então, qual é a ideia, Shah? – Brynne quis saber. – Conta pra gente o que fazer.

Nesse momento, Aru percebeu que os demais não estavam só a encarando... estavam *recorrendo* a ela. Era um sinal de confiança. Aru se encheu de orgulho. E daí se não conseguisse cravar uma flecha no olho de um peixe ou fosse lá o que Arjuna tivesse feito? Podia contar com sua imaginação e três pessoas que confiavam nela e, sinceramente, isso bastava.

Aru deu uma olhada para se certificar de que Lady M ainda não estava de volta. A princesa demônia andava devagar de um lado para o outro, com um ar quase tristonho, diante de suas tropas de Sem-Coração.

– Nós podemos contar com um recurso que eles não têm – disse Aru.

Os outros a olharam com expressões de interrogação.

– Bom, com certeza não são armas, nem inteligência, nem beleza – comentou Mini.

— Fale por você — retrucou Brynne.

— Então, o que é?

— Não é o quê, é *quem* — explicou Aru, espichando o olhar para a rakshasi parada a alguns metros de distância. — Hira.

Aru fez um gesto para que ela se aproximasse.

— Pensei que você tivesse me pedido pra ficar de olho em Lady M — disse Hira.

— Mudança de planos — comunicou Brynne. — Fala pra ela, Shah.

— Você vai ser a nossa arma secreta — anunciou Aru.

A rakshasi empalideceu.

— *Eu?*

— É — disse Aru. — Você vai...

Porém não houve tempo de revelar a estratégia naquele momento, porque Lady M estava voltando.

— Aiden, Hira — Aru falou às pressas. — Depois explico tudo. Só não saiam do nosso lado nem por um instante.

Hira assentiu, hesitante.

Lady M se aproximou. Parecia totalmente demoníaca àquela altura, com as pupilas estreitas como as de um gato, virando a flecha de ouro na mão como um bastão... ou uma espada.

— Acredito que tenham tomado uma decisão, Pândavas — ela falou com uma voz áspera.

— Tomamos, sim — respondeu Aru. — Estamos aqui pra recuperar o arco e flecha de Kamadeva. Ou você devolve ou vamos precisar tomar à força.

Lady M escancarou a mandíbula, mostrando os caninos ainda maiores do que antes.

– Muito bem. Todas as coisas acontecem por um motivo, e devo respeitar o resultado, não importa quem saia vencedor. Podemos começar?

Uma onda de energia percorreu o exército posicionado atrás de Lady M.

Aru não sabia o que aconteceria em seguida. Alguma menina naga bonita apareceria deslizando com uma bandeira quadriculada na mão e faria uma contagem regressiva para a batalha? Haveria duelos individuais? Aru teria que encarnar o Rocky Balboa e sair trocando socos com Lady M?

Mas no fim não foi nada disso.

Ao mesmo tempo, Aru e seus amigos disseram *sim*. Foi em total sincronia e absolutamente sinistro. Nesse exato momento, Vajra ganhou vida no bolso de Aru, e a eletricidade estalou pela superfície da bolinha de pingue-pongue. Ela o tirou do bolso e o transformou num raio brilhante. E era capaz de apostar que as armas de todos tinham sido reativadas também.

Mas não foi por essa razão que a luta começou.

Lady M empunhou o arco e flecha, mirou em Aru e disparou. Várias coisas aconteceram ao mesmo tempo, mas, para Aru, foi como se o tempo estivesse passando bem devagar. Com movimentos lentos e controlados, brandiu Vajra e deu um passo para o lado. Mini e Brynne entraram em formação. Tudo devia ter acontecido rapidíssimo, mas naquele momento era como se estivessem se movendo em meio um líquido viscoso e grosso como mel. Brynne ergueu a maça. Mini ajustou o escudo. Hira corria de um lado para o outro inutilmente.

Mas Aiden...

Aiden pulou na sua frente. E foi só uma fração de segundo depois, quando viu o sorriso cruel no rosto de Lady M, que Aru se deu conta de que Aiden tinha feito exatamente o que a demônia queria.

A flecha o atingiu com força total. Aiden foi ao chão.

– Não! – gritou Brynne.

Ela largou a maça e correu até ele.

Lady M pegou o arco de novo e esticou a corda. Antes que Aru se desse conta do que estava acontecendo, a flecha voltou para a mão da demônia.

Um sentimento de culpa terrível comprimiu os pulmões de Aru. *Ela* havia deixado tudo aquilo acontecer. E agora...

– Se encarreguem deles – ela ouviu Lady M ordenar às tropas.

Os Sem-Coração se viraram todos ao mesmo tempo para Aru, Mini, Hira e Brynne. Então, como que por milagre, Aiden se levantou, derrubando Brynne de bunda no chão.

– Ei! – ela exclamou.

Aru conseguiu respirar. Por um segundo, pensou que Aiden fosse limpar a poeira e brandir as cimitarras contra Lady M. Em vez disso, ele rosnou para Aru, levantando as mãos de forma ameaçadora.

Aiden tinha se tornado um Sem-Coração.

TRINTA E OITO

Quem é o Sem-Coração agora?

Aru sentiu vontade de desistir de tudo naquele momento, mas sabia que não podia.

Takshaka deslizou por entre as fileiras de Sem-Coração para se colocar ao lado de Lady M. Ela inclinou a cabeça, e o exército de zumbis começou a se mover. Eles marcharam na direção das meninas, parando quando estavam a pouco mais de cinco metros, para assumir uma formação em semicírculo e as deixar encurraladas, de costas para o domo de metal. Aru, Mini e Brynne os encararam, escondendo Hira mais atrás.

A única maneira de vencer seria arrancar o controle dos Sem-Coração das mãos de Lady M. A flecha que ela segurava brilhava com mais força quando usada. A aparência dela continuava a se tornar cada vez mais monstruosa, como se estivesse se tornando uma Sem-Coração como os homens que havia sequestrado e arrastado para o fundo do Oceano de Leite.

Aiden estava junto com o restante dos zumbis, com olhos fixos em Brynne, que parecia prestes a cair no choro.

– Eu não protegi o Aiden – ela falou, com a voz embargada.

– Então vamos ter que salvá-lo para compensar – disse Aru. – Faz o que você sabe, Mini.

Mini apontou Dadá para a primeira fileira de zumbis Sem-Coração, que incluía Aiden. Uma luz violeta intensa os atingiu, fazendo-os tombar para o lado. Quase imediatamente, eles começaram a se levantar, incólumes.

Aru jogou Vajra em Aiden quando estava caído, e o raio o cobriu, assumindo a forma de rede. Ele se debateu, grunhindo. A rede não duraria para sempre, mas Aru não precisava disso.

– Hira? – ela chamou, se virando.

A rakshasi levantou a mão timidamente. Estava agachada no chão, abraçando os próprios joelhos.

– Não sei o que quer de mim – ela falou. – Não sei fazer nada direito. Não tenho como ajudar!

Aru a agarrou pelos ombros.

– Isso não é verdade. Você é a chave de tudo. O que eu preciso é o seguinte...

– Eu avisei que elas nunca iriam mudar de ideia – Takshaka se gabou em alto e bom som.

– Que seja! – respondeu Lady M. – Tentei convencê-las. Minha consciência está tranquila.

Os dois estavam no meio do semicírculo de zumbis Sem-Coração, conversando na frente das meninas como se elas sequer estivessem lá.

A respiração de Brynne estava ofegante, e os olhos, vermelhos. Ela se virou para Aru, com uma expressão bem séria no rosto. Em seguida, gritou:

– Lady M!

A princesa demônia se virou.

– Lamento pelo seu amigo, mas era o que precisava ser feito. Precisamos do maior número possível de soldados para nos defendermos dos deuses. Mas primeiro precisamos dar um jeito em vocês, Pândavas. – A voz dela tinha mudado. Estava esganiçada, um som horrendo que fez Aru sentir vontade de tapar os ouvidos com as mãos.

Lady M pendurou o arco no ombro e ergueu a flecha, se preparando para mandar os Sem-Coração para cima delas de uma vez por todas.

Brynne partiu para a ofensiva, brandindo a maça de vento. Em nenhum momento tirou os olhos de Aiden. Ela já havia canalizado a força dos ventos antes, mas nunca daquela *forma*, num tornado de pura fúria. Lady M se preparou para se defender, mas o alvo não era ela...

Takshaka foi ao chão. A cauda dele se lançou para a frente, derrubando Lady M. A flecha voou das mãos dela, como se estivesse desesperada para se libertar da demônia. Os Sem-Coração imediatamente ficaram imóveis.

– Agora! – gritou Aru.

Mini transformou o escudo num espelho e o jogou sobre Lady M, encobrindo-a completamente.

Como Aru esperava, Takshaka mergulhou para apanhar a

flecha. Ele a apanhou antes que caísse. Mas não se deu ao trabalho de pegar o arco.

– Péssima ideia, Pândavas – ele sibilou. – Mas o que eu poderia esperar?

Continua falando, assim mesmo, pensou Aru. Ela trouxe Vajra de volta para as mãos.

Uma parte de Aru ainda se sentia mal por Takshaka, mas a raiva era maior. Ele tentara matá-las na tesouraria. E enganara Uloopi. Quanto a Lady M, tinha uma sede de vingança que a levava a escravizar centenas de pessoas... inclusive Aiden. As coisas terríveis que aconteceram com Takshaka e Uloopi não eram justas, mas as atitudes deles também não.

Através da conexão mental Pândava, Aru mandou uma mensagem para Brynne: *Vai em frente.*

Takshaka ergueu a flecha e os Sem-Coração avançaram. Era absolutamente aterrador... e bem o que Aru esperava. O exército de zumbis atacou como uma onda, engolfando Lady M. Brynne lançou uma tempestade de vento na direção deles, tomando o cuidado de não acertar Aiden.

Quando se viu livre da rede, o Aiden-Sem-Coração continuou avançando na direção de Aru, brandindo as cimitarras de forma ameaçadora.

– Que *grosseria*! – comentou Aru, usando Vajra para se defender. – Pensei que a gente estivesse do mesmo lado.

O Aiden-Sem-Coração soltou um grunhido estranho, que Aru entendeu como: *Foi mal. Não consigo me segurar.*

Aru se preparou para o golpe seguinte. Quando veio, se

jogou no chão, assim como Hanuman tinha ensinado nos treinamentos de combate. Aiden rugiu, prestes a cravar as lâminas nela. No último instante, Aru rolou para longe da ameaça. Aiden rosnou. Tentou erguer as cimitarras para atacar de novo, mas as lâminas ficaram presas na areia molhada.

– Quero que você saiba que ainda somos amigos – ela falou.

Em seguida, deu uma pancada na cabeça dele com o raio, e Aiden caiu inconsciente.

Takshaka estava com dificuldade para controlar a flecha. Brynne havia pegado o arco e escondido atrás das costas.

– *Meenakshi!* – ele gritou. – Onde está você?

Os Sem-Coração estavam enlouquecidos. Corriam às centenas em todas as direções. Aru estendeu Vajra diante de si e emitiu pulsos elétricos para confundir os zumbis. Mini acionou o escudo da invisibilidade, e um tornado furioso, por cortesia de Brynne, revoava em um círculo amplo em torno de Mini, Hira, Aiden e Aru. Qualquer um que se aproximasse levava um chute com os tênis mágicos que Brynne escolhera no Galpão de Materiais para Missões.

– Agora? – ela perguntou.

Aru balançou afirmativamente a cabeça, sem fôlego. Em um instante, o tornado se desfez. Lady M saiu de trás de Brynne, demonstrando uma expressão furiosa ao passar pelos cada vez mais confusos Sem-Coração.

– Aí está você! – falou Takshaka, aliviado. Ele fez uma leve mesura e estendeu a flecha. – Pegue, por favor.

Ela a tomou da mão dele e a ajustou no arco.

– Já não era sem tempo! – ela esbravejou.

– Faça com que a obedeçam! – pediu Takshaka.

Lady M ergueu a flecha no ar, e os Sem-Coração ficaram imóveis. Em seguida, ela a apontou para a frente, na direção *oposta* à do domo que protegia o labirinto. Em sincronia absoluta, os Sem-Coração se viraram e começaram a marchar.

– O que está acontecendo? – questionou Takshaka, em pânico.

As escamas na cauda dele assumiram um vermelho de brilho intenso.

Lady M arregalou os olhos e sacudiu a flecha, o que fez os Sem-Coração começarem a correr em todas as direções.

– Não sei! E-eles devem ter estragado a flecha!

– Se abaixem! – gritou Mini.

Aru e Brynne se agacharam quando o domo espelhado de Mini voltou para a mão dela, no formato de um disco.

Um novo grito se juntou ao caos.

– Impostora! Ladra!

Outra Lady M – verdadeiramente monstruosa, encurvada e ensanguentada, com presas enormes despontando sob o lábio inferior – abriu caminho por entre os zumbis desorientados.

Takshaka, mais do que confuso, olhou para uma demônia e depois para a outra.

– Co-como? – ele gaguejou.

– Seu tolo! – rugiu Lady M. – Usaram uma rakshasi capaz de mudar de forma para enganar você!

Hira começou a assumir sua verdadeira forma: uma menina rakshasi assustada e agarrada ao arco e flecha.

Aru precisava agir depressa. Aquela era a parte final…

O último passo.

O mais cruel.

Aru olhou para Aiden, ainda deitado inconsciente perto da cimitarra cravada no chão. Ele e todos os demais continuariam daquela forma caso ela não pusesse um fim àquilo.

Lady M àquela altura era a imagem exata dos monstros das histórias. Aru desejou que aquela visão fosse tornar tudo mais fácil, porém não foi o que aconteceu.

Mini estendeu a mão e segurou a de Aru, como se soubesse exatamente o que ela estava pensando. Brynne derrubou Takshaka outra vez usando a maça de vento. Hira jogou a flecha para Aru, que a apanhou com uma das mãos. Sob seus pés, Vajra assumiu a forma de prancha flutuante, e Aru partiu em alta velocidade, com a flecha em punho. Os olhos de Lady M se arregalaram. No último instante, Aru virou o rosto...

Mas seu braço continuou na mesma direção.

Ela cravou a flecha no peito de Lady M.

A demônia soltou um grito terrível. Uma onda de energia se espalhou por todo o local. Acima, o Oceano de Leite se agitou.

Aru não precisou *ver* que a flecha atingiu o alvo, porque ouviu *Minha alma se tornaria uma canção da morte*, Lady M avisara. Aru jamais se esqueceria daquele som. A canção da morte era como o gelo se acumulando em silêncio do lado de fora de uma janela, ou um grito de aviso emitido com um segundo de atraso, ou enfiar a cabeça dentro da água, ou o eco silencioso de um momento esquecido para sempre. Parecia ao mesmo tempo impossível, dolorosa e absolutamente inevitável.

Quando Aru enfim voltou a abrir os olhos, Lady M estava caída aos seus pés, com a flecha enfiada no peito. Vagamente, sentiu a mão de Brynne e a de Mini em seu ombro. Devia ter caído de Vajra, mas não se lembrava.

Por toda parte ao redor delas, os Sem-Coração detiveram o passo e levaram a mão ao peito. Em seguida, começaram a olhar uns para os outros, com olhos arregalados.

– O que tinha no burrito que comi? – perguntou um deles, dando uma volta em torno de si.

– Onde é que eu estou? – questionou outro.

Aru ouviu um tropel de cascos se aproximando. As montarias celestiais! O Conselho de Guardiões devia ter sentido que o arco e flecha foi recuperado. A ajuda já estava a caminho.

Takshaka sibilou, e então abriu um portal no meio da areia. Ele se preparou para fugir, mas não sem antes dizer, furioso:

– Isso não muda nada, Pândavas. De acordo com as minhas contas, vocês não cumpriram o prazo. Podem até ter transformado os Sssem-Coração em mortais de novo, mas ainda assim ssserão exiladas.

Ele desapareceu, deixando Aru com um peso no estômago, como se tivesse engolido uma pilha de pedras.

Ela ouviu um grunhido atrás de si. Aiden estava sentado, esfregando a cabeça. Aru e Mini foram correndo até ele, que lançou um olhar admirado para Mini. Em seguida, deu uma encarada em Aru.

– Você me acertou com um raio? – ele quis saber.

– Sim.

— E eu mereci?

— Tipo, você estava tentando me *atacar*.

— Você estava transformado num Sem-Coração — contou Mini.

— Nesse caso, acho que podemos continuar sendo amigos.

Ele levou a mão ao peito para se certificar de que estava tudo intacto. Logo depois estendeu os braços, e Aru e Mini o ajudaram a se levantar.

— Onde está...? — ele começou a dizer, mas logo em seguida direcionou o olhar diretamente para Brynne.

Ela estava ajoelhada ao lado de Lady M, que jazia tombada. Hira estava de pé logo atrás, com as mãos enfiadas nos bolsos. Lady M brilhava. A aparência horrenda havia sido substituída pela antiga beleza. A princesa respirava fracamente, e pela ferida provocada pela flecha saía uma luz intensa.

— Vocês são adversárias dignas — ela falou quando todos se juntaram ao seu redor.

Aru se ajoelhou. Não sabia ao certo o que dizer... ou como agir. Só tinha seguido o conselho dos deuses de se manter de *olho aberto*. Mas isso não a fazia se *sentir* melhor.

— Vou desaparecer daqui, e minha história vai ser o que tiver de ser — Lady M disse com um suspiro. — Vocês pelo menos vão se lembrar de tudo, não?

Aiden assentiu com a cabeça, com os dentes cerrados. Brynne, Mini e Hira fizeram o mesmo. Aru hesitou... não porque não se lembraria, mas porque ninguém deveria desaparecer do mundo daquela maneira. Ela estendeu o braço e segurou a mão de Lady M.

E, quando fez isso, um nome veio aos seus lábios:
– Nós vamos lembrar… Meenakshi.
Lady M abriu um sorriso largo e se desintegrou, deixando para trás apenas a flecha dourada.

TRINTA E NOVE

Shadowfax, a salvadora

Existe uma razão por que os filmes não mostram o que acontece logo depois que uma batalha termina.

Porque é uma coisa bem tediosa.

Os Sem-Coração curados foram voltando a si, perguntando coisas como "ALGUÉM VIU ONDE FOI PARAR MEU OUTRO SAPATO?" enquanto faziam fila para ser mandados de volta para casa através das montarias celestiais. Desde que um deles mencionara um burrito, Aru não conseguia pensar em nada que não fosse comida, e Brynne só falava nisso também.

Mini tirou o frasco de álcool em gel do fundo da mochila e começou a oferecer para os homens.

– Só porque viraram zumbis não quer dizer que precisam ser imundos.

Aiden levantou a câmera, e as quatro meninas gritaram com ele.

Aru:

– Não! Olha o estado do meu cabelo!

Brynne:

– Se documentar a minha fome, o devorado pode ser você.

Mini:

– A luz do flash me dá dor de cabeça!

Hira:

– Se alguém descobrir que vim pra cá, eu estou frita...

Aiden revirou os olhos.

– Não estou tirando fotos de *vocês*.

Brynne pôs as mãos na cintura.

– Ah, é, e por que não?

– Que grosseria – falou Aru.

– Então por que sacou a câmera? – perguntou Mini.

– Só por garantia – respondeu Aiden, misterioso. Ele olhou ao redor do oceano. – Aposto que aquele rei serpente duas caras vai reaparecer a qualquer momento.

Assim que falou, um portal se abriu no meio da areia, de onde saiu Takshaka, deslizando com seus trajes de cortesão naga e agindo como se não tivesse acabado de sair do Oceano de Leite poucos minutos antes. Atrás dele, Uloopi. E não eram só eles. Urvashi saiu dançando do portal, com suas sedas revoando atrás de si, e Hanuman surgiu com um salto. Naquele dia, estava usando uma camiseta desbotada do Nirvana por baixo de um paletó de veludo.

– O arco e flecha! – disse Uloopi, se precipitando para a frente.

Brynne puxou a arma para longe do alcance dela. Desde o desaparecimento de Meenakshi, a flecha havia mudado. O antigo brilho da arma celestial fora substituído por uma coloração apagada.

Urvashi examinou o chão revirado e o grande tanque dourado que protegia o néctar da imortalidade.

– Mas onde está quem roubou?

– *Isso* você deveria perguntar para Takshaka – Aru respondeu friamente.

O pescoço de cobra naja de Uloopi se alargou.

– O que está tentando dizer, menina?

– Takshaka estava aqui agorinha mesmo! – revelou Brynne.

– E ele e Lady M, que todo mundo chama de Surpanakha, estavam tentando pegar o amrita, porque se consideram injustiçados pelos deuses – complementou Mini, cruzando os braços. – O que até acho verdade, mas isso não significa que...

– Já chega desse absurdo! – interrompeu Takshaka.

– Eu gostaria de ouvir o que eles têm a falar – afirmou Hanuman, com sua pelagem se arrepiando de leve ao encarar Takshaka. – É quando paramos de escutar que cometemos as maiores injustiças.

O rei serpente agitou a cauda violentamente.

– As Pândavas são inocentes das acusações imputadas a elas – pronunciou Urvashi.

– Isso só pode ser decidido em votação unânime – esbravejou Uloopi. – Não se esqueça de que elas tinham dez dias para completar a tarefa. E não cumpriram o prazo.

– Mas *nós* salvamos os Sem-Coração! – disse Aru. – E nunca fomos culpadas, para começo de conversa... só fomos obrigadas a fazer tudo isso porque vocês não acreditaram em nós.

– E o Buu? – perguntou Mini. – Vai continuar preso?

– Não – respondeu Hanuman. – Buu vai ser solto.

– Mas nós não? – questionou Brynne. – Isso por acaso faz algum sentido?

Uloopi levantou uma das mãos.

– Nossas regras existem por um bom motivo. As acusadas serão ouvidas na Corte dos Céus.

Takshaka abriu um sorriso presunçoso.

Aru olhou para Aiden. Ele sempre preferia observar a participar, mas ficou surpresa por não ter ouvido nenhuma palavra de seu amigo em sua defesa. Afinal de contas, ele estava lá como testemunha.

Por outro lado... Onde estava Shadowfax?

Ela olhou ao redor, mas não encontrou nem sinal da câmera de Aiden. Onde ele a havia enfiado? Aiden percebeu que Aru estava olhando e deu uma piscadinha.

– Venham, Pândavas – chamou Urvashi, apontando para o portal. – Apresentem seu caso para nós.

Hira tentou acompanhá-los, mas Hanuman gentilmente a impediu.

– Somente acusados ou apsaras podem comparecer à Corte dos Céus – ele falou, abrindo um portal diferente para Aiden e ela. – Vocês dois esperem no Bazar Noturno, e vamos mandar avisar suas famílias...

– Só a minha mãe – avidou Aiden. – Meu pai não vai dar nem bola.

– Muito bem.

Depois disso, Aiden e Hira desapareceram pelo portal.

— Vamos, Shah — disse Brynne, apontando com o queixo para o outro portal. — Precisamos provar que eles estão errados.

A Corte dos Céus estava com toda a aparência de um tribunal. As nuvens arroxeadas pareciam sérias e solenes. Um semicírculo de tronos dourados cercava o quadrado de nuvens planas onde Aru, Brynne e Mini estavam de pé com seus chinelos de nuvem, com as mãos respeitosamente colocadas para trás. Bem mais abaixo, brilhavam as luzes do Bazar Noturno, e Aru sentiu seu coração se apertar um pouco... imaginando se seria a última vez que o veria.

Num piscar de olhos, diversos membros do Conselho de Guardiões — cuja tarefa era supervisionar as missões dos heróis e manter o mundo em equilíbrio — apareceram em seus tronos. Mas Buu não.

— Comecem seu relato — ordenou a rainha Uloopi.

Ao lado dela, Aru notou que Takshaka estremeceu de leve.

As Pândavas contaram tudo o que acontecera desde que saíram do Bazar Noturno. Falaram sobre o cisne terrível que Kamadeva usava de guarda. Descreveram o siri azul monstruoso que não sabia cantar. No entanto, quando chegaram à parte em que enfrentaram Takshaka, o rei serpente as interrompeu, dando risada:

— *Mentira*! Eu sssei que essas meninas sssão conhecidas por men...

— Eu nunca minto! — falou Mini. — Acho que nem consigo... Isso me faz passar mal, e meu corpo fica todo quente...

— Desmintam a história ridícula que contaram e podemos

considerar outras opções – Takshaka continuou, sem se abalar. – Mas, se insistirem nessa fantasia, vão estar abusando da sorte, Pândavas. O Conselho não terá como reverter sssua sssentença.

Brynne parecia furiosa a ponto de ser capaz de abrir um buraco na nuvem que as sustentava.

Calma, Brynne, Aru falou por telepatia para as irmãs. *Nós temos uma arma secreta.*

Elas revelaram tudo, a não ser o fato de que a joia-coração de Uloopi estava no fundo da mochila de Aru. Sua intenção era devolvê-la, mas não como quem diz *AQUI ESTÁ! SEJA FELIZ!* Mas também não podia esperar por muito tempo, porque sua esperança secreta era de que, quando Uloopi visse a joia que Takshaka escondera, a rainha saberia que elas estavam contando a verdade sobre ele. Deixar que o naga continuasse *tagarelando* sobre a própria inocência no fim só pioraria a situação dele. Aru sorriu.

– Precisamos fazer a votação final – declarou Takshaka.

Agora podemos mostrar a joia-coração?, perguntou Brynne em pensamento, impaciente.

Aru pegou a mochila, e Hanuman saltou do trono, pronto para fazer sua argumentação, quando a visão de um portal mais acima fez todos voltarem a cabeça para o alto ao mesmo tempo. Através de um raio de luz estreito, um garoto foi lançado no meio da corte. Aru ficou feliz por ver que ele estava de novo com a câmera na mão.

– Aiden! – exclamou Urvashi, em choque. – Você não deveria estar aqui!

– Como foi que ele entrou? – Uloopi quis saber.
– Sangue de apsara – disse Aiden, olhando para Urvashi. – Tem uma coisa aqui que você precisa ver, Masi. Por favor. A senhora também, rainha Uloopi.
– Tirem esse menino daqui! – esbravejou Takshaka.
Urvashi se levantou com uma expressão que revelava todo o poder e a beleza mortal que tinha.
– *Não* fale com o meu sobrinho desse jeito – ela disse num tom gelado. – Mostre o que precisa revelar, Aiden. Mas não pense que vai se safar ileso.
Aiden olhou para Aru, Mini e Brynne. Um leve sorriso apareceu no rosto dele antes de entregar a câmera para a rainha Uloopi. Assim que ela tocou o dispositivo, imagens e sons apareceram em um holograma no meio do Conselho de Guardiões, mostrando Takshaka no Oceano de Leite, como se estivesse sendo observado de baixo para cima por alguém.
– Shadowfax! – murmurou Brynne, animadíssima.
– *Que causa? Você jurou proteger a rainha Uloopi, e em vez disso agiu pelas costas dela para cometer um ato de traição* – disse o Aiden-holograma. – *Não foi?*
– *Não tenho nenhuma vergonha de admitir* – respondeu Takshaka. – *Tive minhas razões. Pensei que Uloopi fosse sssábia, mas o julgamento dela ficou comprometido pela paixão por Arjuna. Foi uma coisa patética.*
– *Você escondeu a joia-coração de Uloopi* – falou Aiden. – *Tirou a eterna juventude dela. E a enfraqueceu de propósito.*
– *Ela não é de confiança* – rebateu Takshaka.

— *Você não tinha o direito* — afirmou Aiden com um tom sombrio.

Aru sentiu vontade de sair cumprimentando o céu inteiro. Era preciso dar o crédito a Aiden, agindo da mesma forma sorrateira que ela, esperando pelo momento em que Takshaka estivesse em meio a Guardiões num local onde não pudesse destruir as provas de seus malfeitos.

— Isso é verdade? — Uloopi perguntou baixinho.

Ela parecia ainda mais ameaçadora falando assim.

Takshaka empalideceu. Ele começou a gaguejar, mas então Aru abriu a mochila e pegou a joia-coração. Ela foi até onde estava Uloopi.

Só então Aru se deu conta de que não sabia muita coisa a respeito da rainha naga. Tinha conhecimento de que ela amava Arjuna e... mais nada. Da mesma forma que sabia apenas que Surpanakha, ou melhor, Meenakshi, tinha sido desprezada e ficara sem o nariz. Não era um panorama completo da situação. Era como se alguém filmasse Aru apenas enquanto dormia e apresentasse o que gravou como um documentário sobre sua vida.

— Isso é da senhora — Aru falou, colocando a joia sob os pés dela. — E... espero muito que deixe a gente ficar no Outromundo. Se fizer isso, de repente um dia pode contar o que aconteceu com a senhora depois da grande guerra. Porque todo mundo quer saber.

Uloopi ficou olhando para a joia-coração. Ela a pegou com as mãos enrugadas. Uma luz branca a banhou, e Uloopi se transformou... A pele enrugada ganhou um novo brilho, e os cabelos cinzentos passaram a reluzir como prata, assim como os olhos, que faiscavam. Uloopi respirou fundo, e o ar vibrou ao redor dela. Quando a rainha fechou os olhos, Aru viu que ainda estavam se movendo por trás das pálpebras, como se ela estivesse se inteirando de tudo o que não havia visto. Em seguida, os abriu de novo, com a boca curvada para baixo de vergonha.

– Obrigada, Pândavas – disse Uloopi. Ela apertou a joia junto ao coração, e depois tocou a testa. Quando tirou a mão, a esmeralda estava segura ali. – Devo minhas mais profundas desculpas a vocês.

Em seguida, ela se virou para Takshaka.

– Quanto a você, *cobra*, só o que fez foi desonrar sua casa e seu nome. – A voz dela vibrava de fúria e mágoa. – Quebrou os votos de amizade e lealdade que me fez. E isso nunca vou perdoar. – Ela sacudiu a cabeça. – Como você *pôde* fazer isso?

Com um estalar de dedos, um contingente de guardas nagas apareceu e arrastou o rei serpente, que sibilava e esperneava sem parar.

Pela primeira vez em vários dias, Aru sentiu que conseguia respirar tranquila de novo. Aiden pegou a câmera de volta e foi na direção delas. Brynne estava sorrindo. Mini tinha lágrimas nos olhos. Aru queria gritar de alegria, mas o olhar dela se voltou para o trono dourado vazio, o designado a SUBALA. Mini percebeu, e estava prestes a dizer alguma coisa, mas então direcionou a atenção para um ponto do céu mais além dos Guardiões. Um sorriso largo surgiu no rosto dela. Aru se virou bem a tempo de ver um borrão de penas cinzentas mergulhando em sua direção.

– Buu! – ela gritou.

Ele aterrissou em seus cabelos e imediatamente começou a bicá-la de leve.

– Você está pálida! Precisa tomar vitamina D! Pândavas *sempre* precisam de vitamina D. E o que é esse arranhão no braço? Quem arranhou você? E por que demorou tanto?

Aru deu risada. Buu se irritou e voou até Mini. Ele se aninhou sob a orelha dela, como se fosse um guarda-chuva e Buu quisesse se proteger da chuva.

– Vocês conseguem imaginar o quanto eu estava preocupado? Têm *alguma* ideia do que isso faz com as minhas penas? – Ele ergueu uma asa, que, para Aru, parecia exatamente igual a antes. Mas ela não disse nada. – O estresse reduz a expectativa de vida – ele falou.

Brynne franziu a testa.

– Mas você não é imortal?

Buu se virou para trás, como se só então tivesse visto Aiden e Brynne.

– Argh – ele grunhiu, voando para as mãos de Aru. – Mais de vocês? Não aguento mais. Simplesmente não aguento.

– Há, eu não sou um... – começou Aiden, levantando a mão.

Buu deu uma encarada nele e colocou as asas sobre os olhos.

– Nós sentimos sua falta também – disse Mini, com um sorriso.

QUARENTA

Uau, que constrangedor

Buu estava pousado sobre uma pilha de livros posicionados sobre a cabeça de Aru.

– Equilíbrioooooo – ele gritou. – Um Pândava sempre se apresenta de forma imaculada. Um Pândava tem que ser tão preciso que ele...

– Ou *ela* – rebateu Aru.

– Ou *elas*! – interferiu Brynne, que observava a distância.

– Podem escolher o pronome que quiserem! – esbravejou Buu.

Apesar de não conseguir vê-lo, Aru sabia que ele estava sacudindo as penas.

Aru e suas irmãs de alma estavam sobre um piso de ouro, cercadas por diferentes tipos de armas, com vários inimigos ilusórios e pôsteres de demônios pendurados todos tortos nas paredes transparentes da sala de aula em forma de bolha flutuante de Buu.

Aquele ambiente de aprendizado não tinha nada de caloroso e aconchegante.

– Pândavas precisam ser precisos e habilidosos a ponto de conseguir separar uma sombra do corpo que a projeta! São capazes de segurar o vento! São rápidos como...

– Um rio! – gritou Aru.

– *Com força igual a de um tufão!* – Mini berrou.

– *Na alma sempre uma chama acesa...* – cantou Brynne.

– PAREM DE CANTAR MÚSICAS DE *MULAN*! – gritou Buu.

Aru riu tanto que os livros caíram de sua cabeça e foram para o chão.

Buu grasnou e bicou sua orelha.

– Concentre-se!

– Eu *estou* concentrada – disse Aru.

Mas não era exatamente verdade. Duas semanas haviam se passado desde que foram inocentadas de roubar o arco e flecha de Kamadeva, e ainda não tinham conseguido devolver a arma do deus do amor. Isso aconteceria em exatamente uma hora. Portanto, tudo ainda estava meio que no ar, apesar de a vida ter se acalmado.

Quando Buu foi libertado da cela, ficou chocado e todo sem graça ao descobrir que as três tinham juntado uma parte da mesada para comprar uma caixona de Oreo num atacadista. Mas, depois disso, começou a levar a tarefa de treiná-las ainda mais a sério. Aiden aparecia de vez em quando, mas ele e Hira faziam a maior parte das aulas de magia com os demais alunos com ancestrais do Outromundo. A família de Mini havia se oferecido para abrigar Hira, que passou a morar no quarto de hóspedes. Apesar de isso ter acontecido apenas poucos dias antes, Aru já notava uma enorme mudança no comportamento de Hira. Ela sorria muito mais... e finalmente usava roupas que serviam.

– O que aconteceu debaixo do Oceano de Leite foi apenas o começo – disse Buu. Ele começou a andar de um lado para o outro. Fazia isso com frequência quando estava nervoso. – Vai haver uma rebelião! Uma *guerra*! Precisam estar prontas para encarar Sono de novo. Não se esqueçam de que as motivações equivocadas costumam ser as mais perigosas.

Ele ficou em silêncio depois. Uma semana antes, quando as meninas contaram sobre Surpanakha, Buu confessou que também já havia se deixado levar por um caminho sombrio.

– Muito tempo atrás, tudo o que eu fazia tinha a intenção de vingar o que considerava um insulto à minha irmã – ele contara. – Eu estava enganado.

Mini tentara confortá-lo.

– Isso acontece, Buu.

Buu fungou.

– Pensei que, se só contasse o que os Pândavas tinham feito de melhor, vocês fossem se sentir mais inspiradas.

Aru sacudiu negativamente a cabeça.

– A gente merece saber as partes ruins também, Buu.

– Caso contrário, onde fica o equilíbrio? – argumentou Brynne.

Buu concordara. Dali em diante, quando contava as histórias diárias, não escondia as partes mais feias... porém isso o deixava ainda mais ansioso ao falar sobre a grande guerra que vinha pela frente.

– Se não estiverem prontas, vão morrer! – ele falou, grasnando. – E se morrerem eu mato vocês! Não ousem!

– Calma aí, Buu – disse Aru. – Nós também temos nossas cartas na manga.

Brynne franziu a testa.

– Ah, é?

– É! A gente sabe improvisar. Dá só uma olhada. – Aru apontou para Mini e gritou: – Escudo!

Mini pareceu confusa, mas acionou um escudo, conforme pedido.

– Certo, Brynne, agora me arremessa para a frente!

– Há… tudo bem…

Brynne acertou Aru com uma rajada de vento enquanto ela corria na direção do escudo de Mini e pulava. Em sua cabeça, Aru imaginou um salto épico, que a faria voar pelos ares depois de pegar impulso no escudo para então lançar seu raio sobre alguém. Na prática, ela saiu escorregando e se estatelou na parede com um baque surdo. Mini desativou o escudo e Brynne foi correndo até ela.

– Mas o que foi *isso*? – questionou Buu.

Aru soltou um grunhido.

– Sei lá… no filme *Mulher Maravilha* deu certo.

– Você é a Mulher Maravilha?

– Eu… estou soterrada pelo vexame.

Não muito longe de onde Aru estava estatelada, Aiden

apareceu através de um portal. Assim que ficou de barriga para cima, ela ouviu o familiar clique da câmera de Aiden. Quando abriu os olhos, lá estava ele, acenando para cumprimentá-la.

– Por que já chegou? – ela quis saber. – Só era pra você aparecer daqui a uma hora.

Aiden encolheu os ombros.

– Eu estava sem nada pra fazer. Então decidi gravar um documentário sobre a vida agitadíssima das Pândavas.

– E?

– E acho que vou ter que trocar o título do documentário.

– Pode parar com isso e sair daqui.

– Sem chance, Shah – respondeu Aiden com um sorriso largo, ajudando Aru a se levantar.

Uma hora mais tarde, Aru, Mini, Brynne e Aiden estavam diante da entrada da Bolsa de Almas. Aiden estava com o arco e flecha. A arma estava numa caixa encantada entalhada em gelo para impedir que sentisse o pulso de mãos humanas. Aparentemente, o arco e flecha disparava toda vez que percebia a batida de um coração.

Por sorte, o cisne monstruoso que guardava a entrada não estava por perto. Quando a porta se abriu, eles não entraram num prédio comercial impecavelmente limpo e organizado como da vez anterior, e sim num lindo palácio. O piso era feito de lajotas de ouro com rubis no meio. Mais acima, o teto era o próprio céu noturno. Kamadeva não precisava de um lustre, porque as constelações dançavam no ar, emitindo uma luz prateada. Nas paredes havia imagens de casais famosos da história e das lendas: Tristão e Isolda; Heloísa e Abelardo; Nala e Damayanti; e até mesmo os cinco Pândavas e a esposa, a linda e sábia princesa Draupadi. Aru deu uma boa olhada na estátua de Arjuna. Ela não se parecia em nada com o antigo Pândava. Não era musculosa. E não tinha bigode (ainda bem). Mas Draupadi parecia familiar. Alguma coisa naqueles olhos...

– Então sobreviveram! – comentou Kamadeva, aparecendo diante deles, batendo palmas. Aru desviou os olhos das estátuas que estava observando. – Ah. Que ótimo. Adoro histórias que não terminam em desmembramento!

Mini arregalou os olhos.

– Há, eu também.

Aiden estendeu a caixa num gesto apreensivo, remexendo os pés sem parar... Afinal de contas, Kamadeva prometera a ele uma flecha do amor. E Aru sabia exatamente como Aiden a usaria. Brynne dissera que o pai de Aiden passaria na casa dele no dia seguinte para pegar as últimas coisas que ainda estavam lá. Os pais de Aiden se veriam pela primeira vez em meses...

– Ele vai fazer uma *Operação Cupido*, então? – Aru perguntara.

– Essa é a ideia – confirmara Brynne. – Mas, se quer saber a minha opinião, não acho que seja um bom plano, não.

Quando Kamadeva pegou o arco e flecha, o gelo da caixa evaporou. Ele sorriu ao empunhar a arma e erguê-la no ar.

– Olá, amiguinho – falou, colocando o arco sobre o ombro.

Em seguida, pôs a flecha numa aljava que levava no ombro. – Vocês fizeram muito bem em derrotar Surpanakha...

– Esse não é o nome dela – Mini disse baixinho.

Kamadeva ficou surpreso.

– Como?

Mini ficou toda vermelha e Aru entrou na conversa:

– Ela não gostava de ser chamada de Surpanakha. Preferia Meenakshi. Ou Lady M.

Kamadeva olhou para eles, pensativo.

– E esse é o nome que vocês querem que eu use?

Os quatro assentiram com a cabeça.

– Então é isso que vou fazer – ele afirmou.

– E a gente também gostaria de contar o lado dela da história para você um dia desses – Aru acrescentou.

– Quando não estiver muito ocupado – esclareceu Mini.

– Muito bem, Pândavas. Então assim será.

De algum lugar, Aru sentiu que parecia vir um leve suspiro no vento... como uma respiração presa por muito tempo enfim exalada.

– E como recompensa por terem recuperado meu arco e flecha, tenho uma bênção para cada um.

As orelhas de Aru se empertigaram. *U-hu! Bênção!* Ela só esperava que não fosse algo como o presente de Agni que, sem querer ofender, era basicamente uma nota promissória divina. O que ela faria com *aquilo*?

– Para a filha do deus da morte – disse Kamadeva, entregando a Mini uma caixinha dourada –, concedo um único minuto do tecido do tempo, capaz de apagar um minuto inteiro de palavras que desejaria nunca ter dito. É muito útil para um primeiro amor.

Mini ficou vermelha de novo.

– Obrigada.

Kamadeva estendeu um livro vermelho fininho para Brynne.

– Para a filha do deus do vento, ofereço meu livro de receitas favorito! Comida feita com alma é uma delícia, claro, mas a feita com coração? Ah. Um prato assim é capaz de preencher você de gentileza por vários dias.

Brynne sorriu e pegou o livro com avidez.

– Eba! Um livro de culinária!

– Para a filha do deus do trovão, ofereço isto – anunciou Kamadeva, entregando um tubo prateado de batom –, um holofote celestial feito de estrelas moídas e raios de luar envelhecidos. Use quando sentir que precisa ser vista pelo mundo sob uma luz diferente.

O poder de brilhar!, pensou Aru, enquanto agradecia ao deus do amor.

– E para você, Aiden Acharya – continuou Kamadeva, estendendo uma única flecha dourada não muito maior que a palma da mão de Aru –, uma flecha encantada da minha coleção particular, para usar como quiser. Mas saiba que não será capaz de mudar o livre-arbítrio de ninguém. E que não existe cura para a tristeza. Só o que essa flecha é capaz de fazer é abrir caminho para o amor. Não deixa ninguém gamado, e o amor em questão não necessariamente é romântico. A flechada simplesmente torna a pessoa *ciente* do amor, caso ainda não tenha se dado conta.

As palavras de Kamadeva não eram nada fáceis de entender, mas Aiden sorriu do mesmo jeito. Ele apanhou a flecha com cuidado e enfiou no bolso.

– Não coloca *aí*! – avisou Aru.

– Pois é – concordou Brynne. – E se levar um tombo e cair de bunda?

– E a primeira coisa em que bater os olhos for o chão. Ou um abajur – especulou Mini. – Você se apaixonaria por um abajur. Que dizer, se tornaria muito *ciente* do abajur.

– Tudo bem! Tudo bem! – disse Aiden, colocando a flecha atrás da orelha como se fosse um lápis. – Melhor assim?

– Claro – disse Brynne.

Kamadeva abriu a porta para eles.

– Desejo tudo de bom para vocês, Pândavas.

Aiden soltou um suspiro.

– Sério mesmo, eu não sou um Pândava.

– De sangue, talvez não. Mas por casamento com certeza – respondeu Kamadeva. – Afinal de contas, numa vida passada, você foi a rainha Draupadi, esposa de todos os irmãos Pândavas.

Existem certos momentos tensos da vida em que a única forma de superar uma situação constrangedora é *abraçar* o constrangimento.

Kamadeva tinha desaparecido, junto com seu palácio extravagante, deixando os quatro parados no meio da floresta, olhando um para a cara do outro.

– Então... – disse Aru. – Como a gente chama você agora, de esposinha querida?

Apesar de estar com uma cara de quem foi atropelado por um trem, Aiden conseguiu soltar uma risadinha.

– Para com isso, Shah – respondeu.

– Você é meu amigo, mas a ideia de a gente se casar é de embrulhar o estômago – disse Mini. – Sem querer ofender.

– Fica tranquila.

Brynne estremeceu.

– Você é meu melhor amigo, mas eu *nunca* me casaria com alguém do seu tipo. Primeiro, porque é praticamente meu irmão. Segundo, porque prefiro garotos capazes de me derrotar num campeonato de luta livre. – Ela pensou antes de acrescentar: – Ou garotas.

– Você já me derrotou mil vezes na luta livre – disse Aiden.

– Exatamente – falou Brynne.

Aiden esfregou as têmporas.

– Tudo bem, já entendi. Mas podiam dizer só *tudo bem, essa história é legal, só nunca mais vamos tocar nesse assunto*. Além disso, vocês não são nada parecidas com suas almas de Pândavas. Tipo, vejam só a Aru.

– EI!

– Só estou dizendo – explicou Aiden. – E nunca aconteceria de eu gostar de você desse jeito. Nós somos só amigos.

Ele a estava encarando quando falou, e Aru sentiu seu rosto queimar. Ele não precisava deixar tão claro que jamais gostaria dela dessa maneira. Aru disse a si mesma que não ligava, que isso não a deixava magoada.

Talvez, se continuasse repetindo, aquilo se tornaria verdade.

Aru abriu um sorriso fingido e falou:

– Legal. Então, todo mundo a favor de que o novo nome do Aiden seja *Querida*, considerando que é só um apelido, e que ele é uma pessoa totalmente diferente e blá-blá-blá...

Mini e Brynne levantaram a mão. Assim como Aru.

Aiden ficou horrorizado.

– Esperem aí! E o meu direito ao voto? Não quero ser chamado de Querida!

– Regras são regras, Querida – disse Mini, aos risos.

E isso encerrou a discussão.

QUARENTA E UM

Você não passará!

A ru passou a mão na barba. Era uma barba excelente, na sua opinião. Leve, macia e grisalha, perfeita para acariciar pensativamente.

– *Voem, seus tolos!* – ela falou, fechando a cara para seu reflexo na janela.

– Aru, o filme ainda nem começou! – resmungou Mini. – Você só pode começar a citar Gandalf lá pela metade!

– É o *meu* aniversário. Posso fazer o que quiser – ela respondeu, dando risada.

O aniversário de Aru era em 15 de fevereiro, também conhecido como o dia em que todos os doces não vendidos no Dia de São Valentim entravam em promoção e o mundo era dominado pelo cheiro do açúcar e do desespero de quem não tinha conseguido um par. Ela havia convidado todos os amigos para ver os filmes da série *O Senhor dos Anéis* no museu. Fantasiados. Mini estava de hobbit porque gostava das paredes curvadas das casas deles.

– Viver na floresta como um elfo é um estilo de vida que exige tempo demais ao ar livre – Mini justificara.

Hira, por sua vez, não via problema nenhum no modo de viver dos elfos. Estava vestida como um, e de tempos em tempos mudava de forma para ganhar a aparência de Arwen, a princesa dos elfos, o que deixava Aru morrendo de inveja. Brynne estava fantasiada de orc. No momento, estava assando *lembas*, o pão élfico, e decorando um bolo de aniversário com o rosto de Legolas.

A mãe de Aru se recusava a usar fantasia. Mas deixou que ela usasse o auditório do museu, que era tipo um cinema. E, no momento, tinha acabado de comprar duas passagens para Paris, onde daria uma palestra sobre as estatuetas de bronze do Senhor Shiva.

Na opinião de Aru, era o melhor aniversário de todos os tempos, e estava só começando.

– Aru, eu vou lá para cima ler – avisou a mãe, dando um beijo em sua testa. – Quando descer, *não* quero ver a barba do Gandalf no elefante de pedra.

Bom, ali estava uma ideia abortada.

– E nada de sussurrar "*meu precioso*" na minha orelha às duas da manhã como da última vez.

O melhor aniversário estava começando a virar o pior.

– Eu amo você. Divirta-se.

Certo, a última parte não foi tão ruim.

Aru fez um aceno para se despedir da mãe. Do lado de fora das janelas do museu, uma camada de gelo continuava agarrada às árvores. Buu tinha decidido tirar a noite de folga. Mas não se despediu antes de deixar instruções:

– Como é seu aniversário, hoje não vou falar sobre os perigos do açúcar, e transferi a sessão de treinamento do fim de semana das oito e meia da manhã para as quinze para as nove, porque assim vocês podem dormir até mais tarde. Feliz aniversário.

– Como assim? São só quinze minutos a mais!

– Quinze minutos a mais para o inimigo avançar!

O inimigo no caso podia ser Sono, que continuava sumido, ou Takshaka, que tinha conseguido escapar da cadeia e desaparecer. Apesar de não gostar de pensar nisso, Aru sabia que em algum lugar um exército gigantesco e sinistro estava sendo recrutado. Eles podiam não ter conseguido pegar o néctar da imortalidade daquela vez, mas Sono e Takshaka eram espertos... Em pouco tempo, encontrariam outra maneira.

Aru já tinha ouvido boatos no Conselho de Guardiões... Alguma coisa sobre Kalpavriksha, a árvore que satisfaz desejos. Afinal, o amrita não era a única coisa que surgira do Oceano de Leite quando os devas e asuras o bateram. Havia tesouros a ser descobertos... e que poderiam fazer toda a diferença quando a grande guerra enfim acontecesse.

Por ora, no entanto, Aru pretendia curtir aquela noite. Quem era capaz de saber quando teria outra chance como essa de relaxar e se divertir?

– Você acha que o pai dele já chegou? – perguntou Mini, também olhando pela janela ao seu lado.

– Não sei. Só espero que o Aiden esteja bem.

Querida não tinha ido à festa de Aru porque o pai dele passaria em casa naquele dia, e ele queria usar a flecha do amor para juntá-lo de novo a sua mãe. Nenhuma das meninas achava uma boa ideia, mas ele era teimoso.

– Mini! – gritou Brynne da cozinha minúscula. – Preciso de ajuda! Legolas está derretendo!

– Ai, não – disse Mini.

– Eu posso ajudar... – Aru começou a dizer, mas Hira bloqueou a passagem.

– Você não tem permissão!

– Hira, era um momento *perfeito* para dizer "você não passará"!

– Ops.

– Tá bom, tá bom – cedeu Aru. – Vou ficar aqui. Gritem quando eu puder voltar pra *minha* festa.

– Pode deixar! – disse Mini, correndo para onde estavam Hira e Brynne.

Sem saber o que fazer, Aru olhou pela janela de novo.

E viu Aiden...

Ele estava andando de um lado para o outro no jardim da frente, com Shadowfax pendurada no pescoço. Um pedaço da flecha de Kamadeva aparecia no bolso da blusa. Estava com o capuz sobre a cabeça, mas estava na cara que isso não bastaria para mantê-lo aquecido naquele frio. Aiden não pediu para nenhuma das amigas estar presente quando o pai dele aparecesse. Mas só porque uma pessoa não pede ajuda não quer dizer que não precisa.

Aru acariciou a barba postiça, pensativa... e saiu porta afora.

Do outro lado da rua, Aiden virou a cabeça assim que ouviu a porta do museu se fechar.

– Por que está vestida como um vovô?

– Como um *mago* – ela corrigiu. – É para a minha festa.

– Ah.

Aiden enfiou as mãos no bolso da blusa, depois olhou por cima do ombro, para a janela de casa. Aru não tinha certeza, mas achou ter visto a silhueta da sra. Acharya lá dentro.

– É melhor você voltar lá pra dentro e ir se divertir – ele disse. – Não precisa ficar aqui.

– Bom, o Legolas está derretendo, então ainda não posso entrar.

Aiden aceitou a explicação sem discutir, o que era uma prova da amizade dos dois.

– Ele deve chegar daqui a pouco – disse Aiden, de um jeito meio apressado. – E não sei o que fazer. Só quero que ela seja feliz.

A sra. Acharya estava na janela. Não pareceu sequer ter percebido que Aiden estava acompanhado por Aru naquele momento. A expressão dela parecia sofrida e triste, mas também... determinada. O tipo de aparência de alguém que sabe que está prestes a enfrentar uma batalha sem medos nem arrependimentos.

– Você acha que ela seria feliz se voltasse com o seu pai?

Aiden puxou os cabelos escuros, contorcendo os cachos num par de chifres bizarros.

– Sei lá. Eu *achava* que sim, mas agora não sei, não. É que... Você não sabe como eram as coisas antes de tudo isso.

Era verdade, mas Aru podia imaginar. Depois da missão,

ela havia visto fotos da sra. Acharya, a antiga celebridade apsara. Além de absurdamente linda, ela parecia feliz. Confiante. Como se gostasse mais de si mesma do que de qualquer um, e isso era o que importava. Nesse sentido, ela lembrava Brynne.

Ultimamente a sra. Acharya parecia... mais ensimesmada.

– E não consigo parar de pensar no que Kamadeva falou – continuou Aiden. – Não é bem uma flecha de amor, mas de *consciência*, e nem sei o que isso significa!

Ele puxou ainda mais os cabelos. Aru deu um tapa na mão dele.

– Para com isso ou vai ficar careca!

Aiden a encarou. Os faróis de um carro que se aproximava iluminaram a rua.

– Ele está chegando – disse Aiden, segurando a mão dela. – Vamos lá!

Aiden a puxou pelo gramado do jardim da frente até a porta da casa.

– O *que* a gente está fazendo? – murmurou Aru.

– Só fica aqui comigo, Shah. Dois minutinhos. *Por favor*.

Foi o por favor que a convenceu, por mais que achasse que não deveria estar ali.

– Aiden? – a mãe dele chamou. – É você?

Ele levou o dedo aos lábios. Juntos, entraram pela porta da frente e viraram à esquerda para a sala de estar, onde se esconderam atrás do sofá. No hall de entrada, Aru viu um espelho grande na parede. Havia fotografias emolduradas (todas tiradas por Aiden) em ambos os lados da peça. A partir dali o hall dava acesso a dois ambientes. O da direita era a sala de jantar, onde a sra. Acharya olhava pela janela, abraçando o próprio corpo magro com os braços.

Aiden sacou um pequeno frasco de um encantamento em forma de bolha do bolso da calça jeans e soprou no ar. Imediatamente, os dois foram cercados por uma esfera transparente gigante.

– Encantamento de silêncio – explicou Aiden. – Agora ela não tem como ouvir a gente.

Aru cutucou a bolha com o dedo.

– Onde conseguiu isso?

– No Bazar Noturno. Um comerciante yaksha me deu em troca de uns retratos que tirei dele. Disse que quer ser um astro de Tollywood.

– Há. Legal. Então... pra que a bolha? Quer dizer, estou aqui pra dar apoio moral e tudo mais, só que... qual a necessidade de ficar dentro de uma bolha?

Aiden ficou quieto por um tempão, e então falou:

– Sabe qual é a melhor parte de tirar fotos?

Aru fez que não com a cabeça.

– Eu posso mostrar para as pessoas o que vejo – Aiden falou baixinho. – E posso mostrar a *minha* visão delas. Queria poder mostrar a minha mãe. Talvez assim ficasse claro que eu acho que ela é... perfeita.

Aru acariciou a barba. No hall de entrada, a sra. Acharya se colocou diante do espelho. Os cabelos estavam presos num rabo de cavalo, fazendo com que os olhos dela parecessem grandes demais para o tamanho do rosto. Ela alisou as bochechas passando a mão de baixo para cima, da mesma forma como Aru via sua mãe fazer quando tinha um dia difícil.

— Então por que não faz isso? — questionou Aru.

Aiden arregalou os olhos. Ele voltou a atenção de novo para a mãe, que se olhava no espelho. Do lado de fora, a porta de um carro bateu. Aiden tirou a flecha do bolso. E então, como se fosse um simples dardo, arremessou na direção da mãe, acertando-a na lateral da perna. Aru prendeu a respiração, imaginando que a sra. Acharya fosse gritar ou coisa do tipo, mas não foi o que aconteceu. Ela simplesmente se ajeitou e deu mais uma olhada no espelho. Só que, dessa vez, não desviou logo a atenção nem franziu a testa. Estendeu o braço e tocou o próprio reflexo. Em seguida, olhou para as fotos tiradas por Aiden ao longo dos anos. Uma expressão de orgulho surgiu no rosto dela. E, num gesto lento, ela sorriu.

Podia não parecer nada de mais, só que Aru ficou felicíssima ao ver aquilo. Kamadeva dissera que não havia uma cura mágica para a tristeza. A flecha apenas abria o caminho para o amor, que não precisava ser necessariamente romântico. Às vezes, a melhor forma de amar era apenas amar a si mesma.

— Aiden — chamou a mãe dele, com um tom de voz leve. — Onde você está? Venha cá, docinho.

Docinho?, Aru repetiu apenas com os lábios.

— Nem pense em espalhar — disse Aiden, fechando a cara.

Quando a sra. Acharya foi abrir a porta para o pai de Aiden, ele fez um gesto para que Aru o seguisse. Ela o acompanhou até a porta dos fundos, por onde os dois saíram. Aiden atravessou a rua com ela e parou na calçada.

Fazia menos de dez minutos que Aru saíra da festa, porém parecia muito mais.

— Preciso ir — disse Aru, repuxando a barba.

— Feliz aniversário, Shah — falou Aiden. — E, há, obrigado. Muito mesmo. De verdade.

— Você pode ir e tal.... Se quiser...

Aiden pareceu se animar por um instante, mas em seguida fez que não com a cabeça.

— Preciso ficar com a minha mãe. Mas obrigado. Eu não sabia o que fazer naquela hora.

— Decisões são difíceis — disse Aru, pensando em todas as batalhas enfrentadas nas semanas anteriores. — Mas a maior delas é decidir o que fazer com o tempo que é concedido a nós.

Aiden franziu a testa.

— Você acabou de pensar nisso mesmo?

— Não. Roubei de uma fala do Gandalf.

QUARENTA E DOIS

Idas e vindas, a história de Aru

Na noite de seu aniversário de treze anos, Aru Shah dormiu de barba postiça e túnica de mago e, sendo sincera, diria que jamais se sentiu tão confortável na vida. Brynne havia pegado no sono perto de um prato de cookies. Mini e Hira estavam encolhidas no sofá.

Tinha sido um aniversário muito legal.

Inclusive poderia ter sido o melhor de que Aru era capaz… se não fosse pela estranha mensagem de texto que recebeu por volta da meia-noite. Era de um número desconhecido, e chegara bem no *meio* de sua cena de batalha preferida, então ela não comentara a respeito com ninguém.

Era uma mensagem curta. Apenas dois emojis – uma cobrinha e um rostinho sorridente de óculos escuros – e uma única frase:

> Vou cobrar aquele favor em breve, Aru Shah.

O que era *aquilo*?

A cobrinha e os óculos escuros eram meio óbvios, mas apenas quando estava quase dormindo ela se lembrou do garoto que os havia salvado de Takshaka. Uma parte de Aru sentiu vontade de acordar todo mundo, mas... aquilo poderia esperar até de manhã. E pelas panquecas. E pelo bacon de peru. Humm.

Em seus sonhos, Aru caminhava por uma enorme floresta. Ao seu lado, havia um enorme cachorro branco e peludo, bem parecido com o cão onírico do Bosque de Ratri. De tempos em tempos, ele cheirava sua mão e latia alegremente. Aru ainda estava com a túnica de mago, mas sem a barba.

Era um sonho perfeito, mas então duas vozes agudas a perturbaram:

– E *essa* aí? – perguntou uma.

Aru se virou e se viu cara a cara com um par de gêmeas. *Gêmeas*. Eram mais baixas e pareciam mais novas que ela, e tinham a pele bem morena. Uma delas usava um turbante bacana na cabeça. A outra tinha os cabelos presos em um monte de trancinhas intrincadas. Ambas tinham olhos azuis tão clarinhos que pareciam lascas de gelo no mar.

– O que estão fazendo no meu sonho? – questionou Aru.

– O que está fazendo no *nosso* sonho? – rebateu uma das gêmeas. – Chegamos aqui primeiro!

– Duvido!

– Claro que sim!

– Claro que eu duvido? Então estou certa em duvidar?

– Há... – começou uma das meninas, e então fechou a cara. – Assim não vale.

Aru sorriu. Havia algo estranhamente familiar naquelas gêmeas, mas não sabia o quê.

Uma delas levou os dedos às têmporas e fechou os olhos com força.

– Que foi? – perguntou a outra irmã. – É mais uma *visão?*

– Uau. Visão? – perguntou Aru. – Consegue ver o futuro? Posso ver também?

A outra gêmea abriu os olhos. Depois levantou a mão e apontou para Aru.

– É ela – disse a menina. – No ano que vem, ela vai salvar a gente.

– Salvar vocês? – questionou Aru, olhando ao redor. – De quê?

As gêmeas responderam em uníssono:

– Logo você vai saber, Aru Shah.

GLOSSÁRIO

Estou vendo que você voltou para uma nova aventura. Bom, só não venha me dizer que eu não avisei. Mais uma vez, gostaria de iniciar este glossário dizendo que esta seção não é, de forma nenhuma, completa ou rigorosa em relação às nuances da mitologia. A Índia é MEGAIMENSA e esses mitos e lendas variam de acordo com a região do país. O que vai ler aqui é meramente um recorte do que *eu* entendi das histórias que me contaram e da pesquisa que fiz. A coisa mais maravilhosa sobre a mitologia é que seus braços são amplos o bastante para englobarem várias tradições de diversos lugares. Espero que este glossário ofereça um contexto para o mundo de Aru e Mini, e talvez incentive você a fazer sua própria pesquisa. ☺

Adrishya – Termo em hindi para *invisível* ou *desaparecer*.

Agni – O deus hindu do fogo. Também é o guardião da direção sudeste. O fogo é de importância fundamental para diversos rituais hindus, e existem muitos mitos divertidos sobre a direção e o papel de Agni. Por exemplo, uma vez um sábio amaldiçoou Agni e o condenou a se tornar o devorador de todas as coisas do mundo. (Ninguém nunca me contou *por que* o sábio estava furioso... Será que Agni queimou a blusa favorita dele? Deixou queimar sua pipoca?) Brahma, o deus criador, desfez a maldição para que Agni se tornasse o *purificador* de tudo aquilo que tocasse. Certa vez, ele comeu tanta manteiga clarificada (que costuma ser usada em rituais religiosos) oferecida pelos sacerdotes que nada era capaz de curar sua dor de estômago a não ser, bom, uma *floresta inteira*. Isso aconteceu na Floresta de Khandava. Mas houve um probleminha. Indra, o deus do trovão, era o protetor dessa floresta, porque era lá que vivia a família de seu amigo Takshaka.

Amaravati – Então, eu tenho a grande infelicidade de nunca ter conseguido visitar essa cidade lendária, mas ouvi dizer que é, tipo, *incrível*. E só pode ser, considerando que é onde o Senhor Indra vive. É repleta de palácios dourados e jardins celestiais contendo mil maravilhas, inclusive uma árvore que satisfaz desejos. Como será que é o cheiro das flores por lá? Imagino que seja parecido com o de bolo de aniversário, porque isso para mim é praticamente o paraíso.

Ammamma – *Avó* no idioma telugo, uma das muitas línguas faladas na Índia, mais comum na região sul do país.

Amrita – A bebida imortal dos deuses. De acordo com as lendas, o sábio Durvasa certa vez amaldiçoou os deuses, que, por isso, perderam a imortalidade. Para consegui-la de volta, precisariam revirar o Oceano de Leite. Mas, para realizar esse feito, foram obrigados a recorrer aos asuras, uma raça de seres semidivinos em constante disputa com os devas. Em troca da ajuda, os asuras exigiram que os deuses lhe dessem um gole de amrita. O que até era *justo*. Mas, para os deuses, *justiça* é apenas mais uma palavra. Então eles enganaram os asuras. O deus supremo Vishnu, também conhecido como o preservador, assumiu a forma de Mohini, uma linda pronunciadora de encantamentos. Os asuras e os deuses se alinharam em duas fileiras. Enquanto Mohini vertia o amrita, os asuras ficaram tão fascinados com a beleza dela que não perceberam que todo o néctar da imortalidade estava sendo dado aos deuses, sem deixar sobrar nada para eles. Que grosseria! Aliás, não faço a menor ideia de qual é o gosto do amrita. Provavelmente de bolo de aniversário.

Apsara – Apsaras são lindas dançarinas celestiais que atuam na Corte dos Céus. Normalmente são as esposas de músicos celestiais. Nos mitos hindus, apsaras normalmente são enviadas em tarefas pelo Senhor Indra para atrapalhar a meditação dos sábios que estão ficando um pouco poderosos demais. É bem difícil meditar quando uma ninfa celestial começa a dançar na sua frente. E se desprezá-la (como Arjuna fez no *Mahabharata*), ela pode amaldiçoá-lo. Só avisando.

Asura – Uma raça às vezes boa, às vezes má, de seres semidivinos. Eles são mais conhecidos pela história de quando reviraram o Oceano de Leite.

Bhai – Irmão em *hindi*.

Bhangra – Uma das diversas danças no estilo popular do Punjabi. A técnica é bem simples: "acariciar o cachorro" e "rosquear a lâmpada". AO MESMO TEMPO. Essa parte é fundamental. E depois você precisa pular para trás e para a frente. Muitos homens indianos se acham muito bons nisso. Em geral, não são. Como é o caso do meu pai.

Bollywood – Versão indiana de Hollywood. Produzem toneladas de filmes por ano. Sempre dá para reconhecer um filme de Bollywood porque alguém leva uns tapas de mentira pelo menos uma vez, e toda vez que começa um número musical, o cenário muda *drasticamente*. (Como podem começar a dançar nas ruas da Índia e ir parar na Suíça ao final da música?) Uma das celebridades mais duradouras de Bollywood é Shah Rukh Khan (essa que vos fala *não* foi apaixonada por ele e nem tinha a foto dele no armário da escola... Você *não* tem prova nenhuma disso, me deixa).

Chaat – Não confundir com o bate-papo de internet, o chaat é um petisco delicioso que pode ser encontrado por toda a Índia. A minha avó prepara com bolinhos fritos de farinha de grão-de-bico e batatas condimentadas, cebolas picadinhas, sementes de romã, molho de iogurte e AI MEU DEUS QUE FOME!

Chakora – Um pássaro mítico que dizem se alimentar dos raios da lua. Imagine uma galinha superbonita que rejeita grãos de milho e prefere poeira lunar, coisa que, para ser sincera, me parece bem mais gostosinho.

Dada-ji – *Avô* em hindi.

Danda – Um bastão gigante normalmente considerado o símbolo de Dharma Raja, o deus da morte.

Devas – O termo sânscrito para a raça dos deuses.

Dharma Raja – O Senhor da Morte e Justiça, e pai do irmão Pândava mais velho, Yudhistira. Sua montaria é um búfalo.

Dosa – Uma comida gostosa parecida com um crepe que faz parte da maioria das receitas culinárias do sul da Índia. A mãe da minha melhor amiga fazia dosa para nós todos os dias depois da escola, acompanhado de peixe tikka masala. São uma delícia.

Draupadi – A princesa Draupadi era a esposa dos cinco irmãos Pândavas. Pois é, isso mesmo, dos cinco. Então, o que aconteceu foi que a mão dela foi prometida em casamento para quem executasse um grande feito com um arco e flecha... e Arjuna ganhou porque, bom, era Arjuna. Quando chegou em casa, contou em tom de brincadeira para a mãe (que estava de costas para ele, rezando): "Eu ganhei uma coisa!". E a mãe dele respondeu: "Pois trate de dividir com seus irmãos". O resto da conversa deve ter sido bem esquisito. Enfim, Draupadi era famosa por ser independente e por ter personalidade forte, por isso condenou aqueles que enganaram sua família. Em alguns lugares, é reverenciada como deusa. Quando os Pândavas fizeram sua jornada para os céus, Draupadi foi a primeira a cair e morrer. (PS: Ela amava mais Arjuna do que os outros maridos.) A mitologia é dureza.

Drona – O famoso guerreiro que treinou os Pândavas. Ele prometeu fazer de Arjuna o melhor arqueiro do mundo, por isso rejeitou Ekalavya, filho do chefe de uma tribo, que tinha essa mesma ambição.

Durvasa – Um sábio antigo e poderoso conhecido pelo pavio curto, cujo nome significa literalmente *aquele com quem é difícil conviver*. Segundo a lenda, é autoritário e ranzinza porque nasceu da raiva de Shiva. Vai saber. Foi Durvasa quem amaldiçoou os deuses e os fez perder a imortalidade, tudo por causa de um arranjo de flores. Pois é. Certa vez, Durvasa estava passeando pelo mundo, e estava de *muito bom humor* (uau). Ele cruzou o caminho de uma ninfa, viu a guirlanda de flores dela e falou algo do tipo: "Nossa, que linda. Me dá". A ninfa, provavelmente por saber o que aconteceria se Durvasa fosse *contrariado*, cedeu a coroa num gesto respeitoso. Enquanto usava a guirlanda,

Durvasa encontrou Indra. Ele jogou o arranjo de flores para o deus, que o pegou e colocou na cabeça do elefante que move as nuvens. O elefante reagiu de um jeito meio: "Argh! Eu sou alérgico!" e jogou as flores no chão. Durvasa ficou todo ofendido, tipo: "Como *ousa*?", e lançou uma maldição em Indra dizendo que, assim como a guirlanda de flores, ele e os outros devas seriam derrubados de suas posições. E isso, crianças, é o que acontece quando a gente coloca flores na cabeça de um elefante sem pedir a permissão dele primeiro.

Ekalavya – Um guerreiro habilidoso que se aprimorou sozinho na arte do tiro com arco depois de ser rejeitado pelo lendário mestre Drona por conta de seu status não muito elevado. O aluno favorito de Drona por acaso era Arjuna. Um dia, Arjuna viu Ekalavya realizar um feito incrível com um arco e flecha e ficou incomodado por existir alguém melhor que ele (ah, a inveja...). Isso deixou Drona apreensivo, porque tinha prometido a Arjuna que ele seria o melhor arqueiro de todos os tempos. Drona exigiu saber quem era o professor (guru) de Ekalavya. Ele respondeu: "Você". Na verdade, Ekalavya tinha feito uma estátua simbólica de Drona, diante da qual meditava para ser guiado em seu autoaprendizado. Quando Ekalavya ofereceu a Drona o *guru daksina*, um ato de respeito que se presta aos professores, Drona respondeu dizendo: "Me dê seu polegar direito". Nessa parte da história, eu fico muito brava. Por que Ekalavya deveria ser punido por ter conseguido realizar uma coisa por seu próprio mérito? HUMPF. Só que o respeito, principalmente aos mais velhos, é uma parte fundamental em muitas lendas hindus. Por isso, Ekalavya cortou o próprio dedão e deixou de ser melhor que Arjuna.

Floresta de Khandava – Uma antiga floresta, lar de muitas criaturas (tanto boas como más), entre elas, Takshaka, um rei naga. Aconselhados pelo Senhor Krishna, os Pândavas incendiaram a floresta inteira para ser consumida por Agni, o deus do fogo. Entre os habitantes poupados do fogo estava Mayasura, o grande rei demônio e arquiteto, que construiu para eles sobre as cinzas o lindo Palácio das Ilusões.

Gali – *Ar* ou *vento* no idioma telugo.

Gandharva – Uma raça semidivina de seres celestiais conhecida por suas habilidades musicais cósmicas.

Guerra Mahabharata – A guerra disputada entre os Pândavas e os Kauravas pelo trono de Hastinapura. Muitos reinos antigos foram dilacerados ao escolher se alinhar com um dos lados.

Ghee – Manteiga clarificada, usada com frequência em rituais hindus.

Gulab jamun – Uma sobremesa deliciosa feita com leite e mergulhada em calda quente. Mais comumente encontrada na minha barriga.

Guru daksina – Uma oferenda para um guia espiritual ou professor.

Halwa – Um termo mais abrangente para se referir à sobremesa. Significa literalmente *doce*.

Hanuman – Uma das figuras principais no épico indiano *Ramayana*, conhecido por sua devoção ao deus-rei Rama e Sita, esposa de Rama. Hanuman é filho de Vayu, deus do vento, com Anjana, uma apsara. Quando criança, aprontou muito, como achar que o sol era uma manga e tentar comê-lo. Ainda existem templos e santuários dedicados a Hanuman, e ele costuma ser reverenciado por lutadores por causa de sua força tremenda. Ele é meio-irmão de Bhima, o segundo mais velho dos irmãos Pândavas.

Idli – Um tipo de bolo de arroz saboroso bastante popular no sul da Índia.

Indra – O rei do céu, e deus do trovão e dos raios. É o pai de Arjuna, o terceiro mais velho dos irmãos Pândavas. Sua principal arma é Vajra, um raio. Ele tem dois vahanas: Airavata, o elefante branco que move as nuvens, e Uchchaihshravas, o cavalo branco de sete cabeças. Tenho um forte palpite de que sua cor favorita é...

Jaani – Um termo carinhoso que significa *vida* ou *querida*.

Jaya e Vijaya – Os guardiões da entrada do lar de Vishnu. Pense neles como leões de chácara divinos. Certa vez, eles se recusaram a deixar que um grupo de sábios poderosos visitassem Vishnu porque tinham aparência de crianças. Quem é que sabe o que disseram? Provavelmente: "Ei! Vou precisar ver a identidade de vocês, molecada". E os dois caíram na risada. Aposto que pararam de rir na hora que os sábios os amaldiçoaram e eles perderam a divindade e nasceram como mortais no mundo humano. (Às vezes, fico meio ofendida por essa ser a maior maldição imaginável. "AI, DEUS, UM MERO MORTAL NÃO, UM ESCRAVO DO PROVEDOR DA INTERNET E PAGADOR DE IMPOSTOS! QUE HORROR!") O deus Vishnu lhes deu uma escolha. Jaya e Vijaya podiam ter sete encarnações na Terra como seus devotos fiéis ou podiam renascer três vezes como seus inimigos jurados. Eles escolheram a opção mais curta. Uma de suas reencarnações foi como o vilão mais popular de todos os mitos: Ravana, o rei demônio de dez cabeças que raptou a esposa de Vishnu, e o irmão dele. Isso faz a gente pensar sobre a verdadeira natureza dos vilões, não?

Kalpavriksha – Uma divina árvore que satisfaz desejos. Dizem que tem raízes de ouro e prata, e galhos com pedras preciosas incrustadas, e que reside nos jardins paradisíacos do deus Indra. Parece uma coisa bastante útil para se roubar. Ou proteger. Isso foi só um comentário.

Kamadeva – Deus hindu do amor e do desejo, muitas vezes retratado junto com sua esposa, Rati. Certa vez, os deuses precisaram que Kamadeva ajudasse a reunir Shiva e Parvati depois que ela renasceu na Terra. O problema era que Shiva, arrasado pela perda, estava em meditação profunda e se recusava a abrir os olhos para o que quer que fosse. Foi aí que entrou Kamadeva, armado até os dentes com as armas do namoro: memes engraçados, espaguete para um momento icônico ao estilo *A dama e o vagabundo*, emblemas das casas de Hogwarts etc. e tal. Mas Shiva não quis nem saber. Furioso pela tentativa de manipulação, abriu o terceiro olho para o pobre Kamadeva, incinerando-o imediatamente. Mas não se preocupe, Shiva e Parvati se reencontraram! E no fim Kamadeva ficou bem, ainda que talvez um pouco menos disposto a fazer o papel de casamenteiro celestial.

Kauravas – Os famosos primos dos irmãos Pândavas, e seus grandes inimigos.

Krishna – Uma deidade hindu importantíssima. Ele é idolatrado como a oitava encarnação do deus Vishnu e também considerado um dos governantes supremos do universo. É o deus da compaixão, da ternura e do amor, e é famoso por sua personalidade charmosamente maliciosa.

Lassi – Uma mistura de iogurte, água, especiarias e às vezes frutas. Na minha opinião, não há nada melhor que um copão de lassi de manga nos dias quentes de verão.

Laxmana – O irmão mais novo de Rama e seu escudeiro no épico hindu *Ramayana*. Às vezes, é retratado como protegido de Vishnu. Em outros contextos, é considerado a reencarnação de Shesha, a serpente de cem cabeças e rei de todos os nagas, devoto de Vishnu.

Mahabharata – Um dos dois poemas épicos em sânscrito da antiga Índia (o outro é o *Ramayana*). É uma importante fonte de informação sobre o desenvolvimento do hinduísmo entre 400 a.C. e 200 a.C. e conta a história dos conflitos entre dois grupos de primos, os Kauravas e os Pândavas.

Makara – Uma criatura mítica que costuma ser representada como metade crocodilo, metade peixe. Estátuas de Makara costumam ser vistas na entrada de templos, pois makaras são os guardiões das fronteiras. Ganga, a deusa do rio, usa um makara como vahana.

Masi – *Tia* no idioma gujarati, uma forma específica de se referir a uma parente materna.

Mayasura – O rei demônio e arquiteto que construiu o Palácio das Ilusões dos Pândavas.

Meenakshi – Outro nome para a deusa Parvati, mas que também significa *aquela com olhos em forma de peixe*. Imagino que seja um peixe bem bonitinho, porque imagine se estivessem falando sobre aqueles que vivem no fundo do mar e que têm uma luzinha na cabeça... Sem chance.

Naan – Um pão chato, assado no forno. Às vezes, as pessoas falam pão naan, o que é uma tremenda redundância, tipo "entrar para dentro".

Naga (plural: nagini) – Um grupo de seres mágicos com corpo de serpente que, dependendo da região da Índia, são considerados divinos. Entre os nagini mais famosos está Vasuki, um rei-serpente usado como corda quando os deuses e asuras reviraram o Oceano de Leite para obter o elixir da vida. Outra é Uloopi, uma princesa naga que se apaixonou por Arjuna, casou-se com ele e usou uma pedra mágica para salvar sua vida.

Pachadi – Um tradicional *raita*, ou condimento, do sul da Índia, servido como acompanhamento. Em uma tradução aproximada, se refere a uma comida que foi sovada.

Pândavas, os irmãos (Arjuna, Yudhistira, Bhima, Nakula e Sahadeva) – Príncipes guerreiros semideuses e heróis do poema épico *Mahabharata*. Arjuna, Yudhistira e Bhima são filhos da rainha Kunti, a primeira esposa do rei Pandu. Nakula e Sahadeva são filhos da rainha Madri, a segunda esposa do rei Pandu.

Parvati – A deusa hindu da fertilidade, do amor e da devoção, além da força e do poder divinos. Conhecida por muitos outros nomes, é o aspecto mais gentil e maternal da deusa hindu Shakti e uma das deidades centrais do shaktismo, um culto voltado às deusas. Seu consorte é Shiva, o deus da destruição cósmica.

Pranama – Uma reverência para tocar os pés de uma pessoa honrada, por exemplo: professores, avós, ou outros anciãos. Isso torna as reuniões familiares particularmente difíceis porque você sai com dor nas costas de tanto se ajoelhar.

Rakshasa – Rakshasa (no masculino) ou rakshasi (no feminino) é uma criatura mitológica, como um semideus. Às vezes bons e às vezes ruins, são feiticeiros poderosos e conseguem mudar de forma para assumir qualquer aparência.

Rama – O herói do poema épico *Ramayana*. Ele foi a sétima encarnação do deus Vishnu.

Ramayana – Um dos dois principais poemas épicos em sânscrito (o outro é o *Mahabharata*), que descreve como o deus-rei Rama, auxiliado por seu irmão e o semideus com cara de macaco, Hanuman, salvam Sita, esposa de Rama, das garras de Ravana, o demônio-rei de dez cabeças.

Rambha – Uma das mais belas apsaras, muitas vezes mandada pelo Senhor Indra para interromper a meditação de diferentes sábios e também testá-los contra a tentação. Até aí tudo bem, mas uma vez, quando estava perturbando um sábio, Rambha (apenas cumprindo ordens, veja bem) foi amaldiçoada e transformada numa pedra por dez mil anos. DEZ. MIL. ANOS.

Rati – A deusa hindu do amor e do desejo carnal e outras coisas que Aru é nova demais para saber, então vamos em frente.

Ratri – A deusa da noite. Sua irmã, Ushas, é a deusa do amanhecer.

Ravana – Personagem do épico hindu *Ramayana*, no qual é retratado como o rei demônio de dez cabeças que raptou a esposa de Rama, Sita. Ravana é apresentado como antigo seguidor de Shiva. Também foi grande estudioso, governante competente, magistral tocador de *veena* (um instrumento musical) e alguém que desejava ser mais poderoso que os deuses. Para ser sincera, é um dos meus antagonistas preferidos, porque mostra como a linha que separa o heroísmo e a vilania pode ser bem tênue.

Rishi – Um grande sábio que meditou intensamente e chegou à verdade e ao conhecimento supremo.

Salwar kameez – Um traje indiano tradicional, que basicamente significa calça e camisa. (Um pouco decepcionante, eu sei.) Um salwar kameez pode ser chique ou básico, dependendo da ocasião. Normalmente, quanto mais chique o traje, mais coça na hora de usar.

Samosa – Uma massa frita ou assada com recheio saboroso, como batata, cebolas, ervilhas ou lentilhas bem condimentadas. É como um Hot Pocket, só que mil vezes melhor.

Sânscrito – Uma língua antiga da Índia. Muitas escrituras hindus e poemas épicos estão escritos em sânscrito.

Shakhuni – Um dos antagonistas do *Mahabharata*. Shakhuni era rei de Subala, e irmão da rainha cega Gandhari. Ele é mais conhecido por orquestrar o infame jogo de dados entre os Pândavas e os Kauravas, resultando no exílio de doze anos dos Pândavas e, por fim, na guerra épica.

Shakuntula – Uma mulher famosa por sua beleza e uma das várias vítimas das infames maldições do sábio Durvasa. Certa vez, Shakuntula se apaixonou e se casou em segredo com o soberano de um reino vizinho. Ele foi dar a boa notícia aos pais e prometeu ir buscá-la em breve. Shakuntula, morrendo de saudade, passou um tempão suspirando, ouvindo músicas do Ed Sheeran etc., ou seja, estava distraída demais para notar a presença do sábio Durvasa quando ele apareceu no ashram onde ela morava. Furioso por ser ignorado, o sábio Durvasa lançou uma maldição segundo a qual a pessoa em que ela estava pensando imediatamente a esquecesse. Credo. Shakuntula ficou arrasada, mas o sábio Durvasa amenizou um pouco a maldição, dizendo que, se ela mostrasse ao rei o anel que lhe dera, ele se lembraria dela. Então Shakuntula foi fazer isso, mas, enquanto ela atravessava um rio, o anel caiu na água e foi engolido por um peixe. Sendo assim, o rei se fez de desentendido quando Shakuntula apareceu... Poderia ser uma história trágica, mas um pescador fisgou o tal peixe, encontrou o anel quando o abriu e mostrou ao rei. Talvez o pescador esperasse uma grande recompensa, mas o rei simplesmente se levantou num pulo e gritou: "AI, NOSSA! ESQUECI COMPLETAMENTE QUE TINHA UMA ESPOSA!". Depois foi correndo se desculpar com Shakuntula e os dois cavalgaram juntos rumo ao pôr do sol etc. e tal. Não sei se o pescador ganhou alguma coisa em troca. Mas duvido.

Sherwani – Um casaco na altura do joelho usado por homens no Sul da Ásia.

Shiva – Um dos três principais deuses do panteão hindu, normalmente associado com destruição. Também conhecido como Senhor da Dança Cósmica. Sua consorte é Parvati.

Sita – A consorte do deus Rama, e uma reencarnação de Lakshmi, a deusa da riqueza e da fortuna. Seu rapto pelo rei demônio Ravana e o subsequente resgate são episódios centrais no *Ramayana*.

Surpanakha – A irmã de Ravana, o deus demônio do *Ramayana*. Surpanakha ficou encantada com a beleza do deus-rei Rama e o irmão mais novo dele, Laxmana. Rama explicou que já era casado e não queria outra esposa, então Surpanakha se voltou para Laxmana, que também a rejeitou, mas de uma forma bem menos gentil. A partir daí as coisas foram ladeira abaixo. Além de ser humilhada, Surpanakha teve o nariz arrancado depois de atacar Sita, a esposa do deus-rei. Não foi um dia fácil, de forma nenhuma. Depois do acontecido, ela foi correndo até seu irmão em busca de vingança, mas quando Ravana se deu conta de como Sita era linda, acabou tendo outra ideia.

Takshaka – Um rei naga e antigo amigo de Indra que vivia na Floresta de Khandava antes de Arjuna ajudar a incendiar o local, matando a maior parte da família de Takshaka. Ele jurou vingança contra todos os Pândavas. Por que será?

Uloopi – Princesa nagini que foi a segunda das quatro esposas de Arjuna. Praticante de magia, Uloopi foi responsável por salvar a vida de Arjuna no campo de batalha depois que ele foi morto pelo próprio filho (mas na ocasião esse laço de parentesco era desconhecido).

Urvashi – Uma apsara famosa, considerada a mais bela de todas as apsaras. Seu nome significa, literalmente, *ela que pode controlar o coração dos outros*. A moça também tinha personalidade forte. No *Mahabharata*, quando Arjuna estava de boa no céu, com seu pai, Indra, Urvashi mandou um recado dizendo que o achava muito lindo. Mas Arjuna nem ligou. Pior, ele a chamou respeitosamente de *Mãe*, pois Urvashi tinha sido esposa do rei Pururavas, um antepassado dos Pândavas. Sentindo-se desprezada, Urvashi o amaldiçoou a perder sua masculinidade durante um ano (grossa!). Naquele ano, Arjuna posou de eunuco, adotou o nome Brihannala, e ensinou canto e dança para as princesas do reino de Virata.

Ushas – Uma deusa védica (da Índia antiga) da alvorada, que puxava o sol pelo céu com a ajuda de suas vacas vermelhas reluzentes. Deviam ser vacas bem fortes. É irmã de Ratri, a deusa da noite.

Varuna – O deus do oceano e dos mares.

Varuni – A deusa da sabedoria transcendente e do vinho. É a consorte de Varuna.

Vasuki – Um rei naga que exerceu papel fundamental quando os deuses e asuras precisaram de ajuda para revirar o Oceano de Leite. Ele basicamente se enrolou numa montanha e foi usado como corda de batedeira manual. Ainda bem que ele não sentia cócegas. Depois que o Oceano foi batido, o Senhor Shiva o abençoou, e ele costuma ser retratado como uma cobra enrolada no pescoço do deus.

Vayu – O deus do vento e pai de Bhima, o segundo mais velho dos irmãos Pândavas. Vayu também é o pai de Hanuman, o semideus com cara de macaco. Sua montaria é uma gazela.

Vishnu – O segundo deus mais importante no triunvirato hindu (também conhecido como Trimurti). Esses três deuses são responsáveis pela criação, a manutenção e a destruição do mundo. Os outros dois são Brahma e Shiva. Vishnu é idolatrado como o grande preservador. Assumiu diversas formas na Terra em diferentes avatares, entre os quais os mais conhecidos são Krishna, Mohini e Rama.

Yaksha – Um yaksha (no masculino) ou yakshini (no feminino) é um ser sobrenatural das mitologias hindu, budista e jainista. Yakshas são ajudantes de Kubera, o deus hindu da riqueza, que governa o mítico reino de Alaka, no Himalaia.

Se chegou até o fim deste glossário, você merece uma árvore que satisfaz desejos! Ou no mínimo um copão de lassi de manga. Humm.

SUA OPINIÃO É MUITO IMPORTANTE

Mande um e-mail para **opiniao@vreditoras.com.br**
com o título deste livro no campo "Assunto".

1ª edição, set. 2019
FONTE Adobe Garamond Pro 12/15,7pt
PAPEL Lux Cream 60g/m²
IMPRESSÃO Lisgráfica
LOTE L43484